임진운 판타지 장편 소설

대공학자

대공학자 11

임진운 판타지 장편 소설

초판 1쇄 찍은 날 § 2005년 11월 17일
초판 1쇄 펴낸 날 § 2005년 11월 27일

지은이 § 임진운
펴낸이 § 서경석

편집장 § 문혜영
편집 § 서지현 · 최하나

펴낸곳 § 도서출판 청어람
등록번호 § 제1081-1-89호
등록일자 § 1999. 5. 31
어람번호 § 제1-0653호

주소 § 경기도 부천시 원미구 심곡1동 350-1 남성B/D 3F (우) 420-011
전화 § 032-656-4452 팩스 § 032-656-4453
http://www.chungeoram.com
E-mail § eoram99@chollian.net

ISBN 89-5831-833-3 04810
ISBN 89-5505-332-0 (SET)

임진운 판타지 장편 소설

대공학자

대공학자

11

완결

도서출판 청어람

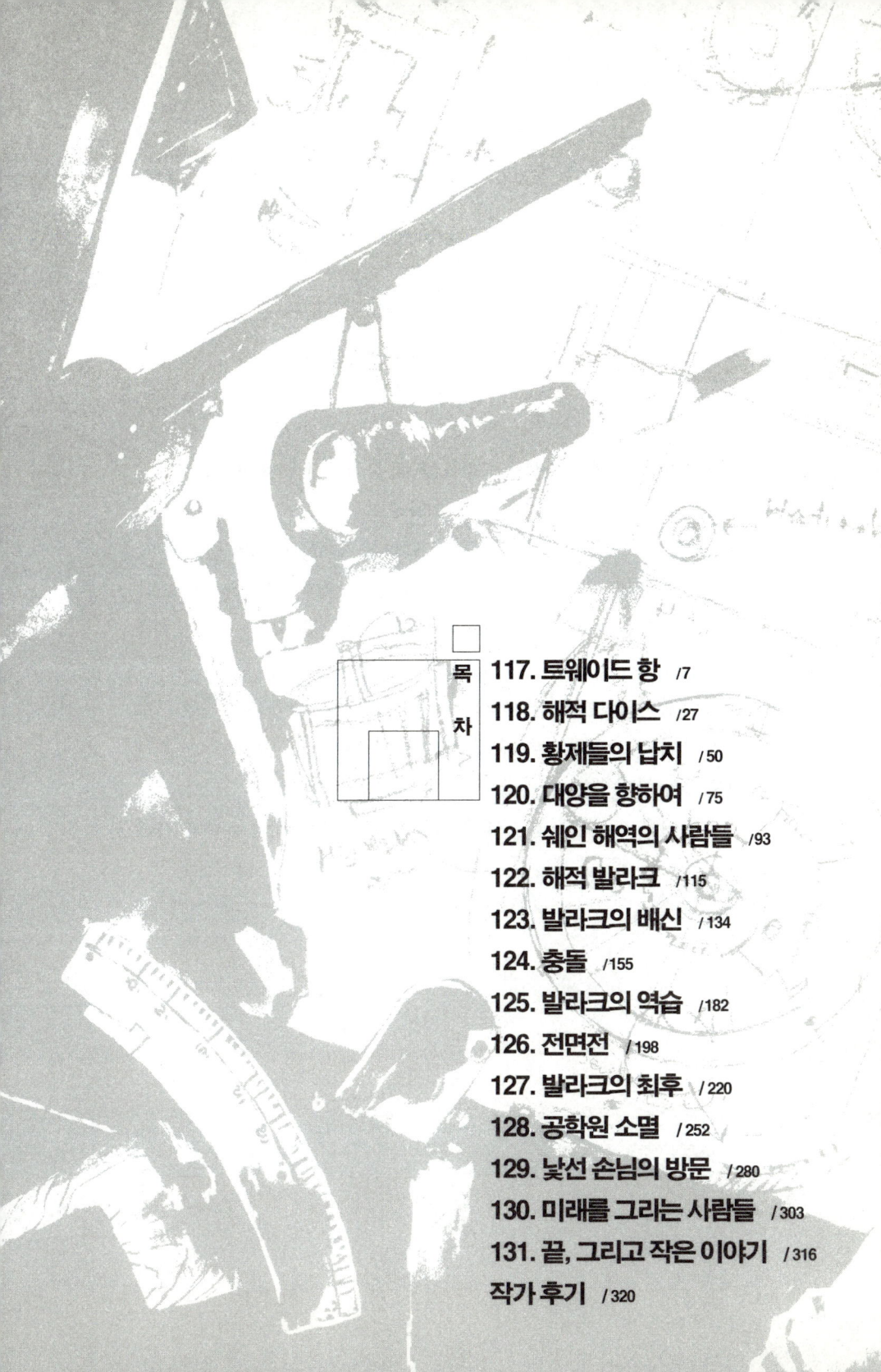

목
차

117. 트웨이드 항 /7

118. 해적 다이스 /27

119. 황제들의 납치 / 50

120. 대양을 향하여 /75

121. 쉐인 해역의 사람들 /93

122. 해적 발라크 /115

123. 발라크의 배신 / 134

124. 충돌 /155

125. 발라크의 역습 /182

126. 전면전 /198

127. 발라크의 최후 / 220

128. 공학원 소멸 / 252

129. 낯선 손님의 방문 /280

130. 미래를 그리는 사람들 /303

131. 끝, 그리고 작은 이야기 /316

작가 후기 /320

지난 이야기

　듀들란 제국의 '제국개발사업 발표회'에 참석하기 위해 라이델베르크를 떠난 뮤스와 일행들은 비행선을 이용하여 쟈트란에 도착하게 된다. 그곳에서 만나게 된 의외의 인물, 바로 듀들란 제국과 라이벌 관계에 있는 도이첸 제국의 황제인 카로이트 3세였다. 대신들의 반대를 무릅쓰고 참석하게 된 그는 신분을 숨긴 채 '제국개발사업 발표회'의 이모저모를 살피게 된다.

　'제국개발사업 발표회'에서 기관열차가 발표됨과 함께 시승식이 진행되는 사이, 듀들란 제국의 황제, 그리고 그 가족들과 친해진 뮤스는 자신의 일행들과 함께 특별 칸에 오른다.

　결국 도이첸 제국과 듀들란 제국의 황제들과 뮤스 일행들을 태운 기관열차는 듀들란 제국의 동단에 있는 트웨이드 항을 향해 출발하는데…….

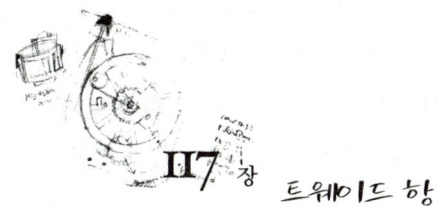

117장 트웨이드 항

이글거리는 붉은 햇살이 너울거리는 바다를 푸른 에메랄드빛으로 만들어주고 있었다. 사방을 둘러보아도 눈에 보이는 것은 활처럼 휘어 있는 지평선뿐, 구름 한 점 없는 깨끗한 하늘이었기에 방향조차 알아볼 수 없는 그야말로 망망대해였다. 이러한 대양의 한가운데 새하얀 함선이 느긋한 모습으로 떠 있었다.

닻을 내린 채 미동조차 하지 않는 이 함선은 아무런 깃발도 달고 있지 않은 데다가 헤드피겨가 있는 뱃머리 전체를 거대한 하얀 천으로 감추고 있었기에 그 소속을 알 수는 없었다. 하지만 날렵한 선체의 구조와 마스트(돛대)의 크기, 그리고 적절한 노의 위치 등이 굉장한 쾌속선임을 말해주고 있었다.

쥐 죽은 듯이 조용한 갑판의 위, 등받이가 기울어진 간이 의자가 놓여 있었다. 그 의자에는 한 사내가 검은 가죽 모자로 얼굴을 가린 채 누워 있었는데, 하나로 묶은 금빛의 머리카락이 등받이 뒤로 흘러내려 있었고,

구겨진 셔츠의 단추는 모두 풀어져 상체를 거의 드러낸 모습이었다.

　그는 노곤하게 낮잠을 즐기는 듯했지만 의자 아래로 늘어뜨린 손은 무엇인가를 만지작거리며 간간이 움직이고 있었다. 손에는 묵빛의 금속으로 만들어진 주사위 두 개가 쥐어져 있었는데, 그것은 피와 같은 선홍빛의 눈을 가진 주사위였고, 오랜 시간 동안 소지하고 있었는지 손때가 묻어 반들반들 빛나고 있었다.

　사내가 거대한 대양의 품 안에서 한창 달짝지근한 낮잠에 빠져 있을 무렵, 돌연 어디선가로부터 커다란 굉음이 들려오기 시작했다.

　쫘아아아아아앙!

　이에 안락한 자세로 누워 있던 사내는 크게 놀랐는지 만지작거리던 주사위를 떨어뜨리며 벌떡 몸을 일으켰다. 그리고 자연스레 얼굴을 덮고 있던 모자가 흘러내리자 대략 20대 중반쯤으로 보이는 미청년의 얼굴이 그곳에 있었다. 잠이 덜 깬 그의 멍한 눈빛은 이리저리 움직이며 굉음의 정체를 찾으려는 듯 부지런히 움직이기 시작했다.

　"으응? 이, 이게 무슨 소리야?!"

　그것도 잠시, 곧 무엇인가를 발견했는지 그의 시선은 한곳에 고정되며 멈추었는데, 함선으로부터 멀리 떨어진 곳에서 엄청난 높이의 물기둥이 치솟아오르고 있는 중이었다. 보통이라면 그것을 보고 더욱 놀라야 했겠지만, 오히려 무표정한 얼굴을 한 사내는 그 물기둥의 정체를 어느 정도 짐작한 듯 나직한 한숨을 내쉬고 있었다.

　"에휴, 스티치 할배가 며칠 동안 끙끙거리더니 결국 뭔가를 만들었나 보군. 굉장한 무기라고 떵떵거리더니……."

　별다른 감응이 없는 듯한 목소리로 중얼거리던 사내는 조금 정신이 들었는지 떨어뜨린 주사위를 찾아 의자 주변을 두리번거렸다.

　"아, 여기 있군."

갑판 위에 떨어진 두 개의 주사위는 우연인지는 몰라도 열두 개의 눈을 드러내고 있었다. 그것을 확인하며 만족한 미소를 띤 사내는 가벼운 손놀림으로 주사위를 주워 셔츠의 소매에 정성스럽게 닦기 시작했다.

타다다닥!

주사위 닦는 일을 채 끝내기도 전에 배의 후미 쪽으로부터 나무 갑판을 두들기는 사람들의 발자국 소리가 들려오기 시작했다. 적어도 십여 명은 되는지 상당히 소란함을 보이고 있었고, 곧 사내를 향해 외치는 목소리가 이어졌다.

"어이, 다이스! 드디어 캐논을 완성했다고! 세상 최고의 무기가 완성된 거야! 크하하하하! 더 이상 마법사를 가진 황실의 함대를 두려워하지 않아도 된다는 것이지!"

걸걸한 노인의 웃음소리에 사내는 고개를 돌려 목소리가 들려오는 곳을 바라보았다.

굽은 등을 가진 왜소한 노인과 험악한 얼굴을 가진 건장한 사내들이 자신을 향해 달려오고 있었는데, 나이에 어울리지 않는 해맑은 웃음을 터뜨리고 있는 것이었다. 다이스란 이름으로 불린 사내는 노인을 향해 인상을 찌푸리며 볼멘소리를 터뜨렸다.

"스티치 할배, 제발 좀 선장이라고 불러달라고! 이래서는 선내의 기강이 잡히지를 않는다니까!"

가까이 다가온 노인은 다이스의 불만에 코웃음을 쳤다.

"흥! 네 녀석을 업어 키운 나에게 선장이라는 말을 듣고 싶다는 게냐! 아직 십 년은 이르다고 생각하는데!"

"쳇, 이렇게 무시당하는 선장은 이 넓은 대양에 나밖에 없을 거라고! 이건 뭔가 잘못되고 있는 거야!"

다이스가 팔짱을 낀 채 불만을 털어놓고 있었지만, 그의 말을 한 귀로 흘린 스티치는 그의 어깨에 팔을 올리며 말을 이었다.

"남자는 그런 사소한 것에 신경을 쓰면 안 되는 거란다. 큰 인물이 될 수 없다고! 그보다 네놈은 대양의 제왕이 될 수 있는 순간이 왔는데, 그런 사소한 일에만 신경을 쓰고 있는 게냐?"

역시 심드렁한 표정을 지은 다이스는 손가락으로 귀를 파며 대답했다.

"하아… 그래서? 하지만 난 그런 이상한 무기 따위의 힘을 빌려 대양의 제왕이 될 생각은 없는데 어쩌나? 자고로 바다의 사나이는 실력만으로 끝장을 보는 것이라는 말씀이야, 할아범. 그렇지 않나, 동료들?"

다이스는 스티치의 뒤에 서 있는 선원들을 향하여 물었지만 선원들은 이렇다 할 생각이 없는지 대답하지 못하고서 머리를 긁적일 뿐이었다. 선원들의 반응을 어느 정도 짐작했던 스티치는 짐짓 심각한 얼굴을 하며 입을 열었다.

"이봐, 다이스. 네 눈에는 어떻게 비춰질지 모르겠지만, 내가 발명한 이 무기는 대양 전체의 힘의 축을 바꿔놓을 정도의 위력을 가진 것이라고 감히 말할 수 있지. 고작 전함 한 척이 전부인 우리에게 대제국의 황실 함대에 정면으로 대응할 수 있는 힘이 생긴 것이란 말이라구! 이것이 무엇을 뜻하는 것인지는 잘 알고 있겠지?"

스티치의 설명에 선원들은 탄성을 지르며 고개를 끄덕였다. 하지만 예외적으로 다이스만은 그의 말을 이해하기 힘들다는 듯 볼을 긁적이며 고개를 가로저었다.

"글쎄… 잘 모르겠는데? 에… 그것보다 '화이트스프린터호'에 물과 식량이 떨어져 가는데, 물자 보급을 하러 가야 하지 않을까? 이러다간 대양의 제왕이 되기도 전에 굶어 죽을지도 모른다고."

다이스의 말이 끝나자 한껏 흥분되어 있던 선원들의 얼굴은 걱정으로 물들었는데, 그들에게는 강력한 무기를 얻었다는 기쁨보다 눈앞의 식량

문제가 더욱 걱정되었던 것이다.

"모두 나와 같은 생각인 것 같군. 일단은 살고 보자고."

어깨를 으쓱거리며 선원들을 둘러본 다이스는 하늘을 향해 손을 뻗어 외쳤다.

"다들 출항 준비!"

"와우, 써!"

선원들이 기다렸다는 듯이 우렁차게 외치며 자신들의 자리를 향해 뛰어가기 시작하자 다이스는 능숙한 모습으로 명령을 내리기 시작했다.

"닻을 끌어 올리고 모든 쉐일(돛)을 펼쳐라! 항속은 25노트 최대 항속! 목적지는 쟈트란 제국의 트웨이드 항이다! 깃발 올리는 것도 잊지 않았겠지?!"

"와우, 써!"

그의 명령에 따라 굵직한 쇠사슬로 연결된 닻이 끌어 올려졌고, 마스트에는 흰색의 돛이 펼쳐지며 바람을 맞이했다. 마지막으로 중앙 마스트의 끝에 검은색의 깃발이 빠른 속도로 올라가 펄럭이기 시작했는데, 주사위를 입에 문 해골 문양이 새겨진 해적 깃발이었다.

명령에 대한 선원들의 화답을 받은 다이스는 허리에 손을 얹고 천천히 불어오는 바닷바람을 느끼며 만족한 표정을 지었다.

"바로 이것이 선장만이 맛볼 수 있는 기분이지. 후후훗."

반면 스티치는 뒷골이 지끈거려움을 느끼며 자신의 목 뒷덜미를 매만지고 있었다.

"허어… 쟈트란 제국의 항구에 물자를 보급하러 가면서 해적 깃발을 올리다니. 어쩌자고 헬렌은 저런 모자라는 녀석을 선장으로 지목하고 세상을 뜬 건지 모르겠군. 단순한 몸싸움 외에는 제대로 할 줄 아는 것도 없는 녀석을 말이야. 그리고… 트웨이드 항구는 반대 방향이라는 사실을 저 녀석은 알고 있을지 모르겠군."

스티치의 걱정을 뒤로한 채 해적선 화이트스프린터호는 돌고래처럼 날렵한 모습으로 물살을 가르며 트웨이드 항구를 향해 항진하고 있었다.

*　　　　　*　　　　　*

강렬하게 내리쬐는 태양과 폐부를 한가득 채우는 짭짤한 바다 내음, 그리고 대양을 제 집처럼 누비는 구릿빛 피부를 가진 사나이들의 도시, 트웨이드. 이 항구 도시는 듀들란 제국에서 가장 활력 넘치는 도시 중의 하나였다. 풍부한 일조량의 영향인지 이곳의 사람들은 낙천적이었고, 바다에서 나는 풍부한 먹을거리들은 그들의 삶을 더욱 윤택하게 만들어주었다. 게다가 여러 대륙을 대상으로 한 무역을 통해 벌어들이는 재화 역시 대단하여 대륙 전체에서도 손꼽히는 부유 도시였다.

하지만 먹을 것 많은 잔칫상에는 항상 파리가 꼬이는 법이었기에 듀들란 제국의 강경한 치안 정책에도 불구하고 트웨이드 항구의 근해에서는 해적들의 범법 행위가 자행되고 있었다. 이에 대하여 듀들란 제국의 황실은 직속 함대를 트웨이드 항구에 배치하여 치안을 유지하기 위해 최대한의 노력을 기울이고 있었다.

저녁 무렵이 되어가자 트웨이드의 사람들은 어디론가를 향해 몰려가기 시작했다. 거친 바닷바람에 의해 풍화된 건물들을 지나고, 촘촘한 포장석이 깔린 광장을 몇 개를 통과하여 널찍한 큰 길을 따라 도착한 곳은 몇 해 전부터 공사를 하기 시작하던 '트웨이드 역'이란 곳이었다.

트웨이드 시민의 대부분은 도시의 외곽 지역에 위치한 이 트웨이드 역이 무엇을 하는 곳인지 알지 못했다. 하지만 누군가의 입으로부터 시작되었는지 모를 소문을 듣고서 트웨이드 역을 향해 발걸음을 옮기는 중이었는데, 저 멀리 쟈트란의 황궁으로부터 듀들란 제국의 황제와 여러 귀족들이 이곳에 당도한다는 소문이 바로 그것이었다.

웅성웅성…….

수천 명에 달하는 인파가 속이 훤히 들여다보이도록 만들어진 철골 건물 주변으로 몰려들어 있었다. 일찍이 이만한 인파가 한 장소에 모인 적이 없었는지 트웨이드 시민들 스스로도 놀라는 눈치였다. 장삿속이 빠른 이들은 가판을 펼쳐 놓고 먹을 것과 마실 것들을 팔았고, 축제와 같은 흥분된 분위기 속에서 부모의 손을 잡고 따라 나온 아이들은 신이 난 표정이었다.

트웨이드의 시민들이 한창 흥청거리는 분위기에 물들어가고 있을 무렵, 저 멀리 시내가 시작되는 곳에서부터 한줄기의 강렬한 불빛이 비춰져 오고 있었다. 그것은 묵직한 진동음과 함께 다가오고 있었는데, 사람들은 낯선 광경에 움직임을 멈추며 진동음이 들리는 곳을 향해 놀란 시선을 옮기기 시작했다.

구궁… 구궁… 구궁…….

거친 호흡 소리와 함께 금세 시야를 가득 채우며 가까이 다가오는 검은빛의 괴물체. 그것은 용의 목덜미처럼 길고 거대했으며, 주변으로는 무시무시해 보이는 새하얀 연기를 내뿜고 있었다.

치이이익.

붉은 노을을 뒤로한 채 눈 깜짝할 사이에 눈앞까지 다가와 버린 그 괴물체의 모습에 사람들은 경악에 찬 비명을 내지르기 시작했다.

"새, 샌드웜인가! 분명 저 모습은 샌드웜의 모습이야!"

"과, 과연… 그렇다면 철갑을 두른 샌드웜이라는 말인가! 어서 도시 경비대를 부르게!"

"부르긴 누구를 부르란 말인가?! 저 트웨이드 역 주변에서 겁에 질린 모습으로 다리를 떨고 있는 녀석들이 모두 도시 경비대인데!"

트웨이드의 시민들이 두려움 가득한 얼굴로 뒷걸음질치고 있을 때, 철 갑의 괴물체는 트웨이드 역으로 들어와 움직임을 멈추고 있었다. 그제야 그 괴물체의 모습을 정확히 볼 수 있었던 사람들은 그것이 괴물의 일종 인 샌드웜이 아닌, 사람의 손을 거쳐 만들어진 인공적인 물체임을 깨닫 게 되었다.

"가만! 샌드웜은 아닌 모양이군! 저 안에 사람들이 타고 있는걸?"

"정말이야! 사람들이 우리를 향해 손을 흔들고 있어!"

혼란스러우면서도 신기한 눈빛으로 외치고 있는 일반 시민들과는 다 르게 기관열차에 대한 사전 교육을 어느 정도 받은 트웨이드 역의 관계 자들은 상대적으로 차분한 태도로 정차한 기관열차로 다가가 자신들이 맡은 바 일을 시작했다.

기관열차 객차의 문을 열어 먼 곳에서 온 손님들을 맞이하고, 그들을 숙소까지 안내하는 것이 그들이 맡은 일이었는데, 몇 번의 연습을 거친 듯 능숙하게 객차의 문에 붙은 스위치를 조작하고 있었다.

치이이익!

객차의 문이 열리자 고급스러운 옷가지들과 온갖 장신구로 몸을 치장 한 귀족들이 차례차례 내리기 시작했다. 그렇게 밖으로 나온 귀족들은 주변을 두리번거리며 감동스러운 표정을 짓고 있었는데, 직접 경험했음 에도 불구하고 듀들란 제국을 단 반나절 만에 횡단했다는 사실이 믿기지 않았기 때문이다.

"오오~ 진정 이곳이 트웨이드란 말인가!"

"허헛! 직접 목도하였으니 의심할 여지가 없지 않습니까?"

"생전에 바다를 볼 수가 있겠군요. 저희 스윈 제국은 바다에 접한 영 토가 없기 때문에 바다 한 번 보는 것이 여간 어려운 것이 아니랍니다."

"꼭 스윈 제국뿐만 아니라 듀들란 제국에서도 바다 구경이라는 것이 쉬운 일만은 아닙니다. 이 기관열차가 개발되어지기 전까지만 해도 말이죠. 심지어는 자신의 마을을 벗어나 보지 못하고서 생을 다하는 사람들조차 적지 않은 것이 현실이지요."

"그런 것을 생각하면 전뇌거나 기관열차, 그리고 도이쉔 제국의 공학원에서 개발한 비행선은 대륙에 엄청난 영향을 끼치는 것이라 할 수 있겠죠."

귀족들이 대화를 나누고 있을 때, 기관열차의 특별칸에서는 뮤스의 일행과 듀들란 제국 황제 일행이 모습을 내비치고 있었다. 비록 상당한 시간 동안의 여정이었지만, 마차나 전뇌거에 비해 흔들림이 없는 기관열차를 이용했기에 특별히 피곤한 모습은 찾아볼 수 없었다. 오히려 뮤스 일행은 평소보다 더욱 활기찬 얼굴들이었는데, 크라이츠와 켈트를 제외한 대부분의 일행은 바다를 처음 보는 것인만큼 그 기대감에 한껏 흥분된 상태였던 것이다.

기관열차에서 내려 두 손으로 머리를 쓸어 넘긴 히안은 코를 킁킁거리며 감탄사를 터뜨렸다.

"이야! 이게 바로 바다의 냄새라는 건가. 조금 짭짜름하긴 하지만 나름대로 상쾌한걸? 그런데 바다는 어느 쪽에 있는 거지?"

그의 말에 루스티커가 웃으며 대답했다.

"허헛! 이곳에서는 바다를 볼 수가 없다네. 장영실 경이 말하길 염분이 포함된 바닷바람 때문에 철골 구조로 이루어진 트웨이드 역이 쉽게 녹슬게 될 우려가 있다더군. 그런 이유로 항구로부터 조금 떨어진 곳에 트웨이드 역을 세우게 되었지."

"에… 결국 여기서는 바다를 볼 수가 없다는 말이잖아요?"

기대에 차 있던 히안이 나직한 한숨을 내쉬자 뒤에 서 있던 벌쿤이 어깨를 두들겨 주며 말했다.

"까짓, 여기서 안 보이면 직접 우리가 가면 될 거 아냐? 당장이라도 달려가자구!"

"맞아, 그러면 될 것을 말이야!"

그들의 들뜬 대화를 듣고 있던 폴린은 단꿈을 깨뜨리듯 우악스럽게 히안의 귀를 잡아당겼다.

"가긴 어디를 간다는 거니? 우리끼리 놀러 온 것도 아닌데 마음대로 돌아다니는 건 실례라고, 실례!"

"아야야야! 조금은 솔직해지라구! 너도 조금이라도 빨리 바다를 보고 싶잖아?"

"어머! 무슨 소리니? 나는 교양있는 레이디답게 바다 구경의 일정을 조용히 기다릴 거란다."

전혀 어울리지 않는 폴린의 태도에 히안은 콧방귀를 뀌며 인상을 썼다.

"쳇, 이런 말뿐인 여자랑 결혼을 하기로 했다니… 내 인생도 이제 끝나 버렸군."

그들의 행동을 바라보며 미소 짓고 있던 시너스가 나서며 말했다.

"아무래도 바다를 보는 것이 처음이신 것 같은데, 저녁 만찬이 준비될 때까지 시간이 있을 듯하니 잠깐이나마 다녀오셔도 괜찮을 것 같군요. 여기서 조금 나가 대로를 따라 언덕 위로 올라가면 한눈에 트웨이드 항구와 바다의 전경을 볼 수 있으실 것입니다."

그의 말에 히안과 벌쿤은 두 손을 들며 기뻐하기 시작했고, 정숙한 레이디의 흉내를 내던 폴린 또한 그들과 별다를 바가 없었다.

그때, 시너스의 등을 두들기는 손이 있었다. 뒤를 돌아보니 깊은 잠에 빠진 미뉴엔느를 안고 있는 투르코스 재상이었는데, 턱짓을 하며 시너스를 향해 입을 열고 있었다.

"시너스, 너도 이 친구들과 함께 다녀오렴. 오랜 시간 동안 기관열차를 타고 오느라 답답했을 테니 바람이나 쐬고 오거라. 네 얼굴을 알아볼 사람들도 없을 테니 잠깐이라면 괜찮겠지."

평소 자신의 안전에 관한 일이라면 엄격하기 그지없었던 투르코스 재상이었기에, 예상외의 제의에 시너스는 의아한 표정을 지었다. 하지만 투르코스 재상 역시 아무런 생각 없이 내린 결론은 아니었다. 뮤스나 그의 친구들과 함께 간다면 충분히 믿을 만했고, 또 도이첸 제국의 황제에게 대범한 모습을 보여주고자 했기 때문이었다.

"아, 그리고 케티에론 너도 함께 다녀오는 것이 어떻겠느냐? 마침 네 또래의 청년도 있는데, 함께 이야기나 나누면서 트웨이드 항의 풍경을 즐기는 것도 괜찮겠지."

고개를 돌린 투르코스 재상은 의미있는 미소를 지으며 도이첸 제국의 황제를 향해 말했다.

"별일이야 없겠지만, 우리 시너스와 케티에론을 잘 부탁하네."

도이첸 제국의 황제는 투르코스 재상의 말에 당혹스러웠지만, 거부할 수 없는 상황이었기에 고개를 끄덕였다.

"무슨 뜻인지 잘 알겠습니다. 너무 늦지 않게 돌아오도록 하죠."

"트웨이드 역의 밖에 전뇌거가 준비되어 있을 테니 그것을 이용하도록 하고, 구경을 마치는 대로 트웨이드의 황실 별궁으로 돌아오면 된다네. 그럼 저녁 만찬 때 보도록 하지."

투르코스 재상이 말을 마치기가 무섭게 카타리나는 뮤스의 손을 잡아 끌었다. 그녀 역시 다른 친구들만큼이나 들떠 있는 모습이었다.

"우리 어서 가보자, 뮤스!"

"어? 어… 알았어."

곧 혈기왕성한 뮤스와 그의 친구들, 그리고 도이첸 제국의 황제와 듀들란 제국의 황제 남매는 항구로 가기 위해 서둘러 트웨이드 역을 나섰고, 그 외의 인물들과 귀족들은 트웨이드 시의 중심부에 위치한 황실 별궁으로 향하는 전뇌거에 오르기 시작했다.

아직 잘 다져지지 않은 길 위로 뮤스 일행을 태운 두 대의 전뇌거가 터덜거리며 달리고 있었다. 오가는 사람들이 많았기에 속력을 낼 수는 없었지만, 처음 보는 광경들이 시선을 사로잡았기에 바다를 향해 가는 길이 길게 느껴지지는 않았다.

"자자! 이제 막 끌어올린 생선들이 여기에 있습니다! 싱싱한 생선들 좀 보고 가세요!"

"오늘 배로 들어온 향신료 있습니다! 도매 시장에서 막 나온 고품질의 향신료요!"

"저 멀리 바다 건너온 기가 막힌 도자기입니다. 이 빛깔을 한번 보시며 절대 눈을 뗄 수가 없을 겁니다!"

그들이 본 그 어떠한 도시보다 활기가 넘치는 곳임이 틀림없었다. 이곳저곳에서 시끄러운 목소리로 흥정을 했고, 우락부락한 사내들이 얼굴을 붉히며 실랑이하는 모습 또한 간간이 보였지만, 전체적으로 경쾌한 분위기가 느껴지고 있었다.

곧 상인들의 외침 소리와 가게의 불빛이 전뇌거 뒤로 지나쳐 갔다. 그렇게 그물처럼 복잡하게 엉킨 작은 길을 지나고 언덕을 하나 넘게 되자 그들은 기가 막힌 광경을 두 눈으로 볼 수 있었다.

진남빛의 어둠이 내려앉기 시작하는 드넓은 바다, 그것은 깊음과 넓음을 추측할 수조차 없는 미지의 세상이었기에 그것을 본 뮤스와 일행들의 눈에는 경외감이 떠오르고 있었다.

바다의 끝에는 붉은 황혼의 빛줄기가 하늘과 바다의 경계를 만들어냈고, 어디서부터 시작되었는지 모를 잔잔한 파도는 하얗고 고운 거품을 만들어내며 차가운 바람과 함께 육지 쪽으로 쓸려 들어오는 중이었다.

누가 먼저 말하기도 전에 두 대의 전뇌거는 바다가 한눈에 보이는 도시의 언덕 위에 멈추어 섰고, 전뇌거에서 내린 뮤스 일행들은 머리카락을 헝클어뜨리며 장난을 걸어오는 바닷바람을 마주 보며 섰다.

모두들 아무런 말 없이 먼바다 끝을 응시하고 있을 때, 벌쿤이 해안을 가리키며 일행들을 일깨웠다.

"저기들 봐! 배들이 엄청나게 많은걸?"

자연스럽게 일행들의 시선은 벌쿤이 가리킨 곳으로 향하게 되었다. 그곳에는 바다가 보여주는 자연의 장대함과는 또 다른 감동이 있었는데, 바로 한눈에 내려다보이는 트웨이드 항구의 모습이었다.

인간의 손에 통해 인공적으로 정비된 거대한 항구에서부터 항만에 이르기까지 수백 척에 달하는 배들이 마스트 위에 불을 밝힌 채 정박해 있었고, 그 둘레로 듀들란 황실의 깃발을 높이 올린 수십 척의 전투 함선들이 일정한 간격으로 늘어서 있었다. 밤임에도 불구하고 크고 작은 배들이 들락이는가 하면, 낮처럼 불을 밝힌 선착장에서는 일꾼들이 짐을 싣고 내리느라 분주한 모습이었다.

멀리 떨어져 장난감같이 움직이는 배들과 사람들을 바라보던 도이첸 제국의 젊은 황제는 탄성을 금치 못하고 있었다.

"오오! 정말 대단한 위용이군요. 저희 도이첸 제국도 몇 곳의 항구가 있지만, 이곳 트웨이드 항구에 비할 바가 아닙니다. 정말이지 굉장한 규모입니다."

듀들란 제국의 황제인 시너스 역시 그와 별반 다를 것 없는 표정으로 입을 열었다.

"이번이 처음은 아니지만 저 역시 매번 감탄을 터뜨리곤 하죠."

케티에론 황녀가 자세한 설명을 해주었는데, 도도했던 소녀 시절을 보낸 만큼 학업에도 열성을 보여 아는 것 역시 많았던 것이다.

"이 항구는 듀들란 제국이 건국되기 이전부터 다른 대륙과의 교류를 위해 만들어진 곳이에요. 비록 저희 듀들란 제국의 영토이긴 하지만, 실질적인 주인은 여러 대륙에서 왕래하는 상인들이라 할 수 있답니다. 그러한 이유로 이 항구를 통해 들어오는 물건들에 대해서는 세금을 물리지 않고 있는 것이죠."

"과연 듀들란 제국 황실의 넓은 아량에 탄복하지 않을 수가 없군요."

"과찬이에요. 오이랍 대륙에 속해 있는 하나의 국가로서 대륙 전체의 발전에 이바지하는 것은 당연한 것이지요."

도이첸 제국의 황제는 또박또박 자신의 생각을 말하고 있는 케티에론 황녀의 모습에 감탄사를 내뱉고 있었다.

"아름다운 분께서 지식 또한 풍부하시니 감탄을 하지 않을 수가 없군요."

"벼, 별말씀을요."

그러한 류의 칭찬을 수도 없이 들어온 케티에론 황녀였지만, 진심이 담긴 도이첸 제국 황제의 말에는 얼굴을 붉힐 수밖에 없었다.

그들이 이야기를 나누는 동안 뮤스의 친구들은 서로의 얼굴을 살피고 있었는데, 아무래도 멀리서 바다를 구경하는 것만으로는 성에 차지 않는 듯했다. 특히 방금 전까지만 해도 곱상한 말만 하던 폴린이 먼저 침을 튀기며 떠들기 시작했다.

"어머머~ 굉장해! 뮤스, 히안, 우리 항구에 한번 내려가 보면 안 될까? 여기까지 왔는데 그냥 돌아가기는 좀 아쉽잖아? 응?"

카타리나와 세이즈 역시 그녀의 말을 거들었다.

"맞아. 정말 구경할 게 많을 것 같은데, 언제 또 이런 기회가 올지 모르잖아?"

"그래, 내일 돌아간다면 다시는 항구의 야경을 볼 수가 없는 거잖아. 잠깐만 내려갔다가 오자, 응?"

하지만 그녀들의 말에 뮤스는 난처한 표정을 했다.

"이봐, 그건 우리들끼리 결정한다고 되는 일이 아니잖아? 여기 시너스 폐하나 케티에론 황녀님도 계시고……."

그녀들의 행동을 제지하려는 뮤스의 말이 끝나기 전에 조금 들뜬 듯한 시너스의 목소리가 들려왔다.

"아주 좋은 생각 같군요! 저 역시 레이디 분들의 의견에 찬성합니다. 몇 해 전 이곳에 와봤던 적이 있지만 항구의 선착장까지 직접 내려가 본 적은 없었습니다. 숙부님께서 제 일신의 안전 때문에 반대하셨으니까요. 한데 오늘은 숙부님께서도 승낙하셨으니, 이렇게 좋은 기회를 놓칠 수는 없는 일이지 않습니까?"

도이첸 제국의 황제와 케티에론 황녀 역시 그의 의사에 아무런 제지를 가하지 않고 있었다. 시너스의 반짝이는 눈빛을 본 뮤스는 결국 고개를 끄덕일 수밖에 없었다.

"쩝… 뭐, 아주 잠깐이라면 괜찮을지도……."

걱정스러운 마음이 진하게 배어 있는 뮤스의 말이 끝나기가 무섭게 전뇌거의 바퀴들은 구불구불한 시내의 내리막길 위를 굴러 트웨이드 항의 선착장을 향해 나아가기 시작했다.

길게 늘어선 건물들로부터 새어 나오는 불빛들이 가득 차 있는 항구에는 사람들의 유쾌한 흥청임이 있었다. 선박들이 묶여 있는 선착장을 중심으로 하여 그 주변에는 갖가지의 가게들이 즐비해 있었고, 그 안과 밖으로는 각양각색의 사람들이 자리를 차지하고 있었다. 이른 저녁부터 질펀하게 취해 있는 술주정뱅이에서 땀에 전 옷을 입은 모습으로 저녁 식사를 하는 사내들과 음식을 나르는 아낙들, 용돈을 벌기 위해 잡일을 거드는 소년들과 매혹적인 웃음으로 지나가는 사람들의 시선을 잡아끄는 아가씨들, 이 모두가 트웨이드 항구를 이루는 모습들이었다.

활력에 넘치는 사람들 사이로 한 무리의 젊은이들이 사람들의 이목을 끌며 움직이고 있었다. 비록 그들이 화려한 옷차림을 한 것은 아니었지만, 이곳이 교역의 도시인 트웨이드인만큼 사람들은 그들이 걸치고 있는 의상이 얼마나 고급스러운 천으로 만들어졌는지 한눈에 알아봤던 것이다.

하지만 그 젊은이들은 사람들의 시선에는 아랑곳하지 않은 채 항구의 여기저기를 둘러보며 감탄하기에 바빴는데, 트웨이드에 사는 사람들이면 어디서든 흔히 볼 수 있는 생선 한 마리를 보면서도 깊은 탄성을 내지르는 것이었다.

"우와! 이것 봐! 엄청나게 큰 물고기가 저기 있어!"

"저 투명하고 물컹해 보이는 건 뭐니? 저것도 물고기야? 완전히 괴물이군."

"여기는 찻잎을 파는 가게 같군요. 황궁에서나 마실 수 있는 고급 차들이 이렇게나 많다니……."

부산을 떨며 선착장의 이곳저곳을 구경하고 있는 뮤스 일행들이었다.

뮤스는 쉴 새 없이 선착장의 이곳저곳을 돌아다니는 일행들의 뒤를 따라다니며 그들의 궁금증을 풀어주는 중이었는데, 직접 보는 것은 그 역시 처음이었기에 호기심으로 상기된 얼굴이었다.

"아, 저 거대한 물고기는 고래라고 하는 거야. 보통의 물고기와는 다르게 육지의 동물들처럼 척추를 가지고 있고, 새끼를 낳는다고 하더군.

그리고 그 투명한 녀석은 젤리피쉬라는 녀석인데, 우리 고향에서는 해파리라고 불러. 식용으로 쓰이기도 하는데 씹는 맛이 상당히 특이하지.”

벌쿤은 혀를 빼물며 고개를 내저었다.

“으엑! 저런 녀석을 정말 먹을 수 있다는 말이야? 왠지 기분이 나쁜걸.”

“하핫! 쉴드옥토퍼스도 요리해서 먹은 녀석의 입에서 나온 말이라고는 믿기 힘든걸?”

“먼저 먹은 사람이 누군데 그래? 괜히 나만 이상한 사람으로 만들지 말라고. 쳇!”

뮤스와 그의 일행들이 낯선 곳에서 많은 것들을 구경하며 한창 즐거운 시간을 보내고 있을 때, 주변의 분위기가 크게 술렁이기 시작함을 느낄 수 있었다. 야외 테이블에서 차를 마시며 이야기를 하던 사람들, 출항 준비를 위해 배 위로 짐을 나르는 짐꾼들, 그리고 쟁반을 들고 음식을 나르는 아낙들까지 모두 선착장을 향해 시선을 돌리고 있는 것이었다.

“뭐, 뭐지, 저 괴상한 배는?”

“내 평생 트웨이드에서 살았지만, 정말이지 저런 괴상한 형태의 배는 처음 보는걸?”

“쩝… 그런데 왜 뱃머리를 모두 가려놓았지? 보수 작업을 하는 중인가?”

뮤스와 일행들 역시 그러한 분위기를 느꼈는지 멀찍이 떨어져 있는 선착장의 한곳을 향해 고개를 돌렸다. 그곳에는 한눈에 보는 것조차 힘들 정도의 크기를 가진 선박이 천천히 물살을 가르며 들어오고 있는 중이었다.

특이하게도 천에 가려진 뱃머리에서부터 배의 후미까지 모두 새하얀 색으로 덮인 선박이었는데, 전체 길이에 비하면 상당히 얇은 동체를 가지고 있었기에 측면에서 몰아쳐 오는 파도에 불안정스러워 보였다. 하지만 항해 시에는 물살에 의한 마찰을 최소화하는 만큼 굉장한 항속을 가진 쾌속선임을 알 수 있었다. 마치 길들여지지 않은 순백의 야생마와도 같은 느낌이었다.

배에 대한 안목이 그리 깊지 않았던 뮤스의 친구들이었지만, 겉모습으로부터 뿜어져 나오고 있는 위용만으로도 그들의 눈을 부릅떠지게 만들기에는 모자람이 없었다.

"우와아~ 정말 멋들어지게 생긴 배군!"

"웅! 마치 화살만큼이나 빠를 것 같은 느낌인걸?"

히안을 시작으로 친구들의 감탄사가 이어지고 있을 때 뮤스는 꽤나 신중한 표정으로 순백의 배를 유심히 살피고 있었다. 뮤스 역시 다른 친구들과 다를 바 없이 바다에 온 것이 처음이었기에 그와 같은 배를 본 적이 있을 리 만무했지만, 왠지 낯설지 않은 느낌을 받았기 때문이다.

"순백의 쾌속선이라……."

하지만 기억을 더듬어보아도 이렇다 할 기억이 나지 않았기에 조금은 답답함을 느끼고 있었다. 그런 뮤스의 얼굴을 발견한 카타리나가 물었다.

"왜 그러니? 저 배에 대해서 알기라도 하는 거야?"

뮤스는 고소를 지으며 고개를 내저었다.

"글쎄… 대현자님께 얼핏 이야기를 들은 것 같기도 한데 잘 기억이 나지 않는걸?"

그의 대답에 카타리나는 뭔가 대단한 것이라도 발견했다는 듯이 크게 놀라며 소리 질렀다.

"이럴 수가! 그 대단하신 뮤스 드라켄 군이 기억하지 못하는 것도 있단 말이니? 정말이지 사람은 오래 살고 볼 일이야."

"하핫! 신이 아닌 다음에야 어떻게 모든 것을 기억할 수가 있겠어? 디만 중요도를 따져서 필요하다 싶은 것을 우선적으로 기억하는 것뿐이야. 물론 기억력이 남들보다 좋기는 하지만 나 역시 어디까지나 평범한 인간일 따름이니까."

카타리나는 새하얀 이마를 살짝 찌푸리며 말했다.

"평범한 인간이라니… 다른 사람들 앞에서 그런 말을 했다가는 다들 가만두지 않았을 거야."

"뭐, 아무럼 어때."

그들이 몇 마디의 대화를 주고받고 있는 사이에 친구들은 순백의 배에 대해서는 더 이상 흥미가 없어졌는지 새로운 흥밋거리를 찾아 다른 곳으로 움직였고, 뮤스와 카타리나 역시 그들을 따르기 시작했다.

하지만 시너스만큼은 넋을 빼앗긴 사람마냥 좀처럼 순백의 배로부터 시선을 떼지 못한 채 나직한 탄성을 내지르고 있었는데, 그러한 시너스의 모습을 본 도이첸 제국의 황제는 옮기려던 걸음을 멈추며 말을 건넸다.

"폐하, 무슨 잘못된 일이라도 있으십니까?"

순백의 배를 바라보며 상념에 잠겨 있던 시너스는 도이첸 제국 황제의 목소리에 깜짝 놀라며 고개를 내저었다.

"아, 아닙니다. 그저 저 배를 바라보고 있자니 묘한 기분이 들어서 말이죠."

시너스의 태도에 흥미를 느낀 도이첸 제국의 황제는 고개를 갸웃거리며 되물었다.

"묘한 기분요? 흐음……."

"뭐랄까… 굉장히 자유스러운 느낌이랄까요? 왠지 저 배를 타면 그 누구도 못 가본 세상의 끝까지 가볼 수 있을 것 같은 느낌 말입니다. 가슴이 설레는군요."

낮은 목소리로 말하던 시너스는 피식 웃으며 머리를 긁적였다.

"후훗, 너무 바보 같은 말을 한 것 같군요. 그저 방금 떠오른 이야기이니 흘려들어 주세요."

그의 말에 도이첸 제국 황제는 손을 내저었다

"하핫, 바보 같은 말이라니 당치도 않습니다. 왠지 폐하의 이야기를 듣고 있으니 저 역시 그렇게 느껴지는군요. 저 눈부시도록 새하얀 배를 타고 드넓은 대양을 항해하는 상상을 해보십시오. 물고기보다 빠르게 물살을 가르며, 하늘을 나는 새조차 부럽지 않게 자유롭게 세상을 여행하는… 훗, 정말 설레는걸요?"

의외의 대답을 들은 시너스는 도이첸 제국 황제의 얼굴을 물끄러미 바라보았다. 방금 전의 한마디 대답에 전에 없던 친숙함을 느꼈기 때문인데, 왠지 모르게 그의 표정이 자신과 닮아 있다는 사실을 깨달았던 것이다. 그러한 시너스의 시선을 느낀 도이첸 제국의 황제는 가벼운 웃음을 던졌다.

"후훗, 왜 그런 눈빛으로 저를 바라보시는지요? 제가 눈치없이 제멋대로 말한 것입니까?"

혼자만의 감상에 빠져 있던 시너스는 당황스러움을 느꼈는지 시선을 돌리며 대답했다.

"아, 아닙니다. 잠시 다른 생각에 빠져 있었죠. 그것보다 다른 일행들을 잃어버리기 전에 따라가야겠군요."

"흠, 그렇군요. 정말 정신없이 돌아다니는 친구들이다 보니 이렇게 있다가는 미아가 되기 십상이겠습니다."

농담처럼 한마디를 던진 도이첸 제국 황제는 한쪽 눈을 깜빡여 보이며 뮤스와 일행의 뒤를 따르기 시작했고, 돌아선 그의 뒷모습을 잠시 바라보던 시너스 역시 그와 함께 걸음을 옮겼다.

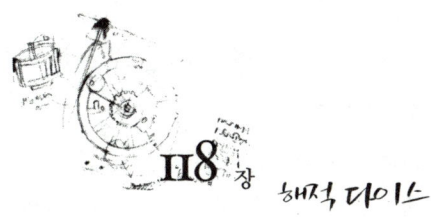

118장 해적 다이스

트웨이드 항을 통해 수입된 물건들을 판매하는 도매상들이 늘어선 거리, 그리 밝지 않은 거리의 가로등 아래에서 뮤스의 손이 금장되어 있는 회중시계의 뚜껑을 열었다. 시계를 잠시 내려다보던 뮤스는 항구 구경에 정신이 팔려 시간이 늦어졌음을 깨달았고, 걱정스러운 표정으로 주변을 둘러보며 일행들을 향해 입을 열었다.

"이런, 벌써 저녁 식사 시간을 훌쩍 넘어버렸군. 이제 별궁으로 돌아가야 하지 않을까? 지금쯤 투르코스 제상께서 걱정하실 것 같아."

뮤스의 목소리를 들은 일행들은 구경을 멈추고 찡그린 얼굴로 그를 돌아보았는데, 아직도 산더미처럼 쌓여 있는 눈앞의 구경거리들을 뒤로한 채 돌아가려니 아쉬움이 많이 남았던 것이다. 방금 산 과일을 한입 베어문 히안은 뮤스의 팔을 끌어당기며 말했다.

"어차피 이것저것 사 먹는 바람에 저녁 식사는 하지 않아도 될 만큼 배가 부르잖냐. 그러니 저녁 식사에 참여하지 않아도 된다고."

종이 봉투에 들어 있는 음식물을 집어먹던 벌쿤 역시 기름 묻은 손가락을 빨며 고개를 끄덕였다.

"나도 동의! 이미 저녁 식사를 시작했을 것 같은데, 도중에 들어가는 것도 예의가 아니지. 아무렴… 괜히 방해만 된다고."

듀들란 제국의 시너스가 함께 있다는 상황을 전혀 인식하지 못하고 있는 듯한 친구들의 대답에 깊은 한숨을 푹 내쉰 뮤스는 그들의 팔을 끌며 조심스러운 목소리로 말했다.

"이, 이봐, 그렇게 간단한 이야기가 아니잖아! 우리들뿐이라면 마음대로 할 수 있겠지만, 시너스 폐하와 케티에론 황녀께서도 함께 계신 만큼 이렇게 여유를 부리고 있을 때가 아니란 말이야."

뮤스와 친구들이 실랑이를 벌이려 하고 있을 때, 그러한 분위기를 전혀 인지하지 못한 듯한 시너스의 목소리가 들려오고 있었다.

"으음? 그보다 이 구수한 향기는 어디서 나오는 거죠?"

그의 물음에 일행들은 코를 간질이는 향기를 쫓아 주변을 두리번거렸고, 곧 카타리나가 그 향기의 근원지를 찾은 듯 거리의 구석진 곳에 위치한 한 작은 가게를 가리키는 것이었다.

"아무래도 저 가게에서 나오는 것 같은데, 한번 들어가 볼까요?"

다른 친구들 역시 관심이 생겼는지 약속이라도 한 듯 가게로 향하였고, 분위기에 완전히 휩쓸린 케티에론 황녀 또한 새로운 볼거리를 즐기기 위해 그들을 뒤따르고 있었다.

어영부영 친구들에게 무시를 당해 버린 뮤스는 그들의 뒷모습을 보며 무능한 자신의 모습에 한숨을 내쉬었다.

"후우… 내가 언제부터 이렇게 존재감없는 사람이었지? 완전히 늦어 버리게 생겼군."

"하아… 뭐, 아직 젊은 만큼 호기심이 많겠죠. 히인 군의 말대로 기왕

늦어졌으니 하루쯤은 아무 생각 없이 기분을 내보는 것도 나쁘진 않을 것 같군요."

고개를 돌려보니 도이첸 제국 황제가 지친 모습으로 서 있었다. 애초부터 체력이 약했던 이유도 있지만, 항상 힘이 넘치는 뮤스의 친구들을 따라다니는 일 그 자체만으로도 그리 녹록한 것이 아니었기에 큰 피로감을 느끼는 중이었다. 그의 말을 잠시 생각해 보던 뮤스는 짐짓 음흉한 표정을 지어 보이며 대답했다.

"하긴… 분명 투르코스 재상님께서는 폐하께 두 분을 잘 보살펴 달라고 부탁하셨으니, 책임은 폐하에게 있는 겁니다. 하핫!"

"하하하! 이런… 이야기가 그렇게 되는 것이군요. 뭐, 설마 투르코스 재상이 제 앞에서 역정을 내기야 하겠습니까? 안 보이는 곳에서 욕을 할지는 몰라도 말이죠."

그렇게 웃으며 뮤스의 말을 받아넘기던 도이첸 제국의 황제는 시너스가 사라진 곳을 바라보며 말했다.

"문득 선착장을 둘러보며 작은 것들 하나하나에 놀라며 기뻐하는 듀들란 제국의 황제를 보고 있자니 생각이 이러한 생각이 들더군요."

"음."

조금 숨을 돌린 도이첸 제국의 황제는 어두운 바다 쪽을 바라보며 하던 이야기를 이어나갔다.

"뮤스 원장님도 잘 아시겠지만, 대제국의 황제라는 지위가 가져다주는 권력과 부귀, 그리고 명예는 참으로 대단한 것이죠. 그들의 말 한마디에 지도가 바뀌게 되고 수백, 수천 명의 목숨을 살리고 죽이는 일이 가능하답니다. 그야말로 절대권능… 대륙의 수많은 사람들이 그에 비하면 일각조차 되지 않는 권력, 부귀, 명예를 얻기 위해서 서슴없이 목숨을 내걸고 있죠."

"욕심이라는 것은 인간이 가진 가장 원초적인 본능일 테니까요."

"네, 뮤스 원장님의 말씀대로 입니다. 하지만… 지난 대륙의 역사를 통틀어 그 모든 것을 가졌다고 하는 황제들 중 진정으로 행복한 삶을 산 황제가 몇 명이나 될까요?"

대답을 구하는 물음이 아님을 잘 알고 있던 뮤스는 조용히 계속될 그의 이야기에 귀를 기울였다.

"아마도 다섯 손가락으로 꼽아도 충분할 것입니다. 후훗, 그야말로 세상의 모든 것을 가졌지만, 자신이 원하는 작은 행복을 가지지 못하는 불쌍한 인간. 그것이 바로 황제라는 존재인 것 같더군요. 특히 듀들란 제국의 황제와 같이 어린 나이에 즉위하여 제대로 된 자유 한 번 누리지 못한 황제라면 더 더욱 그럴 가능성이 크겠죠. 신분으로 보자면 거의 동등한 위치겠지만, 조금이나마 세상을 오래 살아온 선배로서 언제 다시 찾아올지 모를 오늘과 같은 기회를 빼앗기는 싫은 것이 솔직한 심정이랍니다."

파도에 조금씩 기우뚱거리는 배들을 보며 황제의 이야기를 들으며 되뇌던 뮤스는 입가에 미소를 걸며 물었다.

"그렇다면 폐하께서는 어떠하시죠? 먼 미래에 그 다섯 손가락에 꼽히는 황제들 사이에 들어가실 수 있겠습니까?"

잠시 자신의 손을 내려다보던 도이첸 제국의 황제는 다른 손의 손가락을 하나 더 펴 보이며 똑똑한 어조로 대답했다.

"이 한 손으로 꼽을 수 있을 만큼 행복한 황제가 되도록 노력해 보고, 그것이 힘들다면 다른 한 손에 들어갈 만큼 행복한 황제가 되도록 노력할 생각입니다. 또, 그것조차 힘들다면 발가락까지라도 쓰면 되겠죠. 결국 자신의 행복은 자신이 만들어가는 것이니 노력하는 만큼 이룰 수 있지 않겠습니까?"

황제의 시원한 대답에 뮤스는 웃음을 터뜨리며 맞장구를 쳤다.

"하하핫! 그야 두말할 나위가 없는 것이죠. 하지만 조금 걱정되는 것은 폐하를 보필하는 신하들이 상당히 난감해하지 않을까라는 것입니다. 어찌 보면 비밀리에 벨링 궁에서 이곳까지 오신 것도 폐하의 행복을 위한 일이 아니셨습니까. 지금쯤 벨링 궁이 발칵 뒤집혀 있을 텐데 말이죠."

황제는 어깨를 으쓱이며 고개를 저었다.

"뭐, 이런 황제를 만난 것도 신하들의 운명이겠죠. 시간이 지나면 체념하고 그러려니 하지 않겠습니까? 그것보다 이야기가 길어져 버렸군요. 우리도 이만 가게로 들어가 보도록 할까요?"

"네, 그렇게 해야겠습니다. 제 친구들이 또 무슨 일을 벌일지 알 수 없으니까요."

농담조의 가벼운 말로 이야기를 마무리 지은 뮤스와 도이첸 제국의 황제는 일행들이 먼저 들어간 가게를 향해 걸음을 옮기기 시작했다.

가게는 밖에서 보던 것과 하등 다를 바가 없었다. 협소한 공간에는 나무로 만든 작은 테이블이 몇 개 있을 뿐이었고, 그리 많지 않은 사람들이 자신의 자리를 차지하고 앉아 대화를 나누며 잔에 담긴 무엇인가를 마시는 모습이었다. 가게 안의 손님들을 유심히 살펴보던 폴린이 먼저 말을 꺼냈다.

"아무래도 저 검은색 차를 파는 가게인 것 같은걸? 모두들 똑같은 것만 마시고 있어. 카타리나, 세이즈, 저런 차에 대해서 들어본 적 있니?"

하지만 카타리나와 세이즈에게 역시 낯선 차였는지 고개를 내저었다.

"글쎄, 처음 보는 차인걸? 하지만 이렇게 구수한 향이 나는 걸 보니 왠지 굉장히 맛있을 것 같아!"

"그러게. 한번 마셔보면 알겠지."

이제 막 가게 안으로 들어와 그녀들의 대화를 듣게 된 뮤스는 그와 비슷한 차에 대해 알고 있었기에 기억을 더듬으며 끼어들었다.

"아! 아마 커피라고 하는 차일 거야. 오이랍 대륙에서는 재배되지 않는 차이기 때문에 널리 알려지지 않았지만, 이곳 같은 항구 도시에서는 다른 대륙으로부터 소량씩 들여와 음용하고 있다더군."

가게를 둘러보던 도이첸 제국의 황제 역시 커피라는 차에 대해 들어본 적이 있는지 자신이 알고 있는 이야기를 늘어놓기 시작했다.

"커피라고 하는 차는 동쪽의 대륙에서 많이 재배된다고 하더군요. 이 차는 사람의 기분을 들뜨게 만들고, 집중력을 향상시켜 주는 동시에 잠을 쫓는 기능이 있어서 주로 동쪽 대륙의 성직자들이 음용을 한다고 들었습니다. 하지만……."

카타리나와 세이즈, 그리고 폴린이 이어질 이야기에 귀를 기울이고 있을 때, 가게의 한쪽으로부터 귀에 익은 목소리의 비명성이 들려오기 시작했다.

"으엑… 이게 뭐야! 이거 정말 사람이 마시는 거 맞아?! 독약이잖아!"

"끄으윽! 죽을 것 같아! 어, 엄청나게 쓰다구!"

시선을 돌린 그녀들은 목을 부여잡은 채 있는 대로 인상을 구기고 있는 히안과 벌쿤을 볼 수 있었는데, 어느새 자리를 잡고 앉아 커피라는 이름의 낯선 차를 한 번에 들이켜 버린 모양이었다. 그러한 히안과 벌쿤을 바라본 도이첸 제국의 황제는 어느 정도 예상했던 결과인 양 어깨를 으쓱거리며 말을 이었다.

"뭐… 저렇게 보통 사람은 감당하지 못할 정도로 쓰다고들 하더군요."

히안과 벌쿤의 반응을 보며 반신반의한 시너스는 잔에 조금 남은 커피를 마셔보았다. 적은 양이었기에 그들만큼 괴로워하지는 않았지만, 상상하던 맛과는 상당히 거리가 있다고 느끼는 중이었다. 다시 한 번 가게 안에 있는 손님들의 얼굴을 살핀 시너스는 의아한 듯이 물었다.

"이렇게 쓴 것을 다른 사람들은 즐기듯이 마시고 있군요. 아니면 이곳의 사람들이 우리와는 전혀 다른 미각을 가진 것일까요?"

시너스가 던진 질문의 답을 알 수 없었던 일행들은 머리를 긁적일 뿐이었다. 그때 가게의 한쪽 구석에서 한 사내의 목소리가 들려오기 시작했다. 이곳에 듀들란 제국의 영토임에도 불구하고 아주 정확한 발음의 도이첸 제국어였는데, 대외 무역의 중심지인만큼 한두 가지의 언어에 능통한 사람은 흔한 것이었다.

"하핫! 거참, 이 기가 막힌 맛을 모르는 불쌍한 젊은이들이군 그래! 아무래도 내륙에서 온 샌님들처럼 보이는데, 어디서들 오셨나?"

건들거리는 말투였지만, 호탕한 목소리와 잘 어울렸기에 아주 자연스럽게 느껴지고 있었다.

뮤스 일행들은 목소리가 들려온 곳으로 고개를 돌렸다. 그곳에서는 상당히 불량해 보이는 차림새를 한 사내가 커피 잔을 든 모습으로 뮤스 일행들을 향해 웃음 짓고 있었다. 대략 30대 중반쯤 되어 보였고, 군살없는 몸매에 밝은 금발, 그리고 제법 호감이 가는 외모를 가진 사내였다. 그의 말에 기분이 상한 히안이었으나 직접적으로 말을 할 용기가 없었는지 벌쿤을 향하여 소곤거렸다.

"저 식욕 저하시키는 아저씨는 대체 뭐야? 기분 나쁘게 잘난 척이나 하고 있군."

히안의 의견에 별다른 동의를 하지 않은 벌쿤은 흥미진진한 얼굴로 폴린의 표정을 살피며 입을 열었다.

"호오… 형은 그렇게 생각할지 모르겠지만 폴린 누나는 형과 조금 다른 소견을 가지고 있는 듯한걸? '와우! 정말 멋진 남자인걸?' 라고 외치는 표정이라고."

그의 말에 히안은 깜짝 놀라며 고개를 돌렸다.

"뭐, 뭐야? 포, 폴린이?"

아니나 다를까, 폴린은 반쯤 풀린 눈으로 그 사내를 향해 다가가고 있었는데, 그것을 본 히안은 큰 한숨을 내쉬며 말을 이었다.

"바보 녀석, 저 표정은 '와우! 정말 멋진 남자인걸?' 이 아니라 '히안 따위와는 정말 비교가 되지 않는 남자인걸?' 이라는 표정이라고."

어깨를 으쓱거린 벌쿤은 머리를 긁적였다.

"뭐, 둘 다 비슷한 뜻이 아닐까? 그것보다 아무래도 폴린 누나가 접근하려는 것 같은데 가만히 보고만 있을 거야?"

벌쿤의 물음에 피식 웃은 히안은 오히려 별것 아니라는 듯 여유를 부리는 것이었다.

"훗! 저렇게 잘난 남자가 폴린 같은 애를 거들떠나 볼 것 같냐? 내기를 해도 좋아. 만약 저 남자가 조금이라도 폴린한테 관심을 보이면 1젤피를 주지."

"오호, 대단한 자신감인걸? 하지만 자기 약혼녀를 두고 할 말 같지는 않군. 결국 형 스스로 욕하는 거잖아?"

히안은 짜증스러운 표정을 지었다.

"잠자코 두고 보기나 하라구. 주인 아저씨! 여기 시원한 물 한 잔 주세요!"

"헤에… 겉으로는 그렇게 말해도 속으로는 목구멍이 좀 타는가 보군. 뭐, 나랑은 상관없는 일이니까 알아서 하라구."

히안과 벌쿤이 긴박하게(?) 돌아가는 상황에 예의주시하고 있는 사이 폴린은 예의 남자를 향해 눈웃음을 치며 사근사근한 목소리로 말하고 있었다.

"저희는 저 멀리 도이첸 제국에서 왔어요. 그러니 생전 커피라는 것을 마셔본 적이 없는데, 정말 이게 맛있는 것인가요?"

폴린의 말에 팔짱을 낀 사내는 약간의 의아함과 호기심이 뒤섞인 얼굴로 되물었다.

"호오, 도이첸 제국에서 왔다고? 도이첸 제국어를 사용하길래 기껏 해봐야 스윈 제국이나 주변의 공국에서 왔는 줄 알았는데, 훨씬 먼 곳에서 온 친구들이군. 그렇다면 커피의 맛을 알 리가 없지. 제대로 된 커피를 마셔본 적도 없을 테니 말이야. 그런데 아가씨 이름이?"

"아, 저, 저는 폴린이에요. 그리고 이쪽은 제 친구들과 일행 분들이구요."

"폴린이라. 귀여운 아가씨에게 제법 잘 어울리는 이름인걸? 후훗, 나는 동료들이 다이스라고 부르지. 물론 본명은 아니지만 그렇게 더 많이 불리다 보니 오히려 본명보다 편하더군. 그럼 폴린 양, 그리고 다른 사람들도 관심이 있다면 여기 앉아서 안목을 넓히도록 하라구."

"네! 잘 부탁드려요. 호호호!"

희희낙락하는 다이스와 폴린의 모습을 지켜보던 벌쿤은 득의의 미소를 지으며 히안을 향해 손을 내밀었다.

"형, 1겔피. 뭐, 이런 상황에서 딱딱하게 굴기는 싫지만, 내가 먼저 말을 꺼낸 것도 아니고 형이 먼저 말을 꺼냈으니……."

벌쿤은 순간 하던 말을 멈추었는데, 마치 안경 넘어 히안의 눈동자에서 불꽃이 일어나는 것을 본 듯했기 때문이다. 아니나 다를까, 히안의 이가는 소리가 들리기 시작했다.

"으드득… 저 녀석 틀림없이 머리를 다치거나 했을 거야! 아니면 예전의 나처럼 무섭도록 시력이 나쁘거나 말이야. 그렇지 않고서야 어떻게 폴린한테 저렇게 호감 어린 시선을 던질 수 있지?! 그렇지 않냐, 벌쿤?

내 말이 어디 틀린 거야?"

잔뜩 흥분한 히안을 향해 벌쿤은 손을 내저으며 말했다.

"아까도 말했지만 정말 자기가 무슨 소리를 하는지 알고나 있는지 모르겠군. 정작 폴린 누나랑 약혼한 건 형이라고. 기억은 나는 거야? 자신에게 물어보는 편이 훨씬 빠를 텐데."

벌쿤이 예민해진 기분을 건들자 히안은 소리를 버럭 지르고야 말았다.

"조용히 해! 나는 폴린의 계략에 넘어간 거라고!"

이에 가게 안의 사람들은 움직임을 멈추었고, 모든 시선은 그에게 집중되었다. 자신을 향해 쏟아져 오는 여러 시선들을 느낀 히안은 더 이상 아무 말도 못한 채 입을 다물고 우물거렸다. 잠시 조용한 분위기가 이어지고 있을 때 특유의 건들거림이 섞인 다이스의 목소리가 들려왔다.

"어이! 거기 소란스러운 청년! 자네도 폴린 양의 일행인 듯한데, 무슨 일인지는 모르지만 그렇게 시끄럽게 떠들지 말고 이쪽으로 와서 커피에 대해 들어보는 것이 어때? 지금까지 모르던 새로운 세상을 알게 될 테니까 말이야."

다이스의 제안이 마음에 들지는 않았지만, 어찌 되었든 불편한 상황에서 벗어나야 했던 히안은 불만이 가득한 얼굴로 아무런 대꾸 없이 그의 말에 따랐다.

폴린과 일행들은 두 개의 테이블을 붙이고 다이스의 주변으로 둘러앉아 그의 설명에 귀를 기울였다. 좁은 가게였기에 여러 사람이 몰려 앉아 있는 것이 꽤나 번잡해 보였으나 무뚝뚝한 표정의 가게 주인은 자신의 할 일만을 할 뿐 별다른 관심을 가지지 않고 있었다.

다이스는 하얀 연기가 피어오르는 커피 잔을 들고 주변의 사람들에게 커피에 대한 예찬론을 늘어놓는 중이었는데, 비단 폴린과 일행들뿐만 아니라 그 외의 손님들 역시 그의 이야기에 귀를 기울이는 듯했다.

"…커피란 수십 가지의 얼굴을 가지고 있는 변덕쟁이라고 설명을 할 수 있지. 산지에 따라, 볶는 정도에 따라, 그리고 추출하는 정도에 따라, 심지어는 날씨에 따라서도 그 맛의 변화가 다양한데, 그것을 절묘하게 조율하여 커피가 가진 매력을 최대한 이끌어내는 사람을 바로 '바리스타'라고 부르지. 물론 커피를 처음 접하는 사람들은 아까 이 젊은 친구들과 같은 반응을 보이기 십상이야. 왜냐하면 커피가 가진 여러 가지 맛을 분별해 내기에는 혀가 둔감하기 때문이지. 가장 강렬한 쓴맛 외에는 전혀 느낄 수가 없다고나 할까? 하지만 내 설명을 듣고서 마신다면 커피가 가진 매력을 어렴풋이나마 느낄 수 있을 거야."

잠시 말을 멈춘 다이스가 손뼉을 치자 묵묵히 자신의 일을 하던 가게의 주인은 미리 준비라도 한 듯 주방에서 여러 잔의 커피를 내와 폴린과 일행들 앞에 조심스럽게 내려놓았고, 곧 다이스의 말이 이어졌다.

"처음부터 너무 욕심 내지 말고 천천히 마셔보라구. 우선은 향을 음미하고, 바디감, 쓴맛과 단맛, 그리고 신맛을 느끼는 거야."

그의 말을 들은 일행은 자신들 앞에 놓인 커피 잔을 들었다. 이미 히안과 벌쿤의 고통에 찬 행태를 목격했던 일행들인만큼 조심스러운 모습이었다.

일행들은 코끝을 간질이는 감미로운 향기를 맡은 후 천천히 잔을 입으로 가져갔다. 그리고 뜨거운 열기를 느끼며 한 모금의 커피를 들이키자 진한 커피 향과 함께 자극적인 쓴맛이 혀를 통해 전해졌다. 하지만 좀 전의 히안이나 벌쿤처럼 비명을 지르는 이는 없었는데, 서서히 사라지는 쓴맛의 꼬리를 물고 처음 느껴보는 고소한 향이 입 안 구석구석으로 퍼지기 시작함을 느꼈기 때문이다.

"으음……"

쓴맛과 함께 전해지는 고소한 맛에 자신도 모르는 침음성을 터뜨리는 일행들을 보며 흐뭇한 미소를 지은 다이스는 자신 역시 커피 한 모금을 들이키며 입을 열었다.

"후훗, 모두들 커피의 단맛을 느낀 듯하군. 생각보다 괜찮은 미각을 가졌는걸? 적어도 한두 명쯤은 그 맛을 느끼지 못할 것이라고 생각했는데 말이야."

그러한 다이스의 말에 뜨끔이는 가슴을 안고 일행들의 눈치를 살피는 두 사람이 있었으니, 바로 히안과 폴린이었다. 아무리 단맛을 느껴보려 해도 혀를 빼물 정도의 쓴맛밖에는 느끼지 못했던 것이다. 하지만 나름대로의 이유로 다이스에게 무시당하는 것이 싫었던 두 남녀는 겉으로 내색할 수 없었고, 결국 친구들이 커피의 맛을 즐길 때 눈물을 삼키며 표정 관리를 할 뿐이었다.

"하… 하핫! 과연 단맛이 나는걸? 그렇지 않아, 폴린?"

"다, 당연하지! 단맛이 아주 똑똑히 느껴지는걸? 호… 호홋!"

서로 맞장구치며 어색한 웃음을 터뜨리고 있을 때 벌쿤이 다이스를 향해 물었다.

"어라? 그러고 보니 커피가 식을수록 신맛이 강해지는걸요? 아까는 식기 전에 모두 마셔 버려 못 느꼈는데……."

그의 말에 다이스는 호탕하게 무릎을 치며 대답했다.

"하하핫! 자네는 겉보기와 다르게 굉장히 예민한 미각을 가지고 있는 것 같군. 지금 마신 커피는 주로 쓴맛과 단맛에 치우쳐 있기 때문에 신맛을 느끼기는 굉장히 힘들지. 그런데 신맛을 느끼다니 칭찬해 줄 만한 걸?"

"하핫! 제가 요리에 취미가 있어서 미각은 조금 발달했거든요!"

잠시 벌쿤의 건장한 체구를 살펴보던 다이스는 쉽게 이해가 안 간다는 듯 고개를 갸웃거렸다.

"요리라… 자네한테 그다지 어울리는 취미는 아닌 것 같군. 아무튼 이 친구가 말한 것처럼 커피는 뜨거울수록 쓴맛이 강하고, 식을수록 신맛이 강해지는 특징이 있지. 다시 신맛에 신경을 기울여서 한 번씩 음미해 보도록 하라구."

일행은 마치 수업을 듣는 학생들처럼 진지한 태도로 커피의 숨겨진 맛을 찾기에 열을 올리고 있었다.

반면 히안과 폴린은 둔감한 미각으로 인해 더욱 미궁에 빠지는 기분을 느끼는 중이었는데, 결국 열등감에 열이 오를 대로 오른 폴린은 더 이상 다이스에게 잘 보이기를 포기했는지 가장 만만한 히안의 목덜미를 잡고 흔들며 투덜거리기 시작하는 것이었다.

"히안! 너는 저 커피에서 단맛, 신맛이라는 게 느껴지냐? 앙?! 벌큰 녀석은 단순히 요리가 취미일 뿐이고, 나는 엄청나게 큰 음식점을 운영하는 집안의 딸인데 왜 나는 안 느껴지는 거냐고! 대체 이유가 뭐야!"

히안은 목덜미를 잡고 있는 폴린의 손아귀에서 벗어나려 안달하며 말했다.

"이, 이거 놔! 숨 막힌다고!"

하지만 그의 말 따위는 귓등으로조차 듣지 않는 폴린은 더욱 크게 흔들며 외치는 것이었다.

"히안! 너도 지금 나를 비웃고 있는 거지?! 쳇! 저런 맛없는 차 따위야 안 마시면 그만인 거야! 잘난 척하지 말라고!"

"쳇! 너만 안 느껴지냐? 나도 안 느껴진다고! 뭐 이런 걸 서로 닮고 그러는 거야!"

그제야 폴린은 히안의 말을 들었는지 그의 목덜미를 놓았다.

"어머! 그런 거니? 호호홋! 나만 못 느끼는 줄 알고 얼마나 상심했는데 그래. 그래도 같이 못 느끼니 다행이다. 휴우."

"다행은 무슨 다행이야! 나중에 2세 걱정을 한번 해보라고. 이러다가는 나무 막대기 혀를 가진 자식이 태어날지도 모른다고."

짧은 시간에 어느 정도 기분이 좋아진 폴린은 히안의 말을 반쯤 흘려들으며 대수롭지 않게 대답했다.

"아무렴 어때. 세상에는 커피 말고도 맛있는 것들이 얼마든지 있으니 상관없어. 그리고 괜히 맛들여 봤자 어차피 도이첸 제국으로 돌아가면 마시지도 못할 텐데 말이야."

"으음… 그런가?"

어느새 현실과 타협하고 있는 두 남녀를 보며 벌쿤은 혀를 찼다.

"쯔쯧… 결국 이렇게 될 걸 뭐 하러 에너지 낭비하면서 티격거리는 거야? 밥이 아깝다, 아까워."

뮤스와 일행들이 혀 위에서 감도는 커피의 여운을 즐기고 있을 때였다. 반투명한 유리로 만들어진 커피 가게의 정문 너머로 큰 장정들의 그림자가 어른거리기 시작하더니 곧 문을 박차는 소음이 들려왔다.

쫘강!!

그로 인해 문짝은 거의 부서지며 활짝 열려졌고, 바에 기대어 서서 커피 잔을 수건으로 닦던 주인은 살짝 눈썹을 일그러뜨린 모습이었다.

가게 안 모든 이들의 이목을 집중시키며 등장한 인물들. 기대와는 달리 등이 굽은 볼품없는 한 늙은이와 어디에서나 볼 수 있음 직한 평범한 얼굴의 장정들이었다. 하지만 그의 입에서 터져 나오는 말투만은 예사가 아니었는데, 그 거침없음이 동네의 불량배들과 다름이 없을 정도였다.

"다이스 이 자식! 또 여기 처박혀 있는 게냐! 선장이라는 놈이 배는 거들떠보지도 않고 커피 가게에 처박혀 노닥거리기만 하다니! 이런 바닷물에 튀겨 죽일 녀석!"

뮤스와 일행들은 한 번에 누구를 향해 외치는 말인지 금세 알 수 있었고, 무럭무럭 자라나는 호기심을 느끼며 다이스를 향해 시선을 돌렸다. 하지만 다이스는 정체 모를 늙은이의 불호령에도 불구하고 느긋한 모습으로 커피를 마시고 있었다. 아니, 오히려 늙은이의 등장을 알지도 못하는 듯한 표정이었는데, 그저 커피 마시는 일 외에는 아무것도 그의 머리 속에 없는 듯했다. 이러한 다이스의 태도에 화가 치밀 대로 치민 늙은이는 손짓을 하며 등 뒤의 장정들을 향해 말했다.

"네 녀석들은 멀뚱히 서서 뭘 하고 있는 게냐! 어서 선장을 잡아와!"

그러나 장정들은 난감한 상황이었는지 서로의 표정을 살피며 우물거리기만 할 뿐 이렇다 할 행동을 취하지 못하고 있었다.

"스, 스티치 행정관님, 아무리 그래도 선장님이신데, 그렇게 거칠게 나가도 되는 겁니까?"

"에이! 그렇고말고요. 게다가 우리 같은 녀석들이 아무리 들러붙는다고 해도 다이스 선장님을 당해낼 수 있을 리 없잖습니까. 무리한 일이라는 겁니다!"

장정들의 자신감없는 대답을 들으며 칼눈을 치켜뜬 늙은이는 그들의 얼굴을 하나씩 노려보며 또박또박 말했다.

"홍! 네 녀석들이 그렇게 나온다 이거지? 좋아, 이번 물자 보급에서 럼주는 빼도록 하지! 어디 한번 취기없이 넓은 대양을 신나게 달려보라구. 늙어서 그런지 나는 술을 좀 줄여야겠어."

"허, 허걱!"

과연 늙은이의 말이 강력한 자극제가 되었는지 장정들은 이전과 눈빛을 달리했다. 그리곤 생각할 필요도 없다는 듯 십여 명의 장정이 다이스를 향해 뛰어들기 시작했다.

"우워워어!! 선장님! 저희를 용서하십시오!"

다급한 마음에 서로 앞뒤를 다투며 뛰어드는 장정들을 힐끔 바라본 다이스는 팔걸이를 짚으며 몸을 일으켰다.

"허허… 줏대없는 녀석들. 그깟 술 몇 통에 선장을 배신해 버리다니… 나의 존재가 그 정도밖에 되지 않았던 건가."

멋쩍은 웃음을 터뜨린 그는 찻잔을 탁자 위에 내려놓는 동시에 그 앞의 의자를 밟으며 한 마리의 새와 같이 멋들어진 모습으로 공중을 향해 뛰어올랐다.

촤앗!

그의 도약력은 결코 범상한 것이 아니었다. 그러나 세상의 모든 일은 과하면 모자라는 것만 못한 법. 뭔가를 보여줄 듯 뛰어오른 그는 시시하게도 그리 높지 않은 커피 가게의 천장에 머리를 꽂은 형상이 되어버렸다.

꽈아앙!

"으아아악!"

불에 데인 듯한 고통을 느낀 다이스는 짧은 비명을 지르며 바닥으로 추락했고, 십여 명의 장정은 기다렸다는 듯이 그 위를 덮쳤다.

"선장님이 떨어졌다!"

"어서 덮쳐랏!"

우루루루룩!

나무 바닥 위로 먼지가 피어오르고 다이스와 장정들이 이리저리 엉켜 뒹굴기를 시작한 지 얼마 후, 모든 상황은 깨끗이 정리되어져 있었다. 손가락 굵기의 밧줄이 다이스의 손과 다리를 옴짝달싹 못하도록 옭아매고 있었는데, 그러한 상황에서조차 다이스는 포기 못한 듯 악을 쓰며 빠져나가려 애쓰는 중이었다.

"이 녀석들! 내가 이대로 잡힐 줄 알고 있는 거냐! 우쭐하지 말라고! 이거 당장 풀란 말이다!"

하지만 다이스의 눈빛을 애써 피한 장정들은 하나같이 딴청을 피우고 있었고, 그의 말을 들으려 하는 이는 아무도 없었다. 흐뭇한 표정으로 그들을 바라보고 있던 스티치라는 늙은이는 뒷짐을 지며 말했다.

"자, 이제 선장도 찾았으니 배로 돌아가 보급을 어서 서두르자고. 내일 날 밝는 대로 출항을 하려면 오늘 일찍 자야 할 게야."

"예! 행정관님!"

스티치의 말에 따라 장정들이 자신을 끌고 나가려 하자 다이스는 한풀 꺾인 목소리로 입을 열었다.

"이, 이봐, 스티치 영감. 너무 쪼잔하게 굴지 말고 짧게나마 몇 마디 나눴던 친구들에게 작별 인사를 할 시간은 좀 달라고. 그 정도는 해줄 수 있잖아? 응?"

인상을 찌푸린 스티치는 의심스러운 얼굴로 다이스를 물끄러미 바라보았다.

"또 무슨 꿍꿍이를 가지고 있는 게야? 설마 도망갈 계략을 꾸미고 있는 건 아니겠지?"

"후훗, 아가씨들 앞에서 치졸하게 도망갈 수는 없는 법 아니겠어? 그냥 인사나 한마디 하고 가려는 거니까 걱정하지 말라구, 할배."

넉살 좋게 말을 한 다이스는 자신을 잡고 있는 장정들을 끌어당기며 뮤스 일행에게로 다가가더니, 밧줄에 묶인 자신의 몰골을 잊은 듯 당당한 목소리로 말하는 것이었다.

"어이, 아가씨들. 나는 급한 일이 생겨 먼저 자리를 떠야겠군. 후훗, 조금 더 깊은 이야기를 하면서 시간을 보낼 수 있지 않을까 기대를 하고 있었는데, 운이 나쁘게도 일이 이렇게 되어버렸군. 혹시라도 말야, 내게 관심이 있다면 선착장의 화이트스프린터호를 찾아오라구! 순백색의 배이니 한눈에 알아볼 수 있을 거야. 그럼 또 만나길 바라면서 이만 실례."

가볍게 윙크를 날린 다이스는 묶인 손을 힘겹게 흔들며 등을 돌렸고, 스티치는 한탄에 가까운 한숨을 내쉬며 그의 뒤를 따르기 시작했다. 그들의 모습이 문밖으로 완전히 사라지고 나서야 다이스의 행동을 불만스럽게 지켜보고 있던 히안이 버럭 화를 내며 허공에 주먹질을 해대기 시작했다.

"도대체 뭐가 그렇게 끝까지 잘난 거냐! 부하들에게 끌려가는 주제에 말이야! 안 그래, 벌쿤?!"

벌쿤은 볼을 긁적이며 대답했다.

"다들 나가고 나서 소리 질러봐야 형만 추하다고. 그리고 썩 믿음이 가는 것은 아니지만, 대화를 듣자 하니 한 배의 선장인 것 같은데, 그 정도면 꽤나 잘났다고 할 수 있지 않을까? 듣기에는 무역선의 선장들은 엄청난 돈을 벌어들인다고 하던데 말이야."

"뭐야?! 그럼 내가 저딴 녀석보다 못하다는 거냐. 앙?!"

"음… 뭐, 굳이 따지자면……."

"너… 벌쿤!"

히안의 목소리가 커지며 주변이 시끄러워지려 할 때였다. 잠시 생각에 빠져 있던 뮤스가 뭔가 떠오르는 것이 있었는지 나직한 목소리로 중얼거리는 것이었다.

"흐음… 화이트스프린터호라… 한데……."

말끝이 흐려지자 그의 중얼거림에 귀를 기울이고 있던 도이첸 제국의 황제가 물었다.

"뮤스 원장님, 저 다이스라는 사나이에 대해 뭔가 아는 것이 있는 모양이로군요?"

가벼운 미소를 지은 뮤스는 고개를 내저으며 대답했다.

"하핫, 다이스라는 이름은 들어본 적이 없지만, 그가 말한 화이트스프린터호에 대해서는 들어본 적이 있는 듯해서 말입니다. 하지만 제가 알고 있는 이야기가 맞는 것인지는 확신할 수가 없군요."

지금껏 커피를 음미하는 데 정신이 팔려 있던 케티에론 황녀 역시 궁금한 듯 그들의 대화에 끼어들었다.

"꽤나 흥미로울 것 같은데, 괜찮으시면 들려주지 않으시겠어요?"

그녀뿐만 아니라 친구들과 시너스 역시 그에 대한 이야기를 듣고 싶은 듯하자 뮤스는 어깨를 으쓱이며 자신이 알고 있는 이야기를 꺼내기 시작했다.

"뭐, 그리 어려운 일은 아니니까요. 우선은 '해적들의 해적 헬렌'에 대한 이야기부터 해야겠군요. 그리 오래되지 않은 과거에 오이랍 대륙의 주변을 누비던 헬렌이라는 해적이 있었답니다. 그는 명호처럼 조금은 괴상한 해적이었는데, 해적들이 빼앗은 금은보화들만을 전문으로 노리는 해적이었죠. 그렇기 때문에 해적들 사이에서도 굉장히 꺼려하는 대상이었답니다. 당시만 하더라도 그리 큰 힘을 가지지 못했던 각국 황실의 함대들보다 오히려 그 헬렌이라는 해적을 더 무서워할 정도였으니까요."

뮤스의 이야기를 잠시 듣고 있던 케티에론 황녀 역시 그에 대한 이야기를 알고 있었던지 눈동자를 반짝이며 입을 열었다.

"아! 저도 헬렌이라는 해적에 대해서 들어본 적이 있어요. 과거 저희 듀들란 제국의 황실은 해상 무역 상인들을 보호하기 위해 대대적으로 해적 소탕 정책을 펼친 적이 있었답니다. 하지만 모든 해적들을 소탕한다는 것은 현실적으로 불가능한 일에 가까웠기 때문에 악명이 높은 해적들을 선별하여 본보기로 소탕할 계획이었죠. 그렇게 지목되어진 해적들 중 하나가 해적들의 해적이라는 명호를 가진 헬렌이었답니다. 하지만 황실 내에서도 그의 소탕에 대한 의견이 분분하였는데, 해적들 사이에서는 악명이 높았지만, 정작 그는 듀들란 제국의 법을 어긴 적도, 무역 상인들을 약탈한 적도 없었기에 황실의 입장에서는 그를 소탕할 명목이 없었던 것이죠. 결국 헬렌의 소탕은 각료들의 의견 차이로 인해 유보되어졌고, 십여 년 후 선황께서 세상을 떠남과 동시에 활발히 이루어졌던 해적 소탕 정책은 소강 상태가 되었답니다. 그렇지만 지금도 해적들에 대한 경계는 계속되어지고 있죠."

듀들란 제국의 황실과 얽힌 헬렌의 이야기가 끝나자 뮤스가 계속해서 말을 이었다.

"황녀님께서 말씀하신 대로 듀들란 제국 황실의 해적 소탕 정책으로 인해 거대한 세력을 가졌던 해적들은 종적을 감추었고, 지금은 그저 군소 세력의 해적들만이 간간이 출몰하고 있는 상황이라고 알고 있습니다. 한데 이러한 점이 어떠한 영향을 미쳤는지 헬렌 역시 대양에서 그 모습을 감추었는데, 그 이후 오이랍 대륙의 그 어디에서도 헬렌에 대한 소문을 들을 수가 없게 되어버렸답니다."

흥미롭게 헬렌에 대한 이야기를 듣고 있던 카타리나가 물었다.

"그런데 그 헬렌이라는 해적과 화이트스프린터호가 무슨 연관성이 있다는 거니?"

가볍게 웃은 뮤스는 잔에 남은 커피 향을 맡으며 대답했다.

"바로 그 해적 헬렌의 모선 이름이 화이트스프린터호, 대양을 질주하는 하얀 배라는 뜻을 가지고 있지."

뮤스의 이야기에 친구들은 눈을 휘둥그렇게 뜨며 놀라고 있었다. 마른 침을 꼴깍 삼킨 히안은 다이스가 앉아 있던 빈자리를 보며 말했다.

"그, 그럼 방금 전에 그 다이스라는 녀석이 바로 해적 헬렌이라는 말이야? 분명히 자기의 배 이름이 화이트스프린터호라고 말했잖아?"

순진한 얼굴로 놀라고 있는 히안을 본 뮤스는 피식 웃으며 고개를 내저었다.

"훗… 하지만 동일 인물이라고 볼 수는 없어. 왜냐하면 해적 헬렌의 전성기 때 나이가 40대 후반이었고, 모습을 감춘 지 20여 년이나 흘렀으니 살아 있다고 해도 지금쯤은 노인이 되어 있을 테니까 말이야."

"하긴… 그렇게 어벙해 보이는 녀석이 해적일 리는 없지. 그저 어디서 주워들은 이름을 자기 배에다 가져다 붙였을 거야."

"흠, 그럴 수도 있겠지만 그렇다고 쉽게 단정 짓기에도 이상한 점이 있어."

뮤스의 말에 일행들은 시선을 모았다.

"화이트스프린터호는 헬렌의 이름만큼이나 빠르기로 유명했지. 그에게 앙심을 품은 해적들이 그를 잡기 위해 안간힘을 썼지만, 해적들이 가진 배로는 도저히 화이트스프린터호의 속도를 따라잡을 수 없었기 때문에 모두들 포기해 버리고 말았다는 이야기가 있거든. 도장 정도는 얼마든지 하얀색으로 칠할 수 있겠지만, 배의 형태까지 따라 만들기는 힘든 일이지. 우리가 선착장에서 봤던 하얀색의 배를 한번 생각해 봐. 그 배가 아무래도 방금 전에 나간 다이스라는 사람의 배인 것 같은데, 얇은 유선형의 선체나 기형적으로 큰 돛을 본다면 이 선착장에 정박되어 있는 배들 중에 가장 빠를 것이라고 장담할 수 있어. 그러니 해적 헬렌의 화이트스프린터호와 다이스의 화이트스프린터호가 완전히 다르다고 단정 지을 수는 없는 일이지. 그리고 화이트스프린터호의 또 다른 특징은… 뱃머리가 철갑으로 둘러져 있어 충돌 공격에 당해낼 함선이 없었다고 하더군. 그리고 보니 이곳에 정박해 있는 화이트스프린터호는 뱃머리가 천에 싸여 있었던가?"

대수롭지 않은 표정으로 이야기하고 있는 뮤스와는 달리 시너스는 다이스의 정체에 대한 깊은 생각에 잠겨 있는 듯했다. 자신이 한순간이나마 마음을 빼앗겨 동경했던 화이트스프린터호가 자국에 큰 해를 입히고 있는 해적들의 배라 하니 일종의 배신감을 느꼈던 것이다. 그는 이내 침중한 표정으로 입을 열었다.

"듀들란 제국의 정책상 모든 해적들은 섬멸되어야 할 존재들입니다. 만약 지금 선착장에 정박되어 있는 화이트스프린터호라는 배가 정말 해적선이라면 그냥 넘겨서는 안 될 사실입니다. 그들이 무슨 뜻을 품고 이곳에 나타났는지는 아무도 모를 일이니까요."

별 생각 없이 꺼낸 말에 시너스가 심각한 반응을 보이자 케티에론 황녀는 그의 어깨에 손을 올리며 부드러운 목소리로 말했다.

"꼭 그 배의 이름이 화이트스프린터호이고, 생김새가 비슷하다고 해서 그들을 해적이라고 단정 지을 수는 없는 일이잖니? 조금 모자라는 사람이 아닌 이상 황실 함대가 잔뜩 포진해 있는 이곳에 들어올 리는 없을 거란다. 게다가 헬렌이라는 사람이 해적 이외의 사람들에게는 피해를 입힌 적이 없다고 하니 그렇게 걱정하지 않아도 될 거야."

"하지만……."

그녀의 말에 뭐라 반박할 말이 없었던 시너스는 아쉬움을 표하며 말을 흐리고 있었다.

남매의 이야기를 듣고 있던 히안은 골치 아픈 듯 머리를 짚었는데, 자신의 말 한마디로 인해 쟈트란에서의 애견 가게를 없애 버릴 뻔했던 일과 이번 일을 보며 그의 고지식함에 놀란 듯했다.

"폐하, 송구스럽지만 저 역시 황녀님의 이야기에 손을 들어드리고 싶습니다. 아무리 해적이라도 적진에 함부로 뛰어들 정도로 무모하지는 않을 것입니다. 해적이라고 목숨이 여럿 붙어 있는 것은 아니니까요."

다들 히안의 말에 수긍하는 듯 고개를 끄덕였고, 그에 힘을 얻은 히안은 웃으며 말을 이었다.

"자자, 기분 좋게 이곳까지 왔는데, 근심은 접어두고 이 시간을 즐기

시는 것이 어떻겠습니까? 나중에 후회하게 될지도 모르는 일이랍니다."

히안과 다른 일행들의 뜻이 같은 듯하자 더 이상 고집을 피울 수 없었던 시너스는 고개를 끄덕여 보였다. 하지만 그의 눈빛에는 아직까지도 해적들에 대한 생각이 스며들어 있었다.

뮤스와 일행들이 트웨이드의 별궁에 도착한 것은 연회를 병행한 저녁 식사가 모두 끝난 시간이었다. 이미 달이 서쪽으로 기울어지고 있는 시간이었기에 시너스와 케티에론 황녀의 늦은 귀가에 가슴을 졸이고 있던 투르코스 재상과 루스티커는 그들을 크게 반가워하며 맞아주었고, 본의와는 상관없이 일행의 책임자가 되었던 도이첸 제국의 황제에게는 그리 곱지 않은 시선을 던져 주었다. 하지만 그의 예상대로 자신의 신분이 신분인만큼 쓴 소리를 듣지 않아도 되었기에, 그것만으로도 다행이라 생각하고 있었다.

각국의 귀족들은 약간의 술기운에 취해 마련된 숙소로 자리를 옮겼고, 뮤스와 일행들 역시 긴 여정과 트웨이드 항 구경으로 쌓인 피로를 느끼며 하루를 마무리하고 있었다.

119장 황제들의 납치

트웨이드의 황실 별궁은 비록 규모 면에서 특이할 점은 없었으나 그 아름다움은 대륙 전체에서도 손에 꼽힐 정도였다. 바닷바람에 풍화되어진 별궁의 벽과 담은 세월의 흔적으로 멋을 더하였고, 진초록의 담쟁이 넝쿨은 우아한 고양식으로 지어진 건물을 더욱 풍성하게 만들고 있었다. 또 건물 앞 정원에는 트웨이드의 따사로운 햇살을 받고 자란 키 큰 수목이 빽빽하게 심겨져 있었는데, 어린아이 팔뚝만큼이나 굵은 가지들이 통일성있게 손질되어 있어 보는 이의 탄성을 자아내게 하였다.

하지만 이러한 것들은 별궁이 가진 진면목의 극히 일부분이었다. 인간의 손을 통해 만들어낸 것들이 제아무리 정교하고 아름답다 하여도, 신이 만들어낸 자연의 위대함에 비할 바가 아닌 법. 별궁 건물에서 내다보이는 정원 너머의 바다 풍경은 인간이 가진 말로는 표현을 다하지 못할 만큼의 위대한 감동이었던 것이다.

지각 변동을 겪은 대지는 검은빛의 속살을 내비친 채 안겨오는 파도를 맞이하였고, 세차게 몰아쳐 오는 바람에 바닷물은 넘실넘실 춤을 추었다. 또 이름 모를 바닷새들은 물을 박차며 창공을 향해 날갯짓을 했으며, 조류를 타고 흘러든 물고기들은 수천, 수만의 무리를 지어 은빛 비늘을 과시했다.

자연의 요소요소들이 한데 어울려 펼쳐 보이는 장관. 이것이 바로 트웨이드 별궁의 진정한 아름다움이었다.

그러나 달이 뿜어내는 푸른빛을 한 꺼풀 입은 세상은 그 모습을 달리하게 된다. 잔잔한 파도 소리를 퍼뜨리며 푸근함을 주던 바다는 숨겨놓았던 험악한 이빨을 드러내고, 시원한 그늘을 주며 친절을 베풀던 나무들은 괴기스러운 미소를 지으며 스산한 웃음소리를 내지른다. 세상의 또 다른 모습인 밤이 찾아온 것이었다.

별궁의 건물과 건물을 연결하는 작은 길. 낮이었다면 여러 부류의 사람들이 지나다닐 장소였지만, 모두들 잠자리에 들었을 늦은 시간인만큼 순찰을 도는 경비병 외에는 행적이 없는 곳이었다.

그러한 곳에 조심스러운 발걸음을 옮기고 있는 그림자가 하나 있었다. 가로등 불빛이 비춰진 새하얀 얼굴은 다름 아닌 듀들란 제국의 황제인 시너스의 것이었는데, 그는 아무에게도 들키지 않으려는 듯이 한 걸음에도 여러 번 주변을 살피는 중이었다.

사박… 사박…….

이어 건물 가까이로 다가간 그는 반쯤 열려 있는 문을 지나쳐 뒤뜰을 향해 걸음을 옮기고 있었다.

그의 걸음이 멈춘 곳은 건물 뒤편의 낮은 유리 창문 앞이었다. 창을 통해 안을 들여다본 그는 자신이 찾던 곳임을 확신했는지 손잡이를 당겨 창문을 열려 했다. 하지만 안타깝게도 창문은 굳게 잠겨 있는 상태였다. 쉽게 포기하지 못한 그는 해결 방법을 찾기 위해 발 아래를 두리번거리며 무엇인가를 찾기 시작했다. 결국 그의 손에 들리게 된 것은 주먹만한 돌멩이였고, 심호흡을 한 번 하는가 싶더니 그대로 창문을 향해 던져 버리는 것이었다.

쨍그랑!!

도무지 남몰래 움직이는 사람의 것이라 볼 수 없는 과감한 행동이었지만, 정작 시너스는 아무렇지도 않은 듯 그저 만족의 미소만을 지으며 깨진 유리창에 손을 넣어 창문을 열고 있었다.

찰칵.

창을 넘어 실내로 들어선 시너스는 화려하게 꾸며진 침대 근처로 다가가 그곳에 누워 있는 인물을 내려다보았다. 그리고 그를 깨우려 했다. 그러나 그럴 필요가 없었던 것이, 이미 시너스의 요란한 침입(?)으로 인해 그 인물은 잠이 깼는지 눈을 끔뻑거리며 그를 올려다보고 있는 것이었다.

"으음? 시너스 폐하?"

다름 아닌 도이첸 제국 젊은 황제의 목소리였다. 그가 자신을 알아보자 시너스는 손가락을 입에 갖다 대며 조심스럽게 말했다.

"쉿… 조용히 말씀하십시오. 혹시라도 누가 들으면 곤란해질 테니까요."

그의 말에 도이첸 제국의 젊은 황제는 쓴웃음을 지으며 창문을 바라보았고, 그곳을 가리키며 대답했다.

"하핫… 그러길 바라셨다면 창문을 깨는 것보다 문으로 들어오시는 편이 더 좋을 뻔했습니다."

그제야 자신의 행동을 돌이켜 생각해 본 시너스는 머쓱했는지 머리를 긁적였다.

"그, 그렇군요."

도이첸 제국의 황제는 자리에서 일어나 침대 모서리에 걸터앉으며 시너스의 표정을 살폈다.

　"그것보다… 이렇게 늦은 밤에 제 방까지 오시다니, 무슨 일이라도 있으셨습니까?"

　그의 물음에 조금 우물쭈물하던 시너스는 입술을 깨물며 대답했다.

　"카롯 경… 긴히 부탁드리고 싶은 것이 있어서 이렇게 무례를 범하게 되었습니다."

　도이첸 제국의 황제는 자신이 지어낸 카롯이라는 예명에 조금 어색함을 느꼈지만, 겉으로는 내색하지는 않은 채 시너스의 이야기에 귀를 기울였다.

　"무례라니요, 당치도 않습니다. 한데 어떠한 부탁이시길래……."

　"앞뒤 잘라 간단히 말씀드리자면, 저는 그 화이트스프린터호의 정체를 밝혀내고 싶습니다."

　"네?! 화이트스프린터호라니요? 아직 저녁때의 일을 잊지 못하고 계셨나 보군요?"

　도이첸 제국의 황제가 놀랄 것을 어느 정도 예상했던 시너스는 조금 더 용기를 내 하고자 하는 이야기를 이어갔다.

　"물론입니다. 그 배가 정말 해적 헬렌의 화이트스프린터호인지, 아니면 그저 누군가가 모방해서 만든 것인지 꼭 밝혀내고 싶습니다."

　"흠… 그렇다면 날이 밝은 후에라도 경호병들을 데리고 함께 가거나 아니면 트르코스 재상님에게 말씀을 드리면 되실 텐데, 꼭 지금 가셔야 할 이유라도 있으십니까? 물론 위험한 일이기도 하고 말입니다."

　"물론 카롯 경의 말씀이 맞지만, 누님의 말씀대로 저만의 착각일지도 모르는 일입니다. 숙부님께 말씀드려 봐야 누님과 크게 다르지 않은 대답을 듣게 되겠지요. 저는 제 혼자 힘으로라도 진실의 여부를 밝혀내고 싶습니다. 도무지 그렇지 않고서는 편히 잠을 잘 수가 없을 것 같은 기분입니다."

팔짱을 끼며 그의 이야기에 대해 생각해 보던 도이첸 제국의 황제는 침착한 표정으로 입을 열었다.

"한데 폐하의 표정을 보니 그것뿐만은 아닌 것 같군요. 또 다른 이유가 있는 듯한데……."

시녀스는 자신의 속내가 들키자 머리를 긁적이며 대답했다.

"하… 카롯 경의 눈을 못 속이겠군요. 솔직히 화이트스프린터호를 한 번 더 보고 싶은 이유도 있답니다. 막연한 동경이랄까요?"

어느 정도 예상했던 대답에 속으로 웃은 도이첸 제국의 황제는 다시 한 번 물었다.

"그렇다면 오히려 뮤스 원장님을 찾아가시는 편이 좋았을 것 같군요. 저 역시 변변치 못한 사람이다 보니 폐하를 돕기는커녕 제 몸 하나 간수하기 힘든 것이 사실이랍니다."

그의 말에 시녀스는 고개를 내저었다.

"카롯 경의 말씀대로 뮤스 원장님께 부탁드려 볼까도 생각해 보았지만, 뮤스 원장님과 잘 아는 사이가 아니니 꺼려지더군요. 이상하게 들릴지도 모르겠지만, 카롯 경과 나누었던 몇 마디 대화에서 왠지 모를 동질감을 느꼈답니다. 카롯 경에게 부탁을 한다면 꼭 수락할 것 같은 느낌이었죠. 선착장은 밤낮 가릴 것 없이 치안 유지가 잘되어 있으니 안전에 대한 걱정은 하지 않으셔도 될 겁니다. 게다가 뱃머리를 가리고 있는 천의 안쪽만 확인하면 되는 것이니 그리 어려운 일도 아니구요. 카롯 경은 그저 단순히 저와 동행해 주시기를 부탁드리는 것입니다."

그의 말에 도이첸 제국 황제의 얼굴에는 미소가 퍼지고 있었다. 그 역시 화이트스프린터호에 대한 호기심을 가지고 있었고, 왠지 지금껏 해보지 못한 모험이라는 생각이 들자 설레었던 것이다. 게다가 저녁때 확인한 바와 같이 선착장의 치안은 믿을 만했기에 시너스의 제안을 받아들였다.

"후훗, 저라도 괜찮으시다면 마다할 이유가 있겠습니까? 단, 두 가지만 약속해 주십시오."

"두 가지 약속이라니요?"

"만에 하나 폐하의 일신상에 위험한 일이라 판단되면 제 의견을 따라주셨으면 합니다. 일단은 제가 나이가 많은 만큼 경험은 조금 더 있을 테니 말입니다."

"그거야 어렵지 않습니다. 다른 한 가지는 무엇입니까?"

시너스의 물음에 도이첸 제국의 황제는 장난스러운 표정으로 윙크를 하며 말했다.

"만약 후에 투르코스 재상께서 추궁을 하시더라도 제게는 아무런 잘못이 없는 것입니다."

이로써 그의 대답을 받아낸 시너스는 만면에 웃음을 지으며 고개를 끄덕였다.

"하핫! 물론이고말고요!"

"그럼 계약이 성립되었으니 이제 출발할 준비를 해야겠군요!"

도이첸 제국의 황제는 침대 위에서 나뒹굴고 있는 베개들을 이불 아래에 넣어 자신으로 위장을 시켰고, 장롱을 열어 옷가지들을 몇 개 골라내었다.

"자, 지금의 복장으로 거리에 나선다면 사람들이 의심스러운 눈초리로 우리를 지켜볼 것입니다. 그러니 이것으로 갈아입으시죠."

"아, 그렇겠군요."

도이첸 제국의 황제에게 건네받은 옷가지들은 그리 고급은 아니었지만 지금 걸치고 있는 것에 비해서는 아주 간소하고 편안한 것이었다. 조금은 허술해 보이기까지도 했지만, 시너스에게는 이마저도 세상을 향한 작은 여행의 일부분이었기에 즐겁고 마음 설레기 그지없었다. 조금의 여비와 소지품을 갖춤으로써 모든 준비를 마친 도이첸 제국의 황제와 듀들란 제국의 시너스는 비교적 경비가 허술한 곳을 통해 별궁 밖으로 나서게 되었는데…

양국 황제들의 작은 모험은 그렇게 시작되었다.

하얗고 기다란 손가락이 깃펜을 든 채 빠르게 움직였다. 손 그늘이 지나간 곳에는 흘려 쓴 글씨가 새겨졌고, 종이를 긁는 사각거림이 공간의 적막감을 가려주는 중이었다. 하얀 종이의 가장 끝단에 닿은 후에야 손은 멈추었다. 펜을 내려놓은 손의 주인은 흘러내린 앞머리를 쓸어 올려 뒤로 넘겼다. 흔들리던 등불은 그의 이마와 콧등에 차례로 닿았다.

검고 단정한 눈썹과 깊고 맑은 눈동자, 그리고 자신감 넘치는 오뚝한 콧날과 서로 맞물린 붉은 입술. 밤잠을 청하지 못하고 있는 뮤스였다. 하얗고 너른 이마에 진하게 주름을 그린 뮤스는 입술을 달싹였다.

"으음. 세상의 모든 이치는 음양오행을 따르는 법이니, 이를 이용하여 이 세상에 존재하는 모든 물질의 근간을 설명할 수 있으며, 그 응용에 따라 무한에 가까운 지식을 쌓는 것이 가능하다고 할 수 있다. 하지만 음양오행의 현묘한 변화를 지면에 담아낼 방법이 있어야겠으나, 현존하는 한자로는 그 방대함을 모두 설명하기에는 무리가 따르는군."

만족스럽지 못한 표정을 지은 그는 자신이 기록한 종이를 잘 접어 의자에 걸려 있던 가방에 넣었다. 그리고 마시던 찻잔을 내려다보았다. 제법 많은 시간이 지난 듯 차는 이미 차갑게 식어 있었다. 하지만 푸근한 향의 끝자락은 아직 느낄 수 있었기에 입 안으로 가볍게 털어 넣었다. 입

천장을 타고 목으로 넘어가는 향을 느낀 뮤스는 만족한 표정을 지으며 몸을 의자의 등받이에 기대었다. 아주 짧은 휴식이었지만 그에게는 소중한 시간이라도 되는지 최대한 이 시간을 즐기려는 듯 보였다. 그러나 야속하게도 그 짧은 휴식 시간조차 길게 이어지지 못했다.

쨍그랑!

숙소로부터 조금 먼 곳에서 들리는 듯했지만 뮤스의 예민한 청각은 이를 놓치지 않았다. 경계가 삼엄한 황제의 별궁인만큼 이 늦은 시간에 유리창 깨지는 소리가 범상한 것이 아니라 생각한 뮤스는 지체없이 몸을 일으켰다.

"무슨 소리지? 모두 잠들어 있을 시간에 유리가 깨어지는 소리라니."

뮤스의 행동은 그의 생각보다 앞서 있었다 어느새 자신의 가방을 어깨에 멘 그는 치렁하게 흘러내린 머리카락을 재빨리 하나로 묶으며 방을 나섰다.

높은 천장에 걸린 은은한 샹들리에의 빛들이 길게 곧게 뻗은 복도를 밝히고 있었다. 복도의 양옆으로는 언제 그려진 것인지, 또 그 주인공이 누구인지 모를 오래된 인물화가 걸려 있었는데, 먼지 한 올조차 쌓이지 않은 것으로 보아 매일 관리되고 있음을 알 수 있었다.

복도의 좌측면으로 일정한 크기와 생김새의 방문들이 보였다. 주변을 둘러보며 걸음을 옮기던 뮤스는 각 방문 앞을 지나칠 때마다 귀를 기울였다. 주변이 워낙 조용했던 터였기에 얼마 지나지 않아 사람들의 대화 소리를 들을 수 있었다. 귀에 익숙한 목소리들이었기에 그의 호기심은 더욱 크게 가중되었다.

"이 정도의 옷이라면 괜찮겠군요. 더욱 허름한 옷이었다면 좋았겠지만, 별궁에서 구할 수 있는 옷은 이런 것밖에 없으니 아쉬운 대로 만족해야 할 듯합니다."

"그다지 수수한 옷은 아니지만 이런 옷을 입는 사람들은 이곳에도 많으니 걱정하지 않아도 될 것 같습니다. 이제 어느 정도 준비가 된 듯하니 출발해야겠습니다. 곧 경비병들이 근무 교대를 할 시간이니 그 틈을 이용하면 눈이 띄지 않게 나갈 수 있을 겁니다."

대화는 그것으로 끊어졌다. 그리고 다가오는 발자국 소리가 이어지자 주변을 획획 둘러본 뮤스는 창문 앞에 늘어져 있는 커튼을 발견하고는 재빨리 그 뒤로 몸을 숨겼다.

차칵.

조심스럽게 방문을 여는 소리와 동시에 양국의 황제들이 모습을 드러냈다. 도이첸 제국의 황제인 카로이트는 청색의 셔츠에 검은색 튜닉을 입었으며 갈색의 모자를 썼다. 그리고 허리에는 날이 얇은 칼을 차고 있었는데, 전투용이라기보다는 호신용에 가까운 것이었다. 갈색의 부츠는 사슴 가죽과 소가죽으로 중창과 겉창을 댄 편안한 것이었다. 그의 옆에는 무릎까지 내려오는 검은색 외투를 걸치고 있는 시너스가 보였다. 외투는 부드럽고 가벼운 가죽으로 만들어진 것이었기에 값이 제법 나갔지만, 세월의 때가 묻어서인지 어디서나 볼 수 있는 외투와 별반 차이가 없어 보였다.

잠시 복도를 두리번거리던 그들은 발소리를 죽이며 걸음을 떼었다. 늦은 밤인만큼 샹들리에의 빛이 그리 밝지 않았기에 그들은 금색 복도의 어둠 속으로 사라져 버렸다.

뮤스는 그들의 모습이 시야에서 사라지는 것을 보며 커튼 밖으로 나와 턱을 매만지며 고민스러운 표정을 하고 있었다.

"이것 참… 두 분 모두 자신의 신분에 대한 자각이 별로 없으신걸. 아무리 호기심이 발동해도 그렇지, 대제국의 황제들이라는 분들이 야음을 틈타 황실을 빠져나가시다니… 이 사실을 투르코스 재상에게 알려야 하나?"

비록 나이가 들어가면서 생각이 깊어졌다고는 하지만, 한때 장난만을 일삼던 버릇을 쉽게 숨길 수는 없는 일이었다. 야릇한 미소 한줄기를 입가에 그려 넣은 뮤스는 코밑을 쓸었다.

"뭐… 이런 일을 고자질했다간 두 분의 원망을 받을 게 뻔한데 그럴 필요는 없지. 일단 두 분의 안전만 보장된다면 괜찮을 테니 그때까지는 지켜보기만 해야겠어."

이렇게 자기 합리화를 시킨 뮤스는 콧노래를 흥얼거리며 양국의 황제들이 사라진 방향으로 걸음을 옮기기 시작했다.

듀들란 제국의 가장 동쪽에 위치한 도시인만큼 트웨이드 항의 일출 시간은 빨랐다. 아주 이른 시간임에도 불구하고 저 멀리 지평선에는 이글거리는 태양이 붉은 머리를 치켜드는 중이었다.

트웨이드 항의 선착장은 벌써부터 분주한 모습이었다. '로카'라는 아주 적은 양의 차를 한 잔씩 마신 일꾼들은 선착장에서 출항 준비를 하는 선박에 물건을 실어 날랐고, 갑판에는 선박의 상태를 점검하기 위한 움직임이 부산하였다. 또 곳곳에서 붉은색 제복을 입고 선착장의 움직임을 예의주시하는 인물들 또한 볼 수 있었는데, 트웨이드 시의 공원들로, 항구의 관리와 치안을 맡고 있는 이들이었다.

그 와중에 각양각색의 사람들 사이를 두리번거리며 이리저리 치이는 두 명의 젊은이가 있었다. 바로 야음을 틈타 별궁을 빠져나온 양국의 황제들이었는데, 그들은 지난밤과 또 다른 박력적인 항구의 모습에 정신이 팔려 있었다. 나직한 탄성과 함께 카로이트의 입이 열렸다.

"히야~ 밤과는 전혀 다른 모습이군요. 이렇게 많은 사람들이 왕래하는 곳인 줄 알았더라면 결코 폐하를 모시고 나오지 않았을 것입니다. 이렇게 뜨내기들이 많은 곳에서는 어떠한 사고가 일어날지도 모르니까요."

하지만 이곳에 대해 잘 알고 있던 시너스는 느긋한 표정이었다.

"하핫! 그런 걱정은 안 하셔도 될 겁니다. 오히려 철저한 치안 유지 덕에 타 지역보다 범죄 발생률이 낮으니까요. 저 붉은 제복의 '포트가드'들이 항상 이곳의 동정을 살피고 황실 함대와 긴밀히 연계되어 움직인답니다. 아주 사소한 사고조차 철저하게 관리되고 있는 것이죠."

시너스의 목소리에는 자신감이 흘렀고, 카로이트 역시 그의 말을 인정하는 듯 고개를 끄덕였다.

"과연 단신으로 나서신 데에는 그만한 이유가 있었던 것이로군요. 하지만 세상일은 늘 예견하지 못한 곳에서 말썽이 일어나는 법이죠. 부디 그럴 일이 없기만을 바랄 뿐입니다."

"물론 그럴 일은 없을 것입니다. 그보다 화이트스프린터호가 벌써 출항을 했을지도 모르는 일이니 걸음을 재촉하는 것이 좋겠습니다."

"제발 그렇기를… 그럼 서두르도록 하죠."

의견을 맞춘 양국의 황제들은 어제의 기억을 더듬어보며 화이트스프린터호가 정박되어 있는 곳으로 자리를 옮기기 시작했다.

그들은 약 100멜리 간격으로 구역 명이 쓰여진 나무 말뚝을 십여 개나 지나서야 눈에 익숙한 주변 건물들을 볼 수 있었다. 건물의 색상이나 모습이 밤의 그것과는 사뭇 다른 모습이었지만, 아주 못 알아볼 만큼은 아니었다. 목에 수건을 걸친 모습으로 짐을 나르는 일꾼들의 무리를 몇 번이나 지나친 양국의 황제들은 반들반들 닳아 있는 돌계단 앞에서 멈춰섰다. 그리고 계단이 내리 뻗은 끝으로 그들의 시선이 모아졌는데, 달구어지기 시작하는 아침의 붉은 햇살을 눈부시게 머금고 있는 순백의 선박, 화이트스프린터호가 그곳에 있었다. 비록 지금은 돛을 접은 채 얌전히 잠들어 있었지만, 언제라도 그 날개를 펼치고 대양 속으로 날아들 듯한 생동적인 모습이었다. 한동안 침묵을 지키며 화이트스프린터호의 자태를 감상하던 시너스가 먼저 말을 꺼냈다.

"후우… 정말 숨이 막히도록 멋진 배로군요. 밤에 본 것과는 상대조차 안 될 정도의 강렬함이 뿜어지는 듯합니다."

"보는 것만으로도 설레임이 느껴집니다. 지금이라도 당장 저 배를 타고 바다로 향하고 싶은 욕구가 솟아오르는군요."

각자 느낀 바를 주고받은 양국의 황제들은 손에 잡힐 듯 눈앞에 와 닿은 화이트스프린터호를 향해 더욱 급한 발걸음을 내딛고 있었다.

양국의 황제들이 대화를 나누던 장소로부터 얼마 떨어지지 않은 곳, 큼직한 나무 상자의 뒤에 숨어서 그들의 대화를 엿듣는 인물이 있었다. 갈색의 셔츠에 검은색의 바지를 편안히 입고, 윤기나는 검은 머리카락을 뒤로 묶은 뮤스였다.

별궁에서부터 선착장까지 황제들의 뒤를 쫓아온 것이었는데, 그 역시 화이트스프린터호의 자태에 잠시 정신을 빼앗긴 듯했다. 하지만 곧 자신이 해야 할 일을 떠올린 뮤스는 입 밖으로 나오는 감탄사를 누르며 몸을 일으켰다.

"흠… 결국 두 분은 발각되지 않고 여기까지 와버리셨군. 하지만 지금부터가 정말 문제인걸. 저 함선이 해적들의 것이라면 접근하는 것조차 위험할 텐데……."

최악의 상황을 나름대로 상상해 보던 뮤스는 고개를 절레절레 저었고, 금방 그들의 뒤를 따르기 시작했다.

화이트스프린터호 역시 항해에 필요한 물건들을 선적하는 중이었다.

어떠한 선박이든지 오랜 기간 동안 항해를 하기 위해서는 그에 필요한 물자를 준비하는 것이 가장 중요했는데, 그 기간에 따라 선적하는 물자의 양이 달라지는 것이 보통이었다. 그런 의미에서 화이트스프린터호의 항해 기간은 아주 긴 듯했다. 백여 명에 달하는 선원들 대부분이 어깨를 걸어붙인 채 선착장에 쌓여 있는 상자들을 나르느라 분주했는데, 적게 잡아도 타 선박들이 선적하는 물자의 양보다 배는 많은 듯했다. 땀이 흘러내리지 않도록 머리에 두건을 쓴 사내들이 육중한 나무 상자를 어깨에 메고서 움직였고, 선박 위의 인물들은 그것들을 그물을 이용하여 갑판으로 끌어 올리는 중이었다.

양국의 황제들은 주변의 분위기를 살피며 화이트스프린터호로 다가가는 중이었는데, 다행스럽게도 아무도 그들에게 관심을 주지 않고 있었다. 또각거리는 자신들의 발자국 소리가 유독 크게 귓속으로 와 닿았고, 침을 넘기는 소리조차 적나라하게 들려왔다. 그렇게 화이트스프린터호의 바로 앞까지 다가갔을 때에 그들의 등 뒤로부터 걸걸한 목소리가 들려오고 있었다.

"이봐! 너희들은 누구지? 우리에게 볼일이 있는 건가?"

그의 말에 어깨를 들썩일 정도로 놀란 양국의 황제들은 급히 고개를 돌려 목소리의 주인을 바라보았다. 키는 카로이트보다 머리 하나 정도는 더 컸고, 떡 벌어진 어깨는 무쇠와 같이 단단해 보였다. 그리고 머리카락을 모두 밀어 빛나고 있는 그의 머리에 시선이 닿자 양국의 황제들은 그 자리에 얼어붙을 수밖에 없었다.

"저… 그게……."

대머리사내는 그들의 수상한 행동에 눈썹을 씰룩였다.

"아무래도 수상한 녀석들이군. 손을 봐주고 내쫓아 버려야겠어!"

사내의 으름장에 양국의 황제들은 몸을 움츠렸다. 하지만 그대로 있다간 어떤 일이 벌어질지 모른다는 생각에 카로이트는 재빨리 머리를 굴렸다.

"저, 저기! 저희는 다름이 아니라 다이스 선장님을 만나뵈러 왔습니다! 하핫… 어제 커피 가게에서 만나뵈었는데, 한번 찾아오라고 하셨죠."

대머리사내는 어제 일을 떠올렸다. 분명 다이스가 커피 가게에서 자신들의 손에 잡혀왔고, 처음 보는 일행들에게 작별 인사를 건네는 모습을 보았기에 그는 턱을 매만지며 고개를 끄덕였다.

"흠… 그러고 보니 낯이 익은 것 같기도 하군. 하지만 이곳은 너희들 같은 샌님들이 찾아올 만한 곳이 아니야! 다이스 선장이 그렇게 말을 했더라도 어디까지나 지나는 말일 것이니 그냥 돌아가도록 해! 아마 선장은 어제 일 따위는 기억조차 못하고 있을 테니까."

아무런 일 없이 자신들을 보내줄 기미가 보이자 카로이트는 흔쾌히 대답했다.

"하하핫! 아무래도 그래야겠군요! 저희가 못 올 곳을 찾아온 모양입니다. 그럼 저희는 가보도록 하죠."

눈웃음을 치며 대머리사내의 눈치를 살핀 카로이트는 은근슬쩍 시너스의 소매를 잡아끌며 자리를 피하려 했다.

"그만 돌아가보도록 할까요?"

"하지만 여기까지 왔는데……."

시너스가 아쉬움이 많이 남는 듯 뭐라 말을 하려 하자 카로이트가 귓속말로 그를 달래었다.

"분명 폐하께서는 제 판단에 따르기로 하지 않으셨습니까? 잠시 저 사람의 눈을 피해 상황을 살펴보도록 하죠."

그제야 시너스는 고개를 끄덕이며 그의 손길에 이끌려 몸을 움직였다. 그 모습을 보며 만족한 카로이트는 대머리사내를 향해 손까지 흔들어 보이며 뒷걸음질쳤다. 하지만 신의 장난인지 뒷걸음질치던 카로이트는 무엇인가 등에 부딪치는 느낌을 받았고, 상황을 미처 알기도 전에 요란한 소리가 등 뒤로부터 들려오기 시작했다.

우당탕탕탕!

요란한 소리에 놀란 카로이트가 시선을 돌려보니 그곳에는 심기가 상한 듯 잔뜩 인상을 쓴 건장한 사내, 그리고 그 앞에 널브러진 나무 상자와 내용물들이 있었다. 그제야 자신이 어떠한 실수를 했는지 알 수 있었던 카로이트는 그것을 주워 담으려는 시늉을 했다.

"이, 이런! 제가 실수를 해버렸군요! 망가진 물건들은 제가 보상해 드리겠……."

그의 말이 마쳐지기도 전에 섬뜩한 소리가 들려왔다.

채챙!

카로이트의 귀에도 충분히 익숙한 병장기 뽑는 소리였다. 이에 놀란 카로이트는 자신도 모르는 사이에 허리춤에 걸려 있는 검에 손을 가져가며 몸을 일으켰고, 재빨리 상대와의 거리를 확보했다. 반달 모양의 기형도를 양손에 쥔 상대는 살기 어린 눈빛으로 카로이트를 노려보고 있는 중이었다. 그가 살기를 뽑는 이유를 알 수 없었던 카로이트는 대화로 해결하고자 말을 꺼내었다.

"물론 제 실수를 인정합니다. 하지만 이렇게 칼까지 겨눌 이유는 없지 않겠습니까? 그러니 그만 화를 푸시죠."

하지만 그들 사이의 흉흉한 분위기는 풀릴 기색이 없었고, 오히려 대머리사내까지 검을 뽑아 들고 합세하였다.

"네 녀석! 아까부터 행동이 수상하다 했더니, 일부러 우리에게 접근한 것이로군! 포트가드의 끄나풀이었어!"

카로이트는 알아들을 수 없는 그들의 말에 당혹스러운 표정을 짓고 있었다. 그때 긴장 어린 눈으로 상황을 살펴보던 시너스가 그의 곁으로 다가오며 말했다.

"카롯 경, 저기 쏟아진 물건을 보십시오! 저희 듀들란 제국 황실에서 직접 거래를 관리하는 귀한 향신료들입니다. 분명 이것들은 개인이 거래를 하지 못하도록 되어 있건만… 저들이 밀수를 하려고 했던 모양입니다."

그제야 일련의 행동들이 이해가 되었던 카로이트는 더욱 안색을 어둡게 굳혔다. 향신료의 거래는 듀들란 황실의 제정 확보와 관련된 중대한 사안이었기에 황실에서 그 거래를 직접 관리하고 있었다. 그런 만큼 밀거래에 대해 엄격한 제재를 가하고 있었는데, 발각될 경우 벌금이나 옥살이로 끝날 문제가 아니라 목숨을 내놓아야 할 정도였다. 이에 상대가 앞뒤 가리지 않고 덤벼들 것이 뻔하다 생각한 카로이트는 긴장하지 않을 수 없었다.

"아무래도 쉽게 타협할 수 있는 문제가 아닌 것 같습니다. 제 뒤로 몸을 숨기시죠."

카로이트처럼 무기를 가지고 있지 않았던 시너스는 그의 말에 따라 움직였다. 그 찰나의 틈을 본 대머리사내는 칼을 휘두르며 덤벼들고 있었다.

"어차피 이렇게 된 것, 죽여서 입을 막고 자리를 뜬다!"

시퍼런 칼날이 섬뜩한 소리를 내며 카로이트의 허리를 베어왔다.

쉬이이익!

그러나 카로이트 역시 어려서부터 검술을 배워왔고, 뮤스의 강화체갑 덕에 보통 이상의 근력을 가지게 되었기에 자신의 검을 세로로 세우며 그의 칼을 받아내고 있었다.

까가강!

얇은 검이었던 만큼 힘에서 밀릴 수밖에 없었던 카로이트는 손이 저릿해지는 것을 느끼며 한 걸음 물러났고, 검끝을 다시금 바로잡으며 상대의 움직임에 대비하였다. 대머리사내는 방금 전의 공격이 허사로 돌아간 것에 조금 놀랐는지 주춤하는 중이었다.

"희멀건 샌님 녀석이 내 검을 막아내다니, 이거 조금 기분이 나빠지는 군!"

대머리사내는 콧바람을 뿜으며 분한 얼굴을 하고 있었다.

점차 상황이 심상치 않아지자 숨어서 양국의 황제들을 지켜보던 뮤스는 다급한 숨을 들이쉬었다. 자신이 미처 행동을 취할 시간조차 없이 상대가 칼을 휘두르니 뮤스는 숨이 턱 막혔던 것이다.

"이런! 이러다간 정말 큰일이 나버리겠군!"

다급성을 터뜨린 뮤스가 뇌공력을 끌어올리며 움직이려 하였지만, 일단의 무리들의 등장에 앞을 가로막히며 발을 멈추어야만 했다. 바로 붉은색 제복을 입은 포트가드들이었는데, 요란하게 들려온 병장기 부딪치는 소리에 놀라 달려온 것이었다. 한 손에 칼을 들고 일렬로 늘어선 그들은 금세 주변을 둘러쌌고, 그중 한 명이 나서며 외쳤다.

"이곳은 듀들란 제국의 자유 무역 항구로서 그 어떠한 경우에도 분쟁은 허락되지 않는다! 너희들 모두 자기가 들고 있는 무기를 버리고 엎드려라!"

하지만 그들의 이야기를 순순히 들을 상황이 아니라 판단한 대머리사내는 길게 휘파람을 불었다.

삐이이익!

그와 동시에 널리 퍼져 있던 그의 동료들이 각자의 무기를 뽑아 들며 몰려들어 대머리사내의 뒤편에 늘어섰는데, 머릿수는 포트가드들보다 조금 웃돌았지만, 언제 포트가드들의 지원 병력이 올지 몰랐기에 섣불리 움직이지 못한 채 공기의 흐름에 촉각을 곤두세우는 중이었다.

그 사이에 낀 양국의 황제들은 어떻게 이 상황을 대처해야 할지 갈피를 잡지 못하고 있었다. 앞에는 붉은 제복의 포트가드들이 자신들을 향해 적의 어린 시선을 보내는 중이었고, 뒤에는 험상궂은 대머리사내와 그의 동료들이 칼날을 쓰다듬고 있었다. 즉, 양측 모두 자신들을 적으로 간주하여 어디에도 낄 수 없는 처지에 놓여지게 된 것이었다. 게다가 이런 상황에 시너스가 자신의 정체를 밝힌다 하더라도 그 말을 믿어줄 가능성은 희박하다고 생각되자 더욱 막막해질 뿐이었다. 그 어느 쪽도 먼저 움직일 생각을 하지 못한 채 끊어질 듯 팽팽한 긴장감이 감돌고 있었다.

화이트스프린터호의 후미선실 안은 진한 술 냄새로 가득했다. 독한 럼주 통은 이미 여러 개나 깨끗이 비워져 있었고, 탁자 위에는 빈 술잔이 나뒹굴었다. 무릇 비어 있는 술통이 있다면 술에 취한 취객도 있는 법. 탁자에 다리를 올려놓은 자세로 코를 골며 잠을 자고 있는 다이스의 모습이 보이고 있었다. 그는 입술이 타는지 연신 입맛을 쩝쩝 다시는 중이었고, 내쉬는 한숨마다 술 냄새가 흘러나오고 있었다.

"드르르렁… 드르렁… 쩝쩝……."

잠에 취한 채로 얼굴을 간질이는 파리를 내쫓고 있을 때, 선실의 문이 벌컥 열리며 스티치의 고함 소리가 들렸다.

"이런 머저리 같은 녀석아! 이런 상황에 술 마시고 잠이나 처자고 있냐!"

그러나 다이스는 귀에 말뚝이라도 박은 듯 아무런 반응이 없었다. 더욱 부화가 치민 스티치는 짧은 다리를 번쩍 들어올려 타이스가 앉아 있는 의자를 걷어차 버렸다.

그 힘을 이기지 못한 의자는 저 멀리 밀려났고, 다이스는 두 번이나 구른 후에야 땅바닥에 주저앉았다. 떠지지 않는 눈꺼풀을 힘겹게 들어올린 다이스는 전신으로 몰려드는 통증을 느끼며 짜증스러운 투로 말했다.

"아함… 영감, 또 무슨 일이야! 잠 좀 자자고! 다 늙어서 뭔 놈의 기력이 그렇게 좋은 건지… 쩝."

깊은 한숨을 몰아 내쉰 스티치는 다이스의 뺨을 두들기며 외쳤다.

"네 잘난 부하 녀석이 사고를 쳤단 말이다! 밀수하려던 향신료를 쏟아버리는 바람에 지금 화이트스프린터호 아래에 포트가드들이 새빨갛게 깔려 있다고! 이 일을 어떻게 할 거냐!"

아직 취기가 가신 상태는 아니었지만 그 역시 상황의 심각성을 알았는지 자리에서 벌떡 일어났다.

"뭐라고?! 그 비싼 향신료를 쏟아버렸다고? 내 이 빌어먹을 녀석을 가만히 놔두지 않겠어!!"

상황 판단의 여부는 알 수 없었지만 씩씩거린 다이스는 선미를 향해 움직였고, 스티치 역시 그 뒤를 따랐다.

중갑판을 지나 뱃머리로 올라선 다이스와 스티치는 선착장의 상황을 한눈에 내려다볼 수 있었다. 그곳에는 붉은 제복의 포트가드들과 자신의 부하들이 서로 칼을 겨눈 채 지루한 대치 상황을 벌이고 있는 중이었는데, 그 어느 쪽도 먼저 손을 쓰지 못하고 있었다.

"이런 해적 나부랭이 녀석들! 소심하게 눈싸움이나 하고 있다니! 내가 너희들을 이렇게 가르쳤더냐!"

고래고래 고함을 지르던 다이스가 시선을 돌려 먼발치를 바라보니 또다시 일단의 포트가드들이 몰려오는 모습이 눈에 잡혔다. 적게 잡아도 백여 명이나 되는 인원이었는데, 그들이 도착한다면 자신의 부하들이 당하고 말 것이라는 사실을 알았기에 다이스는 손을 흔들며 외쳤다.

"기왕 엎질러진 물이다! 빨리 쓸어버리고 승선하라구! 또 다른 패거리들이 몰려오는 중이야!"

다이스의 외침에 선착장에서 포트가드들과 대치 중이던 부하들은 생각할 것 없이 몸을 날렸다. 상황이 어떻든 간에 그들은 선장의 명령 한마디에 모든 것을 던질 수 있는 해적들이었고, 그의 명령이 떨어진 이상 그 어떠한 머뭇거림도 필요없었던 것이다.

"와아!!"

상대가 요란한 함성과 함께 덤벼들자 포트가드들은 적잖게 당황한 얼굴을 했다. 설마 하니 선착장에서 포트가드들에게 정면으로 승부를 걸어올 인물들이 있으리라고는 생각조차 못하고 있었기 때문이다. 그러나 눈앞에 벌어지고 있는 일들은 현실이었고, 눈앞에는 흉흉한 살기를 내뿜는 칼날들이 춤을 추고 있었기에 앞뒤 분간할 것 없이 그에 맞대응을 해야만 했다.

챙챙! 챠쟝!

포트가드들과 화이트스프린터호의 선원들은 금세 뒤엉켜 어지러운 싸움터를 만들어냈다. 여기저기서 칼날이 부딪치며 불꽃이 튀었고, 뒤엉켜 넘어져 상대의 얼굴을 향해 주먹을 날리는 이들도 적지 않았다. 포트가드들이 붉은색 제복을 입고 있지 않았다면 아군과 적군조차 구분하기 힘들 정도의 혼전이었다.

이러한 와중에도 다이스는 뭐가 그리 즐거운지 허공에 주먹질을 해가며 자신의 부하들을 응원하고 있었다.

"푸하하핫! 그래, 주먹으로 턱을 때리라고! 야! 이 녀석아! 칼집은 멋으로 들고 다니냐! 정수리를 내려치란 말이야! 잘한다!"

스티치는 전술이나 전략 따위는 찾아볼 수 없는 난장판을 가만히 내려다보고 있었다. 이미 이러한 일이 여러 번 있었던 듯 익숙한 상황 전개에 혀를 끌끌 차며 자신들을 뒤따라온 부하들에게 조용히 명령했다.

"너희들은 그물을 내려 동료들을 끌어 올릴 준비를 해. 그리고 노잡이들을 모두 준비시켜서 언제든지 출항할 준비를 갖춰라."

"와우, 써!"

짧게 대답한 선원들은 각자의 자리를 찾아가 스티치의 명령을 따르기 시작했다.

같은 시간, 양국의 황제들은 주변에서 날아 들어오는 칼날을 정신없이 막아내야만 했다. 그들의 옷차림이 화이트스프린터호의 선원들과 별반 다를 것이 없었던 만큼 포트가드들은 양국의 황제들을 적으로 간주하고 있는 듯했다. 이러한 혼전에서 사실을 해명할 여유 따위는 없었기에 그저 날아오는 칼날을 방어하는 일에만 급급했다. 게다가 더욱 난감한 사실은 화이트스프린터호의 선원들 역시 혼전 속에서 양국의 황제들을 아군으로 생각하는지 위협이 있을 때마다 몸을 날려 도와주고 있는 것이었다.

챠자장! 채엥!

카로이트는 그동안 검술 수련을 게을리하지 않은 듯 시너스를 보호하면서도 그리 급박한 상황에 몰리지 않고 있었다.

"시너스 폐하! 이 일을 어찌해야 할지 모르겠습니다. 생각지도 않게 엉뚱한 사건에 휘말려 버렸군요!"

카로이트의 등 뒤에 몸을 숨기고 있던 시너스 역시 휘둥그레진 눈을 끔뻑이며 고개를 끄덕였다.

"그러게 말입니다. 제가 괜한 짓을 해버린 것 같군요. 숙부님께서 이 일을 알기라도 하신다면 크게 화를 내실 텐데 말입니다."

"그것보다는 안전하게 이 자리를 피하는 것이 우선입니다."

"이야앗!"

대답을 하던 카로이트는 자신의 가슴을 향해 찔러 들어오는 포트가드의 검을 손쉽게 옆으로 흘리며 그의 어깨를 베었다. 포트가드들의 검술이 녹록한 것은 아니었지만, 황실에서 체계적이고 전문적으로 검술을 지도받아 온 카로이트와 비교하기에는 무리가 있었던 것이다.

뮤스는 몰려든 군중들에게 휩쓸리고 있는 중이었다. 비록 위험하긴 했지만, 거칠고 자극적인 상황을 즐기는 바다 사나이들에게 싸움 구경만큼 좋은 것이 없었기에 눈 깜짝할 사이 많은 사람들이 몰려든 것이었다.

"이런! 어떻게 해서든 두 분을 보호해야 할 텐데! 그나마 카로이트 폐하의 검술 실력이 예전에 비해 많이 늘어서 다행이야."

카로이트의 검술을 본 뮤스는 조금 안심이 되긴 했지만, 계속 이대로 두고 볼 수도 없는 일이었기에 사람들 사이를 비집고 나아가려 했다. 그러나 사람들은 튼튼한 담을 쌓은 상태였고, 비집고 들어갈 틈조차 보이지 않아 그의 움직임은 더디기 그지없었다.

그때였다. 화이트스프린터호로부터 무거운 뿔 나팔 소리가 흘러나오기 시작한 것이었다.

뿌우우우!

그리고 화이트스프린터호의 닻이 올려지며 각 마스터의 돛들이 펼쳐졌다. 또 뱃머리에는 넓은 그물이 내려졌는데, 그것이 무슨 신호인지를 잘 알았던 화이트스프린터호의 선원들은 포트가드들을 향해 미소를 한 번 지어 보인 후 그물을 타고 오르기 시작했다. 그제야 화이트스프린터호가 도주하려 한다는 것을 깨달은 포트가드들은 한 명이라도 더 잡고자 열심히 칼을 휘둘렀다.

주변에서 전투를 벌이던 화이트스프린터호의 선원들이 조금씩 빠져나가면서 카로이트에게 덤비는 포트가드의 수는 늘어만 갔다. 점차 불리한 상황으로 기울어가자 카로이트는 지푸라기라도 잡는 심정으로 포트가드들을 향해 외쳤다.

"손을 멈추시오! 제 뒤에 계신 분은 듀들란 제국의 황제이신 시너스 폐하이십니다!"

포트가드들은 돌연한 그의 외침에 주춤하는 듯했다. 하지만 그것도 잠시, 포트가드들은 더욱 거세게 달려들고 있었다.

"네 이 녀석! 제아무리 목숨이 아깝기로서니 감히 황제 폐하의 고귀한 이름을 들먹거리다니! 죽어랏!"

오히려 역효과가 나버리자 카로이트는 난생처음으로 욕지거리를 내뱉으며 그들의 칼을 막아냈다.

챠쟝!

"빌어먹을! 이러다가는 타국에서 비명횡사할지도 모르겠군!"

카로이트와 시너스가 어찌해야 할지 갈피를 못 잡고 있을 때, 그들의 목덜미를 잡아끄는 누군가의 손길이 느껴졌다. 그 힘이 제법 거셌기에 두 황제의 몸은 허공으로 붕 뜨며 움직였고, 자신들을 공격하던 포트가드들이 멀어지는 것이 보였다.

고개를 돌려 뒤를 보니 왼쪽 눈에 상처가 있는 사내의 모습이 잡혔다. 두툼한 양팔에 각각 시너스와 카로이트를 낀 그는 다리만으로 그물에 몸을 고정시키고 있는 중이었다. 하얀 이를 드러내 보이며 미소를 지은 사내는 양국의 황제들을 향해 말했다.

"푸하핫! 정말 화끈한 싸움이었지? 아무리 싸움에 정신을 팔고 있어도 그렇지, 퇴각 신호는 제대로 들어야 할 거 아냐, 신참 애송이들아! 자, 이제 그물을 잡으라고!"

카로이트와 시너스는 얼떨떨한 표정을 지으며 그가 시키는 대로 그물을 잡았다. 이제 자신이 할 일은 끝났다고 생각한 사내는 그물을 타고 화이트스프린터호로 오르기 시작했다. 시너스는 당혹스러움을 감추지 못하며 말했다.

"아무래도 우리를 자신들의 일행으로 착각했나 보군요. 이제 어떻게 하면 좋죠, 카롯 경?"

시너스의 물음에 카로이트는 뒤를 돌아보았다. 자신들을 놓친 것이 분한 듯 뜨거운 콧바람을 내쉬고 있는 포트가드들의 모습이 보이자 카로이트는 고개를 내저으며 말했다.

"후우… 이대로 내려간다면 포트가드들이 우리를 공격할 것입니다.

어디든 안전하지는 않겠지만, 지금 당장 안전한 곳을 택해야겠죠. 일단 화이트스프린터호로 올라가는 것이 좋겠습니다."

"흐음… 그렇게 하도록 하죠."

시너스 역시 그의 말에 동의하는 듯 고개를 끄덕이며 그물을 타고 오르기 시작했다.

화이트스프린터호의 퇴각과 동시에 급격히 변해 버린 눈앞의 상황을 주시하던 뮤스는 머리를 감싸 쥐고 있었다. 생각지도 못한 일이 벌어지자 고민에 빠질 수밖에 없었는데, 이 상황을 어떻게 대처해야 할지 갈피가 잡히지 않았던 것이다.

"이런! 대체 어떻게 돌아가고 있는 거야! 갑자기 폐하들을 납치해 가 버리다니! 혹시 두 분을 빌미로 돈을 요구하려고 하는 것인가?"

하지만 화이트스프린터호는 선착장에서 멀어지기 시작했고, 길게 생각할 여유조차 없었던 뮤스는 화이트스프린터호를 향해 달리기 시작했다.

"이러고 있을 시간이 없지! 일단 어떻게 해서든 두 분의 안전을 지켜야 해!"

멀어지는 화이트스프린터호를 바라보던 포트가드들은 뮤스의 움직임을 알아채고는 그를 제지하려 손에 들고 있던 칼을 겨누며 외쳤다.

"정지! 더 이상 다가오면 베어버리겠다! 정체를 밝혀라!"

그들의 외침에 멋쩍은 웃음을 흘린 뮤스는 뇌공력을 끌어올리며 힘차게 발을 굴렀다. 그러자 그의 몸은 2멜리가량이나 공중으로 솟아올랐고, 포트가드들의 머리를 뛰어넘어 그들의 등 뒤에 내려섰다. 얼떨떨한 얼굴을 하고 있는 포트가드들을 향해 미소를 지어 보인 뮤스는 가방으로부터 추진발판을 꺼내어 발에 부착하며 말했다.

"지금 당장 황실 병궁에 알리도록 하세요! 듀들란 제국의 황제 폐하께서 화이트스프린터호에 납치되었다고! 제 이름은 뮤스 드라켄입니다!"

이렇게 말을 남긴 뮤스는 다시 한 번 도움닫기를 하였고, 힘껏 발을 굴러 화이트스프린터호를 향해 뛰어올랐다.

파팟!

그의 몸은 중력의 끈을 끊으며 한 마리의 새와도 같이 비상하는가 싶더니 이내 30여 멜라나 떨어진 화이트스프린터호의 닻에 가볍게 매달렸다. 그리고 포트가드들을 향해 손짓해 보인 그는 닻을 타고 선미의 작은 창 안으로 들어가 모습을 감추어 버렸다.

초인적인 능력을 발휘하는 뮤스의 뒷모습에 넋을 잃고 있던 포트가드들은 그가 남긴 말이 머리 속으로 스쳐 지나감을 느껴야만 했다.

"자, 잠깐! 지금 저 청년이 황제 폐하께서 납치되셨다고 했나?"

옆의 포트가드 중 한 명이 사색이 되어 말했다.

"그, 그러고 보니 아까 저 패거리들 중 한 명이 황제 폐하의 존함을……."

"이게 대체 무슨 날벼락인가! 지금 별궁에 계셔야 할 분이 납치라니!"

"하지만 만에 하나 사실이라면 보통 일이 아닙니다. 일단 상부에 보고를 드려야 할 것입니다!"

"어쨌든 저 미확인 함선 역시 잡아야 하니 황실 함대에 연락을 취해 해안선을 봉쇄시켜! 또 즉시 별궁에 사실 유무를 확인해! 서둘러야 한다!"

행동의 방향이 정해지자 더 이상 지체할 것이 없었다. 몇 명씩 조를 나눈 포트가드들은 각자 맡은 바를 위해 흩어졌고, 얼마 지나지 않아 위급 상황을 알리는 붉은 연기가 트웨이드 항의 곳곳에서 피어오르기 시작했다.

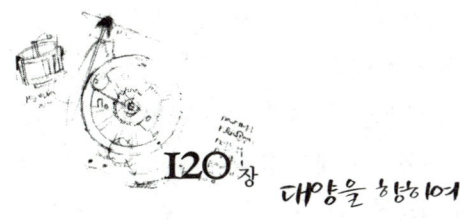

분주하게 움직이는 화이트스프린터호의 선원들 사이에서 카로이트와 시너스는 멀어져 가는 트웨이드 항의 건물들을 바라보고 있었다. 전혀 예상하지 못한 사건에 휘말려 결국 화이트스프린터호를 타게 된 그들의 얼굴에는 짙은 당혹감이 서려 있었다.

"전혀 예상 밖의 일들이 펼쳐져 버렸군요. 이제 우리는 어떻게 될까요?"

시너스의 물음에 역시 복잡한 표정을 하고 있던 카로이트가 어깨를 으쓱거렸다.

"글쎄요. 분명 상황이 그리 좋아 보이지 않는군요. 이렇게 된 이상 황실 함대가 화이트스프린터호의 앞을 막아주길 바랄 수밖에요."

몇 마디의 짧은 대화가 오고 가는 동안 구름 한 점 없는 푸른 하늘에 붉은 연기가 솟아오르는 것을 볼 수 있었다. 그 신호에 따라 항만에 대기 중이던 황실 함대의 함선들은 돛을 펼치고 노를 저어 항만의 출구를 봉

쇄하기 시작했고, 선착장에 대기 중인 황실 함대의 함선들을 닻을 끌어올리며 출항을 서둘렀다. 오랜 시간 호흡을 맞춘 듯 각 함선들의 움직임에서 어떠한 머뭇거림도 찾아볼 수 없었다.

상갑판에서 화이트스프린터호의 타륜을 잡고 있던 다이스는 자신들을 막기 위해 밀집하기 시작하는 황실 함대의 움직임을 발견하였다. 비록 1켈리 이상 떨어져 있는 먼 거리였으나 유독 좋은 시력을 가진 그였기에 각 함선의 갑판 위에서 벌어지는 일들을 빠짐없이 관찰할 수 있었다.

황실 함대의 각 함선에는 흰색의 후드를 뒤집어쓴 사람들이 선미로 배치되기 시작했고, 그 뒤로 석궁 사수들이 자리를 잡았다. 그 모습에 얼굴을 굳힌 그는 갑판 위에 대기 중인 선원들을 향해 외쳤다.

"즉시 바닷물을 퍼 올려 쉐일을 적셔라!! 석궁 사수들은 함선의 측면으로 배치! 뱃머리의 천을 걷어낼 것!"

이 바닥에서 잔뼈가 굵은 선원들인만큼 자세한 설명이 없어도 어떠한 상황인지 잘 알고 있었다. 황실 함대의 가장 무서운 점이라면 각 함선에서너 명의 마법사들을 보유하고 있다는 것이었는데, 강력한 원거리 공격 능력을 가진 마법사의 존재는 해적들에게 있어 큰 위협이 되는 것이었다.

대부분의 선원들은 밧줄을 타고 마스트에 올라가 바닷물을 끌어올려 뿌려대기 시작했다. 그리고 몇 명의 선원이 뱃머리를 가리고 있는 천을 벗겨냈다. 흰색의 천이 흘러내리자 긴 뿔을 가진 말 머리 모양의 헤드피겨가 모습을 드러내고 있었다. 은은한 금빛을 발하고 있는 헤드피겨는 묵직한 금속으로 만들어져 뱃머리의 대부분을 뒤덮고 있었기에 그저 배의 얼굴 노릇만 하는 여타의 헤드피겨와는 그 성질을 달리하는 듯했다.

이제 황실 함대 선두와의 거리는 500멜리가량.

다이스의 예상대로 황실 함대의 공격이 시작되려 하고 있었다. 흰색의 후드를 걸친 마법사들의 손에 붉은 광채가 모이기 시작하더니 금세 사람의 머리 두 배만한 불덩이가 그들의 양손 위에 올려져 있었다. 그리고 손가락을 까딱하는 순간 이십여 개나 되는 불덩이들이 이글거리며 맹렬히 날아들기 시작했다.

후르르륵!

불덩이들의 목표는 바로 화이트스프린터호의 돛이었다. 돛을 잃은 함선은 제아무리 열심히 노를 저어도 빠른 속력을 얻지 못하기에 해상 추격전에서는 가장 널리 쓰이는 방법이었던 것이다. 하지만 전장에서 간파당한 전략은 아무런 효용을 발휘하지 못하는 법. 화이트스프린터호의 돛을 직격한 십여 개의 불덩이는 별다른 타격을 주지 못하고 소멸해 버렸다. 그것을 본 다이스는 득의의 미소를 지었다.

"하하핫! 화이트스프린터호의 쉐일은 화기에 강한 파셔천으로 만들었다구! 물기를 머금은 파셔천은 그 어떤 불길에도 타지 않지!"

이러한 사실을 알지 못한 황실 함대의 마법사들은 자신들의 공격이 무효로 돌아가자 당황한 기색을 감추지 못하였고, 다음 마법을 준비하기 위해 허둥대고 있었다. 그러나 다음 마법을 사용하려면 어느 정도의 시간이 필요하다는 사실을 이미 알고 있었던 다이스는 조금의 여유를 가지며 스티치를 향해 입을 열었다.

"스티치 할배! 새로 만들었다는 무기를 지금 당장 쏠 수 있어?"

그의 물음에 팔짱을 끼고 있던 스티치는 심드렁한 말투로 대답했다.

"그건 왜 묻는 거냐? 분명 네 녀석이 해적은 실력으로 맞붙는 거라고 하지 않았었나?"

"그거야 정정당당하게 일 대 일로 붙었을 때 이야기잖아! 지금은 때로 덤비고 있는 저 녀석들이 먼저 반칙을 한 거니까 상관없다고!"

"쳇! 말만 번드르르한 녀석… 그다지 마음에 들진 않지만 상황이 상황이니만큼 이번에는 그냥 넘어가도록 하지."

스티치가 머리 위로 손가락을 빙빙 돌리며 신호를 하자 갑판 위에서 대기 중인 선원들이 몸을 움직였다. 황실 함대의 선두 함선과의 거리는 약 300멜리. 뱃머리의 포문이 열리며 짙은 묵빛을 띤 두 문의 캐논이 모습을 드러냈다. 눈대중으로 황실 함대와의 거리를 재어보던 스티치는 손가락을 입에 넣으며 날카로운 휘파람을 불었다.

삐이익!

휘파람을 신호로 두 문의 캐논이 연달아 불을 뿜어내기 시작했고, 화이트스프린터호 전체를 흔들 만한 진동과 굉음이 동반되어졌다.

콰광! 콰광!

화이트스프린터호의 선원들은 강한 진동을 느끼며 몸을 휘청였고, 주변의 난간에 의지하여 간신히 넘어지는 것만은 면하고 있었다. 하지만 황실 함대의 상황은 그에 비할 바가 아니었다. 워낙 가까운 거리였기에 두 발의 대포알 모두 정확히 황실 함대의 선두 함선에 직격당해 버렸다. 결국 옆구리에 바람구멍이 생긴 함선 한 척은 그르릉하는 소리와 함께 천천히 기울기 시작했다.

돌발적인 적의 공격에 당한 황실 함대의 갑판은 크게 부산스러워졌다. 전혀 보지도 듣지도 못한 무기의 등장으로 인한 충격이 적지 않았기 때문이다.

함선이 한 척 기울자 황실 함대가 펼쳐 놓은 벙어선에 구멍이 생겼다. 다이스는 타륜을 재빨리 돌려 그곳으로 방향을 잡았다.

"자, 녀석들이 정신을 차리기 전에 빠져나가자고!"

등 뒤에서 불어주는 바람을 머금은 화이트스프린터호의 돛은 팽팽히 부풀어 올랐고, 탄력을 받으며 앞으로 곧게 나가기 시작했다. 황실 함대의 석궁 사수들은 흰색의 포말을 일으키며 접근하고 있는 화이트스프린터호를 향해 급히 화살을 날렸다. 화살은 인명 살상이 그 본래의 목적이 아닌 듯 넓적한 칼날을 촉으로 달고 있었는데, 바로 돛의 밧줄을 끊는 목적을 가진 화살이었다. 그러나 화살들이 돛의 밧줄을 끊기는커녕 불꽃을 튀기며 튕겨 나가는 중이었다.

"후훗! 황실 함대의 전술은 내 손바닥 보듯 흰하다고! 그따위 잔기술이 이 화이트스프린터호에 통할 리 없지! 설마 쉐일의 밧줄을 여러 겹의 철사로 만들 줄은 상상도 못하고 있을 거야. 푸하하핫!"

황실 함대는 화이트스프린터호의 위용에 주눅 든 듯 별다른 조치를 취하지 못한 채 눈앞을 지나가는 순백의 함선을 보고만 있을 뿐이었다. 짙푸른 바다 위에는 하얀 포말이 그려지며 화이트스프린터호의 선미까지 길게 이어지고 있었다.

벌어진 나무판자 사이로 얇디얇은 빛이 파고들었다. 어두운 실내를 밝히기에는 턱없이 부족한 양이었기에, 그곳이 어떠한 용도로 쓰이는 장소인지는 알 수 없었다. 뮤스는 주변을 둘러보며 방향을 잡고 있었다. 무턱대고 화이트스프린터호에 승선하기는 했지만, 그가 있는 장소가 어디인지, 어디에서 양국의 황제들을 찾을 수 있을지 알 수 없었기 때문이다. 발에서 추진발판을 떼어내고 있을 때, 그리 멀지 않은 곳으로부터 엄청난 굉음이 들려오며 그의 고막을 때렸다.

콰광! 콰광!

이에 놀란 뮤스는 움직임을 멈추며 안색을 굳혔다.

"설마 이 폭발음은?"

그의 의심을 굳히기라도 하듯이 익숙한 향이 그의 콧속으로 스며들고 있었다. 매캐한 화약의 향기. 그것이 난데없이 이 낯선 함선에 존재하고 있는 것이었다.

"설마 누군가가 화약을 제조했다는 말인가? 흠… 정말 놀라운 사실이군."

혼잣말을 중얼거린 뮤스는 가방에서 전뇌등을 꺼내며 뇌공력을 끌어올렸다. 전뇌등으로부터 밝은 빛이 뿜어져 나오자 뮤스는 자신이 서 있는 실내의 내부를 볼 수 있었다. 그리 넓지 않은 공간이었지만 상당히 중요한 장소였는지 금속판으로 마무리되어진 작은 상자들이 몇 개 쌓여 있었고, 그 옆으로는 무거워 보이는 수십 개의 쇠 공들이 바닥에 단단히 고정되어 있었다. 뮤스는 그것이 무엇인지 눈치채곤 나직한 웃음을 터뜨렸다.

"훗! 애써 찾아다니며 확인해 볼 필요는 없겠군. 이곳이 화약과 대포알을 저장하는 방이었던 것인가?"

과연 작은 상자를 열어보니 기름 종이에 싸여진 진회색의 가루를 확인할 수 있었다. 그리 많은 양은 아니었지만 그 위력만큼은 우습게 볼 것이 아니었는데, 화약의 위력만으로도 이 정도의 함선 한 척쯤은 간단히 가루로 만들 만한 양이었던 것이다. 뮤스는 휘파람을 불었다.

"휘이… 초보적인 제조 기술로 만들어진 것 같지만, 이 정도의 제조 기술만으로도 대륙의 대세가 바뀔 만하겠군. 도이첸 제국이나 듀들란 제국에서 알게 된다면 난리법석이 나겠는걸?"

의미심장하게 말을 하던 뮤스는 화약 상자를 다시 닫았다.

"그보다 황제 폐하들을 찾는 게 우선일 텐데……."

출구를 찾기 위해 전뇌등을 돌리자 허리를 굽혀야지만 빠져나갈 수 있을 만큼의 낮은 문이 그의 시야에 잡혔다. 금속판으로 덧대어져 보통의 완력으로 부술 수 없을 만큼 튼튼해 보였다. 그 문을 당겨 열어보려 했던 뮤스는 실망할 수밖에 없었다. 이곳이 중요한 곳이라 생각해서인지 밖에서 걸어 잠가놨기 때문이다. 하지만 운이 따랐는지 묵직한 발걸음 소리가 들려오더니 문이 삐걱이기 시작했다. 급히 방 안을 살펴본 뮤스는 쌓여 있는 상자들 뒤로 몸을 숨겼고, 동시에 아슬아슬하게 문이 열리며 두 명의 사내가 실내로 들어왔다.

"푸하핫! 황실 함대 녀석들 얼굴을 봤나? 완전히 시퍼렇게 질려서 꼼짝 못하더군. 그 망할 마법사 녀석들도 이제 한물갔다 이거야!"

"아마 지금쯤 바지에 지린 오줌을 치우느라 땀깨나 흘리고 있을걸?"

그들이 잡담을 하고 있을 때 밖에서 또 다른 이의 고함 소리가 들렸다.

"잔소리 말고 어서 대포알과 파우더를 가지고 나와! 황실 함대가 뒤쫓기 전에 장전을 해야 한다고! 쉐인 해역에 들어가기 전에는 안전하지 않다구!"

그의 말에 사내들은 입을 다물었고, 각자 대포알과 화약을 밖으로 나르기 시작했다.

그들이 나간 후에도 문은 계속 열려 있었다. 두 문의 캐논을 장전해야 했기에 한 번에 대포알과 화약을 나를 수 없었던 것이다. 이 기회를 놓칠 리 없던 뮤스는 재빨리 몸을 날려 그곳을 빠져나왔다.

몰아쳐 오는 파도에 삼켜지고 있는 황실 함대의 함선을 바라보던 시너스는 문제의 심각성을 깊이 느끼고 있었다. 단순한 호기심에서 시작한 일이 이렇게까지나 큰일이 되어버릴 줄은 몰랐기 때문이다. 아무리 대제국의 황제라 해도 그 나이의 감성이란 비슷했던 것이다. 근심스러운 표정으로 생각에 잠겨 있을 때 카로이트의 목소리가 들려왔다. 그 역시 긴장한 모습이었지만, 시너스에 비해 냉정한 눈빛으로 급박히 돌아가는 상황을 주시하고 있었다.

"저런 무기가 이 함선에 탑재되어 있다니 놀라울 뿐입니다. 저것이 보급되기라도 한다면 대륙 전체에 대단한 파문을 일으키겠는걸요. 백여 년간의 평화가 깨어지고 다시 환란의 시대가 시작되게 될지도… 이것 참, 난감하기 그지없습니다. 저 무기 때문에 황실 함대의 추적이 쉽지 않을 것 같습니다."

카로이트의 말에 시너스는 고개를 가로저었다.

"비록 이들이 가진 무기의 위력이 대단하다고 하지만 저희 황실 함대 역시 녹록치 않을 것입니다. 단 한 척의 배로 수십 척의 대형 함선과 대적한다는 것은 불가능할 것입니다. 곧 전열을 가다듬고 추격 준비를 할 것입니다."

굳은 신념이 담긴 얼굴이었다. 그러나 등 뒤에서 들려오는 다이스의 목소리로 인해 그들의 대화는 이어지지 못했다.

"어라? 이 샌님 녀석들은 뭐야? 왜 일은 하지 않고 여기서 수근덕거리는 거지?"

드디어 올 것이 왔다는 생각이 든 양국의 황제는 억지 웃음을 지으며 뒤를 돌아보았다. 그곳에는 머리를 긁적이며 자신의 기억을 더듬어보고 있는 다이스와 따가운 눈빛으로 자신들을 바라보고 있는 스티치, 그리고 다른 선원들이 있었다.

"내가 그새 기억력이 나빠진 건가? 도무지 이 녀석들의 얼굴이 기억나지 않는걸?"

고개를 갸웃거리는 다이스를 보며 답답한 한숨을 내쉰 스티치는 그의 머리를 때리며 말했다.

"바보 같은 녀석! 당연히 우리 애들이 아니니까 기억에 없는 것이잖아!"

그리고 양국의 황제들을 바라보며 말을 이었다.

"너희들은 누구지? 어쩌다가 이 화이트스프린터호에 타게 된 거야?"

스티치가 추궁하자 카로이트가 나서며 대답했다.

"저, 저희는 우연찮게 선착장을 지나가다가 싸움에 휘말리게 된 겁니다. 그러다가 얼떨결에 이 배에……."

카로이트의 이야기를 듣고 있을 때 선원들 중 한 명이 나서며 소리를 지르기 시작했다. 양국의 황제들도 익히 아는 얼굴이었는데, 바로 사건의 발단이 된 대머리사내였다.

"어라! 네 이 녀석들! 어떻게 여기에 타고 있는 것이냐! 일이 이렇게 된 것도 모두 네놈들 때문인 걸 알고 있는 거냐! 내 가만히 놔두지 않겠다!"

대머리사내가 양국의 황제들에게 덤벼들려 하자 다이스가 손을 뻗어 그를 제지했다. 귀를 후빈 다이스는 그의 어깨를 두들기며 물었다.

"폴트, 대체 무슨 일이 있었던 거야? 한번 이야기나 들어보자구."

"아… 저, 그게……."

폴트란 이름을 가진 사내는 다이스를 어려워하는지 덩치에 어울리지 않게 식은땀까지 흘리고 있었다. 그는 차근차근 자신과 양국의 황제들 사이에 있었던 일들을 다이스에게 털어놓기 시작했는데, 다른 것들에 대해서는 별다른 관심을 가지지 않았지만, 향신료를 쏟은 대목에서 다이스의 이마에 힘줄이 솟는 것을 발견할 수 있었다.

"뭐… 그렇게 된 겁니다, 선장."

"빠득… 그러니까 네 말은 이 녀석들이 그 비싼 향신료를 쏟아서 우리가 황실 함대에 쫓기고 있는 것이란 말이지? 아니, 황실 함대에 쫓기는 건 스릴 넘치고 좋으니 그냥 넘어간다고 치자. 한데 그 비싼 돈을 주고 사들인 향료를 그대로 버린 거잖아. 그렇지?"

폴트는 고개를 끄덕였고, 왠지 좋지 않은 분위기를 느낀 양국의 황제들은 마른침을 꼴깍 삼키며 다이스의 눈치를 살폈다. 한동안 열리지 않던 다이스의 입이 움직이며 몇 마디의 말이 흘러나왔다.

"이대로 바다에 던져 버리기도 아까우니까 몸으로 때워! 불만없지?"

양국의 황제들이 뭐라 말하기도 전에 뭔가에 두들겨 맞는 둔탁한 소리가 들리며 고래고래 소리를 지르는 스티치의 모습이 보이고 있었다.

"이런 미친 녀석아! 아무나 받아들이지 말라고 누누이 말했잖아! 그러다가 언제 배에 칼을 꽂고 상어 밥이 될지 모른다고 몇 번이나 말했을 텐데? 저딴 녀석들을 어떻게 믿고 배에 태운다는 말이냐! 그냥 바다에 던져 버리라고!"

다이스는 스티치에게 두들겨 맞은 머리를 감싸 쥐며 찔끔 나온 눈물을 소매로 훔쳤다.

"쓰헙, 더럽게 아프네! 죽긴 누가 죽는다고 그래! 내가 저런 새파란 애송이한테 당할 것 같아? 빌어먹을! 너무 무시하는 것 아냐?"

"그럼 저 녀석들 식량은 어떻게 할 테냐? 보급 물량은 네가 다 책임지겠다는 거냐?"

"쳇! 밥값은 하겠지 뭐. 그래도 영 아니면 그때 바다에 던져 버리든 하면 될 것 아냐!"

다이스가 고집을 피우자 어쩔 수 없었던 스티치는 손을 설레설레 내저었다.

"마음대로 하라구! 나한테 예산을 더 집행해 달라고 말했다간 내가 네 녀석 배에 칼을 꽂고 말 테니 그렇게 알아두라고!"

다이스는 대답 대신 어깨를 으쓱거렸다. 그리고 양국의 황제들에게 시선을 돌리며 말했다.

"어이, 신참들, 언제까지 넋 놓고 있을 거야? 그리고 너희들도 사내들이니 칼 쓰는 법 정도는 알고 있겠지? 그 장난감 같은 검을 버리고 이걸 받으라고."

대답을 듣기도 전에 다이스는 주변의 선원들이 들고 서 있던 검을 한 자루씩 던져 주었다.

카로이트나 시너스 역시 황실에서 검술을 수련했기에 검의 무게에는 익숙했지만, 자신들에게 던져진 검을 받고선 몸을 휘청일 수밖에 없었다. 황실에서 쓰이는 고급의 합금으로 만들어진 검이 아니라 순수한 철로 만들어진 검이었기에 그 무게가 보통이 아니었던 것이다. 이러한 무게의 검을 휘두를 수 있다는 사실 자체가 신기하게 느껴질 정도였다. 다이스의 말이 계속 이어졌다.

"곧 화이트스프린터호는 데스벨트를 지나 쉐인 해역에 들어가게 된다. 그곳이라면 제아무리 황실 함대라도 발을 들여놓지 못하지. 지옥의 해역이라는 별명이 괜히 생긴 것이 아니니까 말이야."

고개를 돌린 그는 폴트를 향해 말했다.

"폴트, 네가 이 녀석들과 안면이 있으니 직접 일을 가르치라고! 아주 간단한 일부터 자세하게 말이야! 만에 하나 대충한다면 가만히 보고만 있지 않을 테니 알아서 하라구!"

다시금 양국의 황제들을 바라본 다이스는 눈을 얇게 뜨며 낮은 목소리로 으름장을 놓았다.

"후훗! 지금 만감이 교차하겠지만, 이곳에 있는 녀석들 중 반은 너희들과 같은 과정을 겪었지. 물론 날 때부터 해적이었던 녀석들도 있지만 말이야. 하지만 이것 하나만을 알아두라고. 너희가 누구든, 무슨 생각을 하든 상관없어. 물론 나를 죽인다 해도 상관하지 않겠다. 능력이 있다면 말이야. 그렇지만 너희에게 주어진 일은 철저히 해두는 것이 좋을 거야. 쓸모가 없다고 판단되면 내가 먼저 너희들을 죽일 수도 있으니까. 필요 없는 녀석들에게 물과 식량을 나눠줄 만큼 인정 넘치는 사람은 아니거든."

다이스는 몸을 돌리며 나직이 말했다.

"잘 적응을 하든, 바다에 뛰어들어 자살을 하든 너희 선택이다. 나약한 도련님들, 잘 선택하라구. 하하하핫!"

자신이 할 말만을 남긴 다이스는 어디론가 걸음을 옮겼고, 양국의 황제들은 그제야 자신들의 처지를 실감하였는지 할 말을 잃고 있었다.

*　　　　*　　　　*

반투명한 흑색의 대리석으로 둘러싸인 너른 공간. 수십 명에 달하는 사람들이 동시에 만찬을 즐길 수 있는 탁자와 의자들, 그리고 높은 천장의 채광창을 넘어 들어오는 따스한 햇살과 밤을 위한 수정 샹들리에. 그야말로 흠 잡을 데 없는 대회장이었다. 흥겨운 음악만 흘러나온다면 당장이라도 무도회가 시작될 듯했지만, 지금의 분위기는 무겁게 가라앉아 있었다.

투르코스 재상을 위시하여 케티에론 황녀, 루스티커, 장영실과 크라이츠, 그리고 도이첸 제국의 외교대신인 고듀트가 자리하고 있었다. 한 장의 서신을 손에 들고 있던 투르코스 재상의 얼굴은 보기 싫게 일그러져 있었다.

"대체 이 일이 어떻게 된 것인지 납득이 되질 않습니다. 분명 별궁에서 주무시고 계셔야 할 분들이 난데없이 해적들에게 납치가 되었다니… 저희 듀들란 제국뿐만 아니라 도이첸 제국 역시 국가 비상사태입니다!"

고듀트 외교대신은 침음성을 터뜨렸다.

"끄응… 이번 일이 도이첸 제국에 알려지게 된다면 엄청난 소요가 일게 될 것입니다. 그렇지 않아도 중신들의 반대를 무릅쓰고 온 것인데, 이러한 일이 일어나 버렸으니 난감하기 짝이 없습니다. 재상께서는 어떤 조치를 취할 생각이십니까? 아시다시피 저희 도이첸 제국의 함대는 대륙의 정반대 쪽에 위치하여, 움직인들 지금 당장 어떤 도움이 되지 않을 것이 뻔합니다. 전적으로 귀국의 판단에 맡겨야 할 상황이군요."

그의 말에 루스티커가 고개를 갸웃거리며 끼어들었다.

"한데 시너스가 납치되었는데 왜 도이첸 제국 측도 이렇게 당혹스러워하는 것인가? 쉽게 이해가 되지 않는군."

투르코스 재상은 생각만 해도 골치가 아프다는 듯 이마를 짚으며 대답했다.

"바로 고듀트 외교대신의 조카라고 알고 계신 카롯이라는 젊은이가 현 도이첸 제국의 황제이신 카로이트 3세이시기 때문입니다. 즉, 현재 양국의 황제 모두 납치되신 것입니다."

"이, 이런 어처구니없는 일……!"

전혀 생각지도 못한 사실이 알려짐으로 인해 루스티커와 장영실, 그리고 케티에론 황녀는 경악을 금치 못하고 있었다. 그들을 보며 씁쓸한 표정을 지은 투르코스 재상은 고듀트 외교대신을 향해 말을 이었다.

"당연히 이 일의 책임은 전적으로 저희 듀들란 제국에 있습니다. 일단 황실 함대 전체를 파견하여 해적선을 추적하기 시작했습니다. 함선 한 척이 정체불명의 무기에 당하여 침몰했다는 보고가 있었지만, 함대 총독의 말로는 신경 쓸 것 없다고 하더군요."

"해적의 정체는 밝혀내셨습니까? 황제를 납치할 정도라면 아무런 이름 없는 해적은 아닐 텐데 말입니다."

고듀트 외교대신의 물음에 투르코스 재상은 고개를 내저었다.

"그저 순백의 함선이라는 단서만 있을 뿐 그들이 누구인지 알 수 없었습니다. 지금 기록서를 뒤져 그들의 기록을 찾고 있지만, 시간이 제법 걸릴 듯합니다."

손을 모은 채 안절부절못하며 그들의 이야기를 듣고 있던 케티에론 황녀가 눈빛을 반짝이며 그들의 대화에 끼어들었다.

"그러고 보니 어제 뮤스 군이 그 배의 이름이 화이트스프린터호라고 했어요. 해적들의 해적 헬렌이라는 사람이 타고 다녔다는……."

루스티커는 그녀의 말에 나직한 탄성을 질렀다.

"흠… 아직까지도 화이트스프린터호가 활동을 하고 있다니… 헬렌의 후계자인가? 만약 그들이 정말 헬렌과 관계된 이들이라면, 분명 쉐인 해역에 거점을 가지고 있을 것일세. 이것 참 문제군, 문제야."

"쉐인 해역이 어떤 곳이죠? 위험한 곳인가요?"

케티에론 황녀가 물어오자 루스티커는 기억을 더듬으며 대답해 주었고, 그에 대해 모르는 사람들 역시 귀를 기울였다.

"쉐인 해역은 트웨이드 항으로부터 동북쪽 120켈리가량 떨어진 곳에서 시작되는 해역으로, 빠른 해류가 산발적으로 솟아난 해초 사이를 통과하며 엄청난 소용돌이를 만들어내는 해역이지. 섣불리 그곳을 통과하다간 소용돌이에 휘말려 함선이 난파되기 일수였고, 과거의 황실 함대의 함선 수십 척이 그곳에 수장되었단다. 그야말로 지옥의 입구와 같은 해역이지."

"그럼 헬렌이라는 해적은 어떻게 그렇게 위험한 곳에 거점을 가지고 있는 것이죠?"

"헬렌은 해적이지만 그 능력이 탁월한 사람이었단다. 그중 항해술은 따를 자가 없을 정도였는데, 황실 함대의 함장들이 혀를 내두르며 포기한 쉐인 해역을 보란 듯이 돌파해 버렸단다. 그리고 쉐인 해역의 해도를 그려 자신을 따르는 몇몇 해적들에게 나눠주었다는 소문이 떠돌았지만, 확인할 길은 없었지. 아마도 시너스와 도이첸 제국의 황제를 태운 화이트스프린터호는 그 쉐인 해역으로 향하고 있을 게야."

케티에론 황녀는 입술을 지그시 깨물었다.

"그럼 이제 시너스는 어떻게 되는 것이죠? 그 아이를 구해낼 수 있는 방법은 없는 것인가요?"

"부디 쉐인 해역에 들어서기 전에 황실 함대가 화이트스프린터호를 따라잡아 주길 바랄 수밖에 없지만, 화이트스프린터호는 쾌속선으로 유명하니 그것조차 여의치 않을 게야."

루스티커의 설명을 듣고 있던 투르코스 재상은 일이 점점 어렵게 되어 가는 것을 느꼈다.

"황실 함대로서는 불리한 요소를 모두 가지고 있는 샘이군요. 쾌속선이라면 덩치 큰 황실 함대가 쉽게 따라잡기도 쉽지 않을 테고, 양국의 황제들을 잡고 있으니 이쪽에서는 섣불리 공격을 하지도 못할 것입니다."

"아아… 시너스……."

크라이츠는 잔뜩 겁에 질린 채 어깨를 떨고 있는 케티에론 황녀를 토닥거리며 위로했다.

"걱정 마세요, 황녀님. 제 동생 뮤스가 두 분을 쫓아갔으니 안심해서도 될 거예요. 분명 나쁜 일 없이 돌아올 수 있을 테니까요."

크라이츠의 부드러우면서도 편안한 목소리가 케티에론 황녀의 마음을 어느 정도 안정시켜 주고 있었다.

케티에론 황녀에게서 시선을 거둔 투르코스 재상은 장영실을 바라보았다.

"장영실 경, 자네의 생각은 어떠한가? 자네라면 해결 방안을 찾을 수 있을 듯한데……."

턱을 매만지며 생각에 빠져 있던 장영실이 입을 열었다.

"흠… 쉐인 해역으로 들어가는 방법이 한 가지 있기는 합니다. 다만 얼마나 빨리 일을 진척시킬 수 있을지 확신할 수 없군요. 제 계산으로 최소 닷새 정도의 시간이 필요한데, 그때까지 그분들과 뮤스가 안전할 수 있을지 걱정됩니다."

투르코스 재상은 나직한 한숨을 내쉬었다.

"후우… 뮤스 군을 믿어보는 수밖에. 자네가 생각하고 있는 바를 즉시 시행해 주게나. 필요한 모든 것을 즉시 지원해 주겠네."

"예, 알겠습니다."

그들 사이에 대화가 오고 가는 동안 크라이츠가 문득 고듀트 외교대신에게 눈짓을 했다. 그녀 역시 어떠한 생각이 있는 듯했는데, 둘만이 알아들을 수 있는 목소리로 몇 마디를 나누더니 곧 고듀트 외교대신은 무릎을 치며 고개를 끄덕였고, 크라이츠는 만족한 미소를 지어 보였다.

트웨이드의 황실 별궁에는 곧 큰 움직임이 일어나기 시작했다. 타국에서 온 사절들은 갑작스러운 제국개발사업 발표회의 중단으로 인하여 기관열차를 이용해 쟈트란으로 돌아가게 되었고, 듀들란 제국의 귀족들은 시너스 황제의 구출을 돕기 위하여 자신들의 영지로 연락을 취하기 시작했다. 또 쟈트란의 공학원으로부터 엄청난 양의 설비들과 수십 명의 공학자들이 속속 도착하기 시작했다.

이 모든 것이 장영실이 요청한 것으로서 듀들란 제국이 아니면 보이기 힘든 발빠른 움직임이었다.

이렇게 황제 구출 계획은 순조롭게 진행되고 있었다.

탁탁탁.

하얗고 기다란 손가락이 안절부절못하며 탁자를 두들기고 있었다. 손의 주인인 카타리나는 눈을 뜨자마자 들려온 뮤스의 소식에 식사도 거른 채 일행들과 근심에 빠져 있는 중이었다. 주변의 폴린과 히안, 벌쿤과 세이즈, 그리고 켈트 역시 숨을 죽이고 심각한 표정을 짓고 있었다.

보다 못한 켈트가 헛기침을 하며 멈춰 있던 공기를 깨뜨렸다.

"흠… 아무튼 뮤스 녀석은 잠시라도 사건에 휘말리지 않고는 못사는 군. 또다시 어처구니없는 일에 휩쓸려 버리다니 말이야. 이래서 나서기 좋아하는 녀석은 항상 골치가 아프다니까."

벌쿤 역시 팔짱을 끼며 고개를 끄덕였다.

"헤휴, 그러게 말이에요. 옆에서 애만 태우고 있는 카타리나 누나가 정말 불쌍하다니까. 여기까지 와서도 사고를 치다니 할 말이 없죠 뭐."

그들의 말에 카타리나는 고개를 내저었다. 금방이라도 눈물이 묻어날 듯한 촉촉한 눈망울이 애처롭기 짝이 없었다.

"분명 뮤스도 어쩔 수 없는 상황이었을 거예요. 그리고 이미 벌어진 일이니 뮤스를 탓해봤자 달라질 것도 없고요. 그것보다 저도 뭔가 할 일을 찾아야겠어요. 이대로 마냥 기다릴 수만은 없는 일이니까요."

히안 역시 카타리나의 말에 동의하는 듯했다. 코끝으로 흘러내린 안경을 치켜올리며 말했다.

"카타리나 말이 맞아. 이런 일이 하루 이틀도 아니니 이제 그러려니 해야지. 소문으로는 장영실이라는 분이 황제 폐하들과 뮤스를 추적할 만한 뭔가를 만들기 시작했다고 하던데, 우리도 돕는 것이 어떨까? 우리 역시 공학원에서 일하고 있으니 분명 도움이 될 수 있을 거야."

"하긴 그래야 나중에 뮤스에게 뭔가 생색을 낼 수 있겠지. 설마 맨입으로 넘어가겠어?"

폴린 역시 동의하자 카타리나는 흔쾌히 대답하며 자리에서 일어났다.

"그래! 히안의 생각이 좋을 것 같아. 어서 장영실 경에게 가보자!"

잠시 주변을 둘러보던 켈트가 고개를 갸웃거리며 물었다.

"그런데 크라이츠님은 어디를 가신 것이지? 투르코스 재상과 만나고 온 이후로 보이지 않는군."

그의 물음에 폴린이 대답했다.

"고듀트 외교대신님과 함께 전뇌마를 타고 어디론가 나가시던걸요? 뭔가 굉장히 바쁜 일이 있는지 인사도 안 받아주셨어요."

무엇인가 찝찝한 느낌이 뇌리를 떠나지 않았지만, 애써 지운 켈트는 손을 털며 일어났다.

"뭔가 생각이 있으신 거겠지. 그럼 우리는 장영실 경을 도우러 가보자고."

카타리나를 비롯하여 그의 친구들은 켈트를 따라 방을 나서 장영실과 듀들란 제국의 공학자들이 작업을 벌이기 시작한 트웨이드 항으로 자리를 옮기고 있었다.

121장 쉐인 해역의 사람들

짙고 푸른 대양과 그 빛을 닮은 하늘이 맞닿는 수평선이 끝없이 펼쳐져 있었다. 반짝이는 해수면과 멈출 줄 모르며 일고 있는 파도, 그리고 물을 차고 뛰어오르는 물고기들이 한적함을 달래주는 중이었다. 수평선의 저편으로부터 넘어오는 순백의 함선 한 척이 있었다. 바람을 듬뿍 머금은 돛이 힘차 보였고, 금빛의 칼날처럼 날카로운 뱃머리는 물결을 예리하게 베어냈다.

그 뒤를 이어 수평선을 가득 채운 십여 개의 마스트가 모습을 드러내기 시작했다. 하나같이 붉은 돛에 금빛의 테를 두르고 중심에는 '용맹의 매'가 수놓아져 있었다. 바로 듀들란 황실에서 화이트스프린터호를 추적하기 위해 보낸 황실 함대의 웅장한 위용이었다.

그들은 가장 큰 모선을 중심으로 하여 양옆으로 길게 늘어서 있었는데, 당장이라도 화이트스프린터호를 집어삼킬 수 있을 듯 보였다. 그러나 항속에서만큼은 그 어떠한 배에도 뒤지지 않는 화이트스프린터호였기에 이 지루한 해상 추격전은 무려 여섯 시간이나 이어지고 있었다.

후미 상갑판에서 타륜을 잡고 있던 다이스는 자신들의 뒤로 황실 함대가 뒤따르는 사실을 모르는 듯 노래를 흥얼거리고 있었다. 마치 유람이라도 나온 듯 느긋한 얼굴을 한 그였는데, 십여 척의 함선에 쫓기는 와중에도 이러한 모습을 보일 수 있는 이는 세상에 몇 명 되지 않을 듯했다.

"룰루루룰루… 루루루……."

힐끗 뒤를 돌아본 다이스는 고개를 갸웃거렸다.

"흠… 충분히 공격 가능한 거리일 텐데 아무런 공격이 없군. 무슨 이유인 것이지?"

과연 그는 수차례 의도적으로 황실 함대와의 거리를 줄여보았으나 아무런 반응 없이 쫓고만 있자 의문이 들었던 것이다. 잠시 생각에 빠져 있던 다이스는 문득 자신의 얼굴을 휘감아오는 이질적인 바람을 느꼈다. 눈을 지그시 감으며 일정한 방향 없이 앞뒤로 불어오는 바람을 느낀 그는 입꼬리를 말아 올리며 중갑판 위의 선원들을 향해 외쳤다.

"드디어 쉐인 해역의 초입이다! 탑갤런트쉐일을 접고, 로열갤런트쉐일을 단단히 고정시켜라! 노잡이들은 노를 고정시킨다! 붙잡을 만한 것을 찾아 붙잡으라고! 바다에 빠져도 건져 주지 않을 테니 각오들 하는 것이 좋을 거야!"

"와우! 써!"

그의 말을 기다리고 있던 선원들은 짧은 기합성과 함께 능숙한 모습으로 움직였다. 돛의 밧줄과 배의 상태를 확인한 선원들은 밧줄을 이용하여 주변의 기물에 자신의 몸을 묶었고, 앞으로 일어날 일에 대비하기 시작했다. 오직 화이트스프린터호에 승선한 인물들 중 카로이트와 시너스만이 어찌해야 할지 갈피를 잡지 못하고 허둥거리는 중이었다. 그들의 모습을 지켜보던 폴트가 손가락 굵기만한 밧줄을 그들에게 던져 주며 외쳤다.

"이런 멍청이들아! 선장이 하는 말 못 들었어? 그렇게 넋 놓고 있다가는 물귀신 되기 딱 좋아! 우리가 가는 쉐인 해역은 그야말로 물귀신들의 고향이거든. 언제든지 사람들을 빨아들이기 위해 기다리는 물귀신들이 득실거리고 있단 말이다. 그러니 너희들도 정신 똑바로 차리는 것이 좋을 거야!"

거칠게 말하는 폴트의 얼굴을 보며 양국의 황제들은 긴장한 표정으로 난간에 자신들의 몸을 묶기 시작했다. 매듭을 다시 한 번 확인하며 카로이트가 입을 열었다.

"해적들의 모험담에 관심이 많았던 어린 시절, 쉐인 해역에 관한 책을 읽어본 적이 있습니다. 쉐인 해역은 거대한 선박조차 갈기갈기 찢어놓을 만큼 날카로운 해류들이 발톱을 세우고 있다 하였습니다. 그곳으로 들어선 배들은 엄청난 속도의 해류에 휘말려 해초와 충돌해 버리고, 수영을 할 줄 아는 사람들 역시 물살에 휩쓸려 시체조차 물 위로 떠오르지 않는다고 하더군요. 이 함선이 바로 그 해역으로 가고 있는 것 같습니다."

아직 세상 경험이 부족한 시너스로서는 그의 말이 공포스러울 수밖에 없었다.

"그렇다면 저 다이스라는 사람은 자살 행위를 하고 있는 것이란 말입니까?"

"그것은 아닐 것입니다. 과거 몇 명의 해적은 쉐인 해역의 해도를 가지고 있어 쉽게 드나들었다고 합니다. 저자 역시 그러한 해적 중 하나인 듯합니다. 아무래도 황실 함대의 추적을 피하기 위해 쉐인 해역으로 들어가려는 것 같습니다."

두 황제가 대화를 하고 있을 때 폴트가 웃으며 끼어들었다.

"하핫! 제법 쉐인 해역에 대해서 잘 알고 있군. 그렇지만 하나는 틀렸어. 황실 함대의 추적을 피하기 위한 이유도 있지만, 우리가 쉐인 해역으로 가는 주된 이유는 바로 그곳이 우리들의 본거지가 있는 곳이기 때문이야. 그러니 몸은 좀 고생하겠지만 너무 걱정은 하지 말라구. 세상에 어느 바보가 자기 집을 못 찾아가 죽어버리겠나? 다이스 선장은 이곳을 수십 번도 더 드나들었으니 이미 손바닥을 보는 것이나 다름없다고!"

폴트의 눈에는 다이스에 대한 경외심이 담겨 있었다. 목숨을 걸지 않아도 된다는 점에 안심이 되긴 했지만, 황실 함대의 추적을 내심 기대하고 있던 양국의 황제들은 입 안이 씁쓸해짐을 느끼고 있었다.

후미 상갑판에 홀로 서서 타륜을 잡고 있는 다이스의 모습은 외로워 보였지만, 세상의 그 누구보다 당당해 보이기도 했다. 자신의 앞에 열려 있는 지옥의 입구를 오연한 얼굴로 바라보는 중이었다. 코끝을 간질이는 바람에 다이스는 깊은 숨을 들이쉬었다. 그리고 갑판에서 잔뜩 움츠린 모습의 선원들을 향해 외쳤다.

"자! 이제 우리들의 집 정원에 발을 들여놓을 테니 정신들 차리라고!"

다이스는 짠내가 짙게 스며 있는 타륜을 급히 우측으로 돌렸다. 그와 동시에 화이트스프린터호의 뱃머리가 파도의 너울에 부딪치며 급격히 방향을 돌리기 시작했다.

갑판의 선원들과 두 황제 역시 밧줄에 매달려 이리저리 흔들리고 있었지만, 다이스만은 배의 움직임에 완전히 몸을 실은 채 한 발자국도 떼지 않고 자리를 지키고 서 있었다. 연이어 바다의 표면을 보며 눈을 얇게 뜬 다이스는 타륜을 더욱 빠르게 좌측으로 돌렸다. 선체는 파도 위로 올라타며 허공으로 뛰어오르는 듯하였다. 이러한 배의 움직임에 두 황제는 속이 울렁임을 느꼈지만, 별다른 대처를 하지 못한 채 자신의 몸을 묶은 밧줄만 굳게 잡고 있었다.

그러나 이들의 처지도 뮤스에 비하면 아무것도 아니었다. 후미선실까지 선원들의 눈에 띄지 않고 온 것까지는 좋았지만, 아무런 준비를 취하지 못한 상황에서 배가 요동치자 뮤스는 균형을 잡지 못하고 이리저리 미끄러지고 있었다.

"으아아! 갑자기 배가 왜 이러는 것이지?!"

의문을 던지던 뮤스는 손가락에 뇌공력을 끌어올리며 힘을 주었다. 손가락이 금광으로 빛을 내기 시작하자 바닥에 고정된 테이블에 손가락을 찔러 넣었다.

파직!

놀랍게도 그의 다섯 손가락은 가벼운 소리를 내며 단단한 나무로 만들어진 테이블에 박혀 들어갔고, 그것에 의지하여 몸의 균형을 유지한 뮤스는 후미선실의 창문을 열어 밖을 내다보았다.

"뭐야! 태풍이라도 온 듯 배가 요동을 치는데 하늘은 맑잖아?"

의구심에 가득 찬 목소리로 투덜거리던 뮤스는 저 멀리 멈추어 있는 십여 척에 달하는 황실 함대를 발견했다. 그들 역시 이곳이 악명 높은 쉐인 해역이라는 것을 알고 있는지 화이트스프린터호를 따라올 엄두를 내지 못하고 있는 것이었다. 중앙 마스트의 끝에 걸려 있는 깃발을 보고서 그들의 정체 알게 된 뮤스는 머리를 긁적이며 중얼거렸다.

"흐음… 폐하들과 내가 이 배에 타고 있다는 사실이 황실까지 알려지긴 했나 본데… 왜 따라오지 않는 거지? 뭔가 문제라도 있는 건가?"

이상함을 느낀 뮤스는 시선을 내려 해수의 움직임을 주시했다. 보는 이의 심혼조차도 빨려 들어갈 듯한 소용돌이와 심해로부터 올라오는 새하얀 포말, 그리고 얼핏얼핏 보이는 암초의 그림자가 자신을 위협하는 듯했는데, 오히려 이러한 곳을 좌초하지 않고 누비는 이 배가 이상하게 느껴질 정도였다. 다시 한 번 거대한 암초를 아슬아슬하게 피하는 모습을 본 뮤스는 탄성을 내질렀다.

"호오~ 굉장한 항해술이군. 이 정도 크기의 배를 손발 놀리듯 자유스럽게 움직이고 있다니……."

그러나 언제까지나 감탄만 하고 있을 수는 없는 일이었다. 뭔가 황실 함대에게 추적의 실마리를 제공해야 한다고 생각을 한 뮤스는 서둘러 후미선실의 내부를 둘러보았다. 고급 함선만큼의 우아한 장식은 없었지만, 있어야 할 것은 대부분 갖추고 있었다. 깨끗한 시트가 깔린 침대와 책상. 진열장에는 신기한 수집품들이 올려져 있었고, 선실 중앙의 테이블에는 거대한 해도가 올려져 있었다. 모든 가구들은 바닥에 고정된 상태였기에 배의 움직임에도 아랑곳하지 않고 제자리를 지키고 있었다.

뮤스는 해도가 올려진 테이블의 한쪽에서 짙은 갈색의 나무 상자를 발견했다. 금속 자물쇠로 채워진 견고한 상자였는데, 한눈에 보더라도 뭔가 귀중한 물건이 들어 있으리라는 것을 알 수 있었다. 길게 생각할 것도 없었던 뮤스는 손에 뇌공력을 끌어올리며 금속 자물쇠를 잡아 돌렸다.

끼릭!

뇌공력을 사용한 뮤스의 근력은 일반인의 상상을 초월할 정도였기에 튼튼해 보이던 금속 자물쇠는 힘없이 부서져 나갔다.

"이제 뇌공력이 완성 단계에 접어들었나 보군. 예전에 비할 바가 아닌걸?"

자신의 손을 들여다보며 뇌공력에 대해 생각하던 그는 다시금 시선을 돌려 나무 상자를 열어보았다. 그 안쪽에는 양가죽에 새겨 넣은 해도가 한 장 있었다. '쉐인 해역'이라는 이름이 상단에 적혀 있었고, 그 아래로는 수많은 선들이 얽히며 해류의 흐름을 나타내고 있었다. 또 그 한가운데에는 붉은색의 도형이 그려져 있었는데, 어떠한 섬을 나타내고 있는 듯했다. 해도를 내려다보던 뮤스는 만족한 미소를 입가에 띠었다.

"참으로 난해한 해도로군. 물살의 움직임까지 나타내고 있다니…….
이렇게 복잡하고 위험한 해류의 움직임을 보이는 해역은 전 바다를 통틀
어 보더라도 흔하지 않지. 바로 이곳이 쉐인 해역이라고 불리는 곳이었
던가?"

혼잣말을 마친 뮤스는 자신의 가방에서 무엇인가를 꺼내 조립하기 시
작했다. 바로 라이델베르크에서 만든 모형 비행선이었는데, 기체 주머니
는 본래의 모습을 잃고 보관에 용이하도록 잘 접혀 있었다. 소형 헬륨통
을 꺼내 기체 주머니에 연결해 헬륨을 주입하자 접혀 있던 기체 주머니
는 금세 팽팽히 불어나며 본래의 모습을 되찾았고, 유선형의 모형 비행
선은 허공으로 떠올랐다.

"후훗! 모형 비행선을 이렇게 쓰리라고는 상상도 못했는데……."

멋쩍은 웃음을 띤 뮤스는 비행선의 하단에 해도를 묶으며 조종기를 손
에 들었다. 그리고 손가락을 움직이자 모형 비행선의 프로펠러가 돌기
시작하며 조금씩 움직이기 시작했다. 1멜리에 달하는 크기의 모형 비행
선이 쉽게 후미선실의 창문을 통해 빠져나가자 뮤스는 황실 함대 쪽으로
방향을 잡으며 조종기를 고정시켰다.

"부디 해도가 무사히 전해졌으면 좋겠군."

모형 비행선의 뒷모습을 바라보던 뮤스는 이제 황제들을 찾아야만 했
기에 가방을 고쳐 메고 어느 정도 진정된 바닥을 걸어 움직이기 시작했
다.

같은 시간, 다이스는 잡고 있던 타륜을 놓으며 이마에 맺힌 땀을 소매
로 문질렀다. 쉐인 해역을 통과한다는 것이 그에게도 쉬운 일은 아니었
던 듯 피곤에 전 모습이었다.

"휴우… 이제야 데스벨트를 넘었군. 목숨을 걸고 집을 찾아가는 사람

이 세상에 몇이나 있을지 모르겠어. 망할 헬렌은 왜 이딴 곳에 자리를 잡은 거야?"

원망이 어린 투덜거림을 늘어놓으며 손짓을 하자 조타수가 올라와 그의 타륜을 이어받았다. 다이스가 주변을 둘러보며 말했다.

"어차피 황실 함대의 추격은 없을 테니 탑겔런트쉐일을 내리고 여유롭게 가자고. 나는 조금 쉬어야겠어."

"와우, 써!"

조타수의 대답을 뒤로하며 후미 상갑판을 내려가려 할 때 누군가의 외침이 그의 발길을 잡아끌었다.

"선장님! 후미선실에서 뭔가가……."

심상치 않은 일이 벌어졌다고 생각한 다이스는 후미 상갑판의 난간으로 급히 걸음을 옮겨 아래를 내려다보았다. 과연 그곳에서 신기한 일이 벌어지고 있었는데, 선미로부터 얼마 떨어지지 않은 곳에서 돌고래와 닮은 모양을 한 물체가 허공을 떠가고 있는 것이었다.

"뭐, 뭐야, 저건!"

말까지 더듬으며 모형 비행선을 바라보고 있던 다이스는 번뜩 정신을 차리며 후미선실을 향해 급히 움직였고, 그의 부하들 역시 그의 뒤를 따랐다.

꽈앙!

건장한 사내의 발길질에 걷어차인 후미선실의 문은 부서질 듯 휘어지며 휙히 열렸다. 문틈으로 쏟아지는 햇살을 등에 엎고 날카로운 눈빛을 번뜩이는 다이스가 그곳에 있었다. 그는 못된 장난을 하다가 들킨 아이처럼 움찔 놀라는 뮤스의 모습을 볼 수 있었다. 눈에 익은 얼굴이었지만, 그런 것 따위는 신경 쓸 생각이 없었던 다이스는 다짜고짜 소리를 질렀다.

"이 자식! 대체 저건 뭐야! 대체 무슨 짓을 한 거냐!"

그의 윽박지름에 묘한 오기가 생긴 뮤스는 오히려 여유로움을 보였고, 귀를 후비며 어깨를 으쓱거렸다.

"글쎄요? 저도 방금 전에 도착해서 잘 모르겠는걸요? 무슨 말씀을 하시는 건지……."

눈을 얇게 뜬 다이스는 자신의 집무실을 훑어보았다. 그리고 쉽게 없어진 물건을 찾아냈는데, 쉐인 해역의 해도를 넣어두었던 상자가 열려 있는 모습을 본 것이었다. 그제야 뮤스가 무슨 짓을 했는지 깨달은 다이스는 안색을 바꾸며 다가와 뮤스의 멱살을 잡았다.

"너 이 자식! 저게 어떤 물건인지 알기나 하는 것이냐! 잘도 이런 짓을 저질렀군!"

다이스의 외침에 뮤스는 얄미운 표정을 지었다.

"숨이 막히니 손 좀 놓고 말하죠? 좋은 말로 해도 되지 않습니까?"

뮤스의 반응에 더욱 화가 치민 다이스는 그의 멱살을 끌어 바닥에 내팽개치려 했다. 하지만 어쩐 일인지 뮤스의 몸은 움직이지 않고 있었는데, 뮤스가 뇌공력을 끌어올려 다이스의 행동에 대비했던 것이다.

"이, 이런……."

다이스가 당황한 얼굴을 하고 있을 때, 스티치의 목소리가 끼어들었다.

"쯔쯧, 그깟 해도 하나가 뭐가 그렇게 중요하다고 열을 올리는 거냐?"

다이스는 고개를 획 돌리며 말했다.

"헬렌이 나에게 물려준 소중한 거라고! 또 해도가 황실 함대에 넘어가기라도 한다면, 펠컨 섬의 식구들이 위험에 처하는데 보고만 있자는 거야?!"

"나참… 네가 어린애냐? 그깟 유치한 추억에 얽매여 있다니 말이 안

나오는군. 그리고 데스벨트는 해도를 가지고 있다 해서 아무나 넘을 수 있는 게 아니라는 것을 잘 알 텐데? 황실 함대의 머저리들의 항해술로는 절대 데스벨트를 넘을 수 없으니 안심해. 오히려 해도를 보고 더 겁을 먹을지도 모르는 일이야."

스티치의 말에 다이스는 잠잠해졌다. 그리곤 진중한 얼굴을 하며 고개를 끄덕였다.

"하긴… 이 위대한 다이스님께서 헬렌이 준 가죽 조각 하나에 화를 낸다는 게 이상하지. 할배 말대로 나 정도의 항해술은 아무나 가질 수 있는 게 아니니 별 걱정을 하지 않아도 상관없을 거야."

돌변한 다이스의 태도에 스티치는 식은땀을 흘렸다. 자신이 괜한 말을 해서 그의 지병(?)을 발작시켰다는 사실을 깨닫고 후회하는 중이었다.

"그건 그렇고, 저 녀석은 어디서 나타난 거지? 언제부터 이 화이트스 프린터호가 개나 소나 다 타는 배가 되었냐고. 통탄할 노릇이군."

다이스의 말에 그의 뒤에 서 있던 선원들은 고개를 들지 못하고 있었다. 다이스는 혀를 차며 말을 이었다.

"일단 묶어서 중갑판에 매달아놔. 그리고……."

스티치가 끼어들며 다이스의 말허리를 잘랐다.

"잠깐. 이 녀석은 나에게 맡겨줘. 이야기를 좀 나눠야겠어. 어차피 바다 한가운데서 도망갈 수도 없고, 무기도 없어 보이니 묶어놓을 필요는 없을 게야."

콧방귀를 뀐 다이스는 손을 내저으며 귀찮다는 듯 말했다.

"흥! 할배 마음대로 하라고. 어쨌든 난 낮잠을 좀 자야겠으니 데리고 나가. 그리고 한 짓이 괘씸하니까 먹을 것은 주지 말라고!"

"내가 알아서 할 테니 신경 쓰지 말고 잠이나 자둬."

말을 마친 스티치는 뮤스에게 따라오라는 손짓을 하며 후미선실을 나섰고, 다른 선원들 역시 별다른 구경거리가 없을 듯하자 자신의 자리를 찾아가기 시작했다.

후미선실을 나서던 뮤스는 누군가 자신을 향해 다가옴을 느꼈다. 고개를 돌려보니 반가운 표정을 감추지 못하고 있는 두 황제의 얼굴이 시야에 잡혔다. 뮤스 역시 그들을 보며 반가운 미소를 지었다. 아무 탈 없이 있는 그들의 모습을 보며 한시름 놓는 중이었다.

"뮤스 원장님, 대체 어떻게 이곳에 있는 것이죠?"

카로이트의 물음에 뮤스는 머리를 긁적였다.

"하핫… 그냥 두 분의 뒤를 따르다 보니 이곳까지 오게 되었군요. 어디 다친 곳은 없으십니까?"

"다행스럽게도… 다만 호기심 때문에 너무 일이 크게 되어버린 듯해서 걱정입니다. 상황이 어떻게 돌아가는 것인지조차 알기 힘듭니다. 그나마 뮤스 원장님을 보니 안심이 됩니다."

뮤스는 고개를 내저었다.

"저 역시 두 분에 비해 나은 상황이 아닙니다. 지금부터라도 상황을 잘 살펴야죠."

스티치의 칼칼한 목소리가 그들의 주의를 돌렸다.

"이보게! 좋은 분위기를 망쳐서 미안하지만, 자네들의 이야기를 끊어야겠네. 언제까지 웃고 떠들도록 놔둘 만큼 심성 좋은 늙은이가 아니라서 말이야. 서로 아는 사이라면 같이 나를 따라와도 상관은 없어."

스티치는 턱의 수염을 매만지며 따라오라는 손짓을 했다. 그는 휘척휘척 손을 흔들며 앞장서서 걸었고, 뮤스와 양국의 황제들은 서로 눈빛을 교환하며 그의 뒤를 따랐다.

중갑판의 아래로 이어지는 계단을 걸어 내려가자 환한 등불이 천장에 걸려 있는 방이 있었다. 애초 정리라는 것을 모르고 살아오기라도 한 듯 온갖 물건들이 빼곡히 들어차 있었고, 책상의 형체를 한 목재 가구 위에는 두터운 책들이 널브러져 있었다. 그리고 정체를 알 수 없는 매캐한 냄새가 낯선 손님의 후각을 자극했다. 먼저 들어선 스티치는 의자 위에 얹혀져 있던 책을 쓸어 내리며 자리를 만들었고, 그곳에 앉으며 뮤스를 바라보았다.

"앉을 만한 자리가 없어서 미안하군. 뭐, 어쨌든 내가 자네에게 물어보고 싶은 것이 있어서 자리를 청한 것이네."

스티치의 말투는 제법 교양을 갖추고 있었는데, 본래 제법 학식과 교양이 있었지만 해적들과 생활을 하면서 성격이 변한 것이라 추측할 수 있었다.

"자리는 별달리 상관없습니다. 한데 제게 물어보고 싶으신 것이 무엇이죠?"

"하하… 다른 게 아니라 방금 후미선실에서 날려 보낸 물체 말일세. 혹시 그것이 어디에서 났는지 말해 줄 수 있겠나?"

질문의 의도는 알 수 없었지만 있는 그대로 대답을 해주었다.

"아! 그것은 모형 비행선이라는 것으로 제가 만든 겁니다. 무슨 문제라도?"

스티치의 얼굴은 환히 밝아지고 있었다.

"오오! 놀랍군. 그렇다면 동력은 무엇을 사용한 것인가? 저만한 크기라면 태엽 외에는 마땅한 동력원을 알고 있는 게 없어서 말이지. 그리고 부양 원리도 좀 설명해 줄 수 없겠나?"

지금 순간 오히려 놀란 것은 뮤스였다. 설마 바다 한가운데서 만난 초라한 노인이 공학 기술에 관심을 보이리라고는 상상조차 해본 적이 없었기 때문이다.

뮤스가 대답을 잠시 머뭇거리자 스티치는 몸을 일으키며 한 켠에 쌓여 있는 책을 발로 찼다. 그 뒤에는 작은 문이 하나 있었고, 스티치의 얼굴에는 일종의 자부심이 묻어나고 있었다.

"말해 주기가 껄끄러운 모양이군. 대신 나도 자네에게 좋은 것을 보여주기로 하지. 다이스 녀석에게도 보여준 적 없는 거야. 뭐, 녀석이 관심을 가질 만한 것도 아니지만… 따라 들어오라고."

허리를 굽혀 들어간 방의 내부에는 바닥에 고정된 몇 개의 나무 탁자와 수십 개의 유리병들, 그리고 무엇이 들었는지 알 수 없는 나무 상자들이 쌓여 있었다. 이곳 역시 매캐한 냄새가 배어 있었는데, 냄새의 정체에 대한 확신이 생긴 뮤스는 스티치를 향해 조심스럽게 물었다.

"혹시 영감님께서 화약을 만드신 것입니까?"

뮤스의 물음에 스티치는 흠칫 놀라며 되물었다.

"화약? 혹시 자네도 파우더를 알고 있는 것인가?! 이런! 내가 세상에서 처음으로 만들었다고 생각했는데 자네도 알고 있었다니… 이거야 원, 괜히 기고만장해하고 있었군."

실망스러운 얼굴을 하고 있는 스티치를 보며 뮤스는 가볍게 웃었다.

"엄밀히 따지면 영감님께서 이 세상에서 가장 먼저 화약을 만든 것이나 다름없습니다."

"엥? 그건 또 무슨 말인가?"

애초 그에 대한 이야기를 해줄 생각이 없었던 뮤스는 말을 돌렸다.

"그보다 재료는 어디서 구하신 것입니까? 대학의 연금술 연구실이 아니면 구하기 힘든 재료들인데."

"재료? 하핫! 대양을 장악하고 있으면 손에 넣을 수 없는 물건은 없지. 이런 재료쯤 구하는 것은 일도 아니라고."

"하긴, 가장 큰 무역로이니……."

"그런데 어쩌지? 자네에게 파우더 만드는 법을 가르쳐 주고 그 모형 비행선에 대해 설명을 들으려고 했는데, 이미 알고 있다니 소용없게 되어버렸군. 맨입으로 어떻게 안 되겠나?"

"그렇다면 말이죠, 저희 세 사람의 자유를 보장해 주는 조건은 어떻겠습니까? 영감님의 위치라면 그 정도는 충분히 해줄 수 있으실 듯한데 말이죠."

뮤스가 거래를 걸어오자 스티치는 생각해 볼 것도 없다는 듯 무릎을 치며 대답했다.

"껄껄껄! 그렇게 하세나! 내 자네들의 자유를 보장하도록 하지. 그럼 계약이 성립된 것인가?"

"하핫! 물론입니다."

뮤스는 만족한 표정을 지었고, 양국의 황제들 역시 일이 잘 풀림을 느끼는 듯 서로를 바라보며 웃음 짓고 있었다.

몇 시간이 지난 후 작은 탁자 하나를 사이에 두고 뮤스와 스티치가 앉아 있었고, 양국의 황제들은 그들의 대화를 신기한 듯 듣고 있었다.

"오호라! 그렇다면 보통 사람의 몸무게라도 화이트스프린터호만큼 부피가 커진다면 허공으로 떠오를 수 있다는 말인가?"

"그렇습니다. 공기보다 무게의 밀도가 낮아지면 떠오르게 되는 것이죠."

둘 사이에 오가는 대화가 어떠한 것인지 정확히 알 수는 없었지만, 자신들이 모르는 분야에 대한 경외심으로 가득 찬 눈빛을 하고 있었다.

스티치의 입은 쉴 새 없이 움직이는 중이었다. 평생 가지고 있던 의문들이 뮤스와의 대화를 통해 물 흐르듯 풀려가고 있었기에 지금의 시간을 조금이라도 낭비하고 싶지 않은 모습이었다.

스티치가 뮤스를 붙들고서 앎에 대한 자신의 욕구를 충족시키는 데 한창 열을 올리고 있을 때였다. 화이트스프린터호 전체를 울리는 뿔 나팔 소리가 그들이 있는 깊은 방 안까지 스며들어 오기 시작했다.

뿌우! 뿌우!

문득 대화를 멈춘 스티치는 뿔 나팔 소리가 들려오는 허공을 향해 시선을 옮겼다. 그리고 아쉬운 듯 입맛을 다신 그는 의자를 빼며 힘없이 일어섰다.

"쩝… 아쉽지만 대화를 잠시 미뤄야겠군. 벌써 섬에 도착해 버렸거든. 이 배의 살림을 도맡아 하고 있으니 지금부터 조금 바쁠 것 같아. 내가 아니었으면 화이트스프린터호는 진작에 엉망이 되어버렸을 거야."

"섬이라구요?"

뮤스가 묻자 스티치는 방 안에서 이것저것 챙기며 대답했다.

"우리가 펠컨 섬이라고 부르는 곳이지. 바깥 사람들은 전혀 알지 못하는 세상. 자네들도 직접 보게 되면 놀랄 것일세."

잡동사니 더미 속에서 필요한 책과 종잇조각들을 모두 찾은 스티치는 그것들을 팔 사이에 끼고 방을 나섰다. 뮤스와 양국의 황제들 역시 그의 뒤를 따랐는데, 해적들의 소굴에 있다는 걱정은 이미 머리 저편으로 밀려나 버린 지 오래였고, 그들 앞에 다가온 새로운 세상에 대한 설레임이 머리를 가득 채우고 있었다.

갑판으로 올라가자 날카로운 햇살이 기다렸다는 듯 뮤스의 살갗을 괴롭히기 시작했다. 손으로 얼굴에 그늘을 만든 뮤스는 스티치의 뒤를 좇아 뱃머리로 향했다.

가방에서 천체만리경을 꺼낸 뮤스는 저 멀리 수평선을 등지고 솟아올라 온 몇 개의 섬을 보았다. 가장 큰 섬을 중심으로 주변에 몇 개의 작은 암바위들이 우뚝 서 있는 모습이었다. 푸른 우림보다는 암벽이 훨씬 많은 황량한 섬. 그리 크지 않았지만 천 명 정도는 충분히 거주할 수 있는 듯했다.

"이런 섬이 존재한다니… 신기하군요."

섬의 해안선에는 나무로 만든 건물들이 줄지어 서 있었다. 섬이 넓지 않은 만큼 많은 사람들이 살기 위해 복층으로 지어졌고, 건물과 건물 사이의 좁은 골목길에는 사람들이 오가는 모습도 간간이 보이고 있었다. 다음으로 뮤스의 시선은 해안에 정박되어 있는 두 척의 함선에 고정되었다. 배들의 모양과 크기는 달랐지만 공통적인 특징이 하나 있다면, 둘 모두 검은색의 해적 깃발이 메인 마스트의 끝자락에서 펄럭이고 있다는 것이었다.

"또 다른 해적들도 있는가 보군요. 해적들이 모여드는 섬인 건가?"

뮤스가 천체만리경을 카로이트에게 건네주자 그 역시 뮤스가 했던 것과 같이 천체만리경을 들여다보았다. 작은 접안구를 통해 섬의 모습과 그곳의 사람들을 살펴보던 그는 의아한 듯 고개를 갸웃거렸다.

"그런데 해적들의 마을이라고 하기에는 조금 이상하군요. 제가 상상하던 것과는 전혀 다른걸요? 험상궂은 남자들만 득실대는 곳이라고 생각했는데, 이건 보통의 섬 마을과 다를 것이 전혀 없는 듯합니다. 노인들과 평범한 아낙들도 보이고, 아이들도 뛰어 놀고 있군요."

허리를 두들기고 있던 스티치가 대답했다.

"펠컨 섬은 자네들이 생각하는 험악한 해적들의 본거지가 아닐세. 그저 보통의 사람들이 살아가는 작은 섬 마을일 뿐이야. 마음에 상처를 가진 사람들의 마을이라고 할까?"

그의 말이 쉽게 이해되지 않았던 시너스가 재차 물었다.

"그런데 저 사람들은 이런 곳에 어떻게 오게 된 거죠? 처음부터 이 섬에 사람이 살고 있지는 않았을 텐데."

"후훗, 그 이야기는 차차 해주도록 하지. 이야기를 하자면 꽤나 길거든."

"……."

카로이트로부터 천체만리경을 이어받은 시너스가 섬 주변을 살펴보며 혼잣말을 중얼거렸다.

"저 함선은 화이트스프린터호와는 반대로 완전 검은색의 함선이네? 신기하게 생겼네."

시너스의 중얼거림을 들은 스티치는 미간을 잔뜩 찌푸리며 섬 쪽을 바라보았다.

"빌어먹을! 발라크 녀석도 돌아와 있었군! 지난 몇 년 동안 섬에 돌아온 적이 없었는데 이번에는 무슨 바람이 분 거지?"

"발라크는 또 누구죠?"

궁금한 것이 많았던 시너스가 묻자 스티치는 조용한 목소리로 입을 열었다.

"그 검은색의 함선은 다크윈드라는 이름을 가지고 있지. 발라크는 그 배의 선장이라네. 다이스 녀석과 오래전부터 친하지 않아서 헬렌이 죽은 이후로 만나기만 하면 항상 사고가 터지지."

걱정스러운 표정으로 턱을 긁고 있는 스티치의 어깨에 누군가의 손이 올라왔다. 그리고 흐리멍덩한 목소리가 그 뒤를 이었다.

"무슨 사고가 터진다는 거야?"

뮤스가 시선을 돌려 보니 잠에 덜 깬 듯 부스스한 머리를 한 다이스가 어느새 다가와 있었다. 그는 눈을 부비며 펠컨 섬을 내다보는 시늉을 하더니 기지개를 켜며 말을 이었다.

"하암… 너무 멀어서 보이지도 않잖아. 그리고 발라크 녀석이 있으면 어때? 오랜만에 만나서 회포나 풀면 되는 것 가지고……."

자신의 걱정은 아랑곳하지 않은 채 태평한 모습의 다이스를 보며 화가 치민 스티치는 톡 쏘듯이 말을 던졌다.

"흥! 설마 네가 했던 짓을 기억하지 못하고 있는 것은 아니겠지?"

"응? 내가 뭘 어쨌는데?"

스티치는 그가 모르고 있을 것을 어느 정도 예상했는지 팔짱을 끼며 그의 궁금증을 풀어주었다.

"석 달 전 도반 해협에서 상선을 약탈하고 있는 녀석의 뒤통수를 쳤잖아. 게다가 묶어서 바다에 던져 버리기까지 하고 말이야."

다이스는 그제야 기억이 난 듯 손뼉을 쳤다.

"맞다! 그랬던 기억이 조금씩 나는군. 그런데 용케 아직 살아 있는걸? 아무튼 수완 좋은 녀석이라니까. 하하핫!"

"웃고 있을 때가 아니라고! 저 녀석이 우리가 온 것을 알면 가만히 있지 않을걸."

다이스는 귀를 후비적거리며 말했다.

"이봐, 영감. 어차피 우리에게 있어 펠컨 섬은 중립 지역이라고. 아무리 겁없이 날뛰는 발라크 녀석이라 해도 헬렌의 유지를 함부로 깨지는 못할 거야. 그랬다가는 '가족'들의 손에 수장당할 것이 뻔하니까. 난 조금 더 자야겠어. 하역 작업 끝나면 불러줘."

자신이 할 말을 끝낸 다이스는 잠에 취해 비틀거리며 걸어갔고, 스티치는 깊은 한숨을 내쉬었다.

"아무래도 찝찝해……."

스티치와 다이스의 대화에 귀를 기울이던 뮤스 역시 무엇인가 심상치 않은 일이 일어날 것임을 느끼고 있었는데, 아무런 눈치 없이 펠컨 섬의 광경에 사로잡혀 있는 카로이트와 시너스의 모습을 보며 더욱 걱정스런 눈빛을 띠었다.

화이트스프린터호는 펠컨 섬으로부터 약 500멜리가량 떨어진 곳에 정박하였다. 작은 섬인만큼 대형 함선을 위한 선착장을 만들기에는 턱없이 얕은 수심이었기에 이처럼 근해에 배를 정박시키고, 보트를 이용하여 짐과 사람을 나르는 것이었다.

총 다섯 척의 보트에 사람과 짐을 나눠 실은 화이트스프린터호의 선원들은 노를 저어 펠컨 섬으로 향하였다. 원래대로라면 뮤스와 양국의 황제들 역시 노를 저어야만 했지만, 스티치의 눈에 들었기에 그런 노역만은 면할 수 있었다. 잔잔한 파도 덕에 보트의 진행은 순조롭기 그지없었다.

보트가 뭍에 닿자 각 보트에 타고 있던 선원들은 얕은 바닷물에 뛰어들어 보트를 뭍으로 끌어올렸다. 나머지 선원들은 나무 상자에 든 짐을 내리기 시작했으며, 긴 말뚝을 든 몇몇 선원들은 그것을 땅에 박아 보트의 밧줄을 고정시켰다.

"물건들은 창고에 보관해 놓고, 식량과 술은 '엘의 집'으로 옮겨놔!"

다이스와 스티치, 그리고 뮤스 일행은 섬의 경관을 살피며 보트에서 내렸다.

너른 활엽수의 잎들로 지붕을 얹은 집들이 암석 지대를 지반으로 하여 들어서 있었고, 곳곳의 키 큰 나무들은 가지를 넓게 펼친 채 사람들이 쉴 만한 그늘을 만들고 있었다. 마을 사람들은 그 밑에 앉거나 누워 더운 낮 시간을 보내는 중이었는데, 다이스 일행이 온 것을 확인한 듯 모두의 시선은 해안에 모여 있었다.

다이스가 젖은 신발을 툴툴 털며 자신의 갈증을 달래줄 술집으로 걸음을 옮기려 할 때 그의 이름을 부르는 목소리가 있었다.

"다이스 오빠! 벌써 돌아온 거야?"

섬의 분위기에 맞지 않는 젊은 여성의 목소리였다. 뮤스가 의아함에 고개를 돌려보니 자신들을 향해 맨발로 달려오는 젊은 여성의 모습이 보였다. 하지만 금세 얼굴을 붉히며 고개를 돌려야만 했는데, 너무나 간소한(?) 그녀의 옷차림 덕분이었다.

"으읏, 이런!"

옷 사이로 드러난 허리와 매끈한 다리는 뮤스에게 너무나 자극적이어서 아찔할 정도였다. 갈색으로 그을린 피부에 검고 광택이 도는 눈동자, 그리고 조개 껍질과 흰색의 깃털로 만든 머리핀을 귀 옆에 꽂은 아름다운 여성이었다.

금발이 눈부신 그녀를 발견한 다이스는 만면에 웃음을 지으며 맞아주었다.

"하하핫! 로젠이로구나! 밖에서 조금 골치 아픈 일이 있어서 조금 빨리 돌아왔지."

"또 사고쳤구나? 스티치 할배 말을 또 안 들은 거야?"

꾸짖는 듯한 그녀의 말에 다이스는 피식 웃었다.

"오자마자 이 오빠에게 잔소리를 하는 거냐? 그보다 지금쯤 빵을 굽고 있을 시간 아니야? 엘이 한참 바쁠 텐데."

"호홋! 빵굽다가 오빠가 오는 걸 보고 뛰어나왔지! 안 그랬으면 술독에 빠져 있다가 밤늦어서야 들어올 테니까."

그녀의 정체를 궁금해하고 있던 뮤스와 두 황제의 등 너머로 스티치의 목소리가 들려왔다.

"이 녀석은 다이스의 동생 로젠이라고 하지. 로젠, 여기 와서 새로운 손님들에게 인사나 나누거라."

다이스와 대화를 나누고 있던 로젠은 고개를 돌려 뮤스와 두 황제를 바라보았다. 어느새 가까이 다가온 그녀는 맑은 눈을 깜빡이며 그들을 살피기 시작했는데, 그녀의 부담스러운 시선에 뮤스와 양국의 황세들은 모두 굳어 있었다. 그때 돌연 로젠이 뮤스와 시너스의 볼을 잡아당기며 말했다.

"호호홋! 어머나! 어디서 이런 사람들을 데리고 왔어요? 얼굴이 엄청 하얀걸요? 예쁘다!"

"저… 저기 이것 좀……."

"으갸! 으갸!"

천진한 그녀의 행동에 뮤스와 시너스는 어찌해야 할지를 몰라 당황스러워하고 있었고, 그녀의 행동을 보고 있던 카로이트는 그녀의 손이 세 개가 아닌 것에 대해 감사히 생각하고 있었다. 다행스럽게도 스티치가 나서서 이 상황을 수습해 주었다.

"에휴… 다 큰 처녀가 철딱서니없이 그게 무슨 짓이냐?"

"내가 어때서요, 칫!"

볼을 부풀린 로젠은 뮤스와 시너스의 볼을 잡고 있던 손을 놓으며 말했다.

"반가워요, 로젠이라고 해요. 별로 기분이 나쁘지는 않죠? 호호홋!"

뮤스와 시너스는 얼얼한 볼을 매만지며 고개를 끄덕일 수밖에 없었다.

"아, 예… 저는 뮤스 드라켄입니다. 이쪽은 시너스 경, 그리고 옆의 분은 카롯 경이시죠."

카로이트와 시너스는 고개를 살짝 숙이며 목례를 했다.

"어머! 그럼 두 분은 귀족이신 거예요? 우와! 귀족은 처음 보는데!"

입을 벌리며 탄성을 내지른 로젠은 신기한 동물 보듯 이리저리 둘러보며 그들을 구경하는 것이었다. 스티치는 그런 로젠의 팔을 끌며 분위기를 돌렸다.

"자자! 이렇게 서 있지 말고 어디 들어가서 시원하게 한잔들 하세. 울렁이는 속은 독한 술로 진정시키는 것이 최고지. 로젠, 너는 집에 들어가 있거라."

"피, 이제 막 재미있으려고 하던 참인데. 너무 늦지 말고 들어와요! 늦으면 저녁은 없을 줄 알라고요!"

입을 삐죽 내민 로젠은 허리에 손을 얹으며 몸을 돌렸고, 뮤스와 양국의 황제들은 스티치에게 진정으로 감사함을 느끼며 그가 이끄는 대로 자리를 옮겼다.

험악한 해적들의 섬이라 여기던 펠컨 섬의 기이한 분위기는 그들에게 더욱 진한 호기심으로 다가오고 있었다.

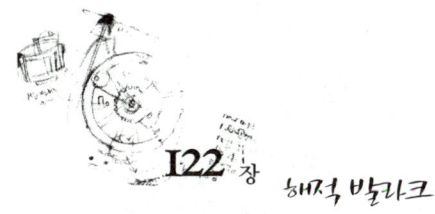

122장 해적 발라크

문이라고 하기에는 너무나 부실했다. 나무로 만들어진 그 문은 이미 반쯤 부서져 있었고, 두 개의 경첩 중 하나는 벽에서 분리되어 한쪽으로 기울어져 있었다. 하나의 경첩만으로 제 역할을 소화해 내고 있음이 대견스러울 정도였다.

끼이익.

다이스가 먼저 문을 열고서 술집에 들어섰다. 이미 술집의 구조가 익숙했던 그는 지체없이 바 테이블로 향하였고, 그의 뒤를 따르던 뮤스와 양국의 황제들은 낯선 기분에 술집을 두리번거리기 시작했다.

창문이라고 하기에도 모호한 구멍이 벽에 뚫려 있었기에 내부는 생각보다 밝았다. 앉을 만한 의자는 전혀 보이지 않았고, 가슴 높이까지 올라오는 허름한 테이블 몇 개만이 술집의 여기저기에 놓여져 있을 뿐이었다. 또한 한쪽 벽면을 빼곡히 채우고 있는 나무 술통이 특이해 보였는데, 나무통을 통째로 깎아 술이 세지 않도록 만든 것이 이곳만의 방식인 듯했다.

술을 마시던 사람들의 시선은 깔끔한 옷차림의 뮤스 일행에게 고정되어 있었다. 여느 동네의 아저씨들과 다를 것 없는 그들의 모습에 뮤스 일행은 별다른 위화감을 느끼지는 못했다.

"자자, 들어가자고! 멀뚱히 서서 뭐 하는 겐가?"

스티치가 등을 떠밀자 뮤스 일행은 바 테이블로 다가갔다. 그곳에는 어울리지 않는 앞치마를 한 덩치 큰 사내가 마른 수건으로 손의 물기를 훔치고 있었다. 거친 피부에 억센 턱수염을 기른 그는 술을 가득 담은 나무 잔을 다이스와 스티치, 그리고 뮤스 일행에게 건넸다. 술을 한 모금 들이킨 다이스는 소매로 입가를 닦으며 스티치를 향해 말했다.

"할배, 이 녀석들과 무슨 일이 있었기에 이렇게 잘해주는 거야?"

"흐흐흣… 이 친구들 생각보다 재주가 대단해! 아주 마음에 들어버렸단 말이야. 아마도 함께 있으면 우리에게 큰 전력이 될 것이 틀림없다고."

"이런 비실비실해 보이는 녀석들이 무슨……."

다이스는 아직도 뮤스가 마음에 들지 않는 듯 딱딱한 태도를 취하고 있었다.

잠시 테이블을 정리하던 앞치마를 두른 사내는 걸걸한 목소리로 다이스에게 말을 건넸다.

"이봐, 다이스. 한 번 출항하면 몇 개월 동안 떠돌던 자네가 어쩐 일로 이렇게 빨리 돌아온 거야?"

"뭐, 일이 그렇게 되었어. 그보다 섬에 별다른 일은 없지?"

목소리를 조금 낮춘 사내는 조심스럽게 그의 물음에 답했다.

"별일이 없긴. 대체 발라크와 무슨 일이 있었던 거야? 몇 년이나 섬에 코빼기도 안 비치던 녀석이 갑자기 섬에 들어오더니 자네를 찾고 난리가 아니었어. 엘에게 찾아가서 한참이나 시끄럽게 굴었다고."

엘이라는 이름이 거론되자 다이스의 눈빛은 차갑게 변했다.

"설마 발라크가 엘에게 무슨 짓을 한 건 아니겠지?"

사내는 진정하라는 듯 손을 저으며 말했다.

"엘 걱정은 하지 않아도 돼. 섬의 룰은 발라크 녀석도 잘 알고 있으니까. 마침 로날드가 섬에 들어와 있어서 별 탈 없이 지나갔어. 하지만 발라크가 자네를 본다면 가만히 있지 않을 것 같더군. 결투 신청이라도 할 태세였으니까. 제발 조용히 해결하라고."

다이스는 아직 안심이 안 되는지 잔을 단숨에 들이키며 자리에서 일어났다.

"할배, 엘의 집에 먼저 가 있을게."

그들의 대화를 귀 너머로 듣고 있던 스티치가 고개를 끄덕였다.

"혹시라도 발라크를 만나면 너무 성질을 앞세우지 말라고. 네 녀석들 때문에 섬의 평화가 깨어지기라도 한다면 저승에서 헬렌의 얼굴을 볼 낯이 없어지니까."

비릿하게 웃은 다이스는 어깨를 으쓱거렸다.

"글쎄, 최대한 노력해 보긴 하겠지만 약속은 할 수 없겠는걸?"

"이, 이 녀석이……."

스티치가 뭐라 말을 하기 전에 다이스는 술집을 나섰고, 스티치는 한숨을 내쉴 뿐이었다.

다이스의 모습이 시야에서 사라지자 뮤스와 두 황제의 시선이 스티치에게로 향했다. 그것을 느낀 스티치는 쓸쓸한 웃음을 지으며 술잔을 기울였다.

"엘은 다이스가 세상에서 가장 소중히 생각하는 사람 중 한 명이지. 고아인 다이스와 로젠 남매를 키우다시피 한 여자니까. 그래서 다른 일이라면 항상 태평한 녀석이지만, 엘의 일이라면 저렇게 다른 사람처럼 변해 버린다고."

스티치는 어느새 뮤스 일행들에게 큰 호감을 가지게 된 듯 거리낌없이 이야기를 하고 있었다. 다이스가 놓고 간 술잔을 치우던 앞치마의 사내가 스티치에게 물었다.

"그러고 보니 이 친구들은 처음 보는걸요? 새로운 화이트스프린터호의 식구들입니까?"

스티치는 뮤스의 어깨를 두들기며 고개를 끄덕였다.

"하핫! 뭐, 복잡하게 만났긴 했는데, 여기 뮤스는 굉장히 똑똑하고 능력있는 친구라고. 다이스가 이 친구를 별로 좋아하지 않아서 내가 직접 데리고 있을 생각이야. 그렇지 않아도 다이스 녀석이 화이트스프린터호를 험하게 다뤄서 손이 모자랄 지경이었는데 잘됐지 뭐. 그리고 나머지 둘은… 나도 잘 몰라. 하하핫!"

그의 말에 앞치마 사내는 몸을 휘청거렸다.

"페드로, 자네가 필요하다면 데려다 쓰게나. 몸이 비실비실해서 데리고 다녀봐야 식량만 축내고 짐만 될 것 같은데."

오이랍 대륙 양대 제국의 황제들이 식량만 축내는 무능력자가 되는 순간이었다. 양국의 황제들이 스티치에게 반론을 하려 할 때, 그들의 시선을 돌릴 만한 사건이 벌어졌다.

꽈앙!

아슬아슬 매달려 있던 술집의 문이 부서지며 건장한 사내들이 당당히 들어서고 있었다. 그중 선두에 선 인물이 유독 눈에 띄었는데, 허리의 양쪽으로 거대한 두 자루의 칼을 차고 있었고, 이마에서 눈을 지나 볼까지 이어지는 긴 상처를 가진 사내였다. 섬뜩한 눈빛으로 실내를 둘러보며 입을 씰룩이던 그는 스티치에게 시선을 고정시켰다.

앞치마의 사내는 자신이 걱정하던 상황이 벌어진 것을 직감했는지 인상을 찡그렸다.

"젠장. 다이스가 돌아온 것을 발라크 녀석이 알아버렸군요."

"뭐, 워낙 좁은 섬이니 모르는 것이 더 이상하겠지. 흐음."

입에서는 탄식이 흘러나왔지만 발라크라는 사내에게 약한 모습을 보여서는 안 된다 생각했는지 겉으로는 태연스런 표정을 유지하고 있었다.

"여! 오랜만이군. 어디 몸은 다친 곳이 없나?"

손을 흔들며 맞이하는 스티치의 모습에서 발라크는 더욱 역정을 느낀 듯했다.

"이런 재수없는 영감탱이! 그 능글맞은 입놀림은 여전하군!"

주변을 재빨리 둘러보던 그는 나무 잔 하나를 손에 쥐더니 신경질적으로 던졌다.

챙그랑!

나무 잔은 아슬아슬하게 스티치의 귓불을 지나 술병들이 진열된 나무 장식장에 처박혔고, 술을 가득 담은 유리병들이 깨지며 주변으로 비산하였다.

발라크의 갑작스런 행동에 놀란 뮤스는 황제들이 다치지 않을까 걱정되어 앞을 가로막아 섰고, 그들은 본능적으로 몸을 움츠리고 있었다. 그러나 스티치를 비롯해 술집에 있는 대부분의 사람들은 이러한 일이 일상사인 듯 눈 하나 깜짝하지 않고 있었다.

공기의 흐름을 딱딱히 만든 발라크는 성큼 걸음으로 스티치에게 다가와 눈앞으로 얼굴을 들이밀었다.

"다이스는 또 어디로 꽁무니를 뺀 모양이군. 그 녀석은 지금 어디 있나?"

"글쎄… 워낙 제멋대로인 녀석이라 나도 어디 있는지 잘 모르겠는걸?

그렇게 뻣뻣하게 굴지 말고 술이나 한잔하게, 내가 살 테니."

스티치가 술잔을 내밀자 눈을 번뜩인 발라크는 손으로 술잔을 쳐냈다.

처억!

"훗! 영감이 산 술은 다이스의 무덤에나 뿌려주라고. 헬렌 선장의 얼굴을 봐서 지금껏 참았지만 내 인내심에도 한계가 있어. 영감도 조심해야 할 거야. 크크크……."

누런 이를 보이며 웃는 발라크를 보며 스티치는 눈살을 찌푸리고 있었다.

"얘들아, 가자! 지금부터 당장 다이스 녀석을 찾는다! 분명 섬 어딘가에 있을 것이다!"

"예! 선장!"

발라크는 더 이상 스티치에게 볼일이 없다는 듯 미련없이 몸을 돌려 술집 밖으로 나섰다.

"발라크 녀석……."

사라져 가는 발라크의 뒷모습을 주시하던 스티치는 남은 술잔의 술을 들이켰고, 뮤스와 두 황제는 그런 스티치의 모습을 보고만 있을 뿐이었다.

수평선 위로 저물어가는 태양이 멋들어진 노을을 만들어내고 있었다. 붉은 노을의 빛을 덮어쓴 펠컨 섬의 모습은 푸근한 듯 보였지만, 펠컨 섬의 앞마당에서는 흉흉한 분위기가 흐르고 있었다.

'엘의 집'이라는 작은 간판이 붙은 목조 건물 앞에서 수십 명에 달하는 사내들이 두 개의 무리를 지어 마주 보며 대치 중이었는데, 각각의 선두로 다이스와 발라크의 얼굴이 보이고 있었다.

발라크는 까칠까칠한 턱수염을 매만지며 다이스를 노려보는 중이었고, 다이스는 귀찮다는 듯 머리를 긁적이고 있었다. 팔짱을 끼며 자리에 쪼그려 앉은 다이스가 노곤한 목소리로 먼저 입을 열었다.

"아아암… 날 찾아온 이유가 뭐야? 어제 술을 좀 펐더니 속이 안 좋다고. 그러니까 이야기를 빨리 끝내는 것이 어때? 용건만 말하고 돌아가."

눈가의 상처를 씰룩거린 발라크는 허리춤에서 거대한 칼을 뽑아 들며 외쳤다.

"네 녀석의 혓바닥에는 못 당하니 더 이상 말하지 않겠다!"

"홍… 실력으로는 이길 수 있다는 말처럼 들리잖아."

"일 대 일 결투를 신청한다!"

"기왕 마음먹은 거 그냥 덤비라고. 말이 너무 많잖아."

"이, 이 녀석이!"

쪼그려 앉은 채로 얄밉게 손가락을 까딱거리고 있는 다이스의 모습에 분통이 터진 발라크는 괴성을 지르며 달려들었다.

"으와아아!"

펠컨 섬에서는 일 대 일의 결투만이 허용되고 있음을 알고 있던 발라크의 부하들과 다이스의 부하들은 손에 땀을 쥐며 눈앞의 상황을 지켜보고 있었다. 지금까지 발라크와 다이스가 수시로 투닥거려 왔지만, 지금처럼 직접 맞붙은 적이 없었기에 누가 실력이 뛰어난지 의견만 분분할 뿐이었다. 그러다 직접 눈으로 확인할 기회가 오자 기대 반 걱정 반의 눈빛으로 이 상황을 은근히 즐기고 있었다.

어느새 다이스의 코앞까지 온 발라크는 양팔의 근육을 꿈틀거리며 거대한 두 자루의 칼을 높이 치켜들었다.

"이 자식, 죽어랏!"

칼날은 허공을 가르며 아래로 내려그어졌고, 모래가 쌓인 땅을 때리며 먼지가 피어올랐다.

퍼퍽!

다이스의 몸이 삼등분 된 채 바닥에 쓰러져 있을 것만 같은 살기였다. 하지만 먼지가 가라앉자 다이스의 모습이 또렷하게 보였는데, 자세는 전과 변함없이 쭈그려 앉아 있었고, 단지 칼을 피해 한 걸음쯤 물러나 있는 상태였다. 바닥에는 그의 발자국이 길게 그려져 있었다.

고개를 푹 숙인 다이스는 가벼운 한숨을 내쉬었다.

"헤휴… 정말 한판 벌이자는 거냐? 그동안 네 체면도 있고 해서 결투만은 하지 않으려고 했는데, 정 원한다면 어쩔 수 없지."

"뭐, 뭐라고?!"

발라크가 이를 뿌득거리며 살기를 피워 올리고 있을 때, 다이스는 천천히 고개를 들었다. 금발의 머리카락 사이로 그의 눈매가 천천히 드러나고 있었다. 놀랍게도 좀 전의 장난스러운 눈빛은 온데간데없었고, 피에 굶주린 맹수의 눈빛이 그곳에 있었다. 그의 눈빛을 받은 발라크는 흠칫했지만, 그 정도로 주눅들 발라크도 아니었기에 다시금 칼을 휘둘렀다. 칼날은 노을의 붉은빛을 반사시키며 다이스를 향해 횡으로 베어갔다.

"호오! 단단히 화가 나신 모양인데?"

그 모습을 본 다이스는 배짱 좋게 허리를 숙이며 발라크의 몸 안쪽으로 파고들었고, 몸과 너무나 가까워 칼날이 미치지 못하는 위치임을 느낀 발라크는 헛바람을 들이켰다.

"허억!"

발라크의 품에 안기게 된 형상이 된 것도 잠시, 다이스는 주먹으로 그의 명치를 가격하며 날렵하게 옆으로 빠져나왔다.

다이스에게 명치를 얻어맞은 발라크는 잠시 호흡이 곤란해짐을 느꼈지만, 애써 참으며 다이스와의 거리를 벌렸다.

"크큭… 다람쥐 같은 녀석! 내 오늘 무슨 일이 있어도 네 살을 모두 다 져 버리겠다!"

흉흉한 말을 내뱉은 발라크는 눈동자에 핏발을 세우며 양손의 칼을 사방으로 휘두르기 시작했다. 칼의 움직임은 점차 빨라지며 그의 몸 주변을 감싸는 막을 형성했는데, 잘못 접근했다가는 칼에 맞아 피 곤죽이 될 것이 뻔해 보였다.

획획획!

칼바람 소리를 내며 다가오는 발라크를 보며 피식 웃은 다이스는 주머니에서 두 개의 묵빛 주사위를 꺼내 들었다. 그리곤 장난감처럼 손 안에 쥐고 만지작거리기 시작했다.

"후훗… 나에게 덤빈 걸 후회하지 말라고."

"내 칼에 맞고서도 그런 소리가 나오는지 보자!"

발라크의 칼날이 몸에 닿을 만큼 다가오자 비릿한 미소를 입가에 그린 다이스는 양손에 주사위를 나눠 쥐며 손을 허공에다 내저었다.

스스슥.

이어 놀라운 도약력을 발휘하여 발라크의 머리 위를 뛰어넘었는데, 순식간에 목표를 잃은 발라크는 고개를 돌려 뒤를 돌아보며 외쳤다.

"흥! 반드르르하게 말하더니 결국 도망치는 것이냐! 남자라면 정면으로 승부를 보자!"

팔짱을 낀 채 다리를 건들거리고 있던 다이스는 자신의 손에 올려진 주사위를 흔들어 보였다.

"한심한 녀석, 네 몸을 둘둘 말고 있는 칼날은 보지도 못하고 팔팔 뛰고 있다니. 그래서 넌 나한테 안 되는 거다."

"……."

다이스의 말에 흠칫한 발라크가 자신의 몸을 내려다보았다. 어느새 눈에 보일 듯 말 듯한 얇은 실이 자신의 몸을 감고 있는 것을 발견할 수 있었는데, 그 끝은 다이스가 쥐고 있는 주사위와 연결되어 있는 상태였다.

"잠깐 놀아볼까?"

장난스러운 얼굴을 한 다이스는 주사위를 살짝 끌어당겼다. 그러자 신기하게도 발라크의 몸을 감고 있던 실이 조여지며 그의 옷 속으로 파고들었고, 금세 붉은 핏물이 스며 나오기 시작하는 것이었다. 그 광경을 본 발라크는 목이 타 들어감을 느꼈다.

"소, 속임수!"

"속임수라니! 그렇게 말하면 서운하다고. 엄연히 기술이니까."

"이, 이제 나를 어떻게 할 것이냐!"

"뭐, 죽고 싶어 안달난 녀석은 죽여줘야지. 본인이 원하는데 못 본 체할 수는 없지."

"……!"

"하지만… 헬렌 밑에서 같이 생활하던 사이니 내 눈앞에서 죽는 꼴은 보기 싫군."

다이스가 손가락으로 주사위를 두들기자 발라크의 몸을 감고 있던 가는 실이 스르륵 풀리며 주사위 속으로 빨려 들어갔다. 몸을 돌려 걸음을 떼던 다이스는 지금까지와는 달리 조용한 목소리로 말을 이었다.

"헬렌은 우리를 보통의 해적으로 키우지 않았다는 것만 명심해 둬. 지난번 도반 해협에서처럼 상선들을 대상으로 노략질을 계속한다면 가차없이 네 머리를 자를 테다."

조용한 음성이었지만 무게가 실려 있는 어투였다.

그가 말을 마치자 다이스의 부하들은 환호성을 지르며 그의 승리를 축하했고, 발라크의 부하들은 어깨를 축 늘어뜨리며 만신창이가 된 발라크를 바라보았다.

"두고 봐라, 다이스… 저 세상에서 헬렌을 만나게 해줄 테니!"

발라크는 '엘의 집'이라는 작은 간판이 걸린 목축 건물로 들어가는 다이스의 뒷모습을 바라보며 복수를 다짐하고 있었다.

스티치의 인도로 뮤스 일행이 엘의 집에 도착한 것은 석양이 수평선을 막 넘어갔을 때였다.

엘의 집이란 곳은 펠컨 섬의 중턱 마당에 위치한 제법 큰 2층 집이었다. 튼튼한 나무로 지어진 이곳은 여러 번에 걸쳐 보수되어진 듯 회색의 오래된 목재와 옅은 갈색의 새 목재가 어우러져 여러 빛깔을 띠고 있었다.

2층으로 이어진 나무 계단을 밟고 올라선 스티치와 뮤스 일행은 응접실인 듯 보이는 곳에서 다이스와 은발에 가까운 흰 머리카락을 가진 중년의 여인을 볼 수 있었다. 그리고 그들을 둘러싸고 앉아 있는 십여 명의 아이가 있었는데, 대부분은 10세 전후인 듯했다. 아이들은 다이스와 상당히 친한 듯 자연스럽게 이것저것 물으며 대답을 기다렸고, 다이스는 그것이 즐거운 듯 웃음을 잃지 않은 채 아이들이 이해할 수 있도록 최대한 쉬운 어체를 사용하여 이야기를 이끌어 나갔다. 그 어디에서도 해적 선장의 모습은 찾아볼 수 없었다.

그 모습을 지켜보고 있던 시너스가 나직한 목소리로 스티치에게 물었다.

"영감님, 이 아이들은 섬 주민들의 아이들인가요?"

스티치는 고개를 내저었다.

"아니, 모두 다이스가 데려온 아이들이지."

"네? 데리고 오다니요? 혹시 납치를?"

쉽게 이해가 되지 않았던 시너스가 되묻자 스티치는 입맛을 다시며 대답했다.

"바로 해적들에게 약탈을 당했던 상선에 타고 있던 아이들이지. 노예로 팔려 가기 직전에 다이스를 만나 목숨을 구하게 된 거야. 모두들 부모를 잃고 갈 곳이 없어 펠컨 섬으로 데리고 와 키우고 있다네. 어쩌면 화이트스프린터호의 전 선장이었던 헬렌에게서 받은 은혜를 저렇게 갚고 있는 것인지도 모르는 일이지. 다이스와 로젠 역시 저 아이들처럼 해적들에게 습격을 받아 고아가 된 처지였으니……."

다이스는 스티치와 뮤스 일행들의 대화를 들은 듯 아이들과의 대화를 잠시 멈추고 계단 쪽으로 고개를 돌렸다.

"할배! 쓸데없는 소리는 그만 하고 어서 들어오라고! 엘이 할배가 오면 같이 먹자고 해서 저녁 식사도 못하고 있었단 말이야!"

고개를 돌린 스티치는 혀를 차며 먼저 응접실에 발을 들여놓았다.

"쯔쯧… 예의도 없는 녀석. 당연히 같이 먹어야지 먼저 먹으려고 했던 것이냐? 후훗. 잘 있었냐, 엘?"

그의 물음에 엘이라는 중년 부인은 고개를 숙이며 인사를 건넸고, 따뜻한 미소로 그를 맞이해 주었다.

"영감님은 여전히 건강해 보이시는군요. 다이스 이 녀석을 돌봐주시느라 힘드실 텐데……."

"말도 말라고. 이 녀석 때문에 십 년은 더 늙어버린 듯하니까. 그보다 발라크 녀석이 찾아와 또 행패를 부리지는 않았나?"

그의 말에 다이스가 심드렁한 표정을 지으며 대답했다.

"안 찾아오긴 왜 안 찾아와? 또 그 소 잡는 칼 들고 쫓아왔길래 혼쭐을 내서 돌려보내 줬지."

"흐음… 이곳에 오다 보니 해안에 발라크의 다크윈드가 보이지 않더군. 아무런 준비도 없이 출항해 버렸을 리는 없을 텐데……."

"녀석이 겁먹고 도망쳤을 거라고. 아마 앞으로 내가 있으면 펠컨 섬에 들어오지 않을 거야. 그건 그렇고, 이 녀석들은 왜 여기까지 데리고 온 거야? 다른 녀석들이랑 같이 지내라고 하지 말이야."

"앞으로 내가 데리고 일할 테니 너는 더 이상 신경 쓰지 말거라."

이어 스티치는 뮤스와 양국의 황제들을 엘에게 소개시켜 주었는데, 스티치 역시 그들에 대해 알고 있는 것이 그리 많이 않았기에 자세히 소개할 내용은 없었다.

신선한 바닷바람이 불어오는 밤이 되자 엘의 집은 빵 굽는 냄새와 음식 냄새로 가득 차 있었다.

엘은 가족들과 손님을 위해 주방에서 빵과 음식을 만들고 있었고, 아이들은 그녀를 도와 음식 접시를 응접실의 테이블로 옮겼다. 뮤스와 양국의 황제들 역시 일손을 거들고 있었는데, 양국의 황제들은 평생 해본 적 없는 일이었던 만큼 서투른 손놀림이었지만, 이러한 일상적인 생활에 재미를 느끼고 있는 듯 표정은 밝기만 했다.

손가락으로 빵의 도톰한 부분을 살포시 눌러보던 시너스가 침을 삼키며 말했다.

"배가 고파서 그런지 빵이 정말 맛있게 보이는걸요?"

"그러게 말입니다. 군침이 돌아서 참을 수가 없군요."

맞장구쳐 주던 카로이트는 한쪽 눈을 깜빡여 보이며 손가락으로 빵을 뜯어 먹으려 했다. 하지만 곧 그의 의지는 좌절되어 버렸다.

찰싹!

바로 엘이 그의 손등을 때리며 잔소리를 하기 시작했던 것이다.

"어머! 다 큰 사람이 예의없이 그러면 안 되죠! 식사는 테이블에 앉아서 모두 함께하는 거예요. 조금만 더 참으세요."

엘의 질책을 받은 카로이트는 웃어야 할지 울어야 할지 몰라 했고, 그 모습을 보던 뮤스는 대제국의 황제가 맞이한 위기 상황(?)에 웃음을 참지 못하고 있었다.

아그적… 아그적…….

아침부터 굶었던 이유로 뮤스와 양국의 황제들은 빠른 속도로 빈 접시를 만들어가는 중이었다. 체면 따위는 저 멀리 던져 버린 그들은 양손에 과일과 빵을 쥔 채 번갈아가며 먹기 바빴는데, 맞은편에 앉아 빵을 우물거리며 뜯어 먹던 다이스는 못마땅한 표정이었다.

"나참, 엄청난 식충이들을 데려와 버렸군. 앞으로 얼마나 더 먹을 참인 거야?"

다이스의 비아냥거림에도 아랑곳하지 않은 뮤스와 황제들은 한층 더 힘을 내 식사에 열을 올리기 시작했다.

테이블의 모든 접시를 비우고 나서야 식사를 마친 양국의 황제들은 배를 두들기며 만족한 미소를 지었다. 시너스는 벽에 등을 기대어 앉으며 말했다.

"후아! 온갖 진미를 먹어봤지만, 평생 이렇게 만족스러운 식사는 없었던 것 같군요."

카로이트 역시 그의 말을 도왔다.

"그러게 말입니다. 이제 배도 찼으니 한숨 푹 잤으면 좋겠군요."

둘의 대화를 귀 기울여 듣고 있던 다이스는 연신 '식충이들'이라는 말을 내뱉으며 못마땅한 표정을 짓고 있었다. 하지만 다이스의 행동에 어느 정도 익숙해진 양국의 황제들은 그의 말을 흘려들을 뿐이었다.

차갑게 식힌 차를 마시며 난간 아래로 펼쳐진 해안을 내려다보던 뮤스가 스티치에게 물었다.

"영감님, 괜찮으시다면 헬렌과 이 섬에 대해 이야기를 해주시겠습니까? 헬렌이 왜 해적들의 해적이 되었는지, 또 이 섬의 마을은 어떻게 형성이 됐는지 무척 궁금하군요."

마침 식사를 끝낸 스티치는 고개를 끄덕였고, 배를 두들기고 있던 양국의 황제들 역시 그의 이야기에 귀를 기울이기 시작했다.

"쩝… 원래 헬렌이 듀들란 제국 황실 함대의 함장이었던 것을 알고 있나? 그것도 30대 초반의 나이에 함장 직위를 받은 전도 유망한 청년이었지."

뮤스는 그의 이야기가 의외였는지 눈을 크게 떴다.

"처음 들어보는 이야기이군요! 흥미로운 사실인걸요?"

"이 이야기를 들으면 누구든 그런 반응을 보이지. 흐음… 당시만 해도 오이랍 대륙의 근해는 해적들의 약탈 행위가 극에 달해 있던 상황이었고, 황실 함대는 그 힘이 너무나 미약해서 해적들에게 번번이 당할 뿐이었지. 헬렌 역시 황실 함대의 함장 중 한 명으로서 여러 번 해적들과 전투를 벌였지만, 변변찮은 전력으로 신출귀몰하고 전열이 잘 가다듬어진 해적들을 이겨내기에는 역부족이었다네."

시너스는 자국의 이야기가 나오자 자세를 고쳐 앉았다.

"맞아요. 불과 몇십 년 전만 해도 저희 듀들란 제국의 황실 함대는 아무런 힘도 없었다고 하더군요."

"그렇다네. 그러한 사실에 큰 위기를 느꼈던 헬렌은 자신이 몇 개월에 걸쳐 작성한 황실 함대 개혁안을 상부에 제출하게 되었지. 군사 훈련 방안, 해상 전술, 그리고 함선 축조 기술에 이르기까지 방대한 규모의 개혁안이었고, 그야말로 황실 함대를 재정비하는 데 핵심적인 내용을 담고 있었어. 하지만 어느 곳에서나 뛰어난 인물은 시기를 받는 법. 그 개혁안을 본 황실 함대의 상관은 자신의 진급에 욕심이 생겨 버린 거야. 그 상관은 즉시 헬렌이 황실 함대를 모욕했다는 명분을 들어 직위해제시켜 버렸고, 그는 헬렌이 작성한 개혁안을 자신의 이름으로 황실에 제출했지. 어찌 보면 헬렌의 개혁안을 토대로 듀들란 제국 황실 함대의 황금기가 시작되었다고 할 수 있다네."

한쪽에 앉아 이야기를 듣고 있던 다이스는 시큰둥한 말투로 그의 말을 받았다.

"흥! 스스로 무덤을 판 거지 뭐. 세상에 타락한 관료들이 널리고 널렸다는 걸 몰랐었나? 그런 녀석들을 거느리고 듀들란 제국을 통치하는 황제의 얼굴을 보고 싶다니까. 그 이야기는 들을 때마다 짜증이 나는군. 쳇!"

시너스는 다이스의 말에 정곡을 찔린 듯 얼굴을 붉히고 있었다. 하지만 그러한 낌새를 알아차리지 못한 스티치는 이야기를 이어나갔다.

"정말 웃기는 건 헬렌은 황실 함대의 변모한 모습을 진심으로 기뻐했다는 거야. 바보 같을 정도로 순수했지. 게다가 황실 함대의 반격 소식에 신이 난 헬렌은 가문의 돈을 모두 털어 함선을 제작했는데, 그 함선이 바로 지금의 화이트스프린터호라네. 지금은 많이 낡았지만, 당시만 해도 혁신적인 설계로 세간의 관심을 한 몸에 받았던 녀석이지. 내가 헬렌을 만난 것도 그때였어. 화이트스프린터호의 설계사로 건조 작업에 참여하다 인연을 맺게 된 것이지."

잠시 회상을 하던 스티치는 가볍게 웃으며 말을 이었다.

"후훗, 어쨌든 자신의 재산을 털어 장만한 함선과 사병을 데리고 황실 함대를 돕기 위해 바다로 나섰던 헬렌은 황실 함대로부터 환영받지 못했지. 승전의 달콤한 맛에 눈이 멀었던 황실 함대 녀석들에게는 헬렌이 자신들의 공을 가로채려는 파리로밖에 보이지 않았을 테니까. 결국 황실 함대는 헬렌을 해적으로 간주하고 공격을 가하기에 이르렀어. 이에 충격을 받은 헬렌은 듀들란 제국을 완전히 등졌고, 스스로 해적이 되어 대해의 해적들을 혼자 상대하는 고독하고도 무모한 싸움을 시작하게 된 것이지. 이것이 바로 '해적들의 해적 헬렌'에 얽힌 비화라고 할 수 있지."

스티치의 이야기가 멈추자 뮤스와 양국의 황제들은 나직한 탄성을 내질렀다. 권력과 명예에 눈먼 추악한 사람들로 인해 영웅으로 추앙받아야 할 만한 인물이 해적이란 악명을 뒤집어쓰고 있다는 사실이 그들을 안타깝게 만들고 있었던 것이다. 게다가 타락한 관료들과 전혀 관련이 없지 않았던 시너스에게 헬렌에 대한 이야기는 더욱 가슴 깊이 와 닿고 있었다.

"그렇다면 이 섬의 마을은 어떻게 형성된 것입니까? 분명 토착민들은 아닌 듯한데……."

뮤스의 물음에 스티치는 다이스와 엘, 그리고 테이블 위의 접시를 치우고 있는 아이들을 둘러보며 말했다.

"황실 함대와 그러한 일이 있은 이후로 헬렌과 그의 사병들은 자유롭게 대해를 누비며 민간 선박을 약탈하는 해적들을 혼내주기 시작했다네. 정말 통쾌했지. 헬렌의 해상 전술과 항해술, 그리고 잘 훈련된 선원들 앞에서 해적들은 힘 한 번 제대로 써보지 못하고 돛을 접어야 했으니까. 헬렌에게 도움을 받은 민간 선박들은 약탈당했던 물건들의 일부를 고마움에 대한 표시로 우리들에게 주었고, 헬렌은 그것으로 화이트스프린터호의 살림을 꾸려 나갈 수 있었지."

스티치는 침을 삼키며 마른 입 안을 적셨다.

"하지만 간혹 약탈이 끝난 후에 맞닥뜨리는 해적선들도 있었는데, 늘 민간 선박에서 잡혀온 사람들과 물건들로 가득 차 있었지. 이들의 대부분은 해적들의 노략질로 인해 가족들을 잃고 노예로 팔려 갈 상황에 처한 여성들과 아이들이었어. 몸을 의탁할 만한 친지가 있었던 몇몇 사람은 근처의 항구에 데려다 주었지만, 그렇지 못한 사람들이 태반이었던 거야. 헬렌은 이들이 안전하게 살아갈 수 있는 터전이 될 만한 장소를 찾기 시작했지. 그곳이 바로 쉐인 해역의 유일한 섬, 우리가 펠컨 섬이라고 부르는 바로 이곳이고, 해적들이 약탈한 물건들을 팔아 한동안 이곳 사람들의 생계를 유지시켰지. 엘은 해적들에게 남편을 잃고, 다이스와 로젠은 부모를, 그 외에도 많은 사람들이 이들과 비슷한 과거를 지니고 펠컨 섬에서 살아가고 있다네."

카로이트와 시너스는 가슴을 뭉클하게 만드는 헬렌에 대한 이야기를 들으며 깊은 상념에 빠졌다. 도이첸 제국과 듀들란 제국의 국민들을 책임지는 입장에서 헬렌과 펠컨 섬에 얽힌 이야기는 큰 귀감이 되었던 것이다.

"황실 함대의 세력이 커지면서 몇몇 유명한 해적들이 처형을 당했고, 군소 해적들은 그 세력을 점차 잃어갔지. 그렇게 되자 헬렌은 소임을 다했다고 생각하곤 자신의 해적 깃발을 내렸다네. 이후 듀들란 제국법에는 위배되는 것이지만, 대륙의 각 항구에서 향신료를 밀매하여 타국에 팔아 그 이윤으로 펠컨 섬의 재정을 충당하기 시작했지. 한데 애석하게도 일생일대의 목표가 사라져서인지 헬렌의 건강은 하루가 다르게 나빠졌고, 결국 52세의 나이로 세상을 뜨게 되었던 게야."

뮤스는 묵묵히 고개를 끄덕였다. 시대를 달리하여 직접 만나보지는 못한 인물이었지만, 그의 자취를 더듬어본 뮤스는 진심으로 감복하고 있었다.

"한 가지 궁금한 것이 있습니다. 화이트스프린터호 외에 쉐인 해역을 드나드는 다른 함선들은 헬렌과 어떤 관계가 있는 것이죠?"

"훗! 좋은 질문일세. 쉐인 해역의 해도를 가지고 있는 인물은 다이스를 포함해 단 세 명뿐일세. 다이스와 발라크, 그리고 자네가 보지 못한 로날드라는 사람이지. 발라크와 로날드는 젊어서부터 헬렌과 함께 대양을 누볐고, 이곳 펠컨 섬 건설에 큰 영향을 끼친 이들이라네. 하지만 헬렌이 다이스를 후계자로 지목하면서 발라크와의 사이가 틀어져 버렸는데, 워낙 야심이 강했던지라 다이스의 존재를 인정하지 않고 고집을 피웠던 거야. 뭐, 로날드야 워낙 자유분방하고 털털한 성격이라 헬렌의 후계자 자리는 관심도 없었고, 그저 둘 사이의 마찰을 중재하는 데 골머리를 썩혔지. 다이스 이 녀석도 성격이 워낙 더러워서 발라크에게 한 치도 물러서지 않는다네."

다이스는 콧방귀를 뀌며 중얼거렸다.

"흥! 덩치만 큰 바보 녀석일 뿐이야. 그런 녀석이 화이트스프린터호를 물려받는 불상사가 일어나지 않은 것이 다행이지 뭐. 화이트스프린터호는 나처럼 고상한 사람에게나 어울리는 배라고."

"쯧! 말버릇 하곤. 발라크가 네 녀석을 볼 때마다 으르렁거리는 게 이해가 될 때가 있다니까."

"할배는 누구 편인 거야! 쳇! 어떻게 봐도 그 욕심 많은 돼지가 잘못한 거라고!"

"머리에 피도 안 마른 새파란 녀석……."

"뭐라고!"

또다시 투닥거리는 두 노소의 모습을 잠시 보던 뮤스는 다시금 고개를 돌려 해안에 정박되어 있는 화이트스프린터호를 바라보았다. 마치 상갑판 위에 당당하게 서서 먼바다를 바라보고 있는 헬렌의 환영이 그의 눈 안으로 스며드는 듯했다.

123장 발라크의 배신

촤라라락!

경쾌한 소리가 들리며 하얀색의 설계도면이 기다란 테이블 위에 펼쳐졌다. 여러 장으로 겹쳐진 이 도면은 수많은 그림과 수치, 그리고 부가적인 설명으로 빼곡히 채워져 있었는데, 설계도면을 완성하는 데만도 상당한 시일이 걸린 듯 보였다.

펼쳐진 설계도면을 손으로 짚어보며 꼼꼼한 눈길로 살피는 인물이 있었다. 반듯한 이마와 각지고 강직한 턱을 가진 장영실이었는데, 양 제국의 황제들과 뮤스를 구출하기 위한 방책을 세우느라 고심을 했는지 피곤한 모습이었다. 그는 테이블 한쪽에 놓인 접시에서 빵 조각을 하나 집어들며 입에 물었다. 시간이 촉박했기에 식사 시간이라도 줄이고자 간단히 빵 조각으로 요기를 하는 것이었다. 몇 번 우물거린 장영실은 허리를 세우며 입을 열었다.

"이 설계도면은 듀들란 제국의 차세대 해상 운송 수단을 위해 틈틈이

제작해 놓은 것입니다. 마침 이번 일에 유용하게 쓰일 듯해서 쟈트란 공학원에서 급히 수송해 온 것입니다."

테이블의 좌측 편에는 켈트와 카타리나, 그리고 그녀의 친구들이 자리해 있었다. 이번 계획을 돕기를 청하자 장영실은 흔쾌히 승낙해 주었던 것이다. 또 우측 편에는 쟈트란에서 온 십여 명의 듀들란 제국 공학자가 자리하고 있었는데, 카타리나 일행에게 질 수 없다는 듯 눈을 반짝이며 장영실의 설명에 귀를 쫑긋 세우고 있는 중이었다. 장영실의 설명이 계속되어졌다.

"본 선박은 수면, 또는 육상을 30셀리가량 부상하여 운항할 수 있는 수륙부상선으로서 기관열차의 대형 순환동력기를 변형하여 부상에 필요한 동력을 얻게 됩니다. 순환동력기에서 만들어낸 고압의 풍력을 수륙부상선의 배면으로 방출하게 되면 그 힘으로 인하여 수륙부상선이 떠오르게 되고, 선미에 설치된 두 개의 대형 프로펠러를 이용하여 강력한 추진력을 얻게 되는 것입니다. 이 수륙부상선의 장점은 해수면에서 일정 높이를 부상하기 때문에 해수면의 상태나 암초에 구애받지 않고 운항이 가능하며, 운항 시 흔들림이 없어 탑승자의 뱃멀미를 최소화할 수 있습니다. 수륙부상선의 특징을 이용한다면 쉐인 해역의 해류가 제아무리 험하다 해도 아무런 장애 없이 운항할 수 있습니다."

간단한 설명이 끝나자 주변에서 탄성이 흘러나오고 있었다. 장영실의 설명에 의하면 공중에 떠서 움직이는 배를 만들 수 있다는 것이었는데, 그 개념을 이해한 사람들은 장영실의 기발한 발상에 혀를 내두를 수밖에 없었던 것이다.

"저희 도이첸 제국 공학원의 비행선과 비슷한 원리로군요. 해수면을 떠서 움직이는 만큼 탑승 인원과 선박 자체의 중량에 민감할 듯한데, 장영실 경의 계산으로는 최대 탑승 인원이 얼마나 되죠? 또 선박의 목표 중량이 얼마인지 말씀해 주시겠어요?"

손을 들고 또박또박한 목소리로 질문을 던지고 있는 카타리나의 모습이 장영실의 시야에 잡히고 있었다. 야무진 표정을 짓고 있는 그녀의 모습에 내심 흐뭇한 기분이 들었지만, 겉으로 표현하지 않은 채 담담히 대답해 주었다.

"카타리나 양의 날카로운 질문에 감사를 드립니다. 제 계산상으로 최대 탑승 인원은 성인 남성을 기준으로 50명입니다. 처음 설계상으로라면 30명 남짓 탑승할 수 있지만, 저희가 현재 보유하고 있는 기관열차의 순환동력기는 루스티커 수석 마법사님께서 경량화 마법을 걸어주셨기 때문에 선박의 유효 중량 산출에 큰 이점을 가질 수 있었습니다. 또 해적들과 조우를 할 시 전투가 벌어질 것을 대비하여 새로운 개념의 무기를 수륙부상선에 탑재할 예정입니다. 황실 함대로부터 보고받은 바에 의하면, 화약을 이용한 대포를 탑재하고 있는 듯하니 그에 대한 충분한 대비책이 될 것이라 생각됩니다. 그에 대한 설계는 여기에 나와 있지 않기에 차후 개별 통보해 드리겠습니다. 수륙부양선의 최고 속력은 시속 110켈리. 대륙에 현존하는 모든 선박을 통틀어 최고임을 확신합니다. 이번 작전이 해적들과의 전면전이 아니라 황제 폐하들의 구출에 그 주안점을 두었기에 기동성에 중점을 둔 것입니다. 마지막으로 이 수륙부양선은 앞으로 '그랜드엠페러호'로 칭하게 됩니다. 질문있으신 분들은 거리낌없이 해 주십시오."

그 이후로 이곳저곳에서 질문이 던져졌고, 장영실은 그에 성심껏 궁금증을 해결해 주었다. 직접 현장에서 일하게 될 사람들의 이해 정도는 그 성패에 직접적인 영향을 주는 것이었기에 장영실은 차근차근 성심껏 궁금증을 풀어주고 있었다.

장영실과 공학자들의 회의는 새벽녘까지 계속되어졌다. 장영실의 지도 하에 공학자들은 각자 맡을 부분을 나눌 수 있었고, 그에 필요한 인원과 예산, 그리고 필요한 자재의 양을 산출하는 데 대부분의 시간을 소비하였다. 장영실의 계획에 의하면 앞으로 남은 시일은 단 4일. 이 자리에 모인 공학자들의 두 손과 두 발, 그리고 몇 근의 두뇌에 이번 계획의 모든 것이 걸려 있다 하여도 과언이 아니었다.

*　　　*　　　*

펠컨 섬의 하늘에 떠 있는 별들은 유독 운이 없었다. 오이랍 대륙의 동쪽 끝단에 위치했기에 일출이 빨랐고, 그만큼 별들은 자신들을 뽐낼 시간이 짧았던 것이다. 펠컨 섬의 동쪽으로부터 이글거리는 태양이 머리 끝을 내보였다. 진남색이었던 하늘로 금광의 태양 빛이 스며들었고, 검은 수평선 위로 붉은 물결이 퍼지는 중이었다.

뮤스는 시원한 바람을 느끼며 잠에서 깨어났다. 여름이 길고 겨울이 짧은 아열대성 기후의 섬이었지만, 여름의 끝 무렵이어서인지 아침 바람은 차갑게 식어 있었다. 가슴을 덮고 있는 담요를 걷어내고 몸을 일으킨 뮤스는 하품을 터뜨리며 고개를 돌렸다. 넓은 창문이 터져 있는 방이었기에 눈앞으로 일출의 절경이 펼쳐졌다.

"하암… 으음? 정말 멋진데?"

일출의 광경에 침대에서 일어난 뮤스는 창의 난간으로 다가갔다. 엘의 집이 마을 중턱에 위치했기에 일광이 깊게 스며든 섬 마을의 전경이 한눈에 들어오고 있었다. 고기잡이를 위해 작은 보트를 해안에 띄우는 사람들의 모습이 눈에 들어왔다. 또 아침잠이 없는 아이들은 골목골목을 뛰어다니며 요란을 떨어 늦잠을 자는 어른들을 짜증스럽게 만드는 중이었다.

평온한 섬 마을의 분위기에 도취된 뮤스는 입가에 가는 미소를 그리며 섬을 둘러보기 위해 몸을 돌렸다. 옆의 간소한 침상에는 양국의 황제들이 뒤엉켜 잠을 자고 있었다. 고단했던 어제의 피로에 취해 깊은 잠에 빠져 있는 그들을 깨울 수 없었던 뮤스는 조심스러운 발걸음으로 방을 빠져나왔다.

삐걱이는 계단을 밟고 엘의 집에서 나온 뮤스는 마을을 둘러보았다.

암석이 많은 섬이었기에 길은 작은 돌멩이들로 제법 잘 포장되어 있었고, 건물들은 빡빡하게 들어차 보이기도 했지만 애정을 가지고 본다면 정답게 모여 있는 듯했다.

섬 마을의 사람들은 비를 들고 나와 집 앞을 쓸며 몇 마디를 건넸고, 일찍 바다에 나가 고기를 잡아온 이들은 아침상에 올리기 위해 분주한 발걸음을 놀렸다. 여느 활기찬 섬 마을과 다름없는 모습이라 생각 중이었다.

"응? 저곳은 뭐 하는 곳이지?"

뮤스의 중얼거림에 그의 곁에서 한 노부인의 목소리가 들려왔다. 바닥을 쓸던 빗자루에 몸을 의지해 서 있는 그녀는 뮤스가 바라보고 있던 우뚝 솟은 목조 건물에 시선을 주고 있었다.

"보아하니 다이스와 함께 온 젊은이 같구려. 저곳은 우리 섬의 망루라우. 알고 있을지 몰라도 이곳에서는 먹을 것이라고는 물고기와 나무 열매밖에 없어서 식량과 생필품은 모두 외부에서 가지고 오는 것이우. 그래서 섬의 사람들은 늘 외부에 나간 배가 무사히 돌아오기를 바라는 마음을 가지고 저 망루에서 기다리곤 했다우. 지금이야 다이스나 로날드가 수시로 드나들지만, 이 섬이 처음 생겼을 때만 해도 헬렌밖에 없었으니 그러한 마음이 더욱 간절했지. 궁금하면 한 번 올라가 보시우. 섬의 전경을 모두 내려다볼 수 있을 거요."

노부인의 자상한 설명에 목례를 하며 감사의 뜻을 전한 뮤스는 그녀의 말대로 망루 쪽으로 걸음을 옮겼다.

섬이 그리 크지 않았기에 망루로 오르는 길은 어렵지 않게 찾을 수 있었는데, 땅에 나무를 받쳐 만든 계단을 밟고 오르니 섬의 가장 높은 곳에 닿을 수 있었다. 그곳에는 제법 오래된 목조 건물이 우뚝 솟아 있었다. 바로 마을에서 올려다본 망루임을 쉽게 알 수 있었다. 오랜 시간 동안 사용되지 않은 듯 높은 곳에는 거미줄이 쳐져 있어 조금은 음산한 분위기를 풍기고 있었다. 하지만 개의치 않은 뮤스는 조악한 문을 열고 안으로 들어섰다.

내부에 들어선 뮤스는 의아함을 느꼈다. 틀림없이 먼지가 풀풀 날릴 것이라 생각했던 내부는 의외로 깔끔히 정리되어 있었는데, 의자를 비롯하여 몇몇의 가구와 모포, 그리고 담요까지 구비되어 있는 것이었다.

"으음? 누가 이곳에 살기라도 하는 건가?"

혼잣말을 중얼거리고 있을 때 위층으로부터 나무 삐걱이는 소리가 들렸다. 잠시 위를 올려다본 뮤스는 가벼운 몸놀림으로 한쪽 벽면에 설치된 사다리를 타고 오르기 시작했다. 눈 깜짝할 사이에 중층을 지나 상층에 도착한 뮤스는 그곳에서 놀란 눈으로 자신을 바라보고 있는 소년을 발견할 수 있었다. 진갈색의 단발머리를 하고 조금 왜소한 체격을 가진 소년이었다.

"누, 누구야!"

갑작스러운 자신의 등장에 놀란 소년의 얼굴을 본 뮤스는 머리를 긁적이며 서글서글한 웃음을 지었다.

"아… 미안! 이거 놀래켜 버린 게 되어버렸군."

"마, 마을에서 본 적 없는 얼굴인데? 누구시죠?"

"아! 난 뮤스라고 해. 어제 처음 펠컨 섬에 왔지. 너는 이름이 뭐지?"

"이세브란트. 그냥 이셉이라고 부르면 돼요. 어제 처음 왔다면 혹시 다이스 형과 함께 온 건가요? 화이트스프린터호가 들어오는 걸 보긴 봤는데……."

"맞아. 그런데 너는 여기서 뭘 하는 거지? 아래층에 보니 네가 가져다 놓은 것들 같은데, 그냥 놀러 온 것은 아닌 것 같고……."

어깨를 으쓱거린 이셉은 명랑한 표정으로 말했다.

"저는 여기서 살고 있어요. 정확히 이곳이 집은 아니지만, 아버지가 돌아오실 때까지 여기서 지내면서 기다리고 있죠."

"아버지? 그럼 쉐인 해역 밖으로 나가신 거야?"

이셉의 얼굴에는 자랑스러움이 피어올랐다.

"그럼요! 다이스 형이랑 우리 아버지만 쉐인 해역을 드나들 수 있는걸요! 아! 발라크 아저씨도 있지만 거의 섬에서 살지 않으니까……."

"그렇다면 너의 아버지가 로날드라는 분이시구나!"

"어?! 형도 저희 아버지를 알아요?"

자신의 아버지의 이름을 들은 이셉은 반가운 마음이 들었는지 뮤스를 형이라 불렀다.

"만나뵌 적은 없고 이름은 여러 번 들었지. 한번 뵙고 싶은걸? 그런데 아버지는 어디로 가신 거지?"

"헤헷! 못된 해적 녀석들을 혼내주러 가신 거예요. 얼마 전에 브라이트 해에서 못된 해적이 출몰한다는 이야기를 들으셨거든요."

뮤스가 알기로 브라이트 해는 수많은 상선들이 오가는 해역 중 한 곳이었고, 펠컨 섬으로부터 상당히 멀리 떨어져 있었기에 돌아오기에는 상당한 시간이 걸릴 것임을 짐작할 수 있었다. 그럼에도 이렇게 잠자리를 옮기면서까지 아버지를 기다리는 이셉의 모습에 뮤스는 대견함을 느꼈다.

"정말 멋진 분이시구나."

"그런데 형은 왜 낭루에 올라온 거죠?"

"하하! 여기서 내려다보는 경치가 일품이라고 해서 한번 올라와 봤단다."

"그럼 이쪽으로 따라와요!"

뮤스는 이셉의 안내에 따라 망루의 옥상으로 올라갔다.

시야가 탁 트인 망루의 옥상은 노부인의 이야기대로 섬 마을뿐 아니라 섬 후면의 암벽 지역까지 한눈에 내려다볼 수 있을 만큼 높았다. 시원한 바람을 가슴으로 받으며 섬을 내려다보고 있는 뮤스를 향해 이셉이 말했다.

"여기서 내려다보면 맑은 날에는 쉐인 해역으로 들어오는 것도 볼 수 있어요. 하지만 아침저녁으로는 어두워져서 그렇게까지 보이지는 않지만요."

"이야! 정말 멋진 장소인걸? 그럼 네가 이 섬에서 가장 먼저 배 소식을 알게 되겠구나."

"그럼요! 오래전에는 어른들도 이곳에 자주 올라왔다고 하는데, 요즘은 거의 올라오는 일이 없죠. 그래서 마을 아이들도 이곳에 올라오는 일이 드물어요."

말을 마친 이셉은 뭔가 생각났다는 듯 짤막한 탄성을 지르며 작은 바구니를 들고 왔다.

"아! 제 집에 왔는데 아침 식사는 대접해 드려야죠. 이것 좀 먹어요."

이셉이 들고 온 작은 나무 바구니에는 빵 몇 조각과 오래되어 딱딱해진 쿠키가 있었다. 혼자 먹어도 모자랄 양이었지만, 나눠 먹자고 하는 말을 거절할 수 없었던 뮤스는 웃으며 빵을 한 조각 떼어 입에 넣었다.

"하하! 경치 좋은 곳에서 먹으니까 더 맛있는걸?"

이셉 역시 뮤스를 따라 빵과 쿠키를 양손에 쥐고 먹기 시작했다.

"그런데 여기서 지내면 어머니가 걱정하지 않으시니?"

뮤스의 물음에 이셉은 빵을 들고 있던 손을 떨구며 시무룩한 얼굴을 했다.

"어머니는 없어요. 제가 태어날 때 병에 걸려 돌아가셨대요."

"이런… 내가 괜한 걸 물었군. 이것 참 미안한걸?"

"괜찮아요. 모두 다 알고 있는 사실인걸요."

왠지 이셉에게 미안한 마음을 지울 수 없었던 뮤스는 무릎을 치며 말을 꺼냈다.

"그래! 내가 사과의 의미로 작은 선물을 하나 줄게!"

역시 아이는 아이인지 선물이라는 말에 눈을 빛냈다.

"선물요?"

"응! 시간이 조금 필요한데 기다려 줄래?"

이셉은 대답 대신 고개를 끄덕였고, 그의 머리를 쓰다듬은 뮤스는 가방에서 천제만리경을 비롯해 여러 부속들을 꺼내놓기 시작했다. 이셉은 신기한 듯 뮤스의 행동을 지켜보았고, 뮤스는 알 수 없는 콧노래를 흥얼거리며 무엇인가를 만드는 데 열중하기 시작했다.

무엇인가를 만들던 뮤스의 손이 멈춘 것은 두 시간 정도가 지난 후였다. 이셉은 뮤스를 지켜보는 것이 지겨웠던지 그의 옆 자리에서 몸을 쪼그린 채 잠들어 있었다.

"이런, 기다리는 게 지겨웠던 모양이군. 혹시 어제 밤을 샜던 걸까? 흐음……."

깨우는 것이 미안했던 뮤스는 아래층으로 내려가 모포를 들고 올라왔다. 그것을 이셉에게 덮어준 뮤스는 자신이 만든 물건을 내려다보았다.

"이 '야시경'은 여기에 두고 가야겠군. 하지만 사용 방법을 모를 텐데······."

잠시 고민하던 뮤스는 가방에서 작은 종이를 꺼내었다. 그리고 그림으로 된 설명서를 만들기 시작했는데, 이셉이 글을 모를 수도 있다는 생각이 들었던 때문이다. 완성된 설명서를 야시경과 함께 잘 보이는 곳에 내려놓은 뮤스는 자리를 털고 일어났다.

"그럼 좋은 꿈 꿔라, 이셉."

가벼운 미소와 함께 인사를 건넨 뮤스는 가벼운 발걸음으로 망루에서 내려왔고, 이셉은 세상모르게 단잠에 빠져 있었다.

엘의 집으로 돌아온 뮤스는 다이스에게 잔소리를 듣고 있는 양국의 황제들을 볼 수 있었다. 그들은 갓 구워낸 빵과 따뜻한 수프로 간단한 아침 식사를 하는 중이었는데, 여전히 엄청난 식욕을 보이는 양국의 황제들을 향해 다이스가 투덜거리는 것이었다. 하지만 아랑곳하지 않은 양국의 황제들은 음식을 입에 넣는 데만 전념하고 있었다. 어느새 세상을 살아가는 방법을 터득한 듯 보이는 그들이었다. 뮤스를 발견한 카로이트가 입에 있는 빵을 힘겹게 삼키며 물었다.

"아침부터 어디를 다녀오는 거죠? 눈을 떠봤더니 보이지 않아서 걱정했습니다."

"산책이나 할 겸 섬을 한 바퀴 돌고 왔습니다. 괜한 걱정을 시켜드린 듯하군요."

"그렇게 서 있지 말고 이쪽으로 와서 같이 식사를 하시죠."

마치 주인인 양 식사를 권하는 카로이트의 행동에 다이스가 인상을 찡그렸다.

"맙소사… 완전 제멋대로군."

"뭐, 어때서 그래. 먹을 것 가지고 너무 인색하게 굴지 않는 법이랬어.

그러다가는 나중에 벌받는다구."

고개를 돌려보니 쟁반에 빵을 가득 담아온 로젠이 있었다. 머리를 한쪽으로 땋은 그녀의 모습은 뭇 남성들의 가슴을 설레게 만들기에 충분했다. 쟁반을 그들 앞에 내려놓은 로젠은 이마에 흐른 땀을 닦아내며 말을 이었다.

"아… 오늘은 정말 더울 것 같은걸요? 이불 빨랫감이 잔뜩 쌓여 있는데 어떻게 다 한담?'

너무나 연약해 보이는 그녀의 행동거지 하나하나에 정신을 팔고 있던 양국의 황제들은 누가 먼저랄 것도 없이 손을 들며 말했다.

"제가 도와드리겠습니다, 로젠 양!"

"도와드릴 것이라도……?'

만면에 화사한 웃음을 지은 로젠은 두 손을 가지런히 모으며 대답했다.

"어머, 정말 그래도 괜찮겠나요? 손님께 일을 시키는 건 조금 그런데……."

카로이트와 시너스는 머리를 도리질 치며 괜찮다는 표시를 했다. 그런 그들을 바라보던 다이스는 머리를 짚으며 혼잣말을 중얼거렸다.

"착한 척하더니 결국 저 녀석들을 좀 부려먹자는 것이었군. 나만 나쁜놈 된 거잖아. 쳇!"

뮤스 역시 다이스와 비슷한 생각을 하는 중이었는데, 말괄량이에서 다소곳한 여인으로 변신한 그녀를 바라보며 알 수 없는 불안감을 느끼고 있었다. 그가 알고 있기에 이와 같은 성격을 가진 여자치고 멀쩡한 사람이 없었던 것이다, 크라이츠를 예로 들어보더라도.

저녁 무렵이 되자 양국의 황제들은 시체마냥 축 늘어진 모습으로 나타났다. 스티치를 도와 화이트스프린터호의 보수용 자재를 만들던 뮤스는 손등으로 땀을 닦으며 물었다.

"왜 그렇게 힘든 표정들이십니까? 무슨 일이라도?"

양국의 황제들은 아무 말 없이 손만 휘휘 내저을 뿐이었다. 그 뒤를 이어 로젠의 모습이 보였는데, 뭔가 신나는 일이라도 있는 듯 휘파람을 불며 즐거운 얼굴을 하고 있었다.

"호훗! 역시 집에는 남자가 있어야 해. 묵은 빨래도 다 해버렸으니 이제 한동안은 신경 쓰지 않아도 되겠는걸? 어머, 뮤스 씨는 오늘 잘 지내셨나요? 오늘 이분들이 너무나 성심껏 도와주셔서 일이 한결 수월했답니다."

대략 상황을 짐작할 수 있었던 뮤스는 인사를 건네는 로젠을 향해 어정쩡한 표정을 지으며 가볍게 인사를 받았다.

"아… 네. 그냥 저도 스티치 영감님을 조금 돕고 있었습니다."

"그럼 저는 저녁 식사 준비나 하러 갈게요! 두 분은 조금 쉬도록 하세요."

손을 흔들어 보인 로젠은 경쾌한 총총걸음으로 사라졌고, 그녀가 사라지는 것을 본 양국의 황제들은 털썩 주저앉으며 들릴 듯 말 듯한 목소리로 중얼거렸다.

"무, 무서운 여자야……."

"여, 여자가 무서운 걸지도 몰라. 설마 다 저런 건가?"

뮤스는 그들이 어떠한 경험을 했는지 어렴풋이 짐작할 수 있었다. 비록 단순한 집안일이라 해도 황제들에겐 큰 고초였음을 충분히 알고 있던 뮤스였지만, 상황이 상황인만큼 그들 역시 밥값은 해야 한다는 생각에 묵묵히 보고 있을 뿐이었다. 그래서인지 이번만큼은 다이스 역시 열심히 식사를 하는 양국의 황제들에게 별다른 말을 하지 않았고, 오히려 측은한 눈빛으로 둘을 바라보고 있었다.

식사를 마친 뮤스는 창문 난간에 걸터앉아 어둑해지는 수평선을 바라보고 있었다. 겉으로 느긋한 모습을 하고 있었지만 머릿속은 복잡하기 그지없었는데, 양국의 황제들을 데리고 이 섬을 빠져나갈 방법을 모색하느라 여념이 없었던 것이다.

'펠컨 섬에 도착한 지 이틀이 지났는데도 별다른 방법을 찾아내지 못했군. 이들이 악의를 품은 해적이 아님은 알았지만, 듀들란 제국에 대해 반감을 가지고 있는 듯하니 시너스 폐하의 정체를 밝히는 것은 위험해. 그렇다고 보트를 훔쳐서 달아나 봐야 데스벨트는 보트 따위로 빠져나갈 수 있는 곳이 아니니… 흐음. 투르코스 재상님과 장영실 아저씨가 대책을 세우고 계실 테니 두 분을 믿을 수밖에 없는 건가? 다행스럽게도 마을의 분위기가 좋으니 며칠 더 기다려 보는 것도 나쁘지는 않겠지.'

턱을 매만지며 이리저리 생각을 굴려보던 뮤스는 문득 자신의 눈을 간질이는 불빛을 발견하였다. 고개를 갸웃거린 그는 사람들을 향해 말했다.

"으음? 이 밤에 웬 배들이 해안선으로 들어오고 있는걸요? 한 척, 두 척… 다섯 척 정도 되는군요."

테이블에 앉아 엘과 이야기를 나누던 스티치는 뮤스의 옆으로 다가오며 말했다.

"무슨 말도 안 되는 소리인가? 쉐인 해역 내부로 들어올 수 있는 사람은 다이스를 포함해서 세 명밖에 없다구."

"하지만 보십시오. 틀림없이 다섯 척의 배들이 들어오고 있는 중이라니까요."

급격히 표정을 굳힌 스티치는 다이스를 바라보았다.

"설마, 황실의 함대가 쉐인 해역 내부로?"

어느새 그들과 같은 곳을 바라보고 있던 다이스가 고개를 내저었다.

"황실 함대일 리는 없어. 신기에 가까운 항해술을 가지고 있지 않는 한 처음 보는 해도만을 가지고 어두운 밤에 쉐인 해역을 통과할 수는 없는 노릇이니까. 우리가 헬렌에게서 배운 것처럼 누가 길잡이를 해주기라도 한다면 모를까."

스티치는 무거운 불안감이 등골을 타고 흐름을 느꼈다.

"혹시, 발라크 녀석이 배신을?"

그의 말을 잠시 생각해 보던 다이스는 고개를 끄덕였다.

"뭐… 발라크가 우리를 배신한 것이라면 가능한 이야기지. 충분히 그러고도 남을 만큼 비열한 녀석이니까."

"그렇다면 서둘러 화이트스프린터호로 돌아가야 하지 않나?"

오랜만에 침중한 얼굴을 한 다이스는 자신의 주사위를 매만지며 말을 이었다.

"아니, 저 정도 속도라면 우리가 화이트스프린터호로 돌아가는 것보다 녀석들이 더 빨라. 우리는 아무런 준비도 안 된 상태잖아. 어쩔 수 없이 섬에서 상대해야 할 것 같군. 스티치 할배, 지금 당장 종을 울려서 우리 애들을 소집하고, 마을 사람들 중에 전투가 가능한 인원을 모아줘. 나는 먼저 망루에 올라가서 상황을 살피고 있을 테니까 끝나는 대로 올라와."

다이스의 침착한 상황 판단에 스티치는 고개를 끄덕이며 서둘러 움직이기 시작했다. 평소에는 다이스를 어린애 다루듯 했지만, 그것은 어디까지나 개인적인 관계에서만이었고, 지금은 한 명의 지휘관으로 그를 대우해 주는 것이었다. 잠시 시선을 돌려 뮤스와 양국의 황제들을 바라본 다이스는 쓸쓸한 미소를 지으며 말했다.

"후훗! 온 지 얼마 안 됐는데 바쁜 일이 생겨 버렸는걸? 아마 밥값은 톡톡히 해야 할 거야. 멍하니 있지 말고 나를 따라와!"

한순간에 행복한 저녁 시간을 잃어버린 양국의 황제들은 상황의 심각성을 잘 파악하지 못한 듯 투덜거리며 다이스의 뒤를 따랐다.

뮤스는 복잡해지는 상황 전개에 머리가 지끈거림을 느꼈다. 발라크와 다이스의 분쟁이라는 또 다른 사건에 말려들 듯하자 자신의 운명을 원망하고 싶은 기분이었는데, 늘 자신이 있는 곳에 말썽이 끊이지 않는다는 생각을 지울 수 없었던 것이다.

펠컨 섬의 전역에 둔중한 종소리가 울려 퍼지기 시작했다. 혹시라도 모를 외부의 침략을 알리기 위해 설치한 종이었는데, 사용된 지 너무나 오래되어 녹이 슨 듯 맑은 소리는 아니었다.

타앙! 타앙!

무슨 일이 벌어졌는지 모르는 섬의 주민들은 종소리에 놀라며 집의 난간으로 나와 먼바다를 내다보았다. 불을 밝힌 수상한 선박들이 그들의 시야에 들어오기 시작했다. 선박들은 자신들에게 전세가 우세하다 판단하고 있는지 움직임을 숨기지 않고 있었다.

그제야 상황의 심각성을 깨달은 마을의 사람들은 서둘러 옷과 방어구를 걸치며 자신들의 무기를 찾았고, 섬 주민들 간에 약속된 비상 소집 장소로 바쁘게 움직이기 시작했다.

다이스를 비롯한 뮤스 일행은 서둘러 망루에 오르고 있었다. 다이스와 뮤스는 한 번에 여러 계단씩이 뛰어오르고 있는 반면, 이미 힘을 모두 빼놓은 상태여서인지 양국의 황제들은 무거운 다리를 힘겹게 끌며 계단을 밟는 중이었다. 망루에서 작은 불빛이 비춰지고 있었다.

"음… 이셉이 아직 망루에 있는 모양인걸?"

"벌써 이셉을 만나본 거냐? 발빠른 녀석이군."

다이스를 향해 보일 듯 말 듯한 미소를 지은 뮤스는 그를 앞지르며 먼저 망루에 닿았고, 금세 상층으로 오를 수 있었다. 뮤스는 예상대로 작은 촛불을 켜고 있는 이셉을 볼 수 있었다. 이셉의 목에는 뮤스가 만들어준 야시경이 걸려 있었는데, 뮤스의 등장을 느꼈는지 몸을 돌리며 반색을 했다.

"아! 뮤스 형! 형이 만들어준 이거 대단해요! 깜깜한 밤인데도 낮처럼 환하게 보인다니까요! 엄청 가깝게 보이기도 하고."

"후훗… 야시경이라는 물건이야. 앞으로 아버지를 기다릴 때 유용하게 써. 그것보다 지금 저 멀리서 다가오는 배가 무슨 배인지 확인해 봤니?"

뮤스가 질문을 던짐과 때를 같이하여 다이스와 양국의 황제들이 올라왔다. 이곳에 처음 올로와 본 양국의 황제들은 두리번거리며 내부를 살폈고, 다이스는 이셉의 대답을 기다렸다.

"네. 다른 네 척의 함선은 처음 보는 것들이었고, 나머지 한 척은 다크 윈드호였어요."

예상하고 있던 바였지만 사실이 확인되자 다이스는 이를 갈았다.

"역시 발라크 녀석이 맞군."

그는 직접 눈으로 확인하기 위해 창으로 다가갔다. 하지만 너무 먼 거리인데다 해가 저물어 어두웠기에 아른거리는 불빛만 확인할 수 있을 뿐이었다. 그런 다이스에게 이셉은 자신의 목에 걸고 있던 야시경을 건네며 말했다.

"다이스 형, 이걸로 보세요. 뮤스 형이 만들어준 건데 정말 대단하다구요! 옆에 이걸 누르고 이렇게 들여다보면 돼요. 희미하게 보일 때는 앞에 있는 원통을 돌리면 엄청 가깝게 보여요. 간단하죠?"

야시경을 받아 든 다이스는 뮤스의 얼굴을 한 번 살피더니 이셉이 설명해 준 대로 그것을 눈에 대고 들여다보았다. 야시경을 눈에 가져다 댄 다이스는 자신도 모르게 탄성을 내지를 뻔했다.

"이게……!"

깜깜하기만 하던 눈앞에 초록색의 세상이 환하게 펼쳐졌기 때문인데, 이셉의 말대로 낮처럼 환히 볼 수 있는 것이었다. 그리고 원통을 돌리자 저 멀리 떨어져 있던 함선들이 점차 다가오기 시작했다. 마치 그들이 빠른 속도로 쳐들어오고 있는 것으로 착각될 정도였다.

"저 녀석들, 벌써 바로 앞까지 쳐들어왔어!"

놀란 표정으로 야시경에서 눈을 뗀 다이스는 아직까지 먼바다에서 아른거리는 불빛을 확인하며 한숨 돌렸다.

"휴우… 마치 귀신 들린 물건 같군. 혹시 너, 주술사 같은 거냐?"

"뭐, 편할 대로 생각하세요."

뮤스에게서 대답 듣기를 포기한 다이스는 계속해서 야시경을 들여다보며 유심히 적의 동태를 살폈다. 펼쳐진 돛 사이로 병장기를 꼬나 쥔 선원들이 흥청거렸고, 각 함선의 조타수는 선장의 지시를 받으며 타륜을 돌리는 중이었다. 몇몇 선원들은 돛을 접기 위해 밧줄을 타고 마스트 위로 오르고 있었는데, 속도를 줄이려 한다는 사실을 알 수 있었다.

아래층으로부터 삐걱이는 소리가 들리더니 자신이 할 일을 마친 스티치가 망루에 올라오고 있었다.

"어라? 눈에 들이대고 있는 그건 뭐냐?"

그는 다이스의 손에 들고 있는 야시경을 보곤 빼앗아 들고선 그가 하던 대로 따라 했는데, 반응은 방금 전의 다이스와 별다를 것이 없었다.

"으헉! 저 녀석들이 벌써 바로 앞까지!"

눈을 떼고서 주변을 둘러보고 나서야 자신이 착각했다는 것을 깨달은 스티치는 머쓱한 얼굴을 했다.

"흠! 흠! 어쨌든 대단한 물건이군! 밤에도 저 먼 거리를 속속들이 볼

수 있다니… 이것도 뮤스, 자네가 만든 건가?'

뮤스는 긍정의 뜻으로 고개를 끄덕였고, 스티치는 계속해서 야시경을 들여다보며 탄성을 내뱉었다. 하지만 상황이 상황인지라 잠시 놀라움을 접어놓은 스티치는 다이스를 향해 말했다.

"아무리 길게 잡아도 서너 시간 정도면 보트를 타고 상륙하겠군. 이제 어떻게 할 생각인 거냐?'

다가오고 있는 함선들의 모습을 내다보던 다이스는 자신없는 얼굴로 쓴웃음을 지었다.

"글쎄… 내가 아는 거라곤 선상 전투와 항해술밖에 없다구. 헬렌이 언제 가르쳐 줬어야지. 솔직히 저 녀석들이 상륙하면 우리에게 승산은 없을걸? 머릿수로 밀어붙이면 우리가 밀릴 게 당연하잖아? 함선이 다섯 척이니 대충 잡아도 600명은 가뿐히 넘을 텐데… 우리는 노인들과 애들 빼면 고작 200명이라고."

"그렇다고 여기서 목 빼고 기다리자는 거냐?'

피식 웃은 다이스는 어깨를 으쓱였다.

"어차피 죽을 거라면 기운이라도 덜 빼고 죽는 편이 좋잖아? 힘들게 싸우다가 죽는 것보다야……."

"말장난이나 하고 있을 때가 아니야! 좀 더 진지하게 생각하라고!'

귀를 후비적거린 다이스는 귀찮다는 듯 손을 내저었다.

"알았으니 그만 좀 빽빽거리라고. 쳇! 일단 정면충돌은 우리가 불리하니 녀석들의 힘을 분산시켜 줄 필요가 있을 거야. 영감이 만든 캐논이라는 무기가 섬 안에 몇 개나 있어?'

"쳇! 아무튼 말만 번드르르한 녀석. 언제는 캐논 따위 필요없었다더니."

"뭐… 이번 일도 발라크 녀석이 먼저 반칙을 한 거라고."

"헤휴… 어떻게 네 녀석이 저지른 일은 그렇게 빨리 잊어버리는 거냐?

아마 창고에 두 문쯤 있을 거야. 파우더는 충분한데 대포알이 많지 않아. 모두 화이트스프린터호에 실어놓았거든. 대충 20발 정도? 그것만으로는 한 척조차 제대로 가라앉히기 힘들어."

"유효사거리는?"

"대략 700멜리 내외. 그나마 500멜리 이내로 들어와야 어느 정도의 명중률이 있어. 만약 보트를 이용해서 상륙한다면 명중률을 장담할 수 없지."

스티치의 이야기를 들으며 대충 계산을 해보던 다이스는 답답한 한숨을 내쉬었다.

"허… 절망적이군. 녀석들이 근해에서 보트를 사용한다면 캐논으로 막을 수 있는 일이 아니잖아? 결국 아무짝에도 쓸모가 없군. 다음번에는 조금 더 쓸모있는 걸 만들어보는 게 어때?"

자존심을 찌르는 그의 말에 울컥한 스티치는 손가락질을 하며 외쳤다.

"그럼 네 녀석은 무슨 쓸모가 있다는 게냐?! 이게 다 네 녀석이 발라크의 뒤통수를 쳐서 생긴 일이라는 걸 정말 잊고 있는 거냐, 이 뻔뻔한 녀석아?!"

다이스는 귀를 후비적거렸다.

"글쎄, 기억이 날 것 같기도 하고……."

"이… 이 녀석이 끝까지……."

둘의 사이가 뜨겁게 달아오르고 있는 그때, 뮤스는 생각에 잠겨 있었다. 그는 자신이 이 전투에 끼어들어도 될 것인지에 대해 고심하는 중이었다. 이내 결론을 얻은 듯 코밑을 쓸어 보이며 입을 열었다.

"흠… 저들의 힘을 분산시키는 일이라면 그리 불가능할 것 같지는 않습니다. 제게 좋은 방법이 있거든요."

다이스는 뮤스를 크게 믿지 않는 듯 시큰둥한 얼굴이었지만 스티치는 적지 않은 기대를 가지고 있는 듯했다.

"정말 무슨 방법이 있는 건가? 어디 한번 말해 보게나."

뮤스는 고개를 끄덕거리며 자신의 머릿속에서 정리한 내용을 늘어놓기 시작했다.

"바로 영감님께서 만드신 캐논이라는 무기를 조금 개조하면 될 것 같습니다."

"웅? 내가 만든 캐논을 말인가?"

"네, 그렇습니다. 쉽게 설명드리자면 캐논의 대포알 내부에 화약을 넣어 2차 폭발을 일으키도록 만드는 것입니다. 이를 포탄이라고 하는데 화약, 즉 파우더의 양만 충분하다면 포탄이 직격하지 않아도 보트를 뒤집을 정도의 충격을 발하게 됩니다. 20발의 포탄 정도면 적의 예봉은 꺾어놓기에 충분할 것입니다. 그리고 파우더의 양이 남는다면 수폭뢰라는 것을 제작할 수 있을 듯합니다. 수폭뢰라는 것은 해수면에 띄우는 일종의 폭탄으로……."

뮤스는 자신의 머릿속에 주입되어진 조선의 군사 지식을 차분한 어조로 늘어놓고 있었다.

사실 조선은 자국의 국력 강화를 위해 전술과 전략, 그리고 화기에 대한 연구의 일부분을 공학원에 맡겼고, 이것들은 지식이전술을 통해 뮤스에게 고스란히 전해지게 된 것이다. 사용하기에 따라 대량의 살상을 행하게 되는 기술이기에 지금껏 꺼려해 왔지만, 이미 이 세상의 사람 손으로 화약이 개발된 데다가 양국의 황제들의 안위가 달린 급박한 상황에 놓여 있는 만큼 뮤스에게는 선택의 여지가 없었던 것이다. 두 황제의 일신에 문제라도 생기는 날에는 이에 비할 수 없는 파장이 오이람 대륙을 휩쓸 것이라는 사실을 누구보다 잘 알고 있는 뮤스였다.

뮤스의 설명이 끝나자 스티치는 다이스를 바라보았다. 결국 지금의 선택권을 가진 이는 다이스였던 만큼 그의 승낙이 떨어져야 했던 것이다. 역시 뮤스의 이야기에 귀를 기울이던 다이스는 스티치의 시선에 대답하듯 고개를 끄덕였다.

"별다른 선택이 없잖아. 이 녀석의 말대로 한번 해보도록 하지. 단, 일이 틀어질 경우에는 알아서 하라구. 가만두지 않을 테니까."

스티치는 너무나 순순히 동조하는 다이스를 보며 의외라는 표정을 지었다.

"고집쟁이 다이스가 웬일이지?"

"난 쓸데없는 데 자존심을 내세우는 바보가 아니거든. 그런 거야 아무래도 좋으니 일을 서두르는 게 좋을 것 같아. 할배는 이 녀석들이랑 포탄과 수폭뢰인가 뭔가 하는 걸 만들어. 나는 여자들과 아이들을 이곳으로 피신시킬 테니. 그리고 이셉, 너는 여기에서 망을 보다가 무슨 일이 있으면 즉시 피리를 불어서 신호해. 자, 흩어지자고!"

이로써 각자 해야 할 일이 정해지자 지체할 것 없이 움직이기 시작했다.

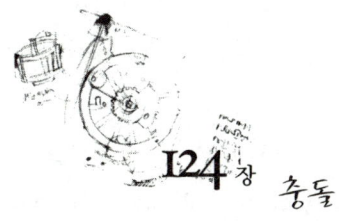

124장 충돌

스티치, 뮤스, 양국의 황제들, 그리고 그들을 돕기 위해 펠컨 섬의 남자들이 모여 있었다. 철망을 씌운 모닥불 주변에 모인 사람들은 저마다 나무통을 하나씩 들고 있었는데, 술집에 쌓여 있는 그것들이었다. 그중 술집의 주인인 페드로는 그리 유쾌하지 않은 얼굴을 하고 있었다.

"이거야 원, 애써 모아놓은 술을 아깝게 버려야 하다니. 장사는 이제 뭘로 하지?"

"어차피 발라크 녀석에게 섬을 빼앗기면 장사든 뭐든 다 날아가 버린다고. 그러니 너무 아까워하지 말게."

스티치 특유의 걸걸한 목소리에 페드로는 입을 다물었고, 술통의 술을 몇 모금 들이킨 그는 나머지 술들을 땅에 쏟아버리기 시작했다. 스티치의 말이 맞긴 했지만 아쉬움이 남는 것은 어쩔 수 없는 듯했다.

그것을 마지막으로 술통이 모두 비워진 것을 확인한 뮤스는 훤히 밝혀져 있는 모닥불 앞으로 다가가 자신이 준비한 설계도 두 장을 펼쳤다.

섬의 주민들이 그 내용을 모두 이해하기에는 무리가 있었기에 스티치에게 자세한 설명을 해주기 시작했다. 이미 화약에 대한 어느 정도의 지식이 있는 그였기에 어려움없이 자신의 설명을 이해하리라 생각했던 것이다.

"이것은 포탄의 설계도입니다. 이미 설명드렸듯, 포탄은 대포알과 다르게 자체적으로 화약을 내장하고 있어 발포 후 일정 시간이 지나면 2차 폭발을 일으키는 대포알이랍니다. 즉, 대포알이 날아가는 관성에 의존한 파괴력뿐만 아니라 자체 폭발에 의한 충격 역시 표적에게 주는 것이죠. 포탄은 크게 화약 내장 부분과 뇌관 부분, 폭발지연장치로 이루어져 있답니다."

뮤스가 설계도를 짚어 보이며 설명해 나가자 스티치는 그 원리를 이해하려 노력했고, 이미 어느 정도 수준의 기관 장치에 대해 능통했던 스티치였기에 큰 문제는 없어 보였다.

"캐논에서 포탄을 발포함과 동시에 폭발지연장치가 가동되고 포탄이 표적에 명중할 때쯤 뇌관을 활성시켜 폭발을 일으키는 것입니다. 영감님께서 사용하던 대포알 제조 틀을 조금만 손본다면 쉽게 변형시킬 수 있을 것입니다."

조선에서 2차 폭발을 일으키는 포탄 정도는 이미 오래전에 개발되었기에 별다른 감흥 없이 설명하고 있는 뮤스였지만, 스티치에게 있어서 포탄이라는 개념은 가히 혁신적이라 할 만한 것이었기에 그의 얼굴은 흥분을 감추지 못하고 있었다.

"대단하군! 파우더의 양에 따라 그 위력이 엄청난 차이를 보이겠군. 쓰는 방법에 따라서는 단 한 방으로도 대형 함선 하나 수장시키는 것은 일도 아니겠어!"

그 위력의 대단함에 놀라움을 표하고 있는 스티치의 모습을 보며 뮤스는 씁쓸한 입맛을 다셨다. 상황을 떠나 공학 기술이 남을 해하는 데 쓰인다는 것은 뮤스에게 썩 유쾌한 일이 아니었던 것이다.

"대포알을 녹여서 만들어야 하는데, 그 양이 충분치 않아 적의 사기를 꺾는 정도의 효과밖에는 얻지 못할 것입니다."

"기껏해야 20발 남짓하겠구먼. 그렇다면 그 이후에 수폭뢰라는 것을 사용하는 것인가?"

고개를 끄덕인 뮤스는 팔에 끼고 있던 두 번째 설계도를 펼쳤다.

"이것은 수폭뢰의 설계도입니다. 수폭뢰는 물속에서 폭발을 일으키는 대함선용 무기로써 기폭제인 화약을 나무통에 넣고 화약과 특수 제작된 뇌관을 연결하여 제작합니다. 뇌관은 일정 수위 이상의 진동과 함께 작동되는데, 함선이 지나치다 수면에 떠 있는 수폭뢰를 건드려 진동시키면 바로 그 자리에서 폭발을 일으키는 것이죠."

"흐음… 아무것도 모르고 수폭뢰의 위를 지나가는 함선은 그대로 산산조각이겠군. 생각만 해도 간담이 서늘한걸."

"남에게도 큰 피해를 입힐 수 있겠지만, 설치에 그만큼 위험이 따르기 때문에 극히 조심해야 할 것입니다. 무기에는 적과 아군을 구분하는 눈이 없으니까요."

"알겠네."

대충의 설명이 끝나자 본격적으로 포탄과 수폭뢰의 제작이 시작되었다. 화약을 다루는 작업인만큼 모닥불의 불똥이 날리지 않도록 주의를 기울였고, 양손에 술통을 든 섬의 주민들은 뮤스의 지시에 따라 움직였다. 양국의 황제들 역시 그들을 돕고 있었는데, 꽤나 재미를 느끼는지 열성적으로 참여하고 있었다.

반투명한 유리병에 진회색의 가루를 조심스럽게 채운 시너스는 그것을 카로이트에게 건넸다.

"이것이 바로 화약이라는 마법의 가루로군요. 이런 평범해 보이는 가루가 엄청난 파괴력을 가지고 있다니, 믿기지가 않습니다."

"이것이라면 대륙 전체의 힘의 균형이 깨어지는 것도 시간문제라고 하더군요. 대륙의 어느 국가라도 화약 제조 기술을 가지게 된다면 틀림없이 그 힘을 휘두르려 할 것입니다. 인간의 욕심이란 그런 것이니까요. 그렇게 생각하니 마치 우리는 지금 해서는 안 되는 일을 하고 있는 것 같습니다. 금단의 장소에 발을 들여놓은 듯한……."

"듣고 보니 그렇군요. 황궁으로 돌아간다면 미래를 위해 이 화약이라는 것에 대해 유효성과 폐해를 의논해 보고 그에 걸맞는 규정을 만들어야겠습니다. 언제 화약이 널리 퍼져 대륙을 전쟁터로 만들지 모르는 일이니까요. 귀국에서도 동참해 주었으면 좋겠군요. 하지만 도이첸 제국과 본국은 그리 사이가 좋지 않아서 서로 간의 의견이 잘 수렴될지 모르겠습니다. 하핫! 카롯 경이 훗날 높은 대신이 되어서 저를 도와주시죠."

멋쩍은 웃음을 지은 카로이트는 고개를 끄덕였다.

"도이첸 제국에서도 평화가 깨어지는 것을 바라지는 않을 테니 폐하의 뜻을 받아들일 것입니다."

"그랬으면 좋겠군요."

양국 황제들이 가볍게 주고받은 몇 마디의 대화가 훗날 '야전조약'이라는 이름으로 역사의 한 페이지에 기록되게 된다.

화약이 담긴 병을 건네받은 카로이트는 아교를 사용하여 나무통 내부에 단단히 고정시킨 후 뮤스가 나누어 준 금속 쇠붙이를 병의 구멍에 끼워 넣었다. 뮤스의 설명대로라면 아직 위험한 작업이 없었기에 크게 긴장한 모습은 아니었다.

"이 정도면 실수한 것이 없이 만든 듯한데… 뮤스 원장님, 이것 좀 봐주시겠습니까?"

카로이트의 부름에 사람들 사이에서 수폭뢰 제작을 살피던 뮤스가 다가갔다.

"하하! 수고들 하셨습니다. 그럼 잠시 살펴보겠습니다."

"아직 아교가 조금 덜 굳었을 겁니다."

고개를 끄덕인 뮤스는 나무통의 내부를 들여다보며 꼼꼼히 살피더니 가벼운 미소를 지었다.

"이 정도면 충분합니다. 생각보다 훨씬 손재주가 좋으신 것 같습니다."

이어 뮤스는 가방에서 작은 금속 부품을 조심스럽게 술통에 넣었고, 유리병과 연결된 금속에 부착하여 그 접합 부분을 자세히 들여다보았다.

"지금 설치하는 것은 뇌관입니다. 나무통이 진동되면서 뇌관을 건들게 되면 고압의 전류가 화약으로 전달되면서 폭발을 일으키게 되는 것이죠. 아직은 안전장치를 풀기 전이라 안전합니다."

말을 마친 뮤스는 금속 부품의 상태를 만져 보며 확인하였고, 뚜껑을 덮어 밀봉하였다. 턱을 괴고 뮤스의 이야기를 듣던 카로이트는 의미심장하게 고개를 끄덕이며 입을 열었다.

"은근히 뮤스 원장님께 부탁해서 공학원에서 일을 해볼까 생각했는데 단념해야겠습니다. 무슨 말씀인지 전혀 모르겠으니."

시너스 역시 그를 따라 고개를 끄덕이고 있었다.

피식 웃음을 터뜨린 뮤스는 손을 털며 몸을 일으켰다. 이것으로 수폭뢰의 제작이 어느 정도 마무리되었다고 생각한 그는 양국의 황제들에게 양해를 구한 후 포탄의 제작 상황을 살피기 위해 스티치가 있는 곳으로 자리를 옮겼다.

수폭뢰가 제작되고 있는 장소로부터 조금 떨어진 곳에 작고 허름한 창고가 있었다. 문을 열고 들어서자 후끈한 열기가 얼굴에 와 닿음을 느꼈다. 불길이 치솟고 있는 화덕 앞에는 수건을 머리에 두른 채 땀을 흘리며 일에 정신을 팔고 있는 스티치가 보였는데, 이곳에 딱히 대장장이 기술을 가진 이가 있는 것도 아니었기에 그 혼자서 모든 일을 맡아서 하는 중이었다. 시뻘겋게 달아오른 쇳물을 틀에 부어 넣은 스티치는 한숨을 쉬며 소매로 얼굴의 땀을 훔쳤다.

"후우… 내가 나이가 들긴 든 모양이군, 벌써 눈이 침침한 걸 보니."

"하핫, 젊은이들이라도 여름에 이런 일을 한다면 얼마 버티지 못할 것입니다. 오히려 영감님의 정정한 체력이 이상스러운걸요?"

뮤스의 목소리를 듣고 난 후에야 그가 온 것을 알게 된 스티치는 만면에 웃음을 띠며 반갑게 맞아주었다.

"오! 뮤스 군이군. 밖의 수폭뢰 제작은 거의 다 되어가는가?"

"물론입니다. 워낙 단순한 일이라 마을 분들의 도움으로 거의 다 했답니다. 그래서 영감님을 도우려고 이렇게 왔죠."

스티치는 손을 내저었다.

"고맙지만, 자네 같은 젊은이가 대장장이 일을 할 수 있겠나? 마음은 고맙지만 내가 하겠네. 서투른 사람이 하다가는 오히려 시간만 낭비할 뿐일세."

스티치의 말에 가볍게 웃음을 지은 뮤스는 가방에서 작업용 가죽 장갑을 꺼내 양손에 꼈다. 그리고 스티치가 들고 있던 연장을 받아 든 뮤스는 화덕 가까이로 다가가며 말했다.

"훗, 서툰 실력이긴 하지만 시간 낭비할 일은 없을 겁니다. 영감님은 잠시 쉬세요."

한 발자국 뒷걸음질친 스티치는 묵묵히 뮤스의 행동을 지켜보고 있었다.

뮤스는 편안한 얼굴로 화덕의 불길과 주변의 연장을 살펴보기 시작했다. 모름지기 일을 하기 전에는 자신의 손과 발이 될 연장들이 어디에 있는지 알아야 한다는 드워프들의 가르침이 그의 몸에 밴 것이었다. 필요한 연장들의 위치를 눈에 익힌 뮤스는 거리낌없이 손을 움직이기 시작했다. 대륙 최고의 장인인 드워프들조차 혀를 내두른 뮤스의 실력이 스티치의 눈앞에서 펼쳐지고 있었던 것이다.

치이이익—

쇳물이 식으며 뿌연 수증기가 피어올랐다. 붉게 달아올라 있던 쇳물은 거뭇한 쇳덩이로 변하였고, 단단한 쇠망치에 두들겨 맞은 형틀이 쩌억 입을 열며 사람 머리 크기만한 쇠공이 모습을 드러냈다. 이어 표면을 전뇌공구로 매끈하게 다듬은 뮤스는 한쪽에 쌓아놓으며 볼의 땀을 닦아냈다. 뇌동체술법의 덕으로 피곤함은 없었지만 더운 날씨와 눈앞의 화덕은 그의 땀을 뽑아내기에 충분한 것이었다.

"이제 모두 된 것 같습니다. 뇌관과 화약을 내부에 설치하는 일만 남았군요."

넋을 잃고 뮤스를 지켜보던 스티치는 그제야 정신을 차린 듯했다.

"대, 대단하군. 한 시간도 안 돼서 일을 끝내 버리다니……. 자네는 남을 놀래키는 재주가 남다른 것 같아. 대체 대장장이 일은 어디서 배운 것인가? 아마 어머니 뱃속에서부터 배워 나와도 그렇게까지는 못할 것 같은데."

장갑을 벗어 가방에 넣은 뮤스는 머리를 긁적였다.

"그저 어깨너머로 배운 것일 뿐입니다. 그보다 적들의 움직임은 아직 없는지 궁금하군요."

"다이스 녀석이 잘 주시하고 있을 테니 염려 말게나. 덤벙거려 보여도 전투의 냄새는 귀신같이 맡아내니까 말이야."

"그렇군요. 그보다 이 포탄들을 밖으로 날라야 할 테니 일손이 조금 필요할 것 같습니다."

"내가 다녀오도록 하지. 자네는 뒷마무리를 해주게나."

"부탁드리겠습니다."

아무 일도 아니라는 듯 손을 휘휘 내저은 스티치는 대장간을 나섰다. 그가 사라지는 모습을 본 뮤스는 자신이 준비해 놓은 뇌관장치와 스티치가 만들어놓은 화약을 꺼냈다.

"영감님의 시선이 부담스러워서 일을 마음대로 하지 못했어. 조금 더 서둘러야겠는걸."

스티치가 들었다면 장난쯤으로 치부할 이야기였다. 하지만 뮤스는 자신의 말을 증명해 보이기라도 하듯 빠른 속도로 손을 움직이기 시작했는데, 자신도 모르는 사이 뇌동체술법을 이용하여 작업의 능률을 극대화시키고 있는 뮤스였다.

다이스와 이셉은 망루의 옥상에 앉아 있었다. 하늘과 가까워서인지 점점이 박힌 별들이 유난히 반짝였지만, 그들에게는 그것을 즐길 만한 여유는 없었다. 그저 뮤스가 만든 야시경으로 발라크 일당의 움직임을 살피고 있을 뿐이었다. 들여다보던 야시경을 이셉에게 건네준 다이스는 아쉬운 목소리로 입을 열었다.

"발라크 녀석이 화이트스프린터호에 오르고 있군. 녀석이 예전부터 노리던 것이었으니 당연한 건가?"

그의 말에 불안한 표정을 지은 이셉이 말했다.

"화이트스프린터호가 발라크 아저씨한테 넘어가는 건가요? 그러면 큰일이잖아요! 헬렌 할아버지가 분명히 다이스 형한테 준 거라고 들었는데… 남의 배를 빼앗다니 그런 게 어디 있어! 아버지가 돌아와 준다면 저딴 녀석들 단숨에 처리해 줄 텐데!"

다이스는 울분을 터뜨리는 이셉의 머리를 쓰다듬어 주었다.

"하핫! 곧 되찾을 테니 상관없어. 뭐, 덕분에 어느 정도 시간을 벌게 되었으니 손해날 것도 없지. 발라크 녀석 화이트스프린터호를 손에 넣었다고 들떠 있을 테니, 내부를 살펴보느라 한동안은 공격해 오지 않을 거다. 아마 스티치 할배나 뮤스, 그리고 다른 사람들도 충분한 준비를 할 수 있겠지? 나는 이 사실을 알리러 내려가도록 할 테니 너는 여기서 적의 움직임을 주시해라."

말을 마친 다이스는 몸을 일으키며 망루의 뒤편을 돌아보았다. 공터였던 그곳에는 십여 채의 움막이 지어져 있었는데, 전투 능력이 없는 노인이나 여자, 그리고 아이들이 전투가 벌어질 마을로부터 피해 온 것이었다.

"발라크 녀석, 정말 섬을 등져 버리다니……."

눈살을 찌푸린 다이스는 자신의 주먹을 꾸욱 쥐며 발라크에 대한 적의를 불태우고 있었다.

달이 서쪽으로 기울어져 가고 있을 무렵, 펠컨 섬 해안으로부터 두 척의 소형 보트가 띄워졌다. 각각에는 뮤스와 스티치가 타고 있었고, 그들을 돕기 위해 선발된 섬의 주민들, 그리고 모두가 힘을 모아 만든 수폭뢰가 실려 있었다.

섬에서부터 대략 200멜리가량 노를 저어 나온 두 척의 소형 보트는 서로 갈라졌고, 일정한 간격으로 수폭뢰를 하나씩 바닷물에 빠뜨리기 시작했다. 바닷물 속에 빠진 수폭뢰는 금세 떠올랐는데, 나무통의 공기가 부레 역할을 하고 있는 중이었다. 보트들은 그것을 건들지 않도록 조심스럽게 움직였고, 얼마의 시간이 걸리지 않아 모든 일을 마칠 수 있었다.

잔잔히 전해오는 파도를 타며 떠올라 있는 수폭뢰의 모습을 본 뮤스는 신발을 벗으며 구바닌 산맥에서 쓴 적 있었던 산소호흡기를 꺼내어 입에 물었다. 같은 보트에 타고 있던 화이트스프린터호의 폴트가 물었다.

"무엇을 하려는 건가?"

뮤스는 그를 이해시키기 위해 산소호흡기를 빼며 잠시 입을 열었다.

"지금부터 수폭뢰를 활성화시킬 것입니다. 쉽게 말해 봉인되어 있는 수폭뢰를 깨우는 것이죠. 너무나 위험한 일이라 제가 직접 하는 것이랍니다. 여러분들은 섬으로 돌아가 주세요. 스티치 영감님 배에도 신호해 주시기 바랍니다."

다시 산소호흡기를 입에 문 뮤스는 지체없이 바닷물 속으로 뛰어들었다.

풍덩!

수면 밖으로 고개를 내민 뮤스는 손을 흔들어 보이며 괜찮다는 신호를 하였고, 숨을 들이쉬고 내쉬며 산소호흡기를 시험해 보더니 금세 물속으로 사라져 모습을 감추어 버렸다. 보트 위의 사람들은 한동안 뮤스의 모습이 나타나길 기다려 보았지만, 잔잔한 파도만 밀려들 뿐이었다. 뮤스의 부탁이 있었기에 호기심을 접으며 뱃머리를 돌렸다.

짙은 어둠이 내려앉은 저 먼바다로부터 떠밀려 오는 파도는 쉴 새 없었고, 잘게 부서지는 파도의 포말들은 모래사장으로 스며들었다. 길게 뻗어오던 파도가 갈라지며 검은 물체가 모습을 드러내기 시작했다. 젖은 검은 머리와 대조적인 하얀 얼굴이 드러나고 있었는데, 수폭뢰의 활성화 작업을 마치고 돌아온 뮤스였다.

머리카락의 물기를 털어낸 그는 축 늘어진 바지를 끌며 섬의 주민들이 기다리고 있는 곳으로 걸어갔다. 젖은 발이 모래에 푹푹 빠지며 그의 걸음을 방해하자 뮤스는 천천히 뇌공력을 끌어올렸고, 거대한 기운이 그의 몸을 타고 흐르며 열기를 발출했다. 어깨 위로 아지랑이가 피어오르며 뮤스의 몸이 말라가더니, 섬 주민들의 앞에 섰을 때는 그의 옷가지들까지 모두 말라 버린 이후였다.

스티치는 오늘 들어 많이 놀란다는 생각을 하며 뮤스의 옷소매를 매만져 보았다.

"자네… 사람이 맞기는 한 것인가? 분명 바다에서 나오는 것을 봤는데, 옷이 젖질 않았다니……."

자세한 설명을 할 수 없었던 뮤스는 대충 말을 돌렸다.

"하하… 그저 몸에 열이 많은 체질이라 그렇답니다. 그리고 소폭뢰 설치는 모두 끝났으니 적의 습격은 걱정하지 않으셔도 될 것입니다."

"아무리 몸에 열이 많아도 그렇지……."

여전히 호기심을 감추지 못하고 있는 스티치를 지나치며 다이스를 향해 다가갔다.

"다이스 씨, 지금 적들의 상황은 어떻습니까?"

다이스 역시 이해할 수 없는 상황에 의문을 품었지만, 자존심이 있었기에 그에 대해 묻지 않았다.

"지금 화이트스프린터호에 오르는 발라크 녀석을 확인하고 왔다. 덕분에 어느 정도 시간을 더 벌 수 있을 거야. 녀석은 항상 화이트스프린터호를 가지고 싶어했거든. 어차피 화이트스프린터호가 없으면 별다른 힘을 쓰지 못한다는 것을 녀석도 알고 있을 테니까 느긋하게 때를 기다리며 지켜보고 있겠지. 우리의 불안이 극에 달할 때까지 기다리는 거야."

뮤스는 고개를 끄덕이며 그의 말에 대꾸했다.

"저들은 시간을 끌수록 자신들에게 유리한 것이라 생각하고 있겠군요. 하지만 그것은 말 그대로 착각이 될 것입니다. 그만큼 우리는 많은 준비를 할 수 있을 테니까요."

다이스는 자신만만해하는 뮤스를 불만 어린 눈빛으로 바라보았다.

"네가 신기한 능력을 가지고 있는 것은 인정하지. 하지만 일을 너무 간단히 생각하고 있는 것 같군. 함선 다섯 척을 너무 만만히 생각하고 있는 것 아냐?"

뮤스는 어느 정도 그의 말을 인정하는 듯 고개를 끄덕였다.

"물론 저는 해상전은 겪어본 적은 없습니다. 그러나 한 가지만은 분명히 알고 있습니다. 전투에서 방심만큼 치명적인 것은 없다는 것을요. 우리는 저들에 대해 경각심을 가지고 있지만, 저들은 이쪽을 얕보고 있을 것입니다. 마지막 순간까지 놓지 말아야 할 긴장의 끈을 저들은 간과하고 있는 것입니다. 만약 발라크라는 자가 유능한 병법가였다면, 이미 선제공격을 시작했어야 할 것입니다. 진정한 맹수는 제아무리 만만한 상대에게도 최선을 다해 달려드는 것이니까요."

다이스는 유수처럼 흘러나오는 뮤스의 이야기에 혀를 내두를 수밖에 없었다. 세상 물정을 모르는 샌님으로만 여겼는데, 대할수록 생각의 깊이가 얕지 않음을 느꼈던 것이다. 그가 말뿐인 이론가 나부랭이일지도 몰랐으나 이만한 신념이 담긴 주장을 할 수 있는 인물이라면 충분히 믿을 만하다는 판단이 들었다. 뮤스를 바라보는 다이스의 냉랭하던 눈빛 속에서 한 가닥의 열기가 피어오르고 있었다. 다이스는 뮤스의 앞으로 천천히 손을 내밀며 말했다.

"너의 세 치 혀가 내 무거운 심장을 움직이게 만드는군. 힘을 한번 합쳐 보는 것도 나쁘지 않을 것 같아."

뮤스는 투명한 미소를 입가에 그리며 그의 손을 마주 잡았다.

"제 능력이 닿는 한 도와드리도록 하죠."

그들의 대화를 듣고 있던 카로이트와 시너스, 그리고 스티치 역시 귓가로 자신들의 심장이 뛰는 소리가 들려오는 듯했다. 긴장과 흥분, 설레임이 한데 뒤섞인 오묘한 느낌이 그들의 전신을 타고 흐르는 느낌이었다.

뮤스와 그의 일행, 그리고 펠컨 섬의 사람들은 피로를 풀기 위해 잠시 눈을 붙이기로 했다. 언제 있을지 모를 접전을 위한 체력을 안배하기 위한 것이었다. 일정 시간마다 교대할 불침번을 제외한 이들은 각자 나무에 기대거나 모래사장에 누워 잠을 청하기 시작하였다. 양국의 황제들 역시 로젠에게 휘둘리며 얻은 피로를 풀며 길게 뻗은 활엽수 아래에 몸을 뉘었다. 담요를 허리 아래까지 덮은 시너스는 잠이 안 오는 듯 입을 열었다.

"카롯 경, 불안하시지 않습니까? 저는 도무지 불안해서 잠이 오지 않을 듯하군요."

하늘을 올려다보며 눈을 끔뻑이던 카로이트는 시너스의 옆모습을 보며 대답했다.

"저 역시 불안하기는 매한가지랍니다. 하지만 뮤스 원장님이 하는 일이니 믿을 뿐이죠. 분명 이번 일도 멋지게 성공시키리라 믿고 있답니다. 폐하께서도 조금 눈을 붙이도록 하십시오. 충분히 휴식을 취하지 못한다면 전투에서 제 힘을 발휘하지 못할 테니까요."

답답한 한숨을 허공에 퍼뜨린 시너스는 담요를 가슴으로 끌어올리며 눈을 감았다. 하지만 카로이트 역시 시너스와 크게 다를 바 없는 듯 잠을 청하여 보았지만, 쉽사리 잠이 들지 않고 있었다. 자신의 옷 속의 강화체 갑을 만지작거리며 마음을 진정시키고 있었다.

같은 시간, 뮤스는 한적한 해변의 바위 위에 가부좌를 틀고 앉아 있었다. 전투에 대비하여 몸의 상태를 최적으로 만드는 동시에 잠을 자지 않고서도 맑은 정신을 유지하는 효과가 있었기에 뇌동심결을 운기하는 중이었다. 뇌동심결의 특성상 어떠한 자세든 상관없이 운기할 수 있었지만, 오랫동안 취해온 자세인만큼 뮤스에게 편안한 것이었다.

약 한 시간가량을 그렇게 운기하던 뮤스는 천천히 눈을 떠 자신의 몸을 내려다보았다. 자신의 기경팔맥으로 뇌공력을 움직여 보던 뮤스는 점차 몸이 가뿐해지는 것을 느꼈고, 점차 뇌공력의 양을 늘리더니 금세 자신의 전신이 은은한 금광으로 물드는 것을 볼 수 있었다. 그러다 말고 당황한 얼굴을 한 뮤스는 급히 뇌공력을 거두어들이며 중얼거렸다.

"흠… 불과 이성의 뇌공력을 끌어올렸을 뿐인데도 체외로 뇌공력이 발현될 줄이야… 뇌동심결이 화후에 이른 건가?"

비교 대상이 없었기에 자신의 뇌공력이 어느 정도나 되는지 알 길이 없었지만, 스스로 감당하기조차 부담스럽다는 것을 은연중에 느끼는 뮤스였다. 그렇게 생각에 빠져 있던 뮤스는 피식 웃으며 말을 이었다.

"어차피 지금까지의 모든 일들이 말도 안 되는 일이었지. 이제 와서 새삼스럽게 놀라는 것이 더 이상한 일일지도……."

현실을 담담히 받아들이던 뮤스는 잠시 입을 다물며 청각을 곤두세웠다. 아주 미약하긴 하지만 모래 밟는 발자국 소리가 그의 귀를 타고 들려온 것이다. 그것이 몸무게가 얼마 나가지 않는 여인의 것임을 알 수 있었다. 쉽게 그 정체를 짐작할 수 있었던 뮤스는 시선조차 돌리지 않은 채 말했다.

"잠이 오지 않으신가 보군요, 로젠 양. 아무리 그래도 피신처에서 내려오시면 위험하답니다. 언제 전투가 벌어질지도 모르는데."

뮤스의 짐작이 맞은 듯 발자국 소리가 멈추며 듣기 좋은 여성의 목소리가 흘러나왔다.

"어머! 저인 줄 어떻게 아셨죠? 보지도 않고서."

고개를 돌린 뮤스는 머리를 긁적이며 대답해 주었다.

"원래 저는 바람의 정령과 대화를 할 수 있죠. 실프가 와서 말해 주더군요, 로젠 양이 찾아올 거라고."

"어머? 정말요?"

눈을 반짝이며 자신의 말을 그대로 믿고 있는 그녀의 모습에 뮤스는
피식 웃음을 터뜨렸다.

"하핫! 농담이었어요. 제가 엘프도 아닌데 무슨 수로 정령을 부릴 수
있겠어요?"

로젠을 혀를 삐죽 내밀었다.

"치! 스티치 할배가 워낙 대단하다고 칭찬을 해서 그런 능력도 있는
줄 알았죠."

로젠은 치마를 접으며 뮤스의 옆 자리에 앉았다. 그리곤 뮤스가 바라
보던 바다를 살펴보며 입을 열었다.

"뮤스 씨는 여기서 뭘 하고 있었죠?"

"밤바다를 구경하고 있었어요. 발라크라는 자의 움직임도 지켜볼 겸."

"곧 전투가 있을지도 모르는데 안 자도 되는 건가요? 오늘 하루종일
바쁘게 일하느라 피곤했을 텐데."

"보기에는 이래도 제법 건강하거든요. 하루 정도는 자지 않아도 상관
없답니다."

의심스런 눈빛을 띤 로젠은 은근한 목소리로 물었다.

"혹시… 뮤스 씨도 불안해서 잠이 안 오는 것이 아닌가요?"

"뭐… 그렇다고 해두죠."

별다른 변명 없이 인정해 버리자 재미가 없어진 로젠은 더 이상 추궁
하지 않았다. 그렇게 둘 사이에 어색한 분위기가 조성되려 할 때, 로젠이
먼저 말을 꺼냈다.

"고마워요, 뮤스 씨."

"……."

뮤스는 조용히 그녀의 이야기를 듣고만 있었다.

"저희 오빠는 독선적인 면이 있어서 남의 도움을 받는 것을 죽기보다 싫어해요. 그런 모습이 항상 저를 불안하게 하죠. 뮤스 씨가 오빠를 도우려 한다는 말을 들었을 때 기뻤지만, 한편으로는 오빠가 도움을 받지 않으려 할까 봐 걱정을 많이 했어요. 하지만 이제 오빠가 뮤스 씨를 인정한 것 같아 마음이 든든해요. 저희 오빠를, 아니, 저희 마을을 도와주셔서 고마워요."

사실 다이스를 돕는다기보다는 양국 황제들의 안전을 위한 일이라는 것을 떠올린 뮤스는 머쓱한 표정을 지었다.

"하하··· 별말씀을요."

이제 자신이 하고자 했던 이야기를 마친 로젠은 홀가분한 얼굴을 하며 자리를 털고 일어났다.

"이제 그만 망루로 올라가 봐야겠어요. 직접 싸우지는 못하겠지만 짐이 되지는 않아야 하니까요."

뮤스가 그녀의 배웅을 위해 몸을 일으키려 할 때 로젠은 허리를 숙이더니 어정쩡한 자세를 취하고 있던 뮤스의 볼에 입을 맞추었다.

쪼옥.

갑작스런 그녀의 행동에 뮤스는 얼떨떨한 표정을 지으며 그 자리에서 굳었고, 얼굴을 분홍빛으로 물들인 로젠은 바위에서 사뿐히 뛰어내리며 뮤스에게 손을 흔들어 보였다.

"작은 선물이에요! 잘 자요, 뮤스 씨!"

"이, 이건……."

총총걸음으로 사라지는 로젠을 보며 뮤스는 멍한 얼굴을 하고 있을 뿐이었다.

그때 그곳으로부터 얼마 떨어지지 않은 바위 뒤에서 누군가의 소곤거림이 흘러나왔다.

"호오… 이거 아무 생각 없이 돌아다니다 좋은 구경을 해버렸군요. 로젠 양이 뮤스 원장님을 마음에 품고 있었던 건가?"

또 다른 목소리가 그의 말을 받았다.

"무슨 대화가 오고 갔는지 알 수는 없지만, 아무래도 그런 것 같습니다. 역시 남자는 능력있고 봐야 한다는… 공학 기술뿐만 아니라 여자 꼬시는 일에도 일가견이 있을 줄이야. 혹시 그래서 낮에도 로젠 양이 우리들만 부려먹었는지 모르겠습니다."

바로 잠이 오지 않아 산책을 하던 카로이트와 시너스였는데, 카로이트는 짐짓 진지한 낯빛을 하며 중얼거렸다.

"하지만 뮤스 원장님께는 카타리나 양이 있는데… 흠, 일종의 외도인가? 아무튼 남자는 잠깐 눈을 팔면 이런 일을……."

"뭐 어떻습니까? 둘 다 부인으로 두면 될 것인데 말이죠."

아직 성년이 되지 않은 시너스의 대담스러운 대답에 카로이트는 잠시 당황했지만 금세 이해하는 듯했다.

"아! 그리고 보니 듀들란 제국은 일부다처를 허용하는 국가였군요. 하지만 뮤스 원장님은 도이첸 제국의 국민이니 그럴 것 같지는 않군요."

"에… 책에서 보니 세상의 남녀 일은 아무도 모르는 법이라고 하더군요. 한데 카롯 경은 연인이 없으십니까? 아니면 사모하는 분이라도……."

갑자기 대화의 대상이 되어버린 카로이트는 당황하며 손을 내저었다.

"하… 핫! 어, 없습니다. 연인은요, 무슨……."

그의 대답에 반가운 얼굴을 한 시너스는 쑥스러워하는 카로이트의 두 손을 잡으며 말했다.

"그렇다면 혹시라도 저희 누님은 어떻겠습니까? 예전에는 성격이 좀 모났었지만 지금은 많이 좋아졌고, 외모 또한 그만하면 빠지지 않는데 말이죠. 사실 누님이 한때 장영실 경을 사모했던 듯한데, 장영실 경이 받아들이지 않아서 한동안 많이 힘들어했답니다. 하지만 카롯 경이라면 누님도 마음에 들어하실 것입니다. 도이첸 제국 외교대신의 조카시라면 집안도 훌륭하고, 박식하시니 충분히 말이 통할 테니까요."

카로이트는 시너스의 말에 너무나 놀란 나머지 다급성을 터뜨렸다.

"에엑! 무, 무슨 말씀이십니까? 누님이라면 케티에론 황녀님을 말씀하시는 것입니까?"

그의 목소리가 너무 컸던 나머지 뮤스의 귀에까지 들어가고야 말았다. 잠시 주변을 두리번거리던 뮤스는 목소리가 들려온 곳으로 걸음을 옮겼다.

"거기 누가 계십니까?"

분명 카로이트의 목소리라는 것을 알 수 있었지만, 어디에도 그의 모습은 보이지 않고 있었다. 어깨를 으쓱인 뮤스는 이상하다는 듯 고개를 갸웃거렸다.

"음, 로젠 양의 행동 때문에 신경이 과민해진 건가? 헛소리가 들리는군."

그렇게 결론을 내린 뮤스는 아쉬움없이 몸을 돌렸다.

뮤스의 모습이 사라지자 바위의 옆면에서 안도의 한숨 소리가 흘러나왔다.

"휴우… 들킬 뻔했군요. 다시는 그런 농담을 하지 말아주셨으면 합니다. 정말 놀랐답니다. 그만 잠자리로 돌아가도록 하죠."

"흠… 농담이 아니었는데."

시너스의 말을 흘려들은 카로이트는 먼저 앞장을 섰고, 불만스러운 듯 볼에 바람을 집어넣은 시너스 역시 그의 뒤를 따랐다.

　자리에 누운 카로이트는 한 시간이나 잠을 이루지 못하며 뒤척였다. 시너스의 이야기를 들은 후부터 눈앞에 케티에론 황녀의 모습이 아른거렸기 때문이다. 푸른 눈망울이 유독 아름답게 느껴지던 그녀는 카로이트의 기억 속에서 웃음 짓고 있었고, 기관열차에서 나누었던 대화들이 그의 귓가에 맴도는 것이었다. 카로이트는 고개를 세차게 내저으며 스스로를 나무라기 시작했다.

　"이게 무슨 짓인지 모르겠군. 아마 황실의 대신들이 알게 된다면 극구 반대하고 나설 것이 분명한데. 시너스 황제는 괜한 이야기를 해가지고……."

　자신의 옆 자리에서 이미 깊은 잠에 빠진 시너스를 보며 원망스러운 눈빛을 보냈다. 이미 잠자기는 틀렸다고 생각한 카로이트가 담요를 걷어내며 몸을 일으킬 때였다. 그의 몽롱한 정신을 번쩍 들게 하는 종소리가 울려 퍼지고 있었다.

　따앙! 따앙! 따앙!

　쉬지 않고 울리는 종소리의 의미는 적의 침입이었고, 그 점을 이미 알고 있었던 카로이트는 시너스를 급히 흔들어 깨웠다.

　"폐하! 어서 일어나십시오! 적들이 움직이기 시작했습니다!"

　하지만 눈꺼풀을 짓누르고 있는 잠 귀신을 쫓아내지 못한 시너스는 눈을 뜨지 못한 채 중얼거렸다.

　"으아아암… 으음, 뭐라고 하셨죠?"

　"적이 쳐들어오고 있단 말입니다! 어서 일어나십시오!"

　카로이트의 다급성에 굴하지 않은 시너스는 담요를 끌어당기며 다시 자려 했다. 하지만 뮤스의 등장으로 뜻을 이루지 못하였다. 어디선가 달려온 뮤스는 시너스를 가볍게 어깨에 들쳐 메고, 카로이트에게 따라오라는 신호를 하며 걸음을 재촉했다.

"두 분께서는 지금부터 무슨 일이 있더라도 일신의 안전을 최우선시하셔야 하는 것을 명심해 주십시오."

너무나 진중한 목소리에 카로이트는 별다른 말 없이 고개를 끄덕였다.

뮤스와 양국의 황제들이 도착한 곳은 섬의 중간쯤에 위치한 석조 건물이었다. 그곳에는 스티치와 몇몇 장정들이 대기하고 있는 중이었는데, 바다를 향해 뚫려 있는 벽의 틈으로 두 문의 캐논이 설치되어 있었고, 그 뒤로는 뮤스와 스티치가 만든 이십여 개의 포탄이 쌓여 있었다. 시너스를 바닥에 내려놓은 뮤스는 스티치에게 가볍게 인사하며 양국의 황제들을 향해 말했다.

"아마도 곧 전투가 벌어질 이 섬에서 이곳이 가장 안전할 것입니다. 두 분께서는 이곳에 계셔주십시오."

카로이트는 그의 말에 반발하며 말했다.

"그렇다면 우리는 여기서 구경만 하라는 것입니까? 비록 전력에 큰 도움이 되지 않더라도 함께 싸우고 싶습니다. 검술은 어려서부터 배워 어느 정도의 실력을 갖추고 있는 것을 아시지 않습니까?"

잠시 카로이트의 말을 자른 뮤스는 가볍게 웃었다.

"두 분께 구경만 하라는 것은 아닙니다. 두 분이 이곳에서 해주셔야 할 중요한 일이 있습니다."

카로이트는 진정하며 그의 이야기를 들었고, 어느 정도 잠에서 깬 시너스 역시 귀를 기울였다.

"캐논을 발사하는 데 있어서 가장 중요한 것은 명중률입니다. 모르시겠지만 캐논으로부터 발사된 포탄은 직선으로 날아가는 것이 아니라 포물선을 그리며 날아가기 때문에 치밀한 계산이 있어야만 명중률을 높일 수 있는 것입니다. 포탄이 불과 이십여 개밖에 없는 현 상황에서 명중률이 중요한 것은 말하지 않더라도 잘 아실 겁니다. 두 분께서는 분명 교양 과목으로 수학에 대한 교육을 받으셨을 겁니다. 제가 거리 계산 공식을 써드리겠으니 두 분께서는 스티치 영감님과 함께 캐논 발사를 도와주셨으면 합니다. 지금 이 섬에서 두 분만이 하실 수 있는 일이랍니다. 아시겠습니까?"

뮤스의 설명에 카로이트는 수긍할 수밖에 없었다. 애초 수학이란 극히 제한된 계층의 사람들만이 배울 수 있는 학문이었기에 자신들 외에는 이 일을 맡을 사람이 없음을 잘 알고 있었던 것이다. 더 이상 뮤스를 붙잡고 있을 시간이 없음을 느낀 카로이트는 그의 짐을 덜어주고자 입을 열었다.

"부디 뮤스 원장님도 무사하셨으면 합니다. 건투를 빌겠습니다."

고개를 끄덕인 뮤스는 스티치를 보며 말했다.

"영감님, 이 두 분을 잘 부탁드리겠습니다."

스티치는 대답 대신 엄지손가락을 치켜들어 보였다. 품 안에서 작은 종이를 꺼낸 뮤스는 그것을 카로이트에게 건넸다.

"이것이 거리를 계산하는 공식입니다. 혹시라도 몰라 계산 방법을 적어놓았으니 참고하십시오. 저는 다이스 씨에게 가보도록 하겠습니다."

아직도 양국의 황제들이 걱정되었지만 불안한 감정을 단숨에 외면한 뮤스는 등을 돌리며 자리를 떠났다. 카로이트는 뮤스의 안녕을 빌며 그가 건넨 종이를 굳게 쥐었다.

해변의 모래사장으로부터 조금 떨어진 곳에 방어진을 구축하고 있는 다이스와 그의 부하들, 그리고 섬의 주민들은 발라크와 그 일당들의 움직임을 주시하고 있었다. 아련하게 들려오는 북소리와 함께 그들의 선박으로부터 30척에 달하는 소형 보트가 내려졌고, 그 위에는 각각 20명 정도씩의 사내들이 각양각색의 무기들을 쥔 채 타고 있었다. 어림잡아도 500명이 훌쩍 넘는 적의 움직임에 불과 200명 남짓한 다이스 측은 마른침을 삼켰다.

"으음… 엄청나게 몰고 와버렸군, 발라크 녀석. 뮤스가 만든 것들이 얼마나 적의 수를 줄여줄지는 몰라도 엄청난 혈전을 치러야겠는걸?"

혼잣말을 중얼거린 다이스는 자신의 뒤편에 서 있는 아군의 얼굴을 살폈다. 비록 그 수는 200명 정도라 해도, 자신의 부하 100여 명을 뺀 나머지는 전투를 경험한 적이 거의 없는 일반인들이었다. 다이스는 신을 믿지 않았지만, 자신의 객기만으로 해결될 수 없는 일이었기에 지금 이 순간만큼은 그 어떤 신이라도 붙잡고 싶은 심정이었다.

그때 급한 발자국 소리가 들리며 뮤스가 모습을 드러냈다.

"이런, 벌써 보트를 내리기 시작했군요. 보트 30척이라니, 생각보다 많은 인원인걸요?"

다이스 곁으로 다가온 뮤스는 냉정한 목소리로 상황을 주시하기 시작했다.

"아직 저쪽은 전투 대비를 하지 않은 상태일 것입니다. 아마도 이렇게 먼 거리에서 공격해 오리라고는 생각도 못하겠죠?"

뮤스의 물음에 다이스는 얼떨결에 고개를 끄덕였다.

"그렇겠지. 발라크 녀석은 캐논이라는 무기가 있다는 것을 모르고 있을 테니까. 석궁이나 화살, 대함선용 화살조차도 도달할 거리가 아니니 안심하고 있을 거야. 그게 당연한 거고. 만약 지금 바로 선제공격을 가한다면 가슴이 철렁 내려앉겠지?"

다이스가 씨익 웃으며 뮤스를 바라보자 그 의미를 알아들은 뮤스는 임시로 만든 축척기를 꺼내 들며 적함과의 거리와 방향을 재었다. 그리곤 원거리통신기를 통하여 정보를 전달하기 시작했다.

"스티치 영감님, 지금부터 캐논을 발포합니다. 서향 24도. 거리 350멜리. 서향 27도 370멜리. 캐논 발포."

혼잣말을 중얼거리는 듯한 뮤스의 행동에 다이스는 고개를 갸웃거렸다. 하지만 그에 대한 반응은 즉각적인 것이었는데, 섬의 중턱에서부터 섬 전체를 떨어 울리는 굉음이 터져 나오는 것이었다.

콰광! 콰광!

다이스를 비롯하여 그의 부하들과 섬의 주민들은 갑작스러운 굉음에 귀를 막으며 몸을 숙였고, 그 놀라움에 숨까지 죽여야만 했다. 하지만 놀라움은 거기서 그치지 않았다. 섬 쪽으로 불어오는 바람을 가르며 날아간 포탄은 발라크의 다크윈드호와 그 양옆에 정박해 있는 두 척의 함선 바로 앞에 떨어졌다. 함선을 직접 맞히지 못한 것에 대한 아쉬움을 표현하기도 전에 두 번째 폭발음이 섬으로 전해졌다.

콰과과광! 콰과광!

포탄이 떨어진 곳에서 엄청난 높이의 물기둥이 솟아올랐는데, 그것은 함선의 메인 마스트의 높이보다 높았고, 그와 동반된 파문 역시 단순한 것이 아니었다. 거대한 함선을 심하게 흔들 만한 바닷물의 파문이 덮쳐 들자 소형 보트들은 나뭇잎처럼 휩쓸려 버렸고, 함선에서 내려오던 보트들은 균형을 잃고 뒤집히며 바닷물 속으로 처박히고 있었다.

캐논의 위력을 체험하며 두 눈에 붉은 핏발을 세우고 있는 인물이 있었으니, 묵색의 거대한 검 두 자루를 갑판 바닥에 꽂아 잡으며 흔들리는 다크윈드호에서 균형을 유지하고 있는 발라크였다.

방금 전만 하더라도 뺀질뺀질한 다이스를 치기 위해 나아가는 자신의 부하들을 보며 득의의 미소를 짓고 있었지만, 청천벽력과도 같은 폭발음과 동시에 그의 인상은 잔뜩 찌푸려지게 된 것이었다.

"대, 대체! 이게 무슨 일이란 말이냐!"

웬만한 파도에는 꿈쩍조차 하지 않는 대형 함선인 다크윈드호가 알 수 없는 공격으로 요동치자 다급함과 불안감이 동시에 엄습한 것이었다. 그는 재빨리 주변을 둘러보았다. 먼저 내려진 보트들의 절반이 파도에 휩쓸려 뒤집혀 있었고, 낯익은 얼굴의 부하들은 수면에서 허우적거리는 중이었다. 아무리 수영에 능한 바다 사나이들이라 해도 이렇듯 휘몰아쳐 오는 파도 속에서는 그저 바다에 내던져진 어린아이와 진배없었던 것이다. 이를 꽉 문 발라크는 신음성을 토하며 외쳤다.

"닻을 올리고 당장 노잡이들은 노를 잡아 배를 움직여라! 적의 공격권 밖으로 움직인다!"

하지만 대부분의 노잡이들은 바닷물 속에서 허우적거리는 중이었기에 그의 명령이 제대로 이루어지기에는 무리가 있었다. 그러한 와중에도 상대의 공격은 계속되어지고 있었다.

배를 드러낸 채 뒤집혀진 소형 보트들을 보며 자신들의 공격이 효과가 있음을 알게 된 뮤스는 내심 쾌재를 불렀다. 기왕 잡은 호기를 놓칠 수 없었기에 그의 입은 멈출 줄을 몰랐다.

"서향 27도. 거리 348멜리. 서향 29도. 거리 330멜리."

그의 말이 떨어지기가 무섭게 캐논의 발포음이 이어지기 시작했다.

한편, 카로이트와 시너스는 정신이 없었다. 원거리통신기라는 이름을 가진 신기한 물건에서 뮤스의 목소리가 흘러나오면 그들은 뮤스가 건네준 공식에 따라 캐논의 발포각을 계산해야 했기 때문이다.

"아르고(첫 번째 목표) 발포각 32.4도!"

"베르트(두 번째 목표) 발포각 31.2도!"

카로이트와 시너스의 말을 들은 스티치는 두 문의 캐논을 만졌다. 손쉽게 각각의 발포각을 조정한 그는 부하들에게 손짓을 했고, 두 명씩 조를 이룬 부하들은 재빠르게 포탄을 날라 와 파우더와 함께 포신에 넣었다. 나머지 두 명의 부하는 심지를 꽂아 불을 붙였는데, 즉각적인 발포를 위해 짧은 심지를 이용하고 있었다.

콰과광! 콰광!

캐논의 폭발음과 반발력에 의해 주변의 인물들은 귀가 멍해옴과 동시에 강한 진동을 느꼈고, 천장에서는 돌가루가 후두둑 떨어져 내렸다. 하지만 그것에 신경 쓰고 있는 인물은 아무도 없었다. 몇 번에 걸쳐 발포를 하자 이미 그것에 익숙해져 버린 것이다.

포탄이 날아간 곳을 기대에 찬 눈빛으로 바라보던 스티치는 주먹을 머리 위로 들어올리며 환호성을 지르기 시작했다.

"와호! 이번에는 직격을 해버렸어! 가장 왼쪽에 있는 함선의 헤드피겨(뱃머리의 조각)를 뚫고 가버렸다고!"

그러나 캐논의 진정한 위력은 그 정도가 아니었다. 아련한 굉음이 저 멀리서부터 전해오는가 싶더니 포탄이 직격한 함선의 갑판이 산산조각 나 버리며 허공 높이 비상하는 것이었다.

"호오… 상당히 많은 녀석들이 골로 가버렸겠구먼. 저 정도 충격이라면 용골이(배의 형태를 지지하는 기둥) 뒤틀릴 만한데."

대부분의 인원들이 펠컨 섬을 공격하기 위해 하선했던 까닭에 인명 피해는 스티치의 예상만큼 크지 않았다. 그러나 어디까지나 인명 피해가 적다 뿐이지 함선이 입은 피해는 엄청난 것이었는데, 폭발의 충격으로 용골이 뒤틀린 함선은 스스로의 무게를 이기지 못한 채 선체가 부서져 나가기 시작했고, 구멍이 나버린 배 밑면으로 바닷물이 들이닥치고 있었다. 그렇게 함선이 바닷물에 잠기기 시작하자 선원들은 모든 것을 포기한 채 바닷물로 뛰어들었다. 나름대로 해적선으로서 대양을 주름잡던 함선 한 척이 캐논 한 방으로 수장되고 있었다.

신이 난 것은 스티치뿐만 아니었다. 카로이트와 시너스 역시 서로의 손을 붙잡고 환호하고 있었는데, 무엇인가 해냈다는 기쁨이 그들의 마음을 들뜨게 만들고 있었다.

"하하핫! 정말 대단하군요! 이 캐논이라는 무기만 있으면 저런 적들은 얼마든지 막아낼 수 있을 겁니다!"

"물론이죠! 단 한 방으로 함선을 가라앉힐 만한 위력을 가진 무기인데 제아무리 적의 수가 많더라도 상대할 수 있을 것입니다."

물론 그들의 생각대로 캐논이 대단한 위력을 가진 무기이고, 둘의 계산 덕에 명중률이 비약적으로 늘게 된 것은 사실이었다. 하지만 아직까지는 그리 낙관적인 상황이 아님을 잘 알고 있는 스티치였다. 그는 캐논의 뒤에 쌓여 있는 포탄의 개수에 자꾸 눈이 갔는데, 이제 겨우 한 척의 함선을 침몰시켰을 뿐인데 포탄의 잔량은 대여섯 개뿐이었다. 그러나 아직 수폭뢰라는 2차 저지망이 바닷물 속에서 잠을 자고 있다는 사실이 조금이나마 그의 걱정을 덜어주고 있었다.

펠컨 섬으로부터의 포격은 한동안 계속되었다. 포물선을 그리며 날아온 검은 포탄은 발라크의 함선 주변에 떨어지며 선상의 인물들과 바닷물에서 허우적거리는 인물들을 동시에 괴롭혔고, 아무런 대책을 세우지 못한 발라크 일당들은 포격이 멈출 때까지 손을 놓은 채 당하고만 있을 수밖에 없었다.

발라크는 자신이 해적질을 시작한 이후로 가장 치욕적인 패배를 당한 날이라 생각하며 이를 갈고 있었다. 다이스에게 치명적인 공격을 하기는커녕 불과 한 시간 만에 다섯 척의 함선 중 두 척이나 잃게 되는 결과를 가지고 온 것이었다.

상대의 포격이 멈추자 발라크는 가슴속에서 치밀어오르는 화를 꾹꾹 누르며 외쳤다.

"선원들을 건져 올려라! 인원이 충당되는 대로 전 함선은 200밀리 퇴진한다!"

자존심 때문에라도 퇴진이라는 말을 입에 담기가 껄끄러운 것이 사실이었다. 하지만 방금 전의 공격으로 인해 입은 피해는 자존심을 넘어 현실을 자각시켜 주기에 충분했기에 그의 결정은 거리낌이 없었다. 한 시간가량을 바쁘게 수습한 발라크 일당들은 함선을 퇴진시키기 시작했다.

125장 발라크의 역습

파직!

홧김에 던진 나무 술잔이 벽에 부딪치며 바닥으로 나뒹굴었다. 씩씩거리는 콧바람을 내쉰 발라크가 화를 삭이며 창밖의 저물어가는 태양을 내다보고 있을 때, 등 뒤로부터 귀에 거슬리는 쉰 목소리가 들려왔다.

"이번 일의 책임은 발라크 선장에게 있소. 화이트스프린터호를 빼앗겨 다이스가 아무런 힘도 없을 것이라 장담했는데 이게 대체 어떻게 된 일이오! 단 하루 만에 내 라이트버드호를 포함해서 두 척의 함선이 수장되었는데, 이 책임을 어떻게 할 생각인지 말해 보시오! 당신의 달콤한 말에 속아서 이번 일에 끼어든 것이 후회스러울 지경이오!"

비쩍 마른 얼굴이 볼품없어 보였지만, 눈에는 흉흉한 광기가 서려 있는 인물이었다. 발라크는 그의 말에 신음을 흘렸다.

"좋소. 화이트스프린터호가 내 손에 들어왔으니 이번 일이 끝나면 이 다크윈드호를 당신에게 주겠소! 그 구닥다리 라이트버드호보다는 훨씬 신형 기종이니 만족할 거요. 그러니 그 재수없는 입 좀 다물어주겠소?"

그의 말이 끝나자 맞은편에 앉아 있던 대머리사내 역시 입을 열었다.

"그럼 나의 스팅거호는 어떻게 배상하겠나? 자네에게 함선이 여러 척이 있는 것도 아닐 텐데."

자신과 담합했던 선장들의 불만이 불거져 나오자 자신의 성질을 이기지 못한 발라크는 테이블을 부술 듯 내려치며 외쳤다.

꽝!

"빌어먹을! 이번 일만 끝나면 충분히 보상해 줄 테니 괜한 생각들 말고 이 일을 해결할 생각들이나 하란 말이오!"

그의 말에 주눅 들었는지 웅성거리던 실내는 잠잠해졌다.

똑똑!

노크 소리에 발라크가 귀를 움직였다.

"어떤 녀석이냐! 회의 중이라고 방해하지 말라고 했을 텐데!"

으르렁거리는 발라크의 외침에 깜짝 놀랐는지 조심스러운 목소리가 들려왔다.

"화, 화이트스프린터호에서 발견한 것이 있어서 가지고 왔습니다. 분명 선장님이 보시면 기뻐하실 것 같아서 이렇게 급히 찾아왔습니다."

잠시 주변을 둘러본 발라크는 기분을 조금 수그러뜨렸다.

"들어와 봐!"

그의 말이 떨어지자 한 왜소한 사내가 두 손에 큼직한 종이를 한 장 들고 들어왔다. 그것을 받아 든 발라크는 테이블 위에 펼쳤는데, 어지러운 도형과 수치가 빼곡히 기입되어 있는 설계도였다.

"이게 뭐라는 거야?"

발라크가 되묻자 사내는 조심스러운 어조로 대답했다.

"아, 아마 녀석들이 우리를 공격했던 그 무기의 설계도로 생각됩니다.

캐논이라는 이름으로 부르는 것 같은데, 거대한 쇠 구슬을 날려 보내는 무기이죠."

"그래?! 계속해서 설명을 해보라고!"

"스티치 영감이 만든 것 같은데, 운 좋게도 화이트스프린터호의 뱃머리에 이 캐논이라는 무기가 탑재되어 있었습니다."

"그럼 우리도 이 캐논인가 뭔가 하는 걸 쓸 수 있다는 거냐?"

"해본 적은 없지만 설명이 자세히 써져 있어서 충분히 가능할 겁니다."

"푸하하하하! 좋아, 좋아! 그렇다면 기다릴 것도 없지! 당장 화이트스프린터호의 뱃머리를 펠컨 섬으로 돌리도록 해!"

"예! 써!"

짧게 대답한 왜소한 사내는 급히 밖으로 나갔고, 발라크는 설레는 기분을 느끼며 턱을 매만졌다.

"흐흐흣… 하늘이 돕는군 그래. 스티치 영감탱이 능력은 알아줘야겠어. 어느새 이런 무기를 만들어내다니 말야. 하지만 제 무덤을 판 것이라고는 생각 못하고 있겠지? 펠컨 섬을 폐허로 만들어 버리겠다."

기분 나쁜 웃음을 흘리는 발라크를 보며 다른 해적선의 선장들 역시 기대감 섞인 얼굴을 하고 있었다.

한번 퇴진한 발라크가 별다른 움직임을 보이지 않은 덕분에 하루를 더 버틸 수 있었던 뮤스 일행과 펠컨 섬의 사람들은 한숨을 돌리며 저녁 식사를 하고 있었다. 소강 상태이긴 했지만 전투 중이었기에 간소한 식사였다. 그러나 한차례 전투에서 승리했던 만큼 입맛은 한껏 달아올라 있었다.

양국의 황제들과 둘러앉아 빵 조각을 뜯던 뮤스는 그들의 얼굴을 보며 입을 열었다.

"두 분 오늘 무척이나 잘해주셨습니다. 덕분에 적 함선을 두 척이나 침몰시킬 수 있었구요."

그의 칭찬에 쑥스러움을 느끼긴 했지만 스스로도 자신들이 자랑스러웠기에 미소로 받아들였다. 시너스가 말했다.

"그보다 황실 함대가 와준다면 저쪽의 함선 몇 척쯤이야 순식간에 박살 낼 수 있을 텐데… 아쉽습니다."

우물거리며 씹던 빵을 삼킨 뮤스는 태양이 반쯤 몸을 숙인 수평선을 보며 대답했다.

"제가 이곳의 해도를 황실 함대에 전했으니 머지않아 어떠한 조치를 취할 것입니다. 부디 그때까지 저들의 공격을 막아내야 할 텐데 말이죠. 비록 지금 우세를 잡았다고는 하지만 어떠한 일이 벌어질지 아무도 짐작할 수 없으니 안심할 수가 없군요."

카로이트는 과일즙으로 갈증을 해소하며 이야기에 끼어들었다.

"하핫! 하지만 캐논 몇 발에 꽁지를 빼는 적의 모습을 보셨지 않습니까? 어쩌면 벌써부터 공격하는 것을 포기하고 돌아갈 생각을 하고 있을지도 모르는 일이죠."

"카롯 경의 말씀대로만 된다면 얼마나 좋겠습니까마는……."

말끝을 흐리고 있는 뮤스는 그 정체를 알 수 없는 불안감이 피부를 파고드는 것을 느꼈다. 그들의 대화는 로젠의 등장으로 주춤해야만 했다. 배꼽이 보이는 짧은 상의와 붉은 꽃 무늬의 치마를 입은 그녀는 자연스럽게 뮤스의 옆으로 다가와 앉았다. 그리고 새하얀 이를 보이며 매혹적인 미소를 선보인 그녀는 뮤스의 얼굴에서 시선을 떼지 않은 채 말했다.

"무슨 이야기를 그렇게 진지하게 하는 중이셨죠? 저도 이야기에 끼워주시면 안 될까요?"

이미 로젠의 당혹스러운 옷차림을 여러 차례 봐왔던 뮤스였지만, 가까이 다가오자 어디에 시선을 둬야 할지 몰랐는지 얼굴을 붉히며 시선을 피하였다.

　"벼, 별것 아닙니다. 오늘 있었던 전투에 대해서 이야기하던 중이었죠."

　차마 어디를 봐야 할지 감을 잡지 못한 뮤스는 어색하게 주변을 두리번거릴 뿐이었다. 그런 뮤스의 행동거지를 보며 눈웃음을 친 로젠은 뮤스의 볼을 잡아 끌며 좋아했다.

　"호홋! 역시 뮤스 씨는 어떤 얼굴을 해도 귀엽군요! 얼굴 빨개진 것 좀 봐!"

　서슴없이 자신의 볼을 당기는 로젠의 행동에 뮤스는 위기감마저 느끼고 있었다.

　"저, 저는 이미 교제하는 여인이 있습니다. 그러니 이런 행동은 자제해 주시죠!"

　"호호홋! 누가 뭐라고 했나요? 그냥 귀여워서 그러는 것뿐인걸요."

　도무지 자신의 이야기가 통하지 않을 것 같은 느낌이 강하게 와 닿고 있었다. 그리고 양국의 황제들은 그저 부러운 눈빛으로 다정해(?) 보이는 그들을 바라보고 있을 뿐이었다.

　뮤스가 로젠의 행동에 당혹스러워하고 있을 때, 식사를 하고 있는 다이스를 향해 뛰어가는 인영이 보였다. 그가 망루로부터 소식을 전해오는 일을 하고 있음을 알고 있던 뮤스는 로젠의 손에서 벗어나며 시선을 돌렸다. 어떤 이야기를 전해 들은 다이스는 벌떡 몸을 일으켰고, 스티치에게 말을 전하며 먼바다를 바라보았다.

　"대체 무슨 일인 거지? 또 적이 움직이고 있는 건가? 아직은 조금 이른 듯한데……."

뮤스 역시 안력을 돋워 먼바다를 바라보았다. 사위에 어둠이 깔리기 시작한 터라 다른 함선들을 보기는 힘들었지만, 유독 하나의 함선은 쉽게 눈에 띄었다. 그 함선이 무엇인지 잘 알고 있었던 뮤스는 나직이 입을 열었다.

"화이트스프린터호를 움직이고 있다니… 설마……?"

짚이는 점이 없잖아 있었지만 애써 생각하기 싫었던 뮤스는 끝말을 이어나가지 않았다. 마치 입 밖으로 이야기를 꺼내는 순간 그 일이 현실로 다가올 것 같은 불안감 때문이었다. 그 시간에도 화이트스프린터호는 움직이며 뱃머리를 펠컨 섬 쪽으로 돌리는 중이었다. 점차 자신의 예감이 맞아감을 느낀 뮤스는 벌떡 몸을 일으켰고, 주변의 인물들은 뮤스의 돌연한 행동에 시선을 집중시켰다. 뮤스는 안색을 급격히 바꾸며 사람들을 향해 외치기 시작했다.

"모두 마을에서 벗어나세요! 될 수 있는 한 멀리 떨어져야 합니다!"

미처 뮤스의 행동을 보지 못한 사람들 역시 그의 외침에 시선을 집중했다. 그중 다이스와 스티치 역시 끼어 있었는데, 뮤스가 아무런 이유 없이 위급함을 보이지 않을 것이라 생각했기에 급히 자리를 털고 일어났다. 다행스럽게도 전투 중이었던 만큼 대부분의 사람들이 한자리에 모여 있었기에 재빠른 행동을 보이고 있었다.

하지만 이미 상대는 행동을 개시한 이후였기에 한 발짝 빠른 움직임을 보이고 있었다. 저 멀리 화이트스프린터호의 헤드피거 양옆에 위치한 포문이 덜컥 소리를 내며 열리더니 두 문의 위협적인 캐논의 포신이 밀려나왔다. 그리곤 드르륵 소리를 내며 조금씩 움직이던 포신으로부터 고막을 때리는 폭음과 함께 번쩍이는 불꽃이 일어났다.

콰광! 콰광!

화이트스프린터호로부터 캐논이 발사된 것이다. 이에 다이스를 비롯하여 그의 부하들, 그리고 섬의 주민들은 그 자리에 얼어붙고 말았다.

"발라크 녀석! 캐논의 정체를 알아버렸군!"

몇 마디의 말이 끝나기도 전에 공기를 날카롭게 가르며 날아온 두 덩이의 대포알은 두 채의 집에 틀어박히며 그 자리에 내려 앉히고 말았다. 비록 화약이 장치된 포탄이 아니었기에 자신들의 캐논만한 위력은 없었지만, 그것만으로도 충분한 위협이 되기에 충분했다. 게다가 화이트스프린터호에 탑재되어 있는 대포알의 수가 적지 않음을 알고 있던 스티치는 더 더욱 난감한 표정이었다.

"허억! 그리고 보니 캐논의 설계도면이 화이트스프린터호에 있었구나! 발라크 녀석이 그것을 찾아낸 모양이야!"

화이트스프린터호의 캐논은 계속해서 불을 뿜어내고 있었다. 갑작스러운 적의 공격에 놀란 다이스의 부하들과 섬의 주민들은 비명을 지르며 흩어지기 시작했는데, 간혹 방향을 잘못 잡은 이들은 날아오는 건물의 잔해에 맞아 쓰러져 신음하고 있었다.

쿠구궁! 쿠궁!

양국의 황제들과 로젠을 마을에서부터 떨어진 바위 지대에 피신시킨 뮤스는 숨을 돌릴 겨를조차 없이 몸을 돌렸다.

"혹시라도 눈먼 대포알이 날아올지도 모르니 바위 깊숙이 몸을 숨기십시오! 저는 다른 사람들을 도와야겠습니다!"

서슴없이 사지로 몸을 날리는 뮤스를 보며 양국의 황제들은 말리려 했다. 하지만 매섭게 뜬 눈은 뮤스의 결심이 얼마나 굳은 것인지 잘 말해 주었기에 아무런 말을 할 수가 없었다. 그들로서는 뮤스가 시키는 대로 따르는 것이 그를 돕는 일이라 생각하며 바위 뒤에 몸을 숨겼고, 로젠 역시 캐논의 굉음에 몸을 떨면서도 뮤스가 안전하기를 바라고 있었다.

파팟!

추진발판을 사용하지 않았음에도 불구하고 뇌공력을 전신에 끌어올린 뮤스의 몸은 한걸음에 10멜리가량이나 움직였다. 그야말로 인간의 한계를 뛰어넘는 움직임이었지만, 정작 뮤스 스스로는 그러한 것을 깨닫지 못하고 있었다. 그는 머리 위로 계속해서 날아오는 대포알을 느끼며 다급성을 내뱉었다.

"이런! 대체 화이트스프린터호에는 대포알이 얼마나 탑재되어 있길래 끊임없이 날아오는 거지? 이러다간 섬이 초토화되는 것은 시간문제겠어!"

섬의 곳곳에서 쓰러져 가는 건물들이 보이고 있었다. 그리고 파편에 상처를 입어 몸을 피하지 못하는 사람들을 발견한 뮤스는 재빠르게 어깨에 지며 또 다른 사람을 찾아 나섰다. 얼마 지나지 않아 세 명의 장정을 어깨에 들쳐 메고 있었다. 그들의 몸에서 흘러내린 피가 뮤스의 볼과 어깨를 타고 내려, 보는 것만으로도 섬뜩한 모습이 되었다. 주변을 둘러보며 그들을 피신시킬 곳을 찾던 뮤스는 큰 바위 뒤에서 대포알을 피하고 있는 스티치를 볼 수 있었다. 그는 자신이 있는 곳으로 오라는 듯 손을 흔들었고, 뮤스는 숨을 들이키며 스티치와 다이스, 그리고 그의 부하들이 몸을 피하고 있는 곳으로 걸음을 옮겼다.

뇌공력을 끌어올린 뮤스는 자신보다 덩치가 훨씬 큰 세 명의 장정을 들쳐 메고서도 전혀 둔해 보이지 않았다. 그 모습을 본 스티치는 혀를 내두르며 놀라워했다.

"대체 저 녀석의 정체가 뭐야? 어떻게 비실비실한 체구에서 저렇게 엄청난 힘이 나오는 거지?"

"그런 게 중요한 게 아니잖아! 영감이 만든 캐논 때문에 섬이 완전 박살나게 생겼다고! 마을 사람들을 망루 뒤쪽으로 피신시켰기에 망정이지, 그렇지 않았다면 정말 큰일날 뻔했다고!"

다이스의 투닥거림에 스티치는 소리를 빽 질렀다.

"정신 사납게 떠들지 마라, 녀석아! 어차피 마을이야 다시 세우면 되는 거잖아! 그렇지 않아도 건물이 낡아서 새로 지으려고 했단 말이다!"

그들이 티격거리는 사이 뮤스가 다가와 부상자들을 내려놓았다.

생명에 지장이 있을 정도는 아니었지만, 출혈이 심했기에 지혈을 해야만 했다. 스티치는 급히 옷자락을 찢으며 그들의 상처 부위를 싸매었다.

한시름 놓은 뮤스는 한숨을 몰아쉬며 다시금 몸을 일으켰다.

"저는 다시 한 번 주변을 둘러보겠습니다. 이들을 보살펴 주세요."

뮤스가 몸을 돌리려 할 때 다이스가 그의 멱살을 붙잡았다.

"미친 녀석! 또다시 저곳을 돌아다닌다고 하는 거냐?!"

그가 손으로 가리킨 곳은 아직까지도 포화가 끊이지 않고 있는 마을이었다. 처참하게 난자당한 건물의 잔해 위에 아직까지도 대포알이 날아들고 있는 것이었다. 다이스의 손을 치운 뮤스는 씁쓸하게 미소 지으며 말했다.

"아직 저 속에서 도움의 손길을 기다리고 있는 사람이 있을지도 모릅니다. 그러니 가야 합니다."

"망할 녀석, 잘난 척하다니……."

다이스의 뒷말을 듣지 않은 뮤스는 금방 몸을 움직였고, 다이스와 스티치의 입에서는 답답한 한숨만이 흘러나오고 있었다.

화이트스프린터호의 뱃머리에 발을 올려놓은 발라크가 호탕한 웃음을 터뜨리고 있었다. 낮의 패전으로 인해 사기가 떨어진 자신의 부하들을 보며 참담한 심정이었지만, 화이트스프린터호에 탑재된 캐논이라는 무기를 발견하면서 그는 세상을 모두 가진 기분이 된 것이다. 눈앞의 다이스만 제거한다면 이 대양에 캐논이라는 무기를 가진 세력은 자신들밖에 없었고, 설계도 역시 손에 넣었기에 얼마든지 캐논 제조가 가능했던 것이다. 위력으로 보아 황실의 함대조차 자신의 앞에서 벌벌 떨도록 만들 수 있을 것만 같았다. 그러니 오늘은 그의 생일보다 기쁜 날이라 생각하는 중이었다.

"푸하하핫! 모조리 쓸어버려라! 건방진 다이스 녀석! 나를 건드린 것을 지옥에서 후회하도록 만들어주마!"

콰광! 콰광!

그의 발밑에서 요란한 폭음과 함께 불꽃이 터져 나왔다. 날아간 대포알은 어김없이 펠컨 섬의 건물에 처박혔고, 먼지와 함께 건물의 파편들이 비산했다.

"크하하핫! 좋아! 좋아!"

앙천대소하며 웃던 발라크는 문득 웃음을 멈추었다. 미간을 찌푸리며 고개를 빼보던 그는 자신의 눈에 거슬리는 건물을 발견하였다. 펠컨 섬의 가장 높은 곳에 위치한 망루였는데, 펠컨 섬의 모든 것을 부숴 버리겠다고 작정한 그의 눈에 아직도 우뚝 솟아 있는 망루가 유독 거슬리는 것이었다.

"저 망루를 부수어라! 망루를 맞히는 자에게 황금 한 주머니를 하사하도록 하지!"

부하들의 환호성과 함께 두 문의 캐논이 망루를 노렸다. 그리고 굉음을 동반한 불꽃이 튀기기 시작했는데, 망루가 너무 작아서인지 한 번에 맞히지는 못하고 있었다.

콰과광!

그 주변으로 뿌연 먼지가 솟아오르자 발라크는 더욱 부하들을 다그쳤고, 그럴수록 대포알은 조금씩 망루에 근접하며 날아가고 있었다.

대포알이 날아오는 소리를 듣고 이리저리 움직이던 뮤스는 건물의 잔해를 딛고 일어서 저 높이 솟아 있는 망루를 올려다보았다. 얼마 전부터 그곳에 집중 포화가 이어지자 뮤스는 다급한 마음이 들기 시작했다.

"이런! 대체 무슨 이유로 망루에만 포격을 가하는 거지? 설마 망루 뒤에 섬의 주민들이 피해 있다는 사실을 알고 일부러 공격하는 건가?"

망루와 화이트스프린터호를 번갈아 보며 혼잣말을 던지고 있을 때, 대포알 한 발이 망루의 하단을 격중시켰다. 나무 파편이 사방으로 튀며 검은 구멍을 만들었고, 망루는 삐걱이는 소리를 내며 한쪽으로 기울었다. 게다가 여력이 남은 대포알이 망루 뒤의 주민들의 대피처로 날아갔을지도 모르는 일이라 생각이 들자 뮤스는 다급한 마음이 들었다.

"무슨 조치를 취해야 해!"

이런 일일수록 진정해야 한다는 것을 알았던 뮤스는 차근차근 생각을 정리했다.

"가만, 가만. 저들은 아직 우리만큼의 명중률을 갖추고 있지 못해. 그러니 아직까지 망루를 제대로 맞히지 못하고 있는 거야. 만약 지금까지 조준된 캐논의 방향을 틀어놓는다면 대포알을 모두 소진할 때까지 맞히지 못할 거야. 한데, 무슨 수로 캐논의 방향을 바꿔놓을 수가 있을까……."

그의 생각이 이어지는 이 순간에도 대포알은 쉴 새 없이 날아다녔다. 망루 옆의 땅이 대포알에 맞아 패이며 긴장감을 고조시키자 뮤스는 근해에 떠 있을 수폭뢰를 떠올렸다.

"으음… 지금 당장 수폭뢰를 터뜨려 버린다면 최후의 공격에 대비하지 못할 텐데……."

잠시 고민을 하던 뮤스는 망루의 상부를 부수며 날아가는 대포알을 보았다.

"쳇! 일단 사람들부터 구하고 봐야 해! 뇌공력으로 수폭뢰의 뇌관을 발동시킬 수밖에."

결국 더 이상 우물쭈물할 여유가 없다고 판단한 그는 천천히 뇌공력을 두 손으로 끌어올리며 해안으로 달렸다. 뇌공력이 모아진 그의 두 손은 눈부신 금광으로 물들며 강렬한 스파크가 튀기 시작했다.

망루로 날아가는 대포알을 안타깝게 바라보던 스티치와 다이스 역시 뮤스의 행동에 시선을 빼앗겼다.

"으잉? 저 친구가 뭘 하려는 거지? 그리고 저 손에서 나는 빛은 뭐야?"

"볼수록 신기한 녀석이군."

뮤스는 이제 해안에 닿아 있었다. 바닷물에 뛰어든 그는 전신의 뇌공력을 끌어올렸고, 자신의 손을 바닷물에 담그며 외쳤다

"으으으윽! 뇌공력 십성 방출!"

그와 동시에 뮤스가 서 있던 곳에서부터 엄청난 스파크가 일어나더니 캐논과는 비교조차 되지 않을 정도의 폭발음과 무거운 진동이 저 멀리로부터 전해지기 시작했다.

쿠쿠쿠쿠쿵!

바로 뮤스의 손에서부터 방출된 전뇌력이 수폭뢰의 뇌관을 발동시키며 수면 위에 떠 있던 수폭뢰가 연쇄 폭발을 일으키기 시작한 것이었는데, 일렬로 늘어서 있던 수폭뢰가 폭발하면서 엄청난 높이의 물보라를 만들어내고 있었다.

촤아아아악!

마치 거대한 커튼처럼 넓은 막을 형성한 바닷물은 화이트스프린터호와 펠컨 섬 사이를 가로막았다. 일대 장관이 연출되자 양측의 사람들은 모두 넋을 잃고 바라보는 중이었는데, 도무지 인간의 힘으로 만든 무기의 위력이라고는 믿기 힘들 지경이었다.

하지만 그것도 잠시, 그 여파로 엄청난 파장이 밀어닥치기 시작하자

사람들의 눈은 더욱 크게 부릅떠졌다. 높이가 무려 15멜리 이상이나 되는 너울이 양측으로 밀어 치기 시작한 것이었다. 불과 100멜리가량 떨어진 곳에 위치했던 화이트스프린터호는 뒤집힐 듯 휘청거리기 시작했다. 선상의 선원들이 요동을 이기지 못하고 바닷물에 빠졌고, 덮쳐 오는 바닷물에 휩쓸린 이들도 적지 않아 보였다. 그 뒤편에 밀집되어 있던 함선들은 더욱 큰 타격을 받고 있었는데, 너울에 쓸려 버린 함선들끼리 충돌하게 되면서 적지 않은 피해를 입게 된 것이었다.

쿠구구궁!

발라크는 화이트스프린터호의 갑판 난간을 죽을힘을 다해 붙잡고 있었다. 시뻘겋게 빗발이 곤두선 눈동자를 이리저리 굴리며 울화통을 터뜨렸다.

"빌어먹을! 이건 대체 무슨 조화란 말이야! 다이스 녀석!!"

악을 쓰며 화를 내고 있었지만, 주변에는 그의 화를 받아줄 인물은 아무도 없었다.

같은 시각, 뮤스에게 역시 위험이 들이닥치고 있었다. 해안에 서 있던 그의 정면으로 엄청난 높이의 너울이 하얀 이빨을 보이며 다가오고 있는 것이었다. 뮤스는 뇌공력의 대부분을 소진했던 터라 몸은 물먹은 솜처럼 무거워졌기에 피할 방도를 찾지 못한 채 다가오는 너울을 보고 있을 뿐이었다.

사아아아악!

너울이 만들어내는 날카로운 바람을 느끼며 뮤스는 눈을 질끈 감았다. 지금의 몸으로는 제아무리 빨리 뛴다 해도 너울의 영향권 밖으로 피할 수 없음을 짐작했기 때문이다. 그때 익숙한 목소리가 다가오고 있음을 느꼈다.

"미친 녀석! 언제까지 그렇게 멀뚱히 서 있을 거야! 내 손을 붙잡고 몸을 날려!"

"다이스 씨?"

말이 끝나기도 전에 뮤스의 손은 다이스의 손에 붙들려 있었고, 그가 이끄는 대로 몸을 날린 뮤스는 거대한 활엽수 앞에 설 수 있었다.

"아랫부분에서 휩쓸리면 그대로 물귀신이 되는 거야! 죽을힘을 다해서 올라가!"

다이스의 말을 듣고 번뜩 정신이 든 뮤스는 남은 뇌공력을 모두 끌어올리며 활엽수를 타고 올랐고, 다이스 역시 그의 뒤를 따랐다. 그들이 활엽수의 반쯤 오르자 너울은 그들이 있던 자리를 휩쓸어 버리며 순식간에 마을의 중턱까지 치달았다. 캐논에 의해 폐허가 되었던 마을은 다시 한번 수마에 괴롭힘을 당해야만 했다. 아슬아슬하게 대피한 스티치와 그의 부하들, 그리고 마을 사람들은 바닷물에 쓸려 나가는 마을을 안타까운 심정으로 보고 있을 수밖에 없었다.

* * *

해가 떨어져 사위가 어둠에 잠기자 거대한 전뇌등으로 넓은 면적을 대낮처럼 밝히고 있었다. 트웨이드 항으로부터 1켈리가량 떨어진 넓은 모래사장에 백여 명의 사람들이 모여 있었다. 하나같이 하얀 가운을 걸치고 눈에 보호경을 낀 그들은 검은 천을 덮어놓은 거대한 물체를 가운데 두고 각자 맡은 일에 열중하고 있었다. 무엇인가를 열심히 기록하는 사람이 있는가 하면, 묵직한 금속 부속을 번갈아 보며 생각에 빠져 있는 이들도 있었고, 전뇌선을 설치하는 이도 있었다. 이들 모두 수륙부상선 제작에 투입된 듀들란 제국의 공학자들이었다. 그들 사이에 장영실의 일을 돕기 위해 나선 카타리나와 일행들 역시 끼어 있었다. 각자 주 전공이 달랐기에 서로 떨어져 작업을 하고 있었지만, 뮤스를 구해야겠다는 일념으로 며칠 동안 밤낮을 잊고 작업을 감행하는 중이었다. 전공 분야가 동력기였던 카타리나는 장영실과 함께 수륙부상선의 중앙동력기관을 시험해 보는 중이었다.

프츠츠츠츠……

종이를 빽빽하게 채운 수치들을 살펴보던 카타리나가 놀라움을 표했다.

"순환동력기의 효율이 대단한 것 같아요. 솔직히 저희가 개발한 동력기보다 3할가량 높은 전뇌력 효율을 내는 것 같은걸요?"

"동력기가 만들어내는 자투리 힘을 사용하여 다시 전뇌력을 생산하는 원리를 이용한 것이죠."

대답을 한 장영실은 주변의 공학자들을 향해 손짓했다. 그의 신호를 금세 알아들은 사람들은 검은 천을 덮어씌워 놓은 수륙부상선의 주변을 벗어났다. 모두 안전한 거리를 유지하고 있음을 확인한 장영실은 전뇌선으로 수륙부상선과 연결된 스위치를 살짝 돌렸다.

프츠츠츠츠……

그와 동시에 수륙부상선의 아래로 모래바람이 뿜어져 나오기 시작하더니 금세 50셀리가량 떠오르는 것이었다. 바닥에 굴곡이 있었는지 모래사장의 경사면을 타고 움직이던 수륙부상선은 밧줄에 고정되어 곧 움직임을 멈추었다. 그 모습에 장영실은 만족한 미소를 보였다.

"전용으로 만든 동력기관이 아니라 설계 수정을 가했는데, 계산이 틀리지 않았나 봅니다. 충분한 부상력을 방출하고 있습니다."

카타리나가 기대에 찬 얼굴로 물었다.

"그럼 이제 바로 출항할 수 있는 건가요?"

"당장은 아니지만 내일 오후쯤이면 완성될 것입니다. 공학원에서 추진용 프로펠러 두 개와 동력기가 제작되었고, 수륙부상선에 탑재될 '터빈라이플' 40정도 완성되었다고 하더군요. 켈트라는 분이 도와주셔서 엄청나게 시간을 줄일 수 있었죠. 이제 조립 공정만 마치면 바로 출항할 수 있을 겁니다. 투르코스 재상님께 부탁드린 전투 요원 선발이 모두 끝났는지는 아직 모르겠군요. 황실 함대 정예 요원들로 선발해 주시겠다고 말씀하셨는데 말이죠."

"철두철미한 분이시니 모두 준비해 놓으셨겠죠. 한시라도 빨리 뮤스를 구하러 가야 할 텐데……."

근심이 어려 있는 그녀의 눈망울을 본 장영실은 담담한 미소를 띠었다.

"명신이… 아니, 뮤스를 정말 좋아하나 보군요. 하지만 그 아이를 믿으십시오. 지금까지 해온 것만 봐도 충분히 믿음이 가지 않습니까?"

"예……."

"후훗, 뮤스가 조선으로 돌아가지 않겠다고 말한 것도 이해가 됩니다. 카타리나 양처럼 좋은 사람을 두고 떠난다는 것이 여간 힘든 일이 아닐 테니까요."

"……."

카타리나는 말없이 얼굴을 붉혔다.

"저는 조립 공정 때문에 잠시 자리를 옮겨야겠습니다. 먼저 실례하죠."

"네."

장영실은 가볍게 목례를 건네며 자리를 떠났다.

혼자 남은 카타리나는 뮤스의 얼굴을 그려보며 하늘의 별들을 바라보았다. 아마도 별들은 저 바다 어디에 있을 뮤스를 내려다보고 있을 것이라는 생각을 하며.

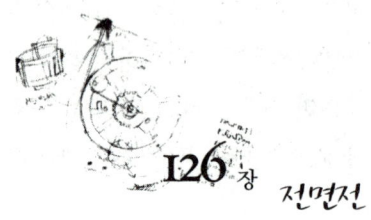

126장 전면전

좌아아악!

굵직한 금속 레일을 타고 검은색의 거대한 물체가 트웨이드 항 앞바다로 흘러들어 갔다. 트웨이드 항에서 건조된 선박의 출항식을 치르던 장소였기에 선착장에는 바다로 이어지는 경사면이 있었고, 그곳을 이용하여 수륙부상선이 처음 바다에 띄워진 것이었다. 한참 분주할 아침임에도 불구하고 여기저기서 일손을 놓은 구경꾼들이 몰려들었다. 무슨 일인지도 모른 채 그저 호기심에, 사람들의 움직임에 이끌려 나온 사람들이었다. 그들은 바다 위에 떠 있는 신기한 물체를 바라보고 있었다. 검은색의 금속판으로 덮고 있는 모습이 마치 물 위에 떠 있는 검은색의 가오리와 같은 모양이었지만, 다른 점이 있다면 뒷부분에 사람의 키보다 더 큰 프로펠러 한 쌍이 자리잡고 있다는 것이었다.

치익!

가벼운 마찰음과 함께 수륙부상선이라 이름 붙여진 배의 윗부분이 열렸다. 그 안에서 장영실과 수륙부상선의 상태를 살피기 위해 탑승한 공학자들이 모습을 드러냈다. 각자 이상 없다는 신호를 보내자 선착장에서 대기하고 있던 다른 공학자들은 안도의 한숨을 터뜨리며 수륙부상선의 완성을 기뻐하기 시작했다.

선착장으로 올라온 장영실은 수륙부상선의 출항을 보기 위해 나온 투르코스 재상과 루스티커, 그리고 다른 일행들의 앞으로 다가갔다.

"완성까지 닷새는 걸릴 줄 알았지만, 다들 열심히 해주어서 예상 기간보다 하루 앞당길 수 있었습니다. 이로써 수륙부상선 제작은 마쳐진 것입니다. 제가 재상 각하께 부탁드렸던 전투 요원 선발은 어찌 되었습니까?"

그동안 심려가 많았는지 초췌한 얼굴을 한 투르코스 재상은 자신의 뒤를 돌아보며 대답했다.

"경의 부탁대로 황실 함대에서 정예 요원으로 뽑아 교육시켰다네. 다들 석궁의 명수들이어서인지 터빈라이플에 대한 교육을 하는 데 그리 어려운 점은 없었지. 그보다 언제쯤 출항이 가능한가? 벌써 나흘째 잠을 이루지 못하고 있다네. 시너스 그 아이도 문제지만 도이첸 제국의 황제를 생각하면 매번 가슴이 철렁 내려앉더군. 이번 일이 무사히 처리되지 않으면 발뻗고 잠을 자지 못할 게야."

장영실은 투르코스 재상의 얼굴을 보며 씁쓸한 표정을 지었다.

"시급한 문제인만큼 준비되는 대로 출항할 예정입니다. 함께 동행할 공학자들은 어제 하루 푹 쉬어 피로를 풀게 하였으니 지금 당장이라도 출항할 수 있습니다. 그리고 루스티커님, 해도는 모두 해석되었습니까?"

투르코스 재상의 옆에 서 있던 루스티커는 품에서 양가죽으로 만들어진 해도와 그와 비슷한 크기의 종이 한 장 꺼내었다.

"마침 다 되었다네. 이것 때문에 트웨이드 항에 실력있는 항해사들은 다 모았었지. 해도가 자세하게 그려져 있어 우리가 가진 해도에 표시하는 데는 그리 어려움이 없었다네. 붉은색으로 표시해 두었으니 직선거리로 찾아가면 될 게야. 시속 120켈리의 항속이라면 서너 시간 내에 도착할 수 있을 거리니 많은 짐은 필요가 없겠더군."

루스티커에게서 해도를 건네받은 장영실은 케티에론 황녀를 바라보았다. 매끈하던 그녀의 피부는 꺼칠하게 변해 있었고, 턱 선은 더욱 가늘어진 듯했다. 그녀를 보던 안타까운 눈빛을 거둔 장영실은 투르코스 재상을 향해 말했다.

"준비가 다 된 것 같으니 더 이상 지체할 것 없이 당장 출항하도록 하겠습니다."

"전투 요원들에 대한 명령권은 자네에게 일임하겠네. 부디 이번 일을 잘 해결해 주게. 부탁하네."

"최선을 다하겠습니다."

말을 마친 장영실이 몸을 돌리려 할 때, 저 뒤로부터 카타리나의 목소리가 들려왔다.

"잠시만요!"

"음? 카타리나 양?"

숨을 헐떡이며 달려온 그녀는 치마 대신 간소한 바지를 입고 있었고, 머리카락을 뒤로 질끈 묶은 모습이었다. 꾸미지 않은 수수한 차림이었지만, 열정에 찬 눈빛을 가진 그녀의 미모를 가리기에는 역부족이었다. 그녀는 주변의 사람들을 둘러보며 말을 이었다.

"저, 저도 같이 데려가 주세요. 네?"

그녀의 말에 잠시 투르코스 재상의 얼굴을 살핀 장영실은 고개를 내저었다.

"카타리나 양의 마음은 잘 알겠지만, 함부로 따라갈 수 없는 곳입니다. 어떠한 위험한 일이 있을지 모르는 일이지요. 그러니…….”

고개를 세차게 흔든 카타리나는 작은 주먹을 꼬옥 쥐며 말했다.

“물론 위험하다는 것은 알고 있어요. 하지만 이대로 기다릴 수는 없어요. 꼭 직접 뮤스를 구하러 가고 싶단 말이에요! 벌써 몇 년이나 뮤스를 앓아서 기다려 왔어요! 하지만 이번만큼은 꼭…….”

적극적인 카타리나의 행동에 당혹스러웠던 장영실은 도움을 구하며 투르코스 재상과 루스티커를 바라보았다. 신중하게 생각해 보던 투르코스 재상은 고개를 끄덕이며 입을 열었다.

“카타리나 양의 마음은 나도 공감하는 바일세. 솔직히 내가 재상 직을 맡지만 않았어도 따라갔을 테니까. 카타리나 양만 괜찮다면 딱히 반대할 생각은 없네.”

루스티커 역시 카타리나의 편을 들어주었다.

“뭐… 이렇게 어여쁜 아가씨가 따라나서겠다는데 나쁠 것은 없지 않나? 분위기도 화기애애해지고. 허헛! 내가 이 아가씨의 신변을 책임질 테니 함께 가도록 하지. 허락할 텐가?”

“하지만… 루스티커님, 아시다시피 해적들의 소굴로 가는 것입니다.”

“설마 황실 수석 마법사의 능력을 의심하는 겐가? 이 늙은이의 자존심이 상하려고 하는데.”

더 이상 할 말이 없어진 장영실은 한숨을 내쉬며 고개를 내저었다.

“좋습니다, 그렇게까지 말씀하신다면. 카타리나 양도 함께 수륙부상선에 오르도록 하죠.”

만면에 웃음을 머금은 카타리나는 장영실의 마음이 변할까 두려웠는지 서둘러 수륙부상선에 올랐고, 장영실과 루스티커 역시 투르코스 재상과 케티에론 황녀에게 간단한 인사를 건네며 그녀의 뒤를 따랐다.

치익!

수증기가 뿜어지며 수륙부상선의 좌측면이 날개가 펼쳐지듯 열렸다. 그곳으로 40명의 전투 요원들과 대여섯 명의 공학자가 차례로 탑승하기 시작했는데, 전투 요원들은 각각 자신의 상체만한 길이의 터빈라이플이라는 무기를 들고 있었고, 공학자들은 반투명한 케이블과 전뇌선을 들고 있었다. 그들의 탑승이 끝난 것을 확인한 장영실은 좌측의 스위치를 돌려 입구를 닫았고, 자신의 앞에 위치한 계기반들을 하나하나 살펴보며 말했다.

"중앙동력기관 가동합니다. 모두 자리에 앉아 흔들림에 대비해 주십시오."

그의 말에 따라 탑승한 사람들은 자신의 자리에 앉았고, 의자의 손잡이를 잡았다. 장영실 역시 조정간을 잡으며 동력기관 시동스위치를 돌렸다.

파츠츠츠츠츠츠츠츠.

수륙부상선은 가벼운 진동을 일으키며 흔들렸지만, 그것도 아주 잠깐이었다. 금세 안정된 수륙부상선은 오히려 바닷물의 흔들림조차 느끼지 못할 정도로 평온했는데, 동력기관이 가동되는 소리만 아니라면 땅 위에 있는 것이나 별다름이 없었다. 바닷물 위에 정상적으로 부상했음을 깨달은 장영실은 사람들의 의아한 표정을 뒤로한 채 우측의 푸른 스위치를 오른쪽으로 돌렸다.

"추진용 프로펠러 가동합니다."

그의 말과 동시에 또 다른 진동이 전해지기 시작하며 수륙부상선의 뒷부분에 위치한 프로펠러가 돌아가기 시작했다. 조정간을 좌우로 움직이며 프로펠러의 뒤에 붙은 방향타를 시험해 보던 장영실은 조종간의 오른쪽에 자리한 레버를 올리며 말했다.

"시속 20켈리로 전진합니다."

마치 수륙부상선이 그의 말을 알아듣기라도 한 듯 조금씩 앞으로 움직이기 시작했다. 프로펠러의 회전 속도가 빨라짐과 함께 둥글고 작은 창 밖으로 보이는 세상이 조금씩 뒤로 움직였다. 그야말로 조용하고 부드러운 움직임을 보이고 있는 수륙부상선이었다.

조정간을 조금씩 움직이며 전진 방향을 바꿔본 장영실은 만족한 미소를 지으며 레버를 조금 더 올렸다. 그럴수록 추진용 동력기는 더욱 경쾌한 소리를 냈고, 수륙부상선의 속도는 그만큼 빨라지고 있었다.

투르코스 재상과 케티에론 황녀, 그리고 공학자들과 주변에 모인 사람들은 하나같이 탄성을 내지르고 있었다. 강력한 바람을 뿜어내며 해수면 위로 조금 떠오르더니 유유자적한 모습으로 전진하는 수륙부상선의 모습은 그들의 눈에 매우 이질적인 것이었는데, 마치 검은 유령의 그림자가 바다 위를 떠다니는 듯한 모습이었다. 훗날 제작될 수륙부상선에 '검은 유령'이라는 별명이 붙여진 것도 이러한 모습에서 유래된 것이었다. 수륙부상선은 선착장에 남겨진 사람들의 염원을 등에 엎은 채 조용한 행보를 내딛고 있었다.

＊　　　　＊　　　　＊

새벽녘, 낮의 더위를 말해 주려는 듯 짙은 안개가 해수면을 덮었다. 당장이라도 기괴한 비명성이 흘러나올 듯한 음산한 분위기였다. 아주 자잘한 파도는 거대한 벽에 부딪치며 산산이 부서졌다.

그르렁거리는 소리를 내며 조금씩 움직이는 함선들. 바로 화이트스프린터호와 발라크 측의 함선들이었다. 화이트스프린터호를 제외한 함선들은 마치 유령선인 양 선체의 여러 곳이 파손되어 있었는데, 수폭뢰가 폭발하며 몰고 온 파도에 휩쓸리며 서로 충돌하여 생긴 것들이었다.

다크윈드호의 갑판 역시 조용했다. 다시 한 번 다이스에게 쓴맛을 본 그들이었기에 발라크의 눈치를 살피며 어떠한 명령이 내려지기만을 기다리는 중이었다.

후미선실에서는 다시금 각 함선의 선장회의를 벌이고 있었다. 발라크를 제외한 인물들은 낯빛을 창백히 한 채 누군가 먼저 이야기를 꺼내주길 바라고 있었다. 하지만 몇 시간째 정적만이 흐르자 더 이상 참지 못한 비쩍 마른 인물이 먼저 침묵을 깨뜨렸다.

"발라크, 아무래도 다음 기회를 엿보는 것이 좋지 않을까? 저들이 엄청난 실력의 마법사를 데리고 있는 것을 직접 보지 않았나."

그의 말을 선두로 주변에 둘러앉은 이들로부터 한마디씩 흘러나오기 시작했다.

"그 말이 맞아! 아무리 머릿수가 많아도 고위 마법사에게 대항하는 것은 어림없는 짓이야."

"흐음… 거대한 파도가 몰아칠 때는 정말 죽는 줄 알았지. 그렇게 대단한 마법은 처음 봤어."

"이미 우리 측의 사기는 바다 속으로 곤두박질 쳐버렸다네. 수하들 사이에서도 이번 일에 대한 이야기가 분분하게 흘러나오고 있어. 이런 상황에서 저들과 맞붙는다면 엄청난 피해를 감수해야 할걸세."

쾅!

발라크가 테이블을 내려치며 웅성거리던 실내를 조용히 만들었다. 씰룩거리며 틀어진 심기를 표하던 그의 입술이 움직였다.

"겁쟁이 같으니라고! 그깟 마법사 녀석 하나 때문에 우리 모두 꽁지를 빼자는 건가? 함선 다섯 척이나 이끌고 와서 겨우 저런 녀석들을 처리하지 못해서 꽁무니를 뺀다면 이 대양의 모든 해적들이 우리를 안주 삼아 술을 마실 게 뻔할 텐데!"

의자를 쓰러뜨리며 자리에서 일어난 발라크는 허리에 차고 있던 한 쌍의 검을 뽑아 테이블에 꽂았다. 등불의 불빛을 받아 거뭇한 빛을 뿜는 한 쌍의 검을 바라본 발라크가 말을 이었다.

"어차피 함선들이 이 모양이 된 이상 뱃머리를 돌리려 해도 그럴 수 없게 된 것이다. 남은 길은 펠컨 섬을 차지하고, 그곳에서 함선을 보수하는 수밖에 없지. 만약 내 뜻이 마음에 들지 않는 자가 있으면 이 자리에서 검을 뽑아 일어나라. 실력으로 의지를 관철시켜 보란 말이다!"

발라크의 으름장에 사람들은 서로의 눈치를 살폈지만, 전처럼 불만을 표시하는 이는 아무도 없었다. 그것이 무언의 동의임을 알았던 발라크는 테이블에 꽂혀 있던 검을 뽑아 들며 외쳤다.

"당장 보트를 내려라! 해가 중천에 걸리기 전에 펠컨 섬을 차지할 것이다!"

발라크의 외침을 들었는지 선실 밖으로부터 고함 소리가 들려왔다.

"와우! 써!"

다른 함선의 선원들보다 호전적이었던 다크윈드호의 선원들은 당당한 소리로 외쳤다.

둥둥! 둥둥!

전투의 시작을 알리는 북소리가 울리기 시작하자 결국 이번 일에서 발을 뺄 수 없다는 것을 직감한 각 함선의 선장들은 자신의 부하들을 이끌기 위해 자리에서 일어났다. 그들의 머릿속에는 하나같이 이번 일에 참여하게 된 것에 대한 후회만이 가득 남아 있을 뿐이었다.

뮤스는 이마를 간질이는 손길을 느끼며 눈을 떴다. 어렴풋이 사람들의 형상이 보였다. 웅성거리는 소기라 들려오는 가운데 로젠의 목소리가 끼어 있었다.

"뮤스 씨? 정신이 드는 건가요? 말 좀 해보세요!"

아직 정신이 덜든 뮤스의 어깨를 흔들며 말을 시키고 있는 그녀였다. 찌뿌둥한 몸을 일으켜 세운 뮤스는 자신을 흔들고 있는 로젠을 향해 손을 내저었다.

"아… 예, 정신이 들 수밖에 없겠는걸요? 이렇게 흔들어주시는데……."

"어머, 죄송해요!"

이어 카로이트와 시너스의 목소리 역시 들려오고 있었다.

"뮤스 원장님! 이제 정신을 차리셨군요! 갑자기 그렇게 쓰러져서 얼마나 놀랐는지 모릅니다. 몸에 이상이 있는 것은 아니겠죠?"

"로젠 양이 밤새 간호하고 있었답니다. 잘못된 것이 아닌가 해서 걱정을 많이 했죠."

기운없는 미소를 지어 보이며 그들을 안심시킨 뮤스는 주변을 둘러보았다. 먼바다를 내다보았지만 짙은 안개로 인하여 그리 멀리까지는 볼 수가 없었다.

"적들은 어떻게 되었죠?"

그 물음에는 스티치가 대답해 주었다.

"수폭뢰가 폭발하면서 일으킨 파도에 휩쓸려 후퇴했다네. 그것 때문에 겁을 먹었는지 아직은 아무런 움직임을 보이지 않는군."

"휴우… 다행이군요."

뮤으의 읊조림에 심드렁한 목소리가 이어졌다.

"다행은 무슨 다행이야! 우리 마을도 덕분에 모두 쓸려가 버렸구만."

다이스의 목소리임을 안 뮤스는 고개를 푹 숙였다.

"죄, 죄송합니다. 급한 마음에 미처 거기까지는 생각지 못했군요."

하지만 목소리를 금세 바꾼 다이스는 뮤스에게 다가와 어깨를 두들겨 주었다.

"하핫! 농담이야. 그렇게 기죽지 말라고. 마을쯤은 다시 만들면 되는 거지. 네가 그렇게 하지 않았더라면 피신해 있던 마을 사람들이 얼마나 다쳤을지 몰라."

"별말씀을요. 그보다 구해주셔서 감사합니다. 그때 도와주시지 않았더라면……."

"서로 피장파장인 걸로 하자고. 어차피 지난 일인데 뭐."

캐논의 포격을 받은 후 파도에 휩쓸린 마을은 이미 잔해조차 남지 않았기에 복구가 끝날 때까지는 정상적인 생활이 어려워 보였다. 혹시라도 모를 공격에 대비하여 해안에서 방어진을 구축하고 있는 사람들은 각자 무기를 들고 상대의 움직임에 촉각을 곤두세우고 있는 중이었다.

"그보다 몸은 이상 없나?"

뮤스는 안부를 묻는 다이스를 향해 고개를 끄덕였다.

"일시적으로 힘을 너무 많이 써서 그런 것이지 특별히 불편한 곳은 없습니다. 조금 쉬면 회복할 테니 걱정하지 않아도 됩니다. 그보다 수폭뢰가 없어서 이제 적의 침입을 막을 수가 없는데 어쩌면 좋을지 모르겠군요."

"흠… 그렇다고 앉아서 당할 수만은 없지. 아마 상대도 적지 않은 피해를 입었을 테니 전력의 소모가 컸을 거야. 이제 직접 맞붙어볼 수밖에 없어. 네 덕분으로 우리 측의 사기가 엄청나게 올라 있으니 이제 직접 붙어도 밀리지는 않을 거야."

느긋하게 말하는 다이스의 태도에 뮤스는 한숨 놓았다. 그의 몸에 이상이 없는 것을 확인한 사람들은 적의 침입에 대비하기 위해 해안으로 내려갔고, 그곳에서 미리 방어진을 구축하고 있던 사람들과 합류하였다.

조용한 곳에서 가부좌를 틀고 앉은 뮤스는 뇌공력을 운기하고 있었다.

얼마의 시간이 지나지 않아 허전하게 비어 있던 단전으로 거대한 기운이 솟아나기 시작했고, 천천히 사지로 흘러나가며 축 처진 그의 몸을 가뿐하게 만들어주었다. 뇌공력이 전신을 한 바퀴 돌자 전에 있던 피로는 온데간데없었다. 피부에 감도는 은은한 금광을 보며 눈을 뜬 뮤스는 주변을 둘러보았다. 이미 해가 뜬 이후였기에 금광은 사람들의 눈에 띄지 않고 있었다. 이에 편안한 마음으로 운기조식을 마치려 할 때 조금씩 걷히고 있는 안개 사이로 은은한 북소리가 울려 퍼지는 것을 느꼈다.

"섬에서 울리고 있는 것은 아닌데… 설마 적들이?"

자리를 털고 일어난 뮤스는 바쁜 걸음으로 해안선을 향해 움직였다. 그곳의 사람들 역시 북소리를 들은 듯 긴장감이 흐르는 중이었다. 다이스와 스티치, 그리고 양국의 황제들을 발견한 뮤스는 그들 곁으로 다가갔다.

"설마 적들이 오고 있는 것입니까?"

"북소리를 들어봐서는 얼마 떨어지지 않은 곳까지 온 모양이야. 빌어먹을 안개 때문에 잘 보이지도 않는군."

다이스의 말에 뮤스는 양국의 황제들을 돌아보았다.

"두 분께서는 망루 쪽으로 피해 계십시오."

하지만 오히려 한 발자국 나선 카로이트는 언제 준비했는지 허리춤에 걸려 있는 검을 빼어 들며 말했다.

"한 명의 힘이라도 아쉬울 때입니다. 저도 이곳에 남아 전투에 참여하도록 하겠습니다."

굳은 의지가 묻어났지만 받아들일 수 없었던 뮤스는 고개를 내저었다.

"제 마음을 아시지 않습니까?"

"물론입니다. 하지만 어차피 이곳이 뚫리면 이 섬의 어디라도 안전하지 못합니다. 그럴 바에는 직접 싸우는 것이 나을 것이란 결론을 내렸습니다. 그렇지 않습니까?"

카로이트가 시너스를 바라보자 맞장구를 쳐왔다.

"물론이죠. 검술이라면 저 역시 어느 정도 자신이 있습니다. 카롯 경과 힘을 합치면 스스로 정도는 지킬 실력이 되니 너무 걱정 않으셔도 될 것입니다."

카로이트의 검술은 직접 눈으로 봤기에 충분히 신용이 갔지만, 시너스는 그리 믿음이 가지 않았다. 하지만 끝까지 고집을 피울 기세였기에 뮤스는 승낙할 수밖에 없었다.

"좋습니다. 하지만 혼전이 될 것이니 제 주변에서 떨어지지 마십시오."

양국의 황제들은 진지한 얼굴로 고개를 끄덕였다. 나직이 한숨을 내쉰 뮤스는 가방에서 건틀렛을 꺼내어 양손에 끼웠다. 그 모습을 본 다이스는 걱정스러운 눈빛을 보내며 물었다.

"무기가 없는 건가? 검이 필요하다면 튼튼한 녀석으로 한 자루 주도록 하지."

건틀렛을 두들긴 뮤스는 가볍게 웃어 보였다.

"이게 제 무기입니다. 검술보다는 주먹질과 발길질이 더 체질에 맞더 군요."

"뭐… 편할 대로 하라고."

말을 마친 다이스는 묵빛 주사위를 양손에 꺼내 들어 만지작거리기 시작했다. 해안에서 방어진을 구축하고 있는 다이스의 부하들과 펠컨 섬의 사람들은 숨소리를 죽인 채 점차 가까워지고 있는 북소리에 귀를 기울였고, 뿌연 안개 너머로 시선을 주목시키고 있었다.

둥둥… 둥둥…….

해안선으로부터 30멜리가량 떨어진 곳에서부터 물소리가 들려오기 시작했다. 그리고 안개가 흩어지며 회색의 그림자들이 모습을 드러냈는데, 한눈에 다 셀 수 없을 정도의 수였다. 그들의 출현을 발견한 다이스는 손을 앞으로 뻗으며 외쳤다.

"공격이다! 녀석들을 모두 눕혀주라고!"

다이스의 양옆으로 늘어서 있던 이들은 손에 든 무기를 번쩍 들어올려 함성을 질렀고, 자신들을 향해 다가오는 그림자들을 향해 발을 떼었다.

"와아아아!"

누가 먼저인지 알 수 없을 정도로 사방에서 금속의 마찰음이 들렸고, 사람들의 기합 소리가 줄을 이었다. 뮤스와 양국의 황제들 역시 상대를 향해 주먹과 검을 날렸다.

채엥! 챠앙!

하나같이 큰 제구의 사내들이었기에 부딪치는 칼에는 묵직한 충격이 전해지고 있었다. 신음성을 삼킨 카로이트는 힘껏 상대의 칼을 쳐내며 중심을 빼앗았고, 그의 뒤에서 대기하고 있던 시너스가 상대를 베어 어깨의 살점을 떨어뜨렸다. 해적들 간의 싸움에서는 합격술이 보편화되지 않았기에 상대는 적잖게 당황하는 모습이었다.

"크악!"

카로이트와 시너스 역시 실전의 경험은 전무했기에 상기된 얼굴을 숨길 수는 없었다. 하지만 점차 예리해지는 검의 움직임은 그들이 조금씩 안정을 찾아가고 있음을 말해 주고 있었다. 카로이트와 시너스의 공격이 상대에게 통하기 시작하는 것을 보며 안심한 뮤스는 조금 더 여유를 가지며 적을 상대할 수 있었다. 별다른 기교 없이 자신의 머리를 노리고 날아오는 칼날을 허리를 숙여 피한 뮤스는 상대의 품으로 한 발자국 내딛으며 명치에 주먹을 찔러 넣었고, 강력한 반발감이 느껴지며 상대는 2멜리가량이나 날아가 버렸다.

"케에엑!"

비명조차 제대로 지르지 못하고 날아간 상대를 보며 걱정스러운 눈빛을 보내던 뮤스는 다른 상대를 찾아 시선을 돌렸다. 이러한 전투에 참여하는 것이 썩 유쾌하지는 않았지만 황제들의 안전을 위해 자신이 최대한 적의 수를 줄여야 한다는 생각이 앞서고 있었다.

뮤스의 맞은편에서 다이스의 화려한 움직임이 보이고 있었다. 양손에 주사위를 들고 적들 사이를 재빠르게 활보하던 그는 제자리에 우뚝 멈춰 서며 입꼬리를 말아 올렸다. 그 주변에 있던 적들은 얼음이 되어버린 듯 움직이지 못한 채 식은땀을 흘리며 눈동자만을 굴릴 뿐이었다.

스슥.

다이스가 양팔을 앞으로 뻗자 소름 끼치는 절삭음이 나며 허공에 붉은 피가 뿌려졌고, 고통에 찬 비명성이 공기를 타고 울려 퍼졌다.

"크아아아악!"

마치 핏빛의 안개가 다이스의 주변을 감싸고 있는 듯했다. 순식간에 세 명의 적을 쓰러뜨리는 모습을 본 뮤스는 마른침을 삼켰다.

"일 대 다수의 싸움에서 특화된 기술이군. 절삭사를 이용한 기술이라니 너무나 잔혹한데… 하지만 전투란 원래 그런 것이니."

이어 한 손에 잡고 있던 주사위를 놓은 다이스는 다른 한편의 주사위를 추로 삼아 사방으로 휘두르기 시작했다. 번쩍이는 얇은 실이 닿은 곳에서는 짙은 피가 뿌려지고 있었다. 새삼 뮤스는 다이스라는 사내의 무서움을 실감하고 있었다.

순식간에 십여 명의 적을 쓰러뜨린 다이스는 급히 주변을 살폈다. 이렇게 싸우는 것보다 적의 우두머리를 베는 것이 빠르다는 것을 잘 알았기에 발라크를 찾고 있는 것이었다. 그의 눈길이 닿은 좌측으로부터 유독 큰 비명성이 들려오고 있었다. 눈에 익숙한 얼굴의 사내들이 피가 흘러나오는 가슴을 부여잡고 뒷걸음질치고 있었고, 그 앞으로 잔혹한 미소를 머금은 발라크가 핏물을 머금은 두 개의 검을 휘두르고 있었다. 눈을 예리하게 치켜뜬 다이스는 달려드는 적들을 무시하며 발라크가 있는 곳으로 몸을 날렸다.

자신의 칼날 앞에 잔뜩 겁먹은 듯한 사내를 향해 발라크는 비웃음을 보였다.

"크크크… 오줌은 지리지 말라고. 잘 가라!"

발라크는 호통을 치며 묵직한 검으로 사내의 정수리를 내리그었고, 곧 손으로 전해질 감촉을 기다렸다. 하지만 사내의 정수리에 거의 닿은 그의 검은 부르르 떨리며 더 이상 움직이지 않고 있는 것이었다.

"어떤 놈이냐!"

검신을 묶고 있는 가는 실을 발견한 발라크는 재빨리 검을 비틀어 그 실을 검신에 고정시켰고, 힘껏 자신의 몸 쪽으로 끌어당기며 외쳤다.

"다이스, 네 녀석이군! 으핫!"

발라크의 완력에 주사위에서부터 뻗은 절삭사는 팽팽하게 당겨졌다. 힘에서 발라크에게 밀리는 다이스는 주사위를 잡은 자세로 조금씩 끌려오고 있었다.

"다이스, 이제 어떻게 할 거냐?! 이제 네 무기는 쓸모없어져 버렸는데. 어디 더 발버둥 쳐보시지!"

호기롭게 말하는 발라크의 얼굴을 바라보던 다이스는 자못 진지한 얼굴을 하며 대답했다.

"음, 그러고 보니 정말 쓸모없어져 버렸군. 내가 졌다!"

뭔가 다이스의 어감이 이상하다 느낀 발라크는 이마에 힘줄을 세우며 버럭 소리를 질렀다.

"이 녀석! 대체 무슨 꿍꿍이냐!"

"뭐가? 그냥 네가 원하는 대답을 해줬을 뿐인데. 그래도 불만인 거냐!"

"이, 이 녀석이!"

다이스가 어떠한 수작을 걸어오고 있다고 생각한 발라크는 근접전을 벌이고자 힘을 모아 검신을 당겼다. 다이스가 어느 정도 저항할 것이라 생각했지만, 의외로 힘없이 끌려오자 발라크는 자신의 힘을 못 이기고 뒤로 몇 걸음을 물러나야만 했다.

"뭐, 뭐야!"

다이스는 자신이 붙잡고 있던 주사위를 놓은 채 바지 주머니에 손을 넣고 휘파람을 부는 중이었고, 그의 무기인 두 개의 주사위는 발라크의 검에 묶인 채 바닥에 나뒹굴고 있었다.

"바보 같은 녀석! 싸움 중에 무기를 손에서 놓다니. 정말 목숨을 포기한 것이냐!"

"그렇게 가지고 싶어 안달하고 있는데 안 줄 수가 있어야지. 미리 말이라도 했으면 그렇게 힘쓰지 않아도 줬을 텐데… 난 그것 말고도 많거든."

말을 마친 다이스는 가는 미소를 입가에 퍼뜨리며 주머니에 넣고 있던 손을 빼내었다. 그의 손가락 사이에는 예전 것과 똑같이 생긴 주사위들이 여덟 개나 들려 있었다. 양손을 허공에 교차하며 주사위 속에 숨은 네 줄기의 절삭사를 길게 뽑아낸 다이스는 하얀 이를 드러내며 말했다.

"이제 다시 시작해 보자고. 후후훗."

발라크는 이사이로 흘러나오는 웃음소리를 들으며 온몸이 서늘해짐을 느끼고 있었다. 웃음소리가 뚝 끊어지며 다이스의 양손이 쉴 새 없이 교차하기 시작했다. 그와 함께 은빛의 절삭사는 살아 있는 뱀처럼 꿈틀거리며 발라크를 향해 다가가기 시작했다. 이미 다이스에게 한 번 당했던 발라크는 섣불리 움직이지 못하고 절삭사와 일정한 간격을 유지하며 조금씩 좌우로 걸음을 옮기기 시작했다. 순간, 눈에서 기광을 내뿜은 다이스는 왼손의 손가락에 걸려 있던 주사위 하나를 발라크를 향해 튕기며 오른손을 당겼다.

쇄아악!

그와 동시에 주사위가 발라크의 목을 스치면서 지나가더니, 횡으로 방향을 바꾸어 그의 목을 베어갔다.

"허헛!"

헛바람을 들이킨 발라크는 급히 허리를 숙이며 아슬아슬하게 다이스의 공격을 피했고, 더욱 거리를 두기 위해 뒷걸음질쳤다. 하지만 거리가 벌어질수록 발라크에게 불리해질 수밖에 없었는데, 다이스의 손이 움직일 때마다 그의 몸에는 한줄기씩의 상처가 그려지고 있었다.

하지만 발라크 역시 여러 전투에서 뼈가 굵은 인물이었기에 그대로 당하고만 있을 수는 없었다. 다리를 베어오는 절삭사를 왼손의 검으로 막은 발라크는 오른손에 든 검을 과감히 다이스를 향해 던졌다.

"으아앗!"

바람을 가르고 날아간 발라크의 검은 허공에 떠 있는 절삭사를 엉켜놓기에 충분한 힘을 지니고 있었다.

파앗!

큰 원을 그리며 날아오는 발라크의 검이 정확히 자신의 미간을 향하자 다이스는 엉켜 버린 절삭사와 연결된 네 개의 주사위를 던지며 옆으로 몸을 날렸다.

"쳇!"

모처럼 만에 기회를 잡은 발라크는 눈을 부라리며 거대한 체구로 다이스를 향해 돌진했다. 발라크의 어깨에 그대로 얻어맞은 다이스의 몸은 줄 끊어진 연마냥 둔탁한 소리를 내며 저 뒤로 날아가 모래사장에 내팽개쳐졌다.

퍼퍽!

충격이 적지 않았지만 발라크에게 기회를 내줄 수 없었던 다이스는 재빠르게 일어나 자세를 바로잡았다.

"쿨럭! 크으… 무식한 녀석. 그냥 몸으로 밀어붙이다니……."

이로써 상황이 비등해지자 자신감을 회복한 발라크는 자신의 검을 주워 들며 천천히 다가왔다.

"너 따위 애송이에게 쉽게 당할 내가 아니지. 이제부터 진짜라구. 크크크!"

양손의 검을 고쳐 잡은 발라크는 괴성을 지르며 크게 베었고, 다이스는 주사위를 들어 절삭사로 그의 검을 막았다.

끼리릭!

마찰음이 들리는 것도 잠시, 다이스는 발로 발라크의 복부를 걷어차며 다시금 거리를 벌렸다. 그리고 주사위를 아래위로 흔들며 절삭사를 뿌리자 기겁한 발라크는 옆으로 구르며 아슬아슬하게 절삭사를 피하기 시작했다.

"누가 애송이라는 거야! 나도 이 바닥에서 굴러먹은 지 꽤나 된단 말이다!"

"치잇!"

몇 바퀴나 굴러서야 다이스의 공격 거리에서 벗어날 수 있었던 발라크는 검을 집고 일어서며 입 안에 들어간 모래를 뱉어냈다. 모양 사납게 바닥에서 뒹군 것을 생각하면 화가 북받쳤지만, 상대하기 까다로운 다이스의 무기 때문에 섣불리 움직일 수는 없었다.

그들의 충돌이 잠시 소강 상태를 보이자 발라크는 곁눈질로 주변의 상황을 살폈다. 아직까지 곳곳에서 전투가 벌어지고 있었지만, 거의 막바지에 이르고 있었는데, 땅에 누워 신음하는 이들은 대부분 팔에 검은 수건을 묶은 자신의 부하들임을 알 수 있었다. 게다가 자신을 돕기로 한 몇 명의 선장들은 자신들의 부하를 이끌고 보트로 퇴각하는 중이었기에 발라크는 억장이 무너짐을 느꼈다.

"빌어먹을!"

자신도 모르는 사이에 욕지거리를 내뱉는 발라크를 보며 다이스는 느긋하게 팔짱을 끼며 말했다.

"이제 포기하고 목을 내미는 것이 어때? 네가 믿던 녀석들은 모두 꽁무니를 빼고, 부하들은 땅바닥에서 뒹굴고 있다고. 더 이상 힘을 빼는 것은 무의미하다고 보는데?"

"푸흐흐흐… 푸하하하하핫!"

"이게… 실성을 했나."

발라크가 웃음을 터뜨리자 다이스는 인상을 찡그렸다. 뭔가 꿍꿍이가 있다고 생각했기 때문이다.

"흐흐흐홋! 혹시나 이런 일이 있을지도 몰라서 손을 써놓은 것이 있다."

눈을 얇게 뜬 발라크는 턱짓을 하며 망루를 가리켰고, 그에 깜짝 놀란 다이스는 급히 고개를 돌려 망루를 바라보았다. 먼 거리였기에 정확히 보이지는 않았지만, 아스라이 연기가 피어오르는 것을 발견할 수 있었다.

"이, 이 녀석! 무슨 짓을!"

다이스가 당황하며 등을 보이자 비릿한 미소를 지은 발라크는 양손의 검을 높이 치켜들어 그의 등을 노렸다.

"싸움 중에 등을 보이다니! 죽어랏!"

발라크의 목소리에 다이스는 자신의 실수를 깨달았다. 하지만 몸을 돌려 그의 검을 막기에는 너무 늦었다는 것을 알 수 있었고, 피하더라도 치명적인 부상은 면치 못하리라 생각했다. 본능적으로 주사위를 들어올려 그의 공격을 막으려 행동을 취하고 있을 때, 날카로운 금속음이 눈앞에서 들려왔다.

채앵!

바로 뮤스의 건틀렛이 검의 행로를 막고 있었던 것이다.

"당신은 아주 비겁한 사람이군요."

나직하게 말을 내뱉은 뮤스는 뇌공력을 끌어올려 검을 쳐냈고, 빠른 속도로 다가서며 발라크의 복부를 가격했다.

퍼퍽!

그 충격이 얼마나 컸는지 황소만한 발라크의 몸이 붕 떠오르며 저만치 나가떨어졌다. 그가 몸을 일으키지 못하는 것을 확인한 뮤스는 다이스를 향해 말했다.

"다이스 씨, 괜찮으십니까?"

멋쩍은 웃음을 보인 다이스는 고개를 끄덕였다.

"아아, 덕분에… 또 한 번 신세를 졌군."

"신세는요, 무슨."

그들이 짧은 대화를 나누고 있을 때, 가래가 끓는 발라크의 목소리가 들려왔다.

"크크큭… 젊은 녀석이 주먹이 맵군… 쿨럭! 운이 좋은 줄 알아라, 다이스. 다음번에는 꼭 목을 따주마."

"네게 다음이란 없다. 목을 내놓기 전에 펠컨 섬을 나갈 수 없을 테니까."

"후훗… 저 녀석이 그랬지, 나보고 비겁하다고……. 흐흐흐, 진정으로 비겁한 게 무엇인지 보여주지."

피가 배어 나온 입가를 닦은 발라크는 잔해만 남은 마을 쪽을 바라보았다. 그곳에서 무기를 들고 내려오는 일단의 무리들이 보이고 있었는데, 그들의 앞에는 칼을 목에 겨눠지고 있는 로젠이 있었다.

"오빠!"

그녀를 발견한 다이스는 눈을 크게 부릅뜨며 외쳤다.

"로젠! 이 녀석들이!"

바로 로젠을 인질로 잡고 내려오는 발라크의 부하들이었다. 눈에 핏발을 세우고 있는 다이스를 보며 발라크는 통쾌한 웃음을 터뜨렸다.

"푸하하핫! 왜? 하나뿐인 피붙이가 인질이 되니 목이 타나 보지? 크크크. 안개가 우리에게 도움을 줄지는 몰랐어. 이렇게 감쪽같이 성공을 하리라고는 생각 못했거든."

"발라크! 원하는 게 뭐냐!"

"원하는 것이라… 네 녀석의 목숨? 흐흣! 하지만 네 녀석을 여기서 죽이면 섬을 무사히 빠져나가긴 힘들겠지? 그러니 이번은 화이트스프린터호를 손에 넣은 것만으로 만족을 하도록 하지."

몇 마디의 말이 오가는 사이 로젠을 인질로 잡은 발라크의 부하들은 발라크 곁으로 와 있었다. 발라크가 로젠을 이어받으며 들어올리자 다이스는 참지 못하고 뛰어들려 했다. 하지만 날카로운 칼날이 그녀의 목에 닿자 더 이상 움직일 수가 없었다.

"저런저런… 네 마음은 알겠지만, 그렇게 행동해서는 안 되지. 이 가녀린 목에 붉은 선이 생기는 것을 원하지 않는다면 말이야. 크크크."

로젠의 큰 눈망울에는 공포심이 서려 있었고, 그러한 동생의 모습을 본 다이스는 분노를 이기지 못해 부들부들 떨고 있었다.

"발라크… 찢어 죽이겠다!"

"흠, 그런 섬뜩한 소리를 하면 안 되지. 여기 있어봐야 좋은 소리도 못 들을 듯하니 우리는 이만 가보도록 해야겠어. 나중에 대양에서 만나면 다시 한 번 붙어보자고. 아차! 화이트스프린터호는 내가 가지고 갈 텐데 어떻게 하나? 푸하하핫!"

"로젠은 어떻게 할 거냐."

"글쎄… 그건 나중에 가봐야 알겠는걸? 노예로 팔아버리는 수도 있고."

"크으윽!"

다이스를 도발하는 말을 던진 발라크는 다이스와 그 부하들의 움직임을 살피며 보트 쪽으로 움직였다. 그들을 둘러싸고 있는 펠컨 섬의 주민들은 어쩔 수 없이 길을 열어줄 수밖에 없었는데, 로젠을 인질로 잡은 발라크가 무슨 짓을 저지를지 몰랐기 때문이다.

뮤스의 곁으로 다가온 카로이트는 침음성을 흘리며 말했다.

"끄응… 이대로 보고 있을 수밖에 없는 겁니까? 무슨 수를 써야 할 텐데……."

시너스 역시 답답한 마음을 숨기지 못하고 있었다.

"저렇게 순순히 보내줄 수는 없지 않습니까?"

잠시 대답을 미룬 뮤스는 다이스를 향해 물었다.

"다이스 씨, 어떻게 할 생각이십니까?"

"제기랄… 지금 무슨 방법이 있겠어! 동생 하나 지키지 못한 내가 원망스러울 뿐이지."

분노가 극에 달한 다이스는 보트에 태워져 멀어지고 있는 로젠에게서 시선을 거두지 못하고 있었다. 그런 다이스의 떨리는 어깨를 잡아주는 손이 있었다. 어깨에 상처를 입은 스티치가 그곳에 있었는데, 힘겹게 입을 열고 있었다.

"크으… 네 잘못이 아니다. 하지만 이렇게 넋 놓고 있을 수는 없잖아. 서둘러 추적하면 발라크 녀석을 따라잡을 수도 있을 게야."

"함선도 없는데 무슨 수로 녀석을 따라간다는 말이야! 대답해 보라고!"

아무도 그의 물음에 대답해 주지 못하고 있었다. 펠컨 섬에는 정적이 흘렀고, 득의에 찬 발라크의 웃음소리만이 저 멀리서부터 전해지는 듯했다.

127장 발리크의 최후

츠으으으으으……

날카로운 햇살이 내리쬐는 바다 위를 하얀 물보라를 뿜으며 시원스럽게 움직이는 검은색의 물체가 있었다. 마치 검은 그림자처럼 수면 위를 질주하고 있는 수륙부상선이었는데, 불과 트웨이드 항을 출발한 지 두 시간 만에 쉐인 해역의 초입인 데스벨트를 통과하고 펠컨 섬으로 향하는 중이었다.

장영실은 전면이 유리로 되어 있는 뱃머리의 조종실에서 조정간을 잡고 있었다. 나침반을 보며 방향을 확인한 그는 뒤에서 해도를 살피고 있는 루스티커를 향해 물었다.

"이제 펠컨 섬이 보일 때가 되었는데 아직 보이지 않는군요. 얼마나 더 가야 할까요?"

그의 물음에 루스티커는 볼을 긁적이며 대답했다.

"흠… 글쎄, 속도가 얼마나 빠른지 몰라서 정확한 계산이 나오질 않는군. 그저 감으로 예상할 뿐이지. 대략 차 한 잔 마실 시간 후면 펠컨 섬이 보일 걸세. 물론 정확한 것은 아니지만."

루스티커의 대답을 들은 장영실은 고개를 끄덕이며 말했다.

"정말 정확한 계산은 아니었던가 봅니다. 벌써 저 멀리 섬이 하나 보이고 있으니 말입니다."

"거참… 이 늙은이의 면목을 뭉개 버리는군."

투덜거린 루스티커는 손으로 도형을 그리며 마법을 캐스팅하기 시작했다. 시동어를 나직한 중얼거리던 그는 푸른색 빛으로 물든 손을 펼쳤다.

"텔레스코프!"

그러자 반투명한 영상이 그들의 앞에 펼쳐졌다. 저 멀리 보이는 섬을 투영시키고 있음을 알 수 있었고, 장영실을 비롯해 루스티커와 카타리나는 섬의 모습을 속속들이 볼 수 있었다. 무엇인가를 발견한 카타리나는 짧은 탄성을 지르며 외쳤다.

"아! 저기 뮤스가 보여요!"

그녀의 말에 장영실과 루스티커 역시 시선을 돌렸다. 과연 그녀의 말대로 해안의 모래사장에 앉아 있는 뮤스와 황제들의 모습이 선명히 보이고 있었는데, 무기를 들고 있긴 했지만, 그들의 행동을 보아 그리 위험한 상황인 것 같지는 않았다. 루스티커는 안도의 한숨을 내쉬었다.

"휴우… 다들 무사했군. 주신께서 보살펴 주신 것인가."

"그렇군요. 하지만 왠지 안색이 좋지가 않군요. 무슨 일이 있었던 듯한데……."

장영실이 대답하고 있을 때 자리에서 일어나 천체만리경을 꺼내 드는 뮤스의 모습을 볼 수 있었다. 그 역시 수륙부상선을 발견한 듯했고, 수륙부상선의 정체를 이미 알고 있는 듯 손을 흔들며 신호를 보내기 시작했다. 가볍게 미소를 머금은 장영실은 카타리나를 바라보며 말을 이었다.

"녀석, 카타리나 양이 오는 걸 알고 있기라도 한 모양이군요. 저렇게 반가워하다니……."

장영실의 농담 섞인 말에 카타리나는 양볼을 붉게 물들일 뿐이었다.

"한데, 주변 상황은 조금 이상하군. 시체들도 있는 것 같고, 뮤스 주변에 상처 입은 사람들 역시 상당수인걸? 마치 한바탕 전투라도 벌인 듯 보이는데… 혹시라도 모르니 전투 채비를 하는 것이 좋겠어."

루스티커의 말에 장영실 역시 고개를 끄덕이며 동의하고 있었다.

한편, 수륙부상선을 발견한 뮤스는 기쁨에 찬 눈으로 저 먼바다를 향해 손짓을 하고 있었다. 그의 옆에 앉아 있던 양국의 황제들은 영문을 몰랐기에 이상한 시선을 보낼 뿐이었다.

"갑자기 무슨 일이십니까? 이런 섬에 누가 찾아오기라도 한 것처럼……."

카로이트의 손을 잡아끈 뮤스는 그를 일으키며 천체만리경을 건넸다.

"저쪽을 보십시오! 장영실 아저씨가 오고 있습니다! 데스벨트를 넘기 위해 수륙부상선을 만드느라 시간이 조금 늦었던 모양이군요!"

카로이트는 뮤스가 가리킨 곳을 바라보았다. 과연 하얀 물보라를 일으키며 다가오고 있는 기이한 물체를 볼 수 있었다.

"에? 저게 배란 말입니까? 엄청난 속도로 다가오고 있는걸요?"

"맞습니다. 바로 수륙부상선이라는 것입니다. 모양은 저것과 조금 다르지만 제가 온 조선에서 수군을 위해 설계되었던 것이죠."

시너스는 카로이트로부터 천체만리경을 이어받아 그것을 바라보았고, 뮤스는 급히 다이스와 스티치에게 달려갔다.

"다이스 씨! 화이트스프린터호의 뒤를 쫓을 수 있게 되었습니다! 어서 준비하세요!"

다이스는 가라앉아 있던 눈동자를 돌리며 급히 달려오는 뮤스를 바라보았다.

"그게 무슨 소리야? 화이트스프린터호를 뒤쫓을 수 있다니?"

"후훗, 우리를 돕기 위해 오고 있는 사람들이 있거든요."

스티치가 안력을 돋워 바다 쪽을 바라보았다. 이제 수륙부상선은 천체만리경을 사용하지 않아도 될 만큼 가까이 접근해 있었는데, 일반 함선이 들어오지 못할 만큼 낮은 수심의 지역까지 들어오고 있는 것이었다. 그 모습에 놀란 스티치는 말까지 더듬고 있었다.

"저, 저 금속 괴물은 뭔가? 순식간에 눈앞까지 와버리다니! 설마 인간이 만든 것이라는 말인가?"

"수륙부상선이라는 것이죠. 이러고 있을 시간이 없으니 어서 내려가보죠!"

고개를 끄덕인 다이스와 스티치는 뮤스의 뒤를 따라 해안으로 자리를 옮겼다.

촤아아아아아아!

해안에 접근한 수륙부상선은 천천히 속도를 줄이기 시작했다. 그러나 멈출 기미는 보이지 않고 있었는데, 놀랍게도 모래바람을 뿌리며 모래사장 위까지 올라오고 있는 것이었다. 사람들은 몇 발자국 물러서며 멍하니 수륙부상선을 바라보고 있었다. 그렇게 모래사장의 중심까지 들어선 수륙부상선은 제자리에 멈춰 서며 그 자리에 내려앉았다.

치이익!

바람이 빠지는 소리가 들리며 수륙부상선의 문이 날개처럼 열렸다. 그 안에는 붉은 제복을 입은 황실의 전투 요원들이 양옆으로 늘어서 있었고, 혹시라도 모를 상황에 대비하여 터빈라이플을 들어 펠컨 섬에 있는 사람들을 조준하고 있었다.

누구보다 그들의 복장에 대해 잘 알고 있었던 다이스는 뮤스의 멱살을 잡으며 외쳤다.

"뭐, 뭐야! 우리를 도와줄 사람이 온다더니 황실 함대의 녀석들을 말한 거냐? 네가 황실 함대의 끄나풀이라도 되는 거냐고!"

다이스의 반응에 뮤스는 고개를 내저었다.

"진정하시고 제 말 좀 들어보세요. 저들이 이곳에 온 이유는 따로 있다구요."

"이유라고?"

다이스의 궁금증은 금방 풀어졌다. 주변을 경계하는 자세로 수륙부상선에서 내린 황실 함대의 전투 요원들은 해변에 멀뚱히 서 있던 시너스를 둘러싸고 예를 갖추기 시작한 것이었다.

"폐하께 인사드립니다!"

멍하니 그 모습을 보던 스티치가 물었다.

"폐하라니? 설마… 저 시너스라는 녀석이……?"

"맞습니다. 현 듀들란 제국의 황제인 시너스 폐하이십니다. 실수로 화이트스프린터호에 탑승하게 되셨던 것이죠."

그때의 일을 떠올려 보던 다이스는 수긍이 간다는 듯 고개를 끄덕였다.

"역시… 황실 함대의 추격을 받을 때 충분히 공격할 수 있는 거리였는데도 잠잠했었지. 그런 이유에서였던가?"

"뭐… 그럴 수도 있었겠군요."

그들이 대화를 주고받고 있을 때, 등 뒤로부터 귀에 익숙한 음성이 들려왔다.

"뮤스!"

언제나 들어도 자신을 즐겁게 만드는 목소리. 놀란 뮤스는 재빨리 고개를 돌리며 목소리의 주인을 확인했다.

"카, 카타리나!"

수륙부상선에서부터 한걸음에 달려온 카타리나는 뮤스의 품으로 뛰어들었고, 뮤스는 얼떨결에 그녀를 안아주었다.

"못됐어! 또 나를 걱정시키다니! 아무 말 없이 그렇게 사라지기가 어디 있니!"

뮤스는 얼굴을 자신의 가슴에 파묻은 채 질책하는 카타리나의 부드러운 머리를 쓸어주었다.

"미, 미안, 카타리나. 매번 이렇게 약속을 어겨서 미안해."

품에서 벗어나 고개를 치켜든 카타리나는 당황하고 있는 뮤스의 얼굴을 보며 혀를 삐죽 내밀었다.

"치! 그렇게 미안한 표정을 지으면 더 이상 뭐라고 말 못하겠잖아."

"하하… 그런가?"

뮤스가 머리를 긁적이는 모습을 보며 수륙부상선에서 내린 루스티커는 혀를 찼다.

"쯔쯧… 요즘 젊은이들이란……."

"부러우면 부럽다고 말씀하시죠. 나이 드셔서 시샘하는 것도 그리 보기 좋은 모습은 아니랍니다."

가시가 있는 말을 내뱉은 장영실은 양국의 황제들을 향해 목례를 했다.

"신 장영실, 폐하를 뵙겠습니다. 두 분 모두 불편한 곳은 없으십니까?"

장영실과 루스티커의 얼굴을 보며 만면에 웃음을 띤 시너스는 그들의 손을 잡으며 말했다.

"하하핫! 꼭 구출해 주시러 올 것이라 믿고 있었답니다."

루스티커는 그의 머리를 쓰다듬어 주며 말했다.

"녀석, 그러기에 왜 그렇게 위험한 일을 벌인 것이냐? 투르코스 재상이 얼마나 걱정했는지 아느냐?"

갑자기 시무룩한 얼굴을 한 시너스는 그의 눈치를 살피며 물었다.

"숙부님께서 화가 많이 나셨습니까?"

"허헛! 아무리 화가 났어도 이렇게 건강한 모습을 보면 곧 풀릴 게다."

그리고 카로이트에게 시선을 돌린 루스티커는 가볍게 목례하며 말을 이었다.

"그보다 이렇게 뒤늦게야 제대로 인사를 드리게 되는군요. 그간의 결례는 용서하시길."

시너스는 카로이트를 대하는 루스티커의 행동에 의아함을 느끼고 있었다.

"루스티커님은 왜 카롯 경에게 존어를 쓰시는 거죠?"

어색한 미소를 지은 루스티커는 그의 어깨를 끌어당기며 카로이트의 앞에 세웠다.

"너도 정식으로 인사하거라. 이분께서 도이첸 제국의 황제이신 카로이트 3세이시다. 이번에 본국의 제국개발사업 발표회를 둘러보시기 위해 신분을 숨기고 계셨단다."

"네?! 그러니까 카, 카롯 경이 도이첸 제국의 황제라구요? 그 말이 정말입니까?"

믿기지 않는 듯 되묻는 시너스를 보며 카로이트는 볼을 긁적이며 대답했다.

"하… 하… 그동안 폐하를 속인 점 죄송스럽게 생각합니다. 애초 신분을 밝히지 않을 참이었는데, 이런 식으로 들통이 나버렸군요."

"이, 이럴 수가! 정말 충격적인 사실이군요."

시너스가 놀란 마음을 진정시키고 있을 때 뮤스의 목소리가 들려왔다.

"이번 일을 미연에 방지하지 못해서 많은 분들께 걱정을 끼쳐 드린 듯합니다. 죄송스럽다는 말밖에 드릴 말씀이 없군요."

그의 말에 루스티커는 고개를 내저었다.

"그런 말 말게나. 자네가 없었더라면 이렇게 찾기도 힘들었을 텐데. 한데 그 두 사람은 누구인가?"

"아… 이분들부터 소개시켜 드려야겠군요."

잠시 반가움을 뒤로 미룬 뮤스는 다이스와 스티치를 간단하게 소개한 후, 양국의 황제가 화이트스프린터호에 탑승하게 된 이유부터 시작하여 헬렌에게 얽힌 이야기, 그리고 지금 상황까지 상세하게 들려주고 있었는데, 전투가 벌어진 이야기가 나올 때는 루스티커와 카타리나의 입에서 탄성이 나왔고, 로젠이 인질로 잡혀간 이야기에서는 모두들 침음성을 터뜨렸다. 한동안 뮤스의 이야기를 들은 루스티커는 안타까운 표정으로 수염을 매만지며 말했다.

"그렇다면 큰일이로군. 이렇게 이야기나 하고 있을 시간이 없겠는걸?"

"그럼 도와주시는 것입니까?"

뮤스가 되묻자 루스티커는 시너스를 바라보며 대답했다.

"허헛! 내가 싫더라도 시너스가 도와주고 싶다면 어쩔 수 없는 것이지. 수륙부상선은 듀들란 제국 황실의 제정으로 만들어졌고, 시너스가 황제이니 그 뜻에 나는 따를 수밖에."

긍정적인 대답을 듣자 다이스와 스티치의 얼굴은 금세 밝아졌고, 그들의 눈에는 로젠을 구출하겠다는 열의가 불타오르고 있었다.

그리 넓지 않은 금속 테이블 위에 작은 해도가 펼쳐졌다. 듀들란 제국의 동부해안을 따라 그려진 해도였는데, 제국 곳곳의 크고 작은 항구들이 붉은 점으로 표시되어 있었다. 그중 트웨이드 항으로부터 250켈리가량 남단에 위치한 '로팅 항'을 가리키는 손이 있었다.

"이곳이 바로 로팅 항입니다. 다른 항구에 비해 규모가 작은 항구지만, 수심이 충분히 깊어 대형 함선까지 정박이 가능하고, 황실 함대의 감시가 허술한 지역이기 때문에 해적들이 신분을 숨기고 자주 찾는 곳이죠. 주로 항해에 필요한 물자는 이곳에서 조달을 한답니다. 보이지 않는 곳에서 해적 길드도 활동하고 있어서 간단한 생필품부터 해상전에 쓰이는 무기들까지, 구하지 못하는 물건은 없다고 봐도 됩니다. 발라크 녀석은 틀림없이 이곳으로 향하고 있을 겁니다. 전투에서 부하들을 많이 잃은 만큼 화이트스프린터호를 제대로 움직이기 위해서는 그만큼의 인원을 충당해야 할 테니 말입니다."

해도를 보며 일행들에게 설명하는 다이스의 목소리였다. 루스티커는 수염을 쓸어 내리며 입을 열었다.

"흠… 이 속도로 가면 얼마 있지 않아 화이트스프린터호를 따라잡을 수 있을 것 같은데… 아무리 적게 잡아도 제 속도를 내지 못하는 화이트스프린터호보다 네 배 이상은 빠를 테니 말이야."

"제 생각도 그렇습니다. 이런 속도라면 한 시간 정도면 충분히……."

말끝을 흐린 다이스는 조종실의 전면 유리를 통해 펼쳐진 바다를 내다보았다. 불과 차 한 잔 마실 시간밖에 지나지 않아 데스벨트를 통과한 수륙부상선은 돌고래보다 훨씬 빠른 속도로 해수면을 질주하는 중이었다. 다이스는 아직까지도 그 놀라운 속도에 적응이 덜된 듯 지나치는 풍경을 멍하니 바라보고 있을 뿐이었다.

지금 수륙부상선에 탑승해 있는 사람은 뮤스, 장영실, 루스티커, 다이스, 그리고 황실 함대의 전투 요원들이었다. 애초 수륙부상선은 적정 탑승 인원이 있었기에 모든 사람이 동행할 수는 없었고, 혹시라도 전투가 벌어질지도 몰랐기에 양국의 황제들과 카타리나, 그리고 스티치는 펠컨 섬에 남겨놓고 출발한 것이다. 물론 뮤스와 떨어지기 싫었던 카타리나가 따라가겠다고 고집을 피웠지만, 뮤스의 달램으로 겨우 고집을 꺾어놓을 수 있었다.

루스티커는 다이스의 얼굴을 살펴보았다. 동생에 대한 걱정 때문인지 그의 눈빛이 초조하게 떨리고 있었다. 평소 낯선 사람에게 고집스럽고 독선적인 성격을 보이는 루스티커였지만, 헬렌에 얽힌 이야기를 들은 이후로는 듀들란 제국 황실의 사람으로서 부끄러움을 느꼈기에 따뜻한 목소리로 말을 건네는 루스티커였다.

"자네, 아직 화이트스프린터호가 보이지 않아 초조한 모양이로군."

"아! 예……."

스티치를 대할 때와는 달리 공손한 말투였다. 다이스 역시 황실 수석 마법사의 위치가 어느 정도 되는지 잘 알고 있었고, 두어 세대 이전의 사람이었기에 함부로 대할 수 없었던 것이다. 편치 않은 목소리로 대답하는 그를 보며 루스티커는 눈웃음을 지었다.

"흠… 동생을 생각하는 마음이 간절한 것 같으니 아마 주신께서도 자네를 도울 걸세. 세상을 오래 산 늙은이의 직감이니 믿어도 좋을 거야."

"예, 말씀만이라도 감사합니다."

평소의 장난기는 찾아볼 수 없는 목소리였다.

문득 그들의 대화에 끼어드는 인물이 있었다. 수륙부상선의 조정간을 잡고 있던 장영실이었는데, 눈을 얇게 뜬 채 먼 곳을 바라보며 말했다.

"흠… 과연 루스티커님의 연륜은 인정해 줘야겠어요. 저 멀리 선박의 깃발이 보이고 있습니다. 너무 먼 거리라 화이트스프린터호인지 아직 분간이 되지 않지만 말입니다."

"그거야 알아보면 될 것 아닌가?"

가볍게 웃은 루스티커는 손을 모아 전과 같은 도형을 그리기 시작했다. 그리고 푸른 빛이 감도는 손바닥을 펼친 루스티커는 해도가 놓여 있던 금속 테이블 위에 손을 올려놓았다. 그러자 순백색을 한 함선의 모습이 탁자 위에 투영되었는데, 그것을 본 다이스는 나직한 탄성을 내질렀다.

"화이트스프린터호입니다! 과연 제 예측대로 로팅 항으로 향하고 있었습니다!"

"허헛! 거 보게나. 어디 한번 자세히 살펴볼까?"

루스티커는 손을 좌우로 돌리며 끌어당기는 시늉을 했다. 그러자 화이트스프린터호의 모습이 확대되며 갑판의 상황이 적나라하게 보였는데, 직접 타륜을 잡고 있는 발라크의 모습이 보였고, 이십여 명쯤 되는 그의 부하들은 갑판에서 분주하게 움직이며 돛의 밧줄을 만지고 있었다. 그 모습을 본 다이스는 분명한 적의를 표하고 있었다.

"저 타륜을 잡고 있는 놈이 바로 발라크입니다. 찢어 죽일 녀석!"

"그런데 갑판에는 자네의 동생은 없는 듯하군. 어디에 가두어 놓았을지 짐작이 가는가?"

"아마 후미선실에 가두어놓았을 겁니다."

알았다는 듯 고개를 끄덕인 루스티커는 다시 손을 움직였다. 그러자 갑판을 투영하던 시야가 움직이며 다이스의 눈에 익숙한 후미선실의 문이 보였고, 그곳을 통과하며 후미선실의 실내가 한눈에 들어왔다. 과연 다이스의 예측대로 밧줄로 손과 발이 묶인 로젠이 그곳에 있었다. 몸을 쭈그린 자세로 후미선실의 구석에 앉아 있었는데, 겉으로 보아 상처가 없는 듯하자 다이스는 안도의 한숨을 내쉬었다.

"휴우… 늦지는 않은 모양입니다."

가벼운 손짓으로 마법을 소멸시킨 루스티커는 그의 어깨를 두들겨 주었다.

"멋지게 복수를 해주게나. 저런 비열한 인간은 제대로 혼이 나봐야 한다네. 허헛!"

"물론입니다!"

그제야 미소를 지을 수 있었던 다이스는 고개를 끄덕였다.

선선히 불어오는 바람을 맞으며 타륜을 잡은 발라크는 절로 나오는 웃음을 참지 못하고 있었다. 다크윈드호와 부하를 잃은 사실은 이미 그의 머릿속에 남아 있지 않았다. 오래전부터 마음에 두고 있던 화이트스프린터호를 손에 넣었다는 기쁨이 그만큼 컸기 때문이었다.

"푸흐흐흐흣… 이제 화이트스프린터호와 함께 예전의 명성을 되찾고 말 테다. 이제 헬렌의 화이트스프린터호가 아닌 발라크의 화이트스프린터호를 사람들은 기억하게 될 것이다."

화이트스프린터호는 발라크에게 있어 단순한 배의 의미가 아니었다. 헬렌과 함께 이름을 떨치던 과거의 추억이 배어 있는 소중한 배였다. 비록 헬렌은 자신의 양자인 다이스에게 화이트스프린터호를 물려주었지만, 화이트스프린터호에 대해 각별한 애정이 있었던 발라크는 늘 마음에 품고 있었고, 결국 이렇게 손에 넣게 되었으니 춤이라도 추며 기뻐하고 싶은 심정이었다.

"다이스 녀석의 숨통을 끊어놓지는 못했지만, 화이트스프린터호를 손에 넣었으니 내 목적은 달성한 것이나 다름없지. 이제 로팅 항에서 화이트스프린터호에 걸맞는 새로운 식구들만 구하면 되는 건가? 크흐흐흐……."

발라크가 혼잣말을 중얼거리며 걸쭉한 웃음을 흘리고 있을 때 하갑판으로부터 부하의 다급한 목소리가 들려왔다.

"서, 선장님! 본선의 우측면에 괴선박이 출현했습니다!"

그의 말에 발라크는 고개를 돌렸다. 부하의 말대로 화이트스프린터호로부터 100멜리가량 떨어진 곳에 검은색을 띤 넓적한 물체가 있었는데, 그 형태가 너무도 기이하여 배라고 부르기에도 부적합해 보였다. 어쨌든 배라고 짐작되는 그 물체는 화이트스프린터호와 뱃머리를 나란히 한 채 움직이는 중이었다.

"저, 저건 또 어디서 나타난 거야! 잠시 생각을 딴 데 팔고 있었다고는 하지만 접근해 오는 선박조차 눈치 못 챌 정도는 아니었는데!"

"선장님께 말씀드릴 시간도 없이 접근해 왔습니다! 그것도 믿기지 않을 정도의 속도로……."

"그걸 말이라고 하는 거냐! 모두 전투 준비를 해라!"

"와, 와우! 써!"

짧게 대답한 부하는 전투의 태세를 알리는 고둥나팔을 불기 시작했다.

뿌우! 뿌우! 뿌우!

이미 괴선박의 출현을 알고 있었던 발라크의 부하들은 급히 무기를 뽑아 들거나 괴선박을 향해 석궁을 겨누었다. 하지만 부하들이라고 해봐야 불과 40명 남짓이었는데, 펠컨 섬의 전투에서 너무나 많은 부하를 잃었던 것이다. 해상 전투를 벌이기에는 너무나 열악한 상황이라는 것을 알고 있었던 발라크는 눈살을 찌푸렸다.

"젠장! 뭔가 불길한 예감이 드는데……."

그가 혼잣말을 중얼거리는 사이 화이트스프린터호의 우측면에 붙어 움직이던 괴선박의 선체에서 작은 돌기들이 생겨나고 있었다. 그 수는 정확히 40개. 그리고 그 돌기들로부터 요란한 소음을 동반한 하얀 연기가 뿜어져 나오기 시작했다.

펑! 펑펑펑! 펑!

아무것도 모른 채 괴선박의 움직임을 보고 있던 발라크의 부하들은 전신에서 피를 뿜으며 뒤로 쓰러지기 시작했다.

"끄으악! 크윽!"

간혹 반사 신경이 좋아 난간 뒤로 몸을 숨긴 이들도 있었지만, 굵은 나무로 만들어진 난간까지 꿰뚫고 들어온 물체로 인해 안전할 수는 없었다. 순식간에 반에 달하는 발라크의 부하들이 갑판에서 신음하며 나뒹굴었다. 갑판은 이미 그들의 몸에서 흘러나온 피로 인해 붉게 물들었다. 용케 공격을 피한 부하들은 피로 인해 미끌거리는 바닥에 모래를 뿌리며 자세를 잡고 있었다.

돌연한 공격에 쓰러지는 부하들을 본 발라크는 분노하며 외치기 시작했다.

"석궁을 날려라! 모조리 쏴버리란 말이다!"

그의 말에 따라 부하들이 괴선박을 향해 석궁을 쏴봤지만, 적은 100멜라나 멀리 떨어져 있었기에 석궁의 도달 거리를 벗어나 있었고, 만약 닿는다 해도 괴선박의 선체 전체가 금속으로 덮여 있었기에 석궁으로 타격을 줄 수 있을지도 의문이었다. 그사이에 괴선박으로부터의 공격은 재차 진행되어졌다.

펑펑펑! 펑펑!

다시 요란한 소음을 동반하며 연기를 뿜자 그에 놀란 발라크의 부하들은 안전한 곳을 찾아 몸을 날렸고, 그나마도 못한 이들은 쓰러져 있는 동료의 몸을 방패 삼아 공격을 피하고 있었다.

"터빈케이블 연결!"

장영실의 목소리에 맞춰 일렬로 서 있던 황실 함대의 전투 요원들이 움직였다. 그들은 자신들의 앞에 걸려 있는 투명한 관을 터빈라이플의 끝에 연결시켰다.

"스팀 장전!"

이어 관에 연결되어 있는 작은 버튼을 눌렀는데, 바람이 새는 듯한 소리와 함께 투명한 관이 부풀어 오르는 것이 보였다.

"사수 정조준!"

황실 함대의 전투 요원들은 벽면의 주먹만한 홈에 터빈라이플을 가져다 대었다. 그리고 화이트스프린터호의 갑판에서 각종의 무기들을 들고 있는 이들을 향해 조준했다. 수륙부상선의 내부에는 침묵이 흘렀다. 이미 충분한 훈련을 받은 이들이었기에 터빈라이플이 어떠한 위력을 가지고 있는지 너무나 잘 알고 있었다. 그랬기에 상대가 해적임을 알고 있음에도 불구하고 곧 피를 쏟으며 쓰러질 그들을 향한 측은함이 생겨나고 있었다. 하지만 자랑스러운 듀들란 제국 황실 함대 정예 요원들의 결단에는 머뭇거림이 있을 수 없었다.

"사격!"

장영실의 목소리에 전투 요원들의 무심한 손가락은 터빈라이플의 방아쇠를 당겼다. 요란한 소음이 들려오며 가벼운 반발력을 느꼈고, 하얀 연기를 뿜는 터빈라이플로부터 뛰쳐나온 탄환은 적을 찾아 허공을 갈랐다. 이어 전신에서 피를 뿌리며 쓰러지는 화이트스프린터호의 선원들. 그들의 죽음에 기도문을 읊어줄 여유도 없이 장영실의 목소리가 이어졌다.

"스팀 재장전! 사수 정조준! 사격!"

다시 한 번 수륙부상선의 내부는 하얀 연기가 가득 메우고 있었다.

터빈라이플을 보며 놀라는 것은 다이스와 뮤스 역시 마찬가지였다. 다이스는 캐논의 위력을 본 적은 있었지만, 이토록 놀라운 명중력을 가진 대인 무기가 존재한다는 것에 충격을 받은 듯했다.

"대, 대체 어, 어디서 이런 것들이 만들어지는 건지… 이 배도 그렇고 무기도 그렇고……."

뮤스의 놀라움은 다이스와 조금 다른 것이었는데, 터빈라이플의 구동 방법이 신선하게 다가왔던 것이었다.

"아! 놀랍군요. 압축증기를 이용하여 탄환을 발사해 낼 생각을 하시다니……."

뮤스의 생각이 맞았는지 장영실은 고개를 끄덕였다.

"한눈에 알아보는구나. 네 말대로란다. 이 수륙부상선은 고압의 압축 증기를 방출하여 부상하게 되는데, 남은 압축증기를 이용해서 적에 대항할 수 있는 무기를 만들어보면 어떨까 하는 생각을 하게 되었지. 화약을 제조해 내기도 찝찝하고 해서 말이야. 그렇게 해서 만든 것이 터빈라이플인데, 이 수륙부상선 내에서만 사용할 수 있으니 이번 일 이후에 다른 곳으로 유출될 걱정은 없단다."

"음… 그랬던 것이었군요."

"이제 구출을 시작해 볼까?"

말을 마친 장영실은 수륙부상선을 화이트스프린터호의 우측 측면으로 접근시켰다. 팔만 뻗으면 닿을 만큼 접근했음에도 상대의 대응은 없었다. 터빈라이플의 위력에 상대가 완전히 주눅 든 것이라 판단한 장영실은 수륙부상선을 덮고 있던 금속의 덮개를 개방시켰다.

치이이익…….

덮개가 날개 펼쳐지듯 접히며 올라가자 붉은 제복을 입은 전투 요원들의 모습이 드러났다.

장전된 터빈라이플로 화이트스프린터호의 갑판을 겨눈 그들은 날카로운 눈빛으로 갑판 위의 상황을 살폈다. 곳곳에 터빈라이플의 탄환에 맞아 목숨을 잃은 이들이 보였고, 목숨은 붙어 있었지만 상처를 부여잡은 채 신음하고 있는 이들도 보였다.

"끄으으으……."

서로 수신호를 주고받은 전투 요원들은 터빈라이플로 주변을 경계하며 화이트스프린터호로 옮겨 탔다. 그중 반은 터빈라이플을 내려놓으며 자신의 검을 뽑아 들었다.

다이스와 뮤스 역시 그들 사이에 끼어 있었다. 마음이 급했던 다이스와 뮤스는 뒤에서 지원 사격을 해줄 전투 요원들을 믿고서 후미선실을 향해 달려갔고, 눈에 익숙한 나무 문을 걷어차며 후미선실 안으로 뛰어들었다.

후미선실에 들어선 다이스와 뮤스는 발라크와 십여 명의 그 부하를 볼 수 있었다. 그리고 발라크의 손에 잡혀 있는 로젠의 모습. 그녀는 정신을 잃은 듯 축 늘어져 있었다.

"크크크크… 역시 다이스 네 녀석이었나? 끈질기군."

"발라크! 로젠을 내놔라!"

다이스는 주사위를 꺼내 들며 고함을 질렀다. 하지만 귀를 후비적거린 발라크는 그런 다이스를 비웃으며 말했다.

"크크크… 그런 장난감 주사위로는 이제 아무것도 할 수 없다는 걸 보여주마. 녀석을 날려 버려라!"

발라크의 말을 기다렸다는 듯 그의 부하들이 갈라지며 무엇인가를 밀고 나왔다. 바로 짙은 묵빛을 띠고 있는 캐논의 모습이었는데, 불붙은 심지를 본 뮤스는 급히 다이스의 몸을 안으며 몸을 날렸다.

"위험해요!!"

콰아아앙!

불꽃을 터뜨리며 발사된 대포알은 다이스와 뮤스를 아슬아슬하게 피해 나갔다. 하지만 갑판 쪽에서는 요란한 소리가 들려왔는데, 후미선실의 문을 통과해 날아간 대포알은 화이트스프린터호의 상갑판을 직격했고, 크고 작은 나무 파편들이 사방으로 비산하고 있었다.

우지끈!

다이스가 피하자 발라크가 부하들을 다그쳤다.

"빨리 저 녀석을 맞혀라, 머저리 같은 녀석들아!"

발라크의 부하들은 금세 캐논을 재장전하였다. 그것을 본 다이스와 뮤스는 몸을 숙이며 한발 먼저 후미선실을 빠져나왔다.

콰과광!

불을 뿜어낸 캐논은 애꿎은 후미선실의 벽에 사람 머리만한 구멍을 만들어내고 있었다. 이번에도 다이스를 맞히지 못하자 거친 콧바람을 내쉰 발라크는 그를 찾기 위해 부하들과 함께 캐논을 밀고 후미선실 밖으로 나왔다.

갑판에는 전투 요원들이 터빈라이플을 들고 발라크와 부하들을 겨냥하고 있었지만, 로젠 때문인지 섣불리 공격하지 못하고 있었다. 그들을 향해 코웃음을 터뜨린 발라크는 부하의 손에 들려 있는 부싯돌을 빼앗아 들어 캐논의 심지에 불을 붙였다.

"뭘 하는 녀석들인지는 몰라도 모두 다 골로 가버려라! 크하하하!"

막무가내인 발라크의 행동에 깜짝 놀란 뮤스는 전투 요원들을 향해 소리 질렀다.

"모두들 피하세요!"

하지만 머뭇거리는 전투 요원들보다 타 들어가는 심지의 속도가 더 빨랐다.

콰과과광!

선체를 진동시키는 폭발음과 함께 날아간 대포알은 몇 명의 전투 요원들과 화이트스프린터호의 우측 난간을 뚫었다. 그리고 충분한 여력을 지닌 대포알은 접근해 있던 수륙부상선에까지 충격을 주었다. 유유히 해수면에 떠 있던 수륙부상선은 순간 휘청하는 모습을 보이며 심하게 요동쳤고, 내부 곳곳에 설치된 계기반들이 오르락내리락하며 불안정한 움직임을 보이기 시작한 것이었다.

수륙부상선에 있던 장영실과 루스티커 역시 돌연한 상황에 당황하고 있었는데, 안색을 바꾼 장영실이 급박한 목소리로 외쳤다.

"방금 전의 충격으로 중앙동력기가 파손된 듯합니다! 루스티커님, 지금 당장 수륙부상선에서 빠져나가십시오!"

"대, 대체 어떻게 된 일인가!"

"설명드릴 시간이 없습니다!"

잡고 있던 조정간을 놓은 장영실은 급히 루스티커를 안으며 수륙부상선 밖으로 몸을 날려 화이트스프린터호로 뛰어내렸다. 몇 바퀴 구르며 착지한 장영실은 난간으로 다가가 수륙부상선의 모습을 바라보았다. 균형을 잃고서 좌우로 휘청이는 수륙부상선의 좌측으로 대포알이 뚫고 들어간 구멍이 나 있었는데, 불꽃이 튀는가 싶더니 검은 연기가 뿜어져 나오기 시작했다. 결국 제 능력을 상실한 중앙동력기가 움직임을 멈추자 부상력을 잃은 수륙부상선은 해수면에 떨어졌고, 천천히 바다에 가라앉고 있었다. 무려 120켈리라는 경이적인 속도를 자랑하던 수륙부상선은 이렇듯 허무하게 바다의 한가운데 묻혀 버리게 되었다.

가라앉는 수륙부상선을 본 발라크는 득의의 웃음을 터뜨렸다.

"크하하! 저 철갑 괴물도 별것없잖아! 한 방에 가라앉아 버리다니. 너희들도 모두 똑같이 수장시켜 주마!"

발라크는 어느새 재장전되어 있는 캐논에 불을 붙였다. 그 모습을 본 뮤스는 다시 한 번 피하라는 고함을 쳤고, 그 위력을 알고 있었던 이들은 사리지 않고 몸을 던졌다.

콰과광!

또다시 대포알에 직격당한 화이트스프린터호는 이미 만신창이가 되어 있었다. 사방으로 튀어나가는 흰색의 파편을 보면서도 발라크의 행동에는 아무런 거리낌도 없어 보였는데, 번들거리는 그의 눈은 이성을 상실한 광인의 그것과 같아 보이고 있었다. 그의 마음은 이미 화이트스프린터호를 포기한 듯했다.

바닥에 낮게 엎드리고 있던 뮤스는 조금 떨어진 곳에 몸을 숨기고 있는 장영실을 향해 물었다.

"이제 어떻게 하면 좋죠? 발라크가 완전히 이지를 상실한 듯한데… 이러다간 로젠 양을 구하기도 전에 우리가 먼저 당할 것 같은데요."

그의 물음에 턱을 매만지던 장영실은 입맛을 다시며 말했다.

"쩝… 하늘이 우리를 돕는다면 기적이 벌어질지도 모르지. 아직 내가 우려한 상황은 벌어지지 않았거든?"

"우려한 상황이라니요?"

장영실은 이렇다 할 확답을 해주지 않은 채 어깨만 으쓱거리고 있었다.

이리저리 대포알을 피해 흩어지는 황실 함대의 전투 요원들과 뮤스 일행들을 본 발라크는 광소를 터뜨렸다.

"마치 쥐새끼마냥 도망가는 꼴이 말이 아닌걸 그래. 크하하하!"

그렇게 웃고 있던 발라크는 조금씩 떨리기 시작하는 자신의 손을 보며 웃음을 멈추었다. 뭔가 거대한 진동을 느끼고 있었던 것인데, 그것은 발라크뿐만 아니라 화이트스프린터호를 타고 있는 이들이 모두 공통적으로 느끼고 있는 것이었다.

나무 상자 뒤에 앉아 숨을 몰아쉬고 있던 장영실은 진동을 느끼며 눈을 번쩍 떴다. 그리고 뮤스와 다이스, 그리고 루스티커를 비롯해 황실 함대의 전투 요원들을 향해 외쳤다.

"지금이다! 모두 아무거나 붙잡아! 엄청난 충격이 올 거야!"

그의 목소리를 들은 이들은 그 이유조차 모른 채 시키는 대로 움직이기 시작했고, 발라크와 그의 부하들은 점차 강렬해지는 진동을 느끼며 두려운 표정을 짓고 있었다.

"뭐, 뭐지?"

순간, 전해지던 진동이 거짓말처럼 사라졌다. 그리고 화이트스프린터호에 타고 있던 사람들은 자신의 몸이 허공에 붕 뜨는 기분을 느껴야만 했는데, 더욱 놀라운 사실은 그것이 기분만이 아닌 실제 상황이라는 점이었다. 거대한 화이트스프린터호의 선체가 엄청난 규모의 물기둥에 얹혀져 허공으로 떠오른 것이었다.

촤아아아아악!

그렇게 잠시 허공에 떠 있던 화이트스프린터호는 바다 위로 곤두박질쳤다. 화이트스프린터호는 뒤집힐 듯 크게 흔들렸고, 갑판 위의 사람들 역시 목숨에 위협을 느낄 정도의 충격을 받아야만 했다.

얼마 후, 울렁거림이 진정되고 나서야 몸을 일으킬 수 있었던 뮤스는 소매로 식은땀을 닦아내며 주변을 둘러보았다. 다행스럽게도 일행들은 별다른 타격을 받지 않은 듯한 모습이었다. 뮤스는 바지를 털어내며 몸을 일으키는 장영실을 향해 물었다.

"대체 무슨 일이 벌어졌던 거죠?"

안도의 한숨을 토해낸 장영실은 손을 쥐었다 펴 보이며 대답했다.

"휴우… 역시 예상했던 대로군. 수륙부상선의 내부에서 배출되지 못한 압축증기가 가라앉은 이후에 이렇게 터져 버린 것이란다. 그 여파가 화이트스프린터호를 뒤흔들어 놓게 된 것이지."

"그럼 수륙부상선이 수장된 것이 오히려 득이 된 거군요."

주변에서 몸을 일으킨 사람들은 상황을 살피고 있었다. 미처 폭발에 대비하지 못했던 발라크의 부하들은 큰 상처를 입고 여기저기 쓰러져 있거나 바다에 빠져 목숨을 잃은 듯했다. 정신을 수습한 다이스는 로젠을 찾기 위해 어지러운 갑판 위를 돌아다니기 시작했다.

"로젠! 로젠!"

그는 얼마 지나지 않아 갑판의 한쪽 구석에서 로젠을 찾을 수 있었다. 다이스는 급히 로젠에게 다가가 그녀 몸을 살폈는데, 곳곳에 긁힌 듯한 상처는 있었지만 목숨에 지장을 줄 만한 상처는 보이지 않았다. 게다가 살포시 눈을 뜨는 그녀의 모습은 다이스를 안도하게 만들었다.

"오, 오빠? 오빠야? 역시 나를 구하러 와줬구나!"

다이스는 자신의 얼굴에 닿는 로젠의 손길에 눈물이 핑 도는 것을 느꼈다.

"다, 당연히 이 오빠가 구하러 왔지!"

"훗… 그런데 왜 눈물을 흘리고 그래. 누가 죽기라도 했나?"

그녀의 말에 금세 눈물을 훔친 다이스는 벌떡 일어나며 뒤돌아섰다.

"누, 누가 눈물을 흘렸다고 그래! 괜히 꾀병 부리지 말고 어서 일어나!"

"칫! 내가 다 봤는데 딴소리는."

혀를 쌜쭉 내민 그녀는 쓰라림을 느끼며 자리에서 일어났다. 그러던 중 무엇인가를 발견한 로젠은 비명을 지르며 다이스에게 안겨 들었다.

"꺄아아악! 오빠! 저, 저기!"

돌연한 로젠의 비명성에 다이스는 급히 뒤를 돌아보았다. 그녀가 가리키는 곳. 그곳에는 참혹한 모습의 발라크가 있었다. 선체가 흔들리면서 밀린 육중한 캐논에 몸이 깔린 모습이었는데, 배에서는 아직 식지 않은 붉은 피가 뭉글뭉글 솟아올랐고, 팔과 다리는 이질적으로 뒤틀려 있었다. 로젠의 비명성에 몰려든 사람들 역시 발라크의 참혹한 죽음을 바라보며 고개를 내저었다.

"이것이 악인의 말로인가? 끔찍하군."

루스티커의 말에 모두들 동의한다는 듯 고개를 끄덕였다.

기이이익.

발라크의 죽음을 확인하며 한숨을 돌리려 했지만 귀를 거슬리게 하는 소리가 그들을 다시금 긴장시켰다. 그 소리를 너무나 잘 알고 있었던 다이스는 로젠을 내려놓으며 침음성을 터뜨렸다.

"끄응… 아무래도 발라크 녀석이 마구잡이로 캐논을 쏴버리는 바람에 화이트스프린터호의 용골이 뒤틀린 듯합니다. 이대로 있다가는 얼마 버티지 못하고 화이트스프린터호가 가라앉을 듯한데……."

루스티커는 골치가 아픈 듯 머리를 짚었다.

"산 너머 산이라더니… 수륙부상선을 잃는 데 이어 이런 일까지 생기다니……."

뮤스 역시 허탈한 표정을 짓고 있었다.

"하하… 정말 손을 쓸 수 없는 일이 생겨 버렸군요."

싸늘한 분위기는 순식간에 갑판을 쓸었고, 모두 입을 닫은 채 이곳에서 탈출할 방법을 짜내기 시작했지만 그리 긍정적인 상황이라 생각할 수는 없었다.

그러던 중, 짙은 그림자가 화이트스프린터호에 드리움을 느꼈다. 아침부터 안개가 껴 있었기에 비가 올 날씨는 아니라 생각한 뮤스는 의아함에 고개를 들어 하늘을 올려다보았다.

"어엇! 저것은!"

그곳에는 눈에 익숙한 물체가 태양을 가리며 떠 있었는데, 광택이 나는 하얀 바탕에 붉은 드래곤의 휘장이 그려져 있는 물체. 바로 쟈트란에 두고 왔던 비행선이 난데없이 그들의 머리 위에 떠 있는 것이었다.

"아, 아니… 어떻게 비행선이 여기에……."

안력을 돋워 바라보니 비행선의 곤돌라에서 크라이츠와 고듀트 외교대신, 그리고 친구들, 펠컨 섬에 두고 왔던 카타리나와 양국의 황제들이 자신을 향해 손을 흔드는 모습을 볼 수 있었다.

"뮤스! 어디 다친 데 없니?!"

"뮤스 형! 나도 왔어! 못된 녀석들은 어디 있는 거야? 내가 혼내줄게! 여기 엄청 강해 보이는 아저씨들이 많이 타고 있다고!"

"그런데 수륙부상선은 어디 가고 보이질 않지?"

비행선으로부터 내려오고 있는 밧줄 사다리를 보며 말을 멈춘 뮤스는 아무런 말 없이 법석을 떨고 있는 그들을 향해 밝은 미소를 지어 보였다. 새삼 자신이 어디에 있든, 무엇을 하든 자신을 걱정해 줄 사람들이 있다는 사실이 그를 기쁘게 한 것이었다.

얼마의 시간이 지나지 않아 뮤스를 비롯하여 화이트스프린터호에 탑승해 있던 이들은 모두들 비행선으로 옮겨 탈 수 있었다.

다이스와 스티치는 천천히 쓰러져 가는 화이트스프린터호의 마지막을 비행선에서 내려다보고 있었는데, 헤드피겨가 물에 잠김으로써 선체의 모습이 완전히 사라지자 다이스의 눈에 작은 눈물방울이 맺히는 듯했다. 하지만 금세 고개를 돌려 버렸기에 그 누구도 그의 눈물을 보지는 못하였다.

펠컨 섬으로 돌아온 그들은 아쉬운 작별의 시간을 가져야만 했다.

펠컨 섬에 애착이 생긴 시너스가 펠컨 섬의 복원을 도와주겠다고 제안했지만, 다이스는 외부인의 도움을 받을 수 없다며 그의 제안을 거절하였다. 하지만 무엇인가를 해주고 싶었던 시너스는 듀들란 제국으로부터 버림받았던 헬렌에게 사죄하는 의미로 새로운 함선을 한 척 선물하기로 약속하였고, 스티치로부터 그 설계도를 건네받을 수 있었다. 비록 일주일도 채 되지 않는 시간이었지만, 양국의 황제들에게는 잊지 못할 추억으로 남게 될 것이었다. 하지만 뮤스에게는 좋지 않은 기억이 남게 되었는데, 로젠이 그간의 도움에 감사한다며 그의 볼에 입을 맞추었고, 그 장면을 카타리나가 보고 말았던 것이다. 결국 트웨이드까지 돌아가는 시간 동안 뮤스는 카타리나에게 말 한마디 붙이지 못한 채 먼바다만 바라볼 수밖에 없었다.

트웨이드 항의 황실 별궁 연회장에서는 오래간만에 경쾌한 음악이 흘러나오고 있었다. 투르코스 재상의 뜻으로 양국 황제들의 구출을 위해 애를 써준 이들을 위해 성대한 만찬을 준비해 준 것이다. 투르코스 재상은 만찬에 초대된 사람들과 인사를 나누며 만면에 웃음을 띠고 있었다. 하지만 그의 뒤를 따라다니는 시너스는 기죽은 표정이었는데, 투르코스 재상으로부터 적지 않은 꾸중을 들었던 것이라 짐작할 수 있었다.

그와 대조적으로 카로이트는 이번 일이 자랑이라도 되는 듯 모험담을 뮤스의 친구들에게 늘어놓고 있었다. 검을 휘두르는 시늉을 하며 펠컨 섬의 전투에 대해 상세히 이야기해 주었고, 뮤스의 활약 역시 빼놓지 않고 있었다.

"…그때는 정말 대단했답니다! 수폭뢰가 폭발하면서 엄청난 높이의 파도가 적의 함선을 집어삼켰죠. 녀석들도 겁을 먹었는지 꽁무니를 빼버렸답니다. 그렇지 않습니까, 뮤스 원장님?"

과장된 몸짓을 하던 카로이트는 뮤스에게서 별다른 대답이 없자 고개를 갸웃거리며 물었다.

"음? 뮤스 원장님, 무슨 안 좋은 일이라도 있습니까?"

"휴우……"

카로이트의 물음에 깊은 한숨만 내쉬는 뮤스였다. 그런 그를 향해 폴린이 손가락질을 하며 말했다.

"아직도 카타리나가 화를 안 푼 거야? 그러기에 누가 외간 여자랑 뽀뽀를 하라고 그랬냐고! 아니면 걸리지를 말던가."

그녀의 말대로 펠컨 섬에서 다이스와 작별을 고하고 있을 때 로젠이 뮤스에게 감사의 의미로 볼에 입을 맞춘 것을 본 카타리나가 그 이후로 뮤스와 말 한마디 하지 않은 채 토라져 있는 중이었다.

얼굴을 붉힌 뮤스는 그녀의 말을 반박하며 입을 열었다.

"로젠 양이 갑자기 하는 걸 나보고 어떻게 하라고! 그것도 카타리나 눈앞에서 말이야!"

"흠! 나야 모르지 뭐. 어쨌든 잘되길 바랄게. 카타리나는 밤잠도 못 자고 네 걱정만 했는데 바람이라니… 그사이에 무슨 일이 있었는지 알게 뭐람. 중얼중얼……."

폴린의 말을 무시해 버린 뮤스는 옆 테이블에서 식사를 하고 있는 카타리나를 바라보았다. 여전히 냉랭한 기운을 흘리고 있는 그녀에게 차마 말을 걸 용기가 나지 않았기에 다시 한 번 한숨을 내쉴 수밖에 없었다.

점차 만찬의 분위기가 무르익었고, 카로이트는 기분 좋게 취해 있었다. 그는 고듀트 외교대신과 자리를 함께하며 그간의 이야기를 듣고 있었다.

"아아… 말도 마십시오. 그때 크라이츠님과 전뇌마를 타고 하루를 꼬박 달려 쟈트란까지 가게 되었습니다. 전뇌마라는 것이 얼마나 빠른지 제 머리카락이 모두 벗겨질 뻔했을 정도였죠. 그렇게 힘들게 도착한 후에 쟈트란에서 대기 중이던 본국의 기마대 대원들을 비행선에 태워 트웨이드 항까지 오게 된 겁니다. 처음 크라이츠님께서 제안했을 때만 해도 기가 막힌 생각이다 싶었는데… 나원……."

그 뒤로 이어질 말이 상스러운 욕이었는지 술잔을 들어 마시며 스스로의 입을 막는 고듀트 외교대신이었다.

"저 때문에 고생을 많이 하셨군요. 후훗."

가볍게 웃으며 장내를 둘러보던 카로이트는 투르코스 재상과 부인, 그리고 미뉴엔느와 함께 이야기를 나누고 있는 케티에론 황녀를 발견했다. 그녀를 한동안 멍하니 바라보던 그는 나직한 목소리로 말을 이었다.

"고듀트 경?"

"예, 말씀하십시오."

"후훗, 저를 위해 한 번 더 고생해 주셨으면 좋겠군요."

"예? 그, 그게 무슨 말씀이신지……."

"하하핫! 이 소식이 전해지면 벨링 궁이 소란스러워질 테니까요."

"저… 폐하?"

고듀트 외교대신의 부름을 뒤로한 카로이트는 자리에서 일어나 자신의 잔을 들어올렸다. 스푼으로 잔을 두들기자 맑은 소리가 울려 퍼졌고, 웅성거리던 주변이 조용해지며 자연스럽게 시선이 집중되어졌다.

땡땡…….

"먼저 이 자리에 계시는 모든 분들의 노고에 감사의 뜻을 전합니다. 저는 오늘 이 자리를 통해 아주 중대한 사안을 발표할 생각입니다. 부디 경청해 주셨으면 합니다. 저는 한 국가의 황제로서 이번 일을 통해 많은 것을 느끼고 깨닫게 되었습니다. 일련의 사건들로 말미암아 지금까지 생각지 못했던 공학 기술의 어두운 부분을 보았고, 자칫 잘못 이용된다면 모든 사람들에게 끔찍한 피해를 줄 수 있다는 사실을 알게 되었습니다. 공학 기술이란 사용하기에 따라 유용한 것이 될 수도 있고 위험한 것이 될 수도 있습니다. 다시 말해, 대륙의 모든 사람들을 풍요롭게 만들어줄 수도 있는 것이고, 위험에 빠뜨릴 수도 있는 것입니다."

만찬 자리에 있던 대부분의 사람들이 듀들란 제국의 공학자들이었기에 카로이트의 말을 누구보다 잘 이해하고 있었다. 침을 삼킨 카로이트는 말을 이었다.

"저희 도이첸 제국뿐만 아니라 이 대륙에 존재하는 모든 국가들이 잘못된 공학 기술의 쓰임으로 말미암아 지금껏 유지해 온 평화가 깨어지는 것을 원치 않을 것입니다. 하지만 지금까지의 역사에서 그래 왔듯 이러한 순수한 마음은 먼 훗날 언젠가 강력한 이기심을 가진 사람들로 인해 깨어지게 마련이라는 것을 저는 잘 알고 있습니다. 그렇기 때문에 이를 미연에 방지할 수 있는 국가 간의 조약이 선행되어야 한다고 생각합니다. 저는 공학 기술의 독점으로 인해 나타날 수 있는 피해를 최소화하고, 도이첸 제국과 듀들란 제국의 공학 기술 발전을 최대화하기 위한 조약 체결을 이 자리에서 요청하는 바입니다."

고듀트 외교대신은 자신의 머리를 싸잡았다.

"겨, 결국 일이 터졌군!'

보통의 조약 체결은 외교대신들이 도맡아하는 것이 보통인데다가 말 한마디의 잘못으로 인해 엄청난 국가적 손해를 가지고 올 수 있는 사안인만큼 그 준비에만도 수개월을 소비하는 것이 보통이었다. 한데 술기운이 만면에 가득한 카로이트가 조약을 체결하자고 나서니 외교대신인 그의 입장에서는 난감하기 그지없는 것이었다. 게다가 듀들란 제국에 비해 공학 기술에 있어 우위를 점하고 있는 상황에서 이러한 발언은 그 우위를 포기하겠다는 것과 다름없는 것이었으니 한숨이 절로 나오는 것은 당연했다.

고듀트 외교대신과는 달리 내심 쾌재를 부르는 이가 있었으니 바로 투르코스 재상이었다. 그는 앓던 이를 뽑은 듯 밝은 표정이었는데, 도이첸 제국에서 먼저 공학 기술의 교류를 제시한 점에 대해 반가움을 표시하고 있는 것이었다. 도이첸 제국에게 질 수 없다는 일념으로 장영실과 제국 개발계획을 진행해 왔지만, 장영실과의 계약 기간은 거의 만기에 가까워 져 온 데다가 도이첸 제국의 시장 선점으로 인하여 여러모로 난관에 빠져 있는 상태였다. 그러한 와중에 도이첸 제국의 황제가 직접 교류를 제시해 왔으니 더없이 좋은 일인 것이다. 이미 한 번 내뱉은 말인만큼 그 누가 나서더라도 돌이킬 수 없다는 것을 알았기에 그 기쁨은 더욱 확실시되어졌다. 그러나 이어지는 카로이트의 이야기는 그의 기쁨을 순식간에 잊게 만들기에 충분했다.

"아! 또 하나 여러분들께 말씀드릴 것이 있습니다. 지금까지 도이첸 제국과 듀들란 제국은 서로 앙숙으로 여기며 불필요한 경쟁에 치중해 온 것이 사실입니다. 저는 이번 기회를 통해 양국의 우호 관계가 이루어지길 진심으로 바라는 바입니다. 해서 드리는 말씀인데……."

말을 잠시 멈추며 케티에론 황녀를 바라본 카로이트는 그녀에게 손을 내밀었다.

"저 도이첸 제국의 황제인 카로이트 3세는 듀들란 제국의 케티에론 황녀에게 청혼을 하는 바입니다."

조용해진 실내. 누군가 스푼을 떨어뜨리는 소리가 들려왔다.

쨍그랑!

이제 이곳에 있는 모든 시선들은 케티에론 황녀의 얼굴에 고정되어 있었다. 양볼을 붉게 물들인 그녀는 멍한 표정을 짓고 있는 투르코스 재상과 루스티커, 그리고 만면에 웃음을 띤 자신의 동생인 시너스를 둘러보았다. 그때 바로 옆 자리에 앉아 있던 미뉴엔느가 초롱초롱한 눈으로 물어왔다.

"언니, 그럼 저 오빠랑 결혼하는 거야? 와! 나도 저 오빠 좋아하는데!"

케티에론 역시 싫지는 않았는지 얼굴을 붉히며 미뉴엔느를 향해 물었다.

"미뉴엔느는 언니가 저분과 결혼을 했으면 좋겠니?"

"응!"

미뉴엔느의 대답에 입술을 살짝 깨문 케티에론 황녀는 다소곳한 자세로 대답했다.

"네, 기꺼이 받아들이도록 하겠습니다."

거짓말처럼 들려오는 그녀의 대답에 만찬회장이 소란스러워졌다. 어찌 된 일인지 잘 모르는 사람들이었지만 양국의 황제와 황녀가 결혼을 한다는 사실에 박수를 보내기 시작했고, 그 소식은 순식간에 사람들의 입을 타고 번져 나가고 있었다.

핏기가 싹 가신 얼굴의 고듀트 외교대신은 잔에 남은 술을 들이키며 말했다.

"이, 이건 예의가 아닙니다, 폐하. 청혼을 하는 것도 절차와 법도가 있는 법인데, 이런 식으로……."

카로이트는 나직한 목소리로 그의 말허리를 잘랐다.

"고듀트 경, 황제 즉위식 때를 기억하십니까? 황혈 인증의 의식에서 저는 서로 엉켜 있는 두 마리의 드래곤을 보았습니다. 저는 그때만 해도 그것이 도이첸 제국과 듀들란 제국의 경쟁을 의미한다고 생각했습니다. 하지만 제가 잘못 생각했던 것 같습니다. 그것은 양국 간의 경쟁이 아니라 화합을 의미하는 것이었습니다."

"……."

말을 마친 그는 성큼걸음으로 케티에론 황녀에게 다가가 그녀의 손을 잡았고, 박수를 보내주는 사람들에게 웃음으로 화답했다.

뮤스는 용기있는 카로이트의 모습을 부러운 시선으로 바라보고 있었다.

"헤휴… 정말 다들 빠르군, 빨라……. 그런데 나만 이렇게 빌빌거리고 있으니……."

"또 무슨 한숨을 그렇게 쉬고 있는 거니, 뮤스?"

크라이츠의 목소리였다. 한심하다는 투로 말을 던진 그녀는 뮤스의 눈앞으로 손을 내밀며 말을 이었다.

"아무튼 이 누님이 나서주지 않으면 아무것도 할 줄 모른다니까. 저렇게 부러운 눈빛으로 케티에론 황녀를 바라보고 있는 카타리나를 이대로 놔둘 거니? 어서 용기를 내보렴."

크라이츠의 손에는 맑고 투명한 보석으로 만들어진 반지가 들려 있었다. 떨리는 눈빛으로 반지를 바라보던 뮤스는 그것을 손에 쥐며 자리에서 일어났다.

"누님, 고마워요."

"호호홋! 고맙긴. 잘해보렴!"

뮤스는 두근거리는 가슴을 애써 진정시키며 카타리나에게 다가갔다. 오늘따라 유난히 탐스럽게 보이는 그녀의 머리카락, 그리고 하얀 목을 보며 뮤스는 침을 삼켰다. 숨을 한 번 크게 들이쉰 뮤스는 나직한 목소리로 입을 열었다.

"저… 카타리나."

카로이트와 케티에론 황녀를 바라보고 있던 그녀는 고개를 돌려 뮤스를 바라보았다. 그녀의 맑은 눈동자에는 잠깐 반가운 기색이 돌았지만, 이내 냉랭한 표정을 하며 대답했다.

"흥! 바람둥이 뮤스 군께서 무슨 일로 부른 거니?"

"저… 그게……."

별다른 말을 하지 못하는 뮤스의 얼굴을 보며 심통난 표정을 지어 보인 카타리나는 고개를 획 돌리며 그를 외면하였다. 겉으로는 냉랭해 보였지만, 카로이트처럼 용기 내어 말하지 못하는 뮤스를 한없이 원망하고 있는 그녀였다. 그것도 잠시, 등 뒤로부터 가벼운 발자국 소리가 들리더니 누군가가 자신을 껴안는 것이 느껴졌다. 눈앞에 보이는 하얗고 긴 손가락. 그것이 뮤스의 손임을 누구보다 잘 아는 카타리나였다. 그리고 왼쪽 볼을 간질이는 가벼운 숨결에 뮤스를 원망하던 자신의 마음이 봄바람에 눈 녹듯 사라지는 것을 느꼈다.

"뮤, 뮤스……."

"더 이상 기다리지 않아도 돼. 이제 내가 용기있게 말할게. 카타리나, 나와 결혼해 주지 않겠니?"

말을 마친 뮤스는 카타리나의 왼손을 잡았다. 그리고 그녀의 손가락에 투명한 반지를 끼워주었다.

카타리나는 자신도 모르게 눈물이 흐르는 것을 느꼈다. 지금껏 기다려 왔던 말. 몸을 돌린 카타리나는 급히 뮤스의 품속으로 뛰어들었고, 뮤스는 넓은 가슴으로 그녀를 안아주었다. 카타리나는 뮤스만이 알아들을 수 있는 목소리로 말했다.

"네, 기꺼이 받아들일게요."

뮤스의 팔은 그녀의 여린 몸을 더욱 세게 끌어안아 주었다. 실내를 가득 메우고 있던 사람들의 박수 소리는 이제 자신들을 축복해 주는 소리로 바뀌어 있는 듯했다.

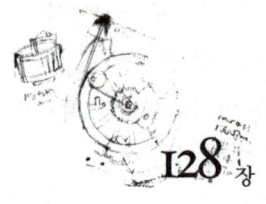

128장 공학유원 소멸

　아침의 시작을 알리는 닭들마저도 모이통 앞에서 머리를 꾸뻑이는 이른 아침, 부서져 내리는 새벽의 이슬을 가르며 붉은색의 도포 자락을 걸친 한 장년의 인물이 어디론가를 향해 걸음을 재촉하고 있었다. 그로 인해 정성스레 풀을 먹여놓았던 도포 자락은 이리저리 다리에 쓸리며 구겨졌고, 머리에 쓴 검은색 사모는 조금씩 흘러내리고 있었다.

　타박, 타박, 타박.

　가죽신을 신은 발로 몇 개의 돌계단을 밟고 오르자 그는 주변을 밝히고 있는 횃불들과 대문을 지키고 서 있는 장정들을 볼 수 있었다. 허리에 큰 칼을 차고 굳은 표정으로 서 있던 장정들은 밤을 지새운 상태였지만, 형형한 안광을 뿜으며 자신의 자리를 지키는 모습이었다. 붉은 도포의 인물을 발견한 장정들은 그를 향해 공손히 읍을 했다.

　"어서 오십시오, 영의정 나으리."

　영의정이라 불리운 장년인은 마음이 급했는지 그들의 인사를 대충 받아 넘겼고, 지나가는 길로 손을 휘휘 저어 보이며 대문의 안으로 들어서고 있었다.

대문을 통과하여 들어가자 팔각 지붕을 얹고 사방이 정면 5칸, 측면 3칸의 창으로 이루어진 건물이 시야에 들어왔다. 바로 임금이 나라의 정치를 꾸려 나가는 장소인 사정전(思政殿)으로서, 여름에만 사용하는 건물이었기에 토벽이 없는 모습이었다.

사정전 앞에 잠시 멈춰 선 영의정은 흐트러진 의관을 잠시 바로잡으며 문 앞에 시립해 있는 궁녀들을 향해 입을 열었다.

"영의정이 당도하였다고 전하께 아뢰어주게나."

그의 말에 궁녀 한 명이 머리를 조아렸고, 창을 사이에 둔 채 사정전 안을 향하여 공손한 어조로 말했다.

"전하, 영의정 나으리께서 당도하였사옵니다."

그녀의 말이 끝나기가 무섭게 기다렸다는 듯 안으로부터 누군가의 굵직한 목소리가 흘러나왔다.

"그렇지 않아도 기다리고 있었네. 어서 들라 이르라."

허가의 말이 떨어지자 궁녀는 문을 열어주었다.

"영의정 나으리, 안으로 드시지요."

영의정은 잠시라도 지체할 시간이 없었던 듯 서둘러 신을 벗으며 사정전 안으로 들어섰다.

아직 동녘의 산등성이에 해가 걸리기 전이었기에 사정전의 실내는 작은 호롱불의 불빛에 의지하여 모습을 드러내고 있었다. 약한 불빛으로 인해 넓은 실내의 대부분은 아직도 어두운 그림자에 휩싸여 있었지만, 책장 넘기는 소리만이 고즈넉하게 들리는 실내는 더 이상의 밝은 불빛이 필요해 보이지도 않았다.

차라락, 차라락.

흔들리는 호롱등불의 앞, 용의 수가 놓여진 황색의 도포를 입은 인물이 서책을 읽고 있었다. 이마와 눈가에는 주름이 깊게 패어 있었고, 귀 옆으로 드러난 머리칼과 수염은 은빛으로 물든 모습이 어디서나 볼 수 있는 평범한 장년인의 모습이었다. 그러나 밤하늘의 북극성과도 같은 그의 눈빛은 그의 평범한 외모를 불식시키기에 부족함이 없었는데, 차분하게 가라앉아 있었지만 용광로보다 뜨거운 열정이 전해지는 강인한 눈빛이었다. 임금만이 입을 수 있다는 황색의 용포를 걸친 장년인, 바로 당금 조선의 임금인 세종이었다.

끼럭.

실내의 맞은편으로부터 문이 열리는 소리가 들리자 임금은 아무런 미련 없이 서책을 덮었다. 고개를 들어 시선을 옮기자 공손히 두 손을 모으고 들어오는 영의정의 모습이 눈에 들어왔다. 그는 대여섯 걸음 앞으로 걸어와 임금을 향해 큰절을 올리며 입을 열었다.

"전하, 밤새 무고하셨사옵니까."

영의정의 인사에 임금은 가볍게 고개를 끄덕였지만 개운치 못한 자조의 미소가 입가에 걸려 있었다.

"허헛… 주변국들이 시퍼런 눈을 뜨고 조선을 노리고 있는 상황에 과인의 몸까지 좋지 않다면 그보다 딱한 일이 어디에 있겠소. 백성들의 든든한 담이 되어주지는 못할망정 짐이 될 수는 없는 법이오. 그렇게 서 있지 말고 우선 자리에 앉으시게."

임금이 자리를 권하자 씁쓸한 표정을 짓던 영의정은 옷매무새를 고치며 자리에 앉았고, 그러한 그의 모습을 바라보며 임금은 말을 이었다.

"그보다 지난밤 명으로부터 서신이 도착했다는 전갈을 받았다오. 대체 무슨 일인지 소상히 말해 보시오."

가볍게 심호흡을 한 영의정은 품에서 비단에 싸인 서찰을 꺼내 임금

앞에 올리며 입을 열었다.

"지난밤 전하께서 침소에 드신 이후 파발을 통해 명으로부터 이 서신이 도착하였사옵니다. 내용인즉, 명의 사신단이 조선을 향해 출발하였으니 그들을 맞이할 준비를 하라는 것이었사옵니다."

영의정의 말을 들은 임금은 그가 내면 서찰을 펼치며 의아스러운 표정을 지었다.

"사신단이라… 조공 협정을 끝낸 지도 얼마 되지 않았고, 아직 명의 사신단이 올 시일이 아니지 않소? 대체 무엇 때문에 그들이 사신단을 보낸다는 말이오?"

"명분은 명나라의 황제가 전하께 하사품을 내린다는 것이옵니다. 하지만 명나라의 내정 역시 어지러운 것으로 알고 있는데, 그러한 상황에 특별한 이유도 없이 하사품을 내린다는 것은 납득이 가지 않사옵니다. 그런 고로 속내를 의심하지 않을 수가 없는 것이옵니다."

임금은 영의정의 이야기를 들으며 건네받은 서신을 찬찬히 읽어 내려갔다.

"흐음, 속내라… 어쨌든 지금으로서는 그들의 의도를 알 길이 없으니 다른 대신들에게도 알려 사신들의 행보를 예의주시하고, 궁궐 안을 잘 단도리해 두도록 하시오. 혹시 또 모르는 일이니 지하 공학원에서 연구에 심혈을 기울이고 있는 공학자들의 신변에 최대한 신경을 써주길 바라오."

"공학원에 대해서는 별다른 심려를 하지 않으셔도 될 듯하옵니다. 전하께서도 아시겠지만, 눈에 띄지 않는 곳에 위치해 있고, 3단계의 인증을 거치지 않고서는 공학원의 내부로 들어갈 수 없사옵니다. 또한 만일의 사태를 대비하여 공학원 자동 방어 체제를 가동하고 있으니, 천하의 그 누구도 함부로 침입할 수 없다 장담하옵니다."

"허헛. 그 점은 과인 역시 잘 알고 있소. 하지만 조심해서 나쁠 것은 없을 것이니, 부디 별 탈 없이 이번 사신단을 맞을 수 있도록 힘써주시오."

"예, 전하. 명을 받들겠사옵니다."

길게 읍을 하며 몸을 숙여 보인 영의정은 가볍게 몸을 일으켰고, 뒷걸음을 치며 새벽녘의 그림자 속으로 사라졌다. 영의정의 모습이 사라지자 임금은 손에 들린 서신으로 시선을 옮기며 혼자만의 깊은 생각에 빠져들었다.

* * *

담청색의 기와집과 누런색의 초가집들이 빽빽이 어울려 있는 거대한 도읍인 한양, 외침으로부터의 방어를 위한 행주산성, 남한산성, 북한산성에 둘러싸인 이곳은 조선의 중심이 되는 지리적 이점에 따라 외교적, 상업적, 정치적으로 많은 장점을 가진 도시였다. 인구는 10만 명이나 되었고, 고위의 양반들부터 일반 상민들까지 다양한 지위와 직업들을 가진 이들이 함께 어울려 살아가는 활기찬 곳이었다.

한양의 몇 안 되는 큰길인 운종가에는 항상 많은 왕래객들이 있었다. 길 주변으로 모포와 비단, 찬거리, 장식품 등의 생활 용품을 판매하는 가게들이 즐비한 상거래의 중심지였기 때문이다. 그로 인해 전국에서 찾아온 상인들과 한양의 상인들, 그리고 물건을 사기 위해 모여든 사람들이 길을 가득 메우고 있는 것이었다.

사람들이 모이는 장소에는 으레 여러 가지 소문이 무성한 법이다. 그 중 가장 귀를 기울일 만한 소문 하나는 명나라의 사신단에 대한 것이었는데, 사신단이 방문할 때면 희귀한 물품들을 가지고 오기에 상거래의 중심지인 운종가 전체가 술렁이는 것은 당연한 이치였다.

소문에 의하면 이번의 사신단 일행은 보통 때보다도 더욱 성대하다 했다. 장대한 체구의 짐꾼들이 수백 개에 달하는 짐 꾸러미를 들쳐 메고 오고 있다 했고, 호위병들의 수 또한 평소보다 훨씬 많았기에 그만큼 많은 물건들이 당도할 것이라는 예상을 쉽게 할 수 있는 것이었다. 하지만 소문이란 많은 사람들의 입에 오르내리며 퍼지는 것인만큼 와전되고 부풀려지기 마련이기에 두고 봐야 할 일이었다.

노을의 붉은 기운이 세상으로 스며들기 시작했다. 이로써 하루의 일과를 끝마쳐야 할 때임을 알게 된 사람들은 하던 일을 멈추고 자신의 집으로 하나둘 움직이고 있었다. 어떤 이는 밭을 일궜는지 흙이 묻은 짚신을 신은 채 묵직한 곡괭이를 어깨에 메고 있었고, 또 다른 이는 무거운 봇짐을 옮겼는지 축 처진 어깨를 두들기는 모습이었다. 비록 피곤이 묻어나는 얼굴들이었지만, 그곳으로부터 하루를 알차게 보낸 뿌듯함을 읽을 수 있었다.

대부분의 사람들이 아궁이 불에 쌀을 앉혀놓고 자신을 기다리고 있을 가족들을 향해 돌아가고 있었지만, 그렇지 못한 사람들도 있었다. 주막의 마당에 놓인 평상에 앉아 술 한잔을 걸치며 뜨끈한 국밥으로 저녁 식사를 챙기는 이들이 바로 그런 이들이었는데, 주로 가족없이 홀로 사는 이들이었다. 하지만 어디에나 비슷한 처지인 사람들이 있는 법이었기에 그들끼리 어울리며 술에 취해, 흥에 취해 흥청이는 중이었다.

여름이 끝나갈 무렵의 늦더위에 옷고름을 풀어버린 다부진 체구의 사내가 밀주 한 사발을 홀쩍 들이켰고, 소금에 절인 무를 손으로 집어먹으며 말했다.

"크허! 역시 이 맛에 또 하루를 사는 거지! 아무렴!"

비워진 사발에 다시금 밀주를 그득 부은 그는 국밥을 한 숟가락 퍼 입에 넣었다. 상을 두고 맞은편에 앉은 왜소한 몸집의 사내가 들고 있던 숟가락을 내려놓으며 입을 열었다.

"자네, 이번에 명에서 사신단이 온다는 소문 들었나?"

"거참, 이 운종가에서 장사치로 밥 벌어 먹고사는 사람들 중에 그 소문을 모르는 이가 있단 말인가? 왜, 뭔가 새로운 소식이라도 있던가?"

왜소한 몸집의 사내는 자신의 밀주 사발을 들어 한 모금 들이키며 하고자 하는 이야기를 이어갔다.

"자네도 알지 않나, 궁궐에 소금을 대주러 다니는 박가 말일세. 그 친구의 이야기를 듣자 하니 지금 궁궐 안의 분위기가 심상치 않다고 하더구먼. 경비도 전에 비할 수 없이 삼엄해지고, 하루에도 여러 번씩 파발들이 들락거린다고 하는데… 흠, 높은 분들은 쉬쉬하고 있지만 아무래도 무슨 일이 있는 것 같다고 하더군."

"그렇다면 궁궐의 심상치 않은 분위기가 이번 명나라의 사신단과 관계가 있다는 말인가?"

이렇듯 직접적으로 물어오자 몸집이 왜소한 사내는 이렇다 할 자신이 없었는지 동료의 시선을 피하며 머리를 긁적였다.

"뭐, 대충 그런 분위기이지 않을까라는 것이지, 내가 어찌 알겠나?"

결국 여기저기서 불거져 나오는 시시한 낭설이라 여긴 다부진 체구의 사내는 다시금 국밥 사발에 담긴 숟가락을 들며 말했다.

"괜한 소리 하지 말고 국밥이나 식기 전에 마저 먹게. 그런 쓸데없는 소리 해봤자 쌀이 나오나, 술이 나오나? 그저 우리 같은 백성들은 높은 어른들이 시키는 대로만 살면 되는 게야. 그게 바로 제명대로 살 수 있는 지름길이라는 말일세."

말을 내뱉은 그가 숟가락을 입에 넣으려 할 때였다. 주막의 싸리담 넘어 큰길로부터 사람들의 시끌시끌한 소리가 들려오는 것이었다. 어느 집의 잔칫날이 아닌 다음에야 저녁이 다 된 시간에 이렇게 시끄러울 일이 없다는 것을 잘 알고 있던 사내는 의아한 듯 고개를 갸웃거리며 길게 몸을 빼 주변을 살폈다.

"대체 무슨 일이길래 이렇게 시끄럽지? 어느 집에 잔치라도 벌어지는 건가?"

사내의 물음에 왜소한 사내가 고개를 내저었다.

"그건 아닌 것 같은데? 우리가 그런 소문을 못 들었을 리가 있나."

그들이 짧은 대화를 나누는 사이에도 동네의 아이들은 무리 지어 대로를 향해 뛰어가고 있었다.

"분명 무슨 일이 있긴 있는 모양이군."

"그러게 말일세."

결국 호기심을 참지 못한 두 사내는 서로의 얼굴을 잠시 바라보더니 약속이라도 한 듯 쌈지에서 엽전 두 닢을 꺼내 내려놓으며 서둘러 짐을 챙겨 짚신을 신기 시작했다.

두 사내의 발걸음이 운종가의 대로에 닿았을 때에는 이미 많은 구경꾼들이 길게 늘어서 있는 모양새였다. 다들 가던 길을 멈추어 서서 대로를 지나는 사람들의 긴 행렬을 보고 있는 것이었는데, 그들이 차려입은 복식과 간간이 주고받는 말소리가 조선의 그것이 아닌 것을 보아 소문으로 떠돌던 명의 사신단 행렬임을 쉽게 알 수 있었다.

"어이, 저기 보게! 정말 그 소문들이 맞는 모양이야! 보통 때보다도 훨씬 많은 사람들이 왔군. 어림잡아도 200명은 됨 직한걸?"

다부진 체구의 사내는 눈앞을 지나가는 사신단 행렬을 이리저리 살펴보고 있었지만, 왜소한 사내는 사람들에 가려 사신단의 모습을 볼 수 없는지 발뒤꿈치를 들며 안달하고 있었다.

"쳇! 어디 보여야지 보든지 말든지 할 게 아닌가! 나를 왜 이렇게 낳았는지 돌아가신 아버지와 어머니가 원망스럽군! 으응? 올커니!"

씩씩거리며 자신의 신체 구조를 한탄하던 그가 문득 사람들 사이에 생겨난 작은 틈을 발견한 것이었다. 그는 잠시의 지체함도 없이 소매를 걷어붙이며 그곳을 향해 움직였다.

"조금만 비켜보시오! 사람 좀 지나갑시다!"

사람들의 몸과 몸 사이에서 이리저리 밀쳐지는 상황이 수시로 일어났다. 하지만 사신단 행렬을 구경하고자 하는 그 사내의 욕구는 컸고, 그런만큼 더욱 힘을 내어 좁디좁은 틈바구니를 헤치며 나갔다.

조금씩 전진하자 그 끝이 보이고 있었다. 이에 미미한 희색을 떠올린 왜소한 몸집의 사내는 자신의 앞을 가로막고 있는 마지막 두 구경꾼의 사이를 향해 몸을 날렸다. 한데 그때 그 두 명의 구경꾼 사이가 벌어지며 마찰없이 그의 몸이 앞으로 쏘아져 나가는 것이 아닌가. 그는 당황할 시간도 없이 대로의 한가운데를 향해 뛰쳐나가 볼썽사납게 넘어져 버렸다.

철푸덕.

"아이고고! 무릎이야!"

왜소한 사내가 무릎의 상처를 부여잡으며 고통을 호소하고 있을 때였다. 등 뒤로부터 말발굽 소리가 나며 누군가의 일갈이 그의 고막을 자극하는 것이었다.

"웬 놈이냐!"

조금은 어색한 억양이 섞여 있는 조선어였지만 그의 뜻을 전달하기에는 아무런 문제가 될 것이 없었다. 왜소한 사내는 자신을 향해 외치는 소리에 놀라며 고개를 들어 위를 올려다보았다. 그와 동시에 헛바람을 삼켜야 했는데, 시퍼렇게 날이 선 창끝이 자신의 목에 닿아 있었기 때문이다. 사내는 더듬거리는 목소리로 대답했다.

"헙! 저, 저는 아무것도 아닌 놈입니다요! 그저 이 시장통에서 간간이

밥을 벌어먹고 사는 놈입죠!"

말안장 위에 앉아 그를 향해 창을 겨누고 있는 이는 검은색 갑옷을 걸치고 있는 인물이었다. 더운 날씨에도 불구하고 투구까지 깊게 썼기에 얼굴을 알아볼 수는 없었지만 투구 사이의 조그마한 틈으로 새어 나오는 눈빛은 결코 범상한 것이 아니었다. 창보다 더욱 날카로워 보이는 그의 눈빛이 잠시 왜소한 사내의 아래위를 훑어보더니 이내 창을 거두어들였다.

"이 앞에서 당장 꺼지거라!"

"예, 예, 꺼지시라면 꺼져 드립쇼!"

왜소한 몸집의 사내는 서늘해진 간담을 추스르기도 전에 급히 뒷걸음질을 치며 사람들 사이로 사라지기 시작했다.

그로부터 시선을 거두어들인 갑옷의 인물은 잠시 주변을 둘러보았다. 순박한 얼굴의 사람들이 두려운 표정을 지으며 말에 올라타고 있는 그를 올려다보았고, 군것질거리를 손에 쥔 채 뛰어놀던 아이들 역시 그의 고함 소리에 겁을 집어먹었는지 제자리에 멈춰 서 있었다. 이에 갑옷의 인물은 인상과는 달리 머쓱한 느낌을 받았는지 날카롭던 시선을 누그러뜨렸다.

"고작 이만한 일에 겁에 질린 얼굴로 눈을 부릅뜨고 있다니… 그만큼 평온한 나라라는 뜻인가. 흐음, 진정 이런 작고 보잘것없는 나라가 진정 대명제국에 위협을 끼칠 수 있을지 모르겠군. 태위께서 과민한 반응을 하고 계시는 것인지도……."

제법 젊은 목소리의 주인은 명나라 태위의 명에 따라 별부사마의 직위를 회복하고 조선까지 오게 된 종려진이었다. 그는 사신단의 호위병 행세를 하며 공학원의 일을 처리하기 위해 두 달간의 여정을 거쳐 한양에 당도한 것이었는데, 지난 여정 동안 그가 보고 느낀 조선이라는 나라는 자신의 생각과 너무도 판이했기에 작은 혼란을 느끼고 있는 상태였던 것이다. 그가 혼잣말을 중얼거리고 있을 때, 그의 뒤로부터 또 다른 말발굽 소리가 들려오고 있었다.

따각, 따각, 따각.

"무슨 생각을 그리 깊게 하고 계시는 것이옵니까, 별부사마 나으리."

고개를 돌려보니 부관의 모습이 보였다. 종려진과 같은 검은색 갑옷을 걸치고 있었지만 이곳저곳에 많은 흠집이 생겨 있는 것으로 보아 상당한 경험을 가지고 있는 듯했다.

"별것 아닐세. 그저 조선의 사람들이 너무나 순박해 보인다고 생각했을 뿐이지."

종려진의 말에 부관은 눈을 얇게 뜨며 고개를 내저었다.

"큰일을 앞두고 그런 감상적인 생각은 삼가해 주십시오. 이들에게는 먼저 남을 해하는 공격적인 성향은 없지만, 일단 전란이 일어나면 무섭게 단결하여 놀라운 힘을 이끌어내지요. 지난날 이 조선의 땅을 손에 넣기 위해 군사를 일으킨 대륙의 수많은 국가들이 결국 뜻을 이루지 못하고 패퇴한 것이 그 사실을 대변해 주고 있습니다."

"나 역시 그러한 사실을 잘 알고 있고, 그렇기에 더욱 궁금한 것이오. 이러한 사람들의 어디에서 과거 대제국들의 침략을 막아낼 만한 힘이 나오는지……."

말끝을 흐린 종려진은 다시 한 번 주변을 둘러보며 말고삐를 당겼다.

"해가 떨어지기 전에 조선의 궁궐에 닿아야 할 테니 서두르도록 하세."

"예, 나으리."

짧게 대답을 한 부관은 자신의 칼에 손을 얹으며 사신단 행렬로 돌아가는 종려진의 뒤를 따르기 시작했다.

경복궁의 중심이라 할 수 있는 근정전에는 관복을 차려입은 수십 명의 문무백관이 품계에 맞춰 이 열로 도열해 있었다. 그 상석에는 조선의 임금인 세종이 자리하여 근정전으로 들어서고 있는 명나라의 사신들의 모습을 바라보는 중이었는데, 일국의 임금인 자신의 앞에서도 고개를 당당히 치켜든 채 거만한 표정으로 걸어 들어오는 그들의 모습을 보며 눈살을 찌푸리고 있었다. 하지만 명의 후광을 등에 업고 있는 사신들에게 쓴소리를 할 수 없었기에 그저 묵묵히 그들의 행세를 보고 있을 뿐이었다.

어느새 임금이 앉아 있는 용상의 앞까지 다가온 사신들은 대례 대신 가벼운 목례를 하였고, 사신들 중 한 명이 뻣뻣한 태도로 임금을 직시하며 입을 열었다.

"그간 무고하셨습니까. 5년 만에 전하를 뵙는 것인데, 전하의 안색을 보아하니 그동안 많이 노쇠해지신 듯하옵니다."

무례하기 짝이 없는 사신의 태도에 양옆으로 도열한 대신들은 분노를 숨기지 못하고 있었다. 하지만 임금은 눈치를 주며 그들의 행동을 만류하곤 흔들림없는 태도로 사신들을 향해 말을 꺼내었다.

"허헛! 하늘 아래에서 살아가는 인간이 어찌 세월의 힘을 거스를 수 있단 말이오. 하지만 아직도 기력은 여전하니 그 점은 걱정하지 않아도 될 것이오. 대명제국의 황제께서 이렇게나 과인을 굽어살피시는데 어찌 무고하지 않을 수가 있겠소?"

격식을 제대로 차린 대답이었으나, 명의 사신들이 귀에는 그들의 행동을 비꼬는 말로 들리고 있었다. 그 뜻인즉, 명나라가 조선의 움직임을 항상 예의주시하고 그에 대한 경계를 위해 이렇게 사신단을 보낸 것이 아니냐는 말을 간접적으로 표현한 것이기 때문이다. 이에 사신들은 적지 않게 심기가 상했지만 대놓고 내색할 수 없었기에 다른 꼬투리를 잡고 늘어졌다.

"흠흠! 그건 그렇고, 어찌하여 전하께서는 영은문까지 영접을 나오지 않으셨습니까? 대명제국의 사신으로서 조선을 방문하였을 때에는 황제 폐하의 대리인 신분인데, 그만한 예의는 보이셔야 하는 것이 아니옵니까?"

명나라의 사신은 냉랭한 표정으로 임금을 주시했다. 하지만 사신단이 올 때마다 늘상 있는 신경전임을 잘 알고 있었던 임금은 화를 내기는커녕 오히려 온화한 웃음을 입가에 띠며 대답했다.

"허허허… 과인 역시 그렇게 하고 싶었으나, 귀빈들께서 언제쯤 도착할지 알 수 없었으니 어쩔 수 없는 일이었소. 귀빈들께서도 아시다시피 이번 사신단의 파견은 미리 약속된 것이 아니지 않소? 조공협정 때 정했던 시기 외에 대명제국에서 사신단을 파견할 것이라는 생각은 전혀 하지 못했으니 말이오."

이번 역시 가시를 담고 있었다. 시기가 아닌 때에 사신단을 보내온 것이 썩 마음에 들지 않는다는 뜻을 돌려 말한 것이었다.

말의 속뜻을 충분히 이해하고도 남았던 사신들의 얼굴은 수시로 변하였고, 그 분을 이기지 못하여 무엇이라 입을 열려 했다. 하지만 그들의 입이 떨어지기 전에 임금이 먼저 선수를 치고 있었다.

"그보다 황제께서 과인에게 귀한 물건을 내려주신다 들었는데, 그것이 무엇인지 심히 궁금하오."

"……!"

변방의 작은 나라쯤으로 여기던 조선의 왕에게 수모를 당하리라 생각지 못했던 사신들의 입장으로서는 기가 찰 노릇이었다. 그러나 이번 사신단 행렬에 모종의 목적이 있음을 떠올린 사신은 치밀어 오르는 감정을 애써 억누르며 헛기침을 했다.

"흠흠… 그렇습니다. 아주 귀한 물건이지요."

손짓을 하자 사신의 뒤에 서 있던 인물들은 금과 화려한 보석으로 치장된 상자를 들고 나와 임금의 앞에 내려놓았다. 그리고 그 상자를 열자 금빛 비단에 싸인 자주색의 단검이 모습을 드러냈는데, 일견에도 그것이 평범한 단검이 아니라는 사실을 알 수 있었다.

사신은 자신들이 가지고 온 단검에서 시선을 떼지 못하는 조선의 대신들의 모습에 내심 뿌듯한 웃음을 지으며 말을 이었다.

"이것은 본국에서도 손꼽히는 실력을 가진 장인이 각고 끝에 완성시킨 검으로서 '명황구국검'이라는 이름을 가지고 있지요. 원래는 한 쌍의 형제도로 만들어진 것인데, 그중 형의 검인 장검은 본국의 황제 폐하께서 소장하고 계시고, 아우의 검인 이 단도는 전하를 아끼시어 친히 하사하시는 것입니다."

단검에 대한 설명을 듣던 임금은 나직한 탄성을 터뜨렸다.

"이렇게 귀한 물건을 하사해 주시다니, 이 깊은 은혜를 어찌 감당해야 할지 모르겠소."

그제야 조선의 임금이 감복하는 듯하자 사신들은 뒷짐을 지며 만족한 표정을 떠올리며 대답했다.

"전하의 말씀대로 이러한 은혜는 자주 베풀어지는 것이 아닙니다. 황제 폐하의 하해와 같은 온정에 감사하셔야 할 것입니다."

사신의 말에 한동안 고개를 끄덕이던 임금은 문득 의아한 얼굴을 하며 되묻는 것이었다.

"한데, 그 단검의 이름이 명황구국검이라 하였소? 흠… 풀이해 보니 '명나라를 구하는 검'이라는 이름을 가진 것인데, 어찌 우리 조선에 이 단검을 하사하셨는지 황제 폐하의 뜻을 짐작할 수 없구려."

결국 지금까지 임금의 말장난에 놀아나고 있었다는 것을 깨달은 사신은 금세 얼굴이 잿빛이 되었고, 이와는 대조적으로 도열해 있던 대신들은 얼굴에 은근한 미소를 떠올리고 있었다.

임금의 이야기가 계속되었다.

"어찌 되었든 황제 폐하께서 친히 하사하신 이 단검은 고맙게 받도록 하고, 그에 대한 보답은 섭섭하지 않도록 해드리겠소. 먼길을 오시느라 피로가 쌓였을 테니 이만 숙소로 돌아가 편히 쉬도록 하시오."

임금의 축객령이 떨어지자 사신들은 만면에 불만을 그득 담은 채 이를 갈며 근정전을 떠날 수밖에 없었다. 이렇게 하여 사신들의 모습이 사라지자 임금은 굳은 표정을 하며 대신들을 향해 나직이 입을 열었다.

"저들의 저의가 무엇인지 명확히 알 수는 없으나, 뭔가 탐탁지 않은 느낌이 드는 것이 사실이오. 경들은 사신들과 그 수행원들의 움직임을 예의주시하고, 의심스러운 점이 있다면 지체하지 말고 알리도록 하시오."

임금의 말에 대신들은 허리를 깊이 숙이며 대답했다.

"명을 받들겠사옵니다."

"좋소. 밤이 늦었으니 그만 물러가도록 하시오. 흐음."

임금은 사신들의 행동에 대해 만반의 준비를 하고 있다 생각하고 있었지만 이유를 알 수 없는 불안한 기분을 지울 수 없기에 남모를 깊은 한숨을 내쉬고 있었다.

*　　　　*　　　　*

날카롭게 눈을 뜬 달을 두터운 구름이 가려 버리자 세상은 온통 암흑으로 변하였다. 수풀 사이에서 지겹게 울던 미물들도 숨을 죽였고, 밤의 공기는 무겁게 내려앉았다.

그리 길지 않은 정적을 타고 빠르게 움직이는 대여섯 명의 인물이 있었다. 검은색의 무복을 입은 그들은 허리에 짧은 칼을 차고 있었고, 천을 감은 투박한 손은 소리를 내지 않기 위해 칼집을 잡아 쥐고 있었다.

촤라라락.

옷깃을 스치는 소리만을 흘리며 서둘러 움직이던 그들은 문득 발걸음을 살피더니 아름드리 나무의 가지에 걸린 노란 띠를 보며 멈추었다. 주변을 살핀 선두의 사내는 나직하지만 위엄있는 목소리로 말했다.

"황명천하."

그의 말에 화답이라도 하듯 아름드리 나무의 뒤로부터 젊은 청년의 목소리가 들려왔다.

"영세불멸."

검은 무복의 인물들은 칼자루에서 손을 놓으며 안심하는 듯했다.

"이제 모습을 드러내거라."

어색한 조선의 말이었다. 그러나 의사소통이 불가능할 정도는 아니었는지 아름드리 나무의 그림자 밖으로 모습을 드러내는 인물이 있었다. 쪽빛의 장포를 입은 젊은 청년으로 햇빛을 오랜 시간 보지 못한 듯 여인처럼 새하얀 피부를 가졌고, 단정한 오관이 돋보이는 이였다. 그는 검은 무복의 인물들을 향해 포권을 해 보이며 정중한 어조로 말했다.

"신 신재효, 별부사마 나으리께 인사 올립니다."

신재효라는 인물, 현 조선 공학원의 주축을 이루는 인물들 중 가장 촉망받는 공학자였다. 그러한 만큼 장영실은 공학원을 떠나기 전 그에게 자신의 일을 일임한 바가 있었다. 그러한 신재효가 야심한 시각에 공학원 외부에 모습을 드러낸 것은 자연스러운 일이 아니었는데, 궁의 사람들 중에도 그의 존재를 아는 이가 몇 명 없었기에 침입자로 오인받을 여지가 있었기 때문이다.

별부사마라는 칭호로 불려진 선두의 사내, 종려진은 고개를 끄덕이며 그의 인사를 받았다.

"태위께 자네의 이야기를 많이 들었네. 어린 나이로 공학원에 잠입하여 많은 공을 세웠다지? 그야말로 대명제국의 홍복이라군."

"과찬이옵니다."

그의 말대로라면 신재효가 명에서 공학원에 심어놓은 간세라는 이야기였는데… 겸손하게 대답한 신재효는 품에서 금속 물체를 꺼내어 보며 말을 이었다.

"그보다 잠시 후면 인시이옵니다. 공학원의 방어 체계가 바뀌는 시간이니 그전에 서두르셔야 할 듯하옵니다."

"방어 체계?"

종려진에게는 전혀 새로운 용어인 듯 되물었다. 신재효는 고개를 끄덕이며 대답했다.

"네, 그렇습니다. 공학원은 자동 방어 체계를 이용하여 외부인의 접근을 막습니다. 여러 단계의 신분 인증을 거치게 되는데, 무단 침입 시에는 가공할 만한 위력을 지닌 무기들의 무차별적인 공격을 받게 되는 것입니다."

"흥미롭군. 일종의 진과 같은 것인가?"

"비슷합니다. 하지만 그보다 더욱 위험하지요."

종려진의 눈빛은 호기심으로 충만해 있었다.

"백문이 불여일견. 백 번 듣는 것이 한 번 보는 것만 못하지."

그의 말에 씁쓸한 미소를 지은 신재효는 뼈가 담긴 한마디를 던졌다.

"일견즉사. 한 번 보는 것만으로도 그것은 죽은 목숨일 것입니다. 자, 저를 따르시지요."

신재효의 말에 입을 다문 종려진은 궁금증을 접으며 묵묵히 그의 뒤를 따르기 시작했고, 그의 수하들 역시 주변의 동정을 살피며 조심스럽게 걸음을 옮겼다.

신재효를 대동한 복면의 인물들은 더욱 빠르게 궁 안을 움직이고 있었다. 신재효는 이전부터 이곳의 지형과 경계 현황을 잘 알고 있는 듯 순찰로를 정확히 피해 그들의 목적지로 향하는 중이었다.

약 일 다경쯤 후 그들이 도착한 곳은 궁의 구석진 곳에 위치한 허름한 건물 앞이었다.

건물을 보수한 지 오래인 듯 지붕의 진청색의 기와는 군데군데 깨져 있었고, 사람들의 손을 탄 지 오래인 잡초들은 허리까지나 자라 있었다. 왕궁에 이러한 장소가 있다는 사실조차 의아할 정도였다. 건물 앞에 멈춰 선 신재효는 숨을 몰아쉬며 말했다.

"지금부터 움직임에 신중을 기하셔야 합니다. 공학원의 방어 체계는 3단계로 이루어져 있습니다. 지금부터 하나씩 해제를 하겠지만 만약 실수라도 하는 날이면 모두 저승에서 만나야 할 것입니다."

종려진은 신재효의 말에 그리 믿음이 가지 않는 듯했다.

"대사를 치르기 전인데 마음에 너무 큰 짐을 주는 것이 아닌가? 내 뒤에 있는 이들은 모두 수많은 전장에서 사선을 넘은 자들일세. 자네가 생각하는 것만큼 무능하지 않단 말일세."

어느 정도 짐작했던 종려진의 반응에 신재효는 조심스럽게 대답했다.

"나으리의 말씀은 잘 알겠습니다만, 제 말에는 조금의 보탬도, 모자람도 없습니다. 저는 이들의 실력을 의심하는 것이 아닙니다. 단지 그 어떤 능력을 가진 인물일지라도 그가 인간인 이상 공학원의 자동 방어 체계가 가동된다면 살아남을 수 없다는 것입니다. 부디 제 말을 가벼이 듣지 않으셨으면 합니다."

말을 마친 신재효는 건물의 문 앞에 서서 나직한 목소리로 말했다.

"이리 오너라."

그의 말과 동시에 닫혀 있던 문이 자연스럽게 열리기 시작했는데, 겉으로 보기에는 평범한 나무 문이었지만, 그 내부로 일 촌가량 굵기의 금속판이 숨겨져 있었다. 이질적인 목소리가 내부로부터 들려왔다.

―공학원 차석 공학자 신재효 공 음성 인식 완료. 인증되었습니다. 안으로 드시지요.

그 말을 들은 신재효는 서슴없이 건물 안으로 들어섰고, 종려진과 수하들 역시 주변을 두리번거리며 뒤를 따랐다.

"사람의 목소리를 분석하여 출입이 인증된 사람에게만 문을 열어주는 장치인 거죠."

종려진은 신재효의 설명을 들으며 실내를 둘러보았다. 외부에서 본 것과 다름없이 그리 넓지 않은 실내였다. 먼지가 짙게 쌓인 탁자가 한 개 놓여 있을 뿐인 내부는 사람이 살지 않은 폐가와 비슷한 모습이었다.

"잠시 움직임을 멈추어주십시오."

손을 들어 보이며 그들에게 신호를 한 신재효는 일정한 걸음걸이로 입구 반대쪽의 문 앞으로 걸어갔다. 그리고 멈춰 서자 다시 한 번 무감정하고 이질적인 목소리가 실내를 울렸다.

―공학원 차석 공학자 신재효님의 발걸음 인식 완료. 인증되었습니다. 안으로 드시지요.

한숨을 놓은 신재효는 뒤를 돌아보며 말했다.

"사람은 모두 다른 발걸음 소리를 가지고 있습니다. 집에서 기르는 개들이 보이지도 않는 먼 거리에서 주인이 오고 있음을 아는 이유가 바로 거기에 있는 것이죠. 이것은 사람의 발걸음을 인식하여 신분을 확인하는 장치입니다. 만약 지금의 움직임들 속에 제 발걸음 소리가 없었다면 모두들 수천 발의 탄환에 난자당해 차가운 바닥에 쓰러져 있었을 겁니다."

사무적인 목소리로 말을 하던 신재효는 문 앞에 붙은 단추를 눌렀다. 단추에서 붉은 빛이 반짝이며 그의 지문을 인식했고, 아주 작은 마찰음과 함께 문이 양옆으로 열렸다.

"잠시만 기다려 주십시오."

종려진과 수하들에게 말을 한 신재효는 품에서 은색의 기기를 꺼내어 들었다. 그리고 전뇌선을 뽑아낸 그는 단추를 뜯어내며 내부의 배선을 살폈다. 그중 한 곳에 전뇌선을 연결한 신재효는 은색의 기기를 바닥에 내려놓으며 말을 이었다.

"이것은 상하왕래거라는 것입니다. 사람을 지하의 공학원으로 실어 나르는 장치이지요. 하지만 대규모 인원의 침입을 막기 위해 두 명 이상 탑승이 불가능하도록 제작되었습니다. 그 이상 탑승하게 된다면 문이 닫혀 밀폐된 이후 신경을 마비시키는 독이 투입된답니다. 이제 해지되었으니 모두 탑승해도 상관없습니다."

말을 마친 신재효는 먼저 상하왕래거에 발을 들여놓았고, 종려진과 수하들은 그의 말을 들어서인지 조심스럽게 안으로 들어서기 시작했다.

문이 닫힌 후 상하왕래거의 내부에는 정적이 감돌았다. 종려진은 약간의 울렁임을 느꼈지만, 참으며 말을 꺼내었다.

"공학원에 공학자들의 수는 얼마나 되는 것인가?"

"대략 80여 명이 있습니다. 그중 73명은 정식 공학자이고, 나머지는 수습 공학자들로서 얼마 전에 들어온 이들이지요."

"제아무리 공학자들이라도 그만한 수라면 우리로는 버거운데 무슨 생각으로 다섯 명만 데리고 오라고 했던 것인가?"

신재효는 담담한 목소리로 대답했다.

"보셨듯이 공학원 내부로 들어가기 위해서는 많은 인원이 올 수는 없습니다. 머리 숫자나 힘으로 뚫을 수 있는 기관이 아니니까요. 그런 연유로 공학원 내부로 들어갈 수 있는 최소한의 인원을 부탁드린 것입니다. 나으리의 말씀대로 이 인원으로 공학자들을 모두 제거할 수는 없습니다. 하지만 '자체소멸장치'를 사용한다면 공학원을 한순간에 잿더미로 만들 수 있습니다."

"자체소멸장치는 또 뭔가?"

"흠… 본래 조선에서 추진했던 지식이전술이라는 것이 성공했다면, 공학원은 이미 소멸했을 것입니다. 명나라, 즉 본국에 공학원의 존재를 발각당하지 않기 위해 지식이전술이 끝나는 대로 자체소멸장치를 이용하여 소멸시키려 했던 것이죠. 하지만 지식이전술을 시술받은 당사자는 실종되어 버렸고, 그를 찾아 나선 수석 공학자 대호군 장영실 공 역시 이차원으로 넘어가 소식이 없습니다. 벌써 수년 전의 일이죠. 지금은 대부분의 공학자들이 지식이전술의 실패를 단정 짓고 있는 분위기입니다."

"무슨 말인지 도통 모르겠군."

"모두 아실 필요는 없는 내용입니다. 다만 자체소멸장치를 가동시킨다면 지하의 공학원은 흔적조차 없이 소멸될 것이고, 공학자들 역시 살아남기 힘들다는 말입니다. 나으리와 수하들은 자체소멸장치가 있는 곳까지 저를 보호해 주시면 되는 것입니다. 이후의 일은 모두 제가 알아서 하겠습니다. 대부분의 공학자들이 공학뇌동심결과 뇌동체술법을 익히고 있으니 그리 호락호락하지는 않을 것입니다. 그나마 공학원의 안전을 위해 화약류 반입이 금지되어 지자총통을 가지고 있지 않은 것이 다행이라고 생각하십시오."

"흠… 알겠네."

신재효와 종려진, 그리고 그의 수하들은 자신의 몸이 휘청거림을 느꼈다. 이제 지하 공학원에 도착했음을 깨닫고는 한숨을 크게 들이쉬었다.

지이잉.

낮은 기계음과 함께 닫혀 있던 문이 좌우로 열렸다. 밖으로부터 밝은 빛이 스며들었는데, 과연 이곳이 지하인지 의심스러울 정도로 밝은 빛이었다. 그리고 지하 공학원의 내부가 그들의 눈에 들어왔는데, 흰색의 옷을 걸친 수십여 명의 공학자들이 투명한 유리로 칸을 나눠놓은 방에서 무엇인가에 열중하고 있는 모습들이었다. 문득 손에 은색의 전뇌기기를 들고 나르던 한 명의 공학자가 신재효를 발견한 듯 허리를 살짝 숙이며 읍을 했다.

"차석 공학자님 오셨군요. 그런데 이 야심한 시각에 어디를……."

인사를 건네던 그는 신재효의 양옆에 서 있는 검은 무복의 인물들을 발견한 듯했다. 그들의 등장에 잠시 머뭇거리던 그는 말을 더듬으며 입을 열었다.

"차, 차석 공학자님, 이, 이들은 누구……."

그의 말이 마쳐지기도 전에 종려진은 자신의 짧은 칼을 뽑아 들며 그의 앞으로 몸을 날렸고, 아주 깔끔한 솜씨로 그의 목에 상흔을 만들어놓았다.

서걱!

믿기지 않는다는 듯 눈을 크게 부릅뜬 공학자는 손에 들고 있던 전뇌기기를 떨어뜨렸고, 목에서는 붉디붉은 핏물이 뿜어져 나왔다. 하얗던 그의 연구복은 이제 붉은색에 가까워져 있었다. 그 모습을 보고 있던 신재효는 눈을 질끈 감았다. 비록 자신이 명의 간세이긴 했지만, 십여 년간 함께 생활해 온 공학자가 목숨을 잃는 것을 지켜보는 일은 쉽지 않았기 때문이다.

하지만 그것도 잠시, 전뇌기기를 떨어뜨리는 소리에 놀란 공학자들이 사건이 벌어진 장소를 바라보았다. 바닥에 흥건한 핏물을 뿌리며 쓰러져 있는 공학자 한 명과 그 앞에 칼을 들고 서 있는 정체불명의 인물. 상황을 알아채는 데 걸리는 시간은 그리 길지 않았다.

"적의 침입이다! 모두 전투 채비를 하라!"

누군가의 외침에 내부의 모든 공학자들은 급히 일손을 놓으며 공학원 밖으로 쏟아져 나왔고, 양손에 은은한 금광이 일렁이는 것으로 보아 뇌공력을 최대한 끌어올리고 있다는 것을 알 수 있었다. 종려진과 그의 수하들 역시 전투 태세를 취했다. 칼을 뽑아 든 그들은 신재효를 둘러싸고 천천히 앞으로 걸음을 옮기기 시작했다.

"히앗!"

공학자들은 좁은 통로였던 만큼 뇌동체술법상의 권법을 중심으로 공격을 가하기 시작했다. 비록 무기가 없다고는 하지만, 뇌공력이 담긴 그들의 주먹은 종려진이 상상했던 것 이상의 위력을 지니고 있었다. 날아오는 그들의 주먹을 아무 생각 없이 막아낸 종려진의 팔은 한동안 감각이 없을 정도였고, 천천히 시큰거리는 통증이 느껴지고 있었다.

"이들의 공격을 정면으로 받아내지 않도록! 최대한 빨리 목숨을 노려라!"

"예!"

짧은 대답과 함께 그들의 손속은 더욱 빨라졌고, 칼에 베여 쓰러지는 공학자들의 수는 점차 늘어가고 있었다. 비록 깊은 뇌공력과 숙달된 뇌동체술법을 지니고 있는 공학자들이었으나, 전장에서 숙련된 무인들과 비교하기에는 큰 무리가 있었던 것이다.

"끄으으윽!"

"끄악!"

이 다경쯤 지나자 고통스러워하는 공학자들의 비명성을 뒤로한 채 신재효와 종려진 일행들은 입구로부터 40장가량 떨어진 철문 앞까지 전진할 수 있었다. 그들이 제아무리 전투에 능한 인물이라고는 하지만 열 배나 많은 수의 적들을 막아내는 것은 적지 않은 부담이었는지, 종려진과 수하들의 입가에는 가는 핏줄이 흐르는 중이었고, 칼을 휘두르는 손놀림 역시 처음에 비해 현저히 느려져 있었다. 이제 공학자들을 베어 넘기는 일보다는 신재효를 보호하며 공학자들의 접근을 막는 일에 급급하였다. 통로를 늘어서 막은 그들은 칼을 휘둘렀고, 신재효는 굳건한 철문을 열기 위해 소형 전산기의 자판을 두들기고 있었다. 그것도 잠시, 기계음이 들리며 열릴 것 같지 않던 철문이 안쪽으로 열리기 시작했다.

치이이익!

신재효는 소형 전산기를 챙기며 외쳤다.

"어서 안으로 드시고 문을 닫으십시오!"

그 말에 서로 눈빛을 교환한 종려진과 수하들이 차례로 뒤로 빠지며 철문 안으로 들어갔고, 모두 들어서자 함께 철문을 밀어 닫았다.

구궁!

문이 닫히자 밖의 요란한 함성이 씻은 듯 사라지며 거친 자신들의 숨소리만이 들릴 뿐이었다.

"하악… 하악……."

철문에 기대어 앉은 종려진과 수하들의 모습은 처절했다. 가슴에서부터 끓어오르는 피를 뱉어내는 이가 있는가 하면, 어깨가 부서져 나간 듯 축 늘어진 팔을 부여잡고 신음하는 이도 있었다. 그리고 왼쪽이 푹 꺼진 가슴을 내려다보며 힘겨운 호흡을 이어나가는 이도 있었는데, 갈비뼈가 부러져 있음을 알 수 있었다. 종려진 역시 멀쩡한 것은 아니었는데, 부러진 이와 함께 검붉은색의 피를 뱉어내고 있었다.

"괜찮으십니까, 별부사마 나으리?"

입가의 피를 닦아낸 종려진은 수하들을 바라보며 말했다.

"크윽… 대명제국의 최정예 다섯 명 중 두 명을 잃었군. 내가 겪은 그 어떤 전투보다 치열했네. 이들 모두 그렇게 생각하고 있을 게야."

"그나마 기습이었기에 이 정도로 그쳤을 것입니다."

"끄으… 그 말은 인정하지."

그들이 몇 마디 대화를 주고받고 있을 때, 조금 떨어진 곳에서 신재효의 귀에 익숙한 목소리가 들려왔다.

"신 공학자, 자네가 명의 간세일 줄이야… 대호군이 알게 되면 크게 실망을 하겠군."

신재효는 놀란 눈으로 고개를 돌렸다. 그곳에는 붉은 장포를 입고 단정히 관을 쓴 중년의 인물이 서 있었는데, 그가 누구인지 잘 알았던 신재효는 허리를 숙이며 읍을 했다.

"무엇이라 드릴 말씀이 없습니다, 원장님."

바로 지하 공학원의 원장인 조성환이라는 인물이었는데, 평소 낙천적인 성격으로 항상 웃는 얼굴을 잃지 않았지만, 지금 이 순간만큼은 웃음을 보이지 않고 있었다. 그는 떨리는 손으로 곰방대에 불을 붙였다.

치이익.

연기를 깊게 들이마신 조성환은 무겁게 내뱉으며 입을 열었다.

"애초 자네는 명의 인물이었던 것인가?"

신재효는 고개를 내저었다.

"제 핏줄은 분명 조선의 핏줄입니다. 하지만 저는 부모에게 버려진 아이였고, 떠돌이 생활을 하던 중 한양에 거주하는 명나라의 부자 손에 키워지게 되었지요. 그분의 아래에서 간세로서의 모든 교육을 마친 후 신분을 속이기 위해 가짜 조선인 부모를 내세웠던 것입니다."

"흠… 그랬었던 것이로군. 그래, 자네들이 원하는 것은 무엇인가? 이 공학원의 소멸을 원하는 것인가?"

신재효는 묵묵히 고개를 끄덕였고, 조성환의 눈빛은 안타까움으로 물들었다. 다시 한 번 곰방대를 빨아들인 조성환은 무거운 한숨을 토해내며 말했다.

"이것도 천지신명의 뜻이라면 어쩔 수 없는 법이지. 나에게는 자네들을 막을 만한 힘이 없네."

"……."

"하지만 그 누구도 짓누를 수 없는 믿음을 가지고 있다네. 바로 이 지하 공학원이 자네들의 손에 소멸된다 해도, 대호군이 꼭 돌아와 조선의 공학 기술을 후대에 이어줄 것이라는……."

신재효는 측은하다는 표정을 지으며 그의 말에 대꾸했다.

"지식이전술은 이미 실패했고, 대호군의 소식이 끊어진 지도 벌써 수년이 지났습니다. 이제 포기하실 때도 된 것 같습니다만."

가벼운 웃음을 터뜨린 조성환은 고개를 내저으며 말했다.

"그게 바로 자네와 나의 차이인 것 같군. 나에게 있는 신념이 자네에게는 없는 모양이야."

말을 마친 조성환은 자신의 목에서 열쇠를 꺼내었다. 그리고 한쪽 벽으로 다가가 작은 구멍에 그 열쇠를 넣어 돌렸다. 나직한 마찰음과 함께 벽면이 위로 열리며 투명한 액체가 들어 있는 기계 장치가 그들의 눈앞에 나타났다.

"이것이 자체소멸장치일세. 나는 도저히 자네들의 손에 의해 이 지하 공학원이 소멸되는 것을 보고 있을 수 없네. 해서, 나는 나의 신념을 믿고, 이 지하 공학원 원장으로서 자체소멸장치를 가동시킬 생각이네. 그 정도는 양해해 줄 수 있지 않겠나?"

신재효는 멍하니 그의 행동을 지켜보았다. 그리고 종려진에게 동의를 구해야 한다는 사실조차 망각한 채 고개를 끄덕이고 있었다. 만족한 미소를 얼굴에 그린 조성환은 푸른색의 창에 자신의 손을 가져다 대며 말했다.

"조선 공학원장 조성환의 이름으로 공학원 자체소멸장치의 가동을 명하노라."

손을 가져다 댄 푸른 창은 빛을 내며 그의 손바닥 지문을 읽었고, 눈앞에서 뻗어져 나온 붉은 빛은 그의 홍채를 확인했다. 마지막으로 그의 음성을 인식한 자체소멸장치로부터 인증을 알리는 목소리가 흘러나오기 시작했다. 그리고 그 목소리는 공학원 전체에 울려 퍼지고 있었는데, 철문 밖의 공학자들 역시 듣고 있었다.

—공학원장 조성환 공임을 인증합니다. 본 자체소멸장치는 1분 후 가동됩니다. 10초 후 출입문을 폐쇄합니다. 자체 소멸까지 55초 남았습니다.

손을 뗀 조성환은 담담한 목소리로 말을 이었다.

"이제는 그 누가 와도 이 자체소멸장치를 멈출 수는 없게 되었네. 그리고 뒤의 분들은 누구인지 모르지만, 그들의 목숨을 구하고 싶다면 지금 당장 좌측에 있는 전용 상하왕래거를 이용해 이곳을 빠져나가도록 하게나. 다른 출입구는 모두 폐쇄되었으니 유일하게 이곳을 탈출할 수 있는 출구일 것이야. 자네를 아끼던 나의 마지막 인정일세."

신재효는 고개를 내저었다.

"저는 어디에도 가지 않습니다. 비록 양부모의 은혜를 갚기 위해 이런 일을 할 수밖에 없었지만, 결국 저는 조선의 핏줄. 저 혼자 공학원을 탈출하여 세상을 살 면목이 없습니다. 애초 이곳에서 공학원과 마지막을 함께할 생각이었습니다."

고개를 돌린 신재효는 종려진을 향해 말을 이었다.

"여러분께서는 어서 이곳을 탈출하십시오. 명나라 사람들의 피로 이 성스러운 곳을 더럽히고 싶지는 않습니다. 그리고 명으로 돌아가게 된다면 부디 대조선의 숨겨진 힘이 얼마나 대단했던 것이었는지 세상의 사람들에게 이야기해 주었으면 합니다."

종려진과 그의 수하들은 신재효의 목소리에 이끌린 듯 힘겹게 몸을 일으키며 그가 가리킨 곳으로 걸음을 옮겼다. 신재효와 조성환의 얼굴에서 시선을 떼지 못한 종려진은 무거운 목소리로 중얼거렸다.

"이렇게 되면 조선의 지하 공학원은 자의에 의해 소멸된 것인가… 숨겨져 있던 조선의 저력, 정말 두려운 것이었군. 왠지 조선의 공학 기술이 이것으로 끝날 것이라는 생각은 들지 않는데……."

─공학원 자체 소멸까지 30초 남았습니다.

귀를 울려오는 경보음에 정신을 차린 종려진은 급히 상하왕래거에 탔다. 그리고 닫혀지는 문틈으로 보이는 신재효와 조성환을 향해 자신도 모르게 읍을 하며 예를 표하고 있었다.

그날 밤, 경복궁의 모든 인물들은 돌연한 진동에 잠을 깨야만 했지만, 단순한 지진이라 생각한 그들은 따뜻한 잠자리에 다시금 몸을 묻었다. 수백 년이라는 긴 세월을 이어오며 지하에서 쓸쓸히 투쟁하던 공학자들과 지하의 공학원은 한순간의 꿈결처럼 외롭게 소멸되어진 것이었다.

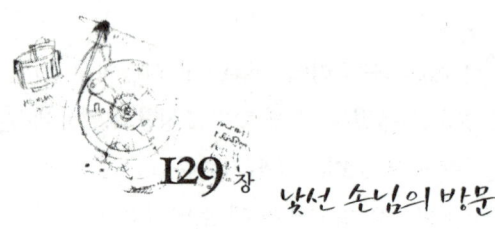

129장 낯선 손님의 방문

듀들란 제국의 제국개발사업 발표회가 끝난 후 1년이라는 시간이 흘렀다.

도이첸 제국 황제와 듀들란 제국 황녀의 결혼식이 치러진 이후 양국 간의 교류가 활발해졌고, 서로 간의 인식 또한 긍정적인 측면으로 바뀌어졌다. 이것은 공학에 대한 교류 역시 활발해졌음을 의미했는데, 공학 기술 전반에 대한 교류 조약을 정식으로 체결한 결과 양국 모두 타국으로의 공학 기술 유출을 허용하였고, 수많은 민간 공학자들이 왕래하며 새로운 연구 기반을 위해 노력하기 시작한 것이었다.

그중 가장 중심이 되고 있는 화제는 구바닌 산맥의 마나 발전소의 건설이었다. 구바닌 산맥에 세워질 마나 발전소는 양국뿐만 아니라 대륙의 군소국가에까지 공급해 줄 수 있는 용량의 전뇌력 생산이 가능했기에 각국의 지원을 받아 추진 중에 있었다. 하지만 구바닌 산맥의 주변이 아직까지는 마물들이 출몰하는 미개척 지역이었기에 마나 발전소의 완공에는 상당한 시일이 걸릴 것이라는 예측이 사람들 사이에서 이야기되고 있었다.

라이델베르크의 공학원은 밤새 내린 하얀 눈에 점령되어 있었다. 수십 채의 건물들의 지붕에는 한 뼘 정도나 될 듯한 두툼한 눈이 덮여 있었고, 오가는 사람들은 발목까지 올라오는 눈을 밟으며 길을 재촉하는 중이었다.

두터운 옷을 입은 사람들 사이로 붉은색의 코트를 입은 여인이 옷깃을 여미며 걸음을 옮기고 있었다. 간혹 그녀를 알아보는 사람들은 가볍게 고개를 숙여 보이며 인사를 건네주었다.

"좋은 아침입니다, 카타리나 양. 전뇌거는 댁에 두고 오셨나 보군요."

차가운 바람 때문인지 하얀 얼굴을 하고 있는 여인, 카타리나였다. 그녀는 고개를 끄덕이며 대답했다.

"네, 눈이 와서 위험하거든요. 아마 뮤스가 알면 잔소리를 할 것 같아서요."

"하핫! 하긴 카타리나 양의 일이라면 끔찍하시니까요. 그보다 결혼식은 언제쯤 하시죠? 약혼을 하신 지 꽤 시간이 지났는데 결혼 소식이 없어서 공학원 사람들 모두 궁금해하고 있답니다."

그의 물음에 빙그레 웃음을 지은 카타리나는 손을 꼽아보며 대답했다.

"아직 넉 달이나 남았군요. 요즘 뮤스가 진행하고 있는 일이 있어서 그것만 끝나면 바로 결혼식을 치를 예정이에요."

"저런. 서운하지는 않으십니까? 아무리 일이 중요해도 이렇게 어여쁜 신부를 그렇게 오래 기다리게 하다니……."

"호호호! 제가 원한 일인걸요? 일에 푹 빠져 있을 때면 다른 일을 못하니 괜히 신혼을 망칠 것 같아서 미루자고 했던 거예요."

"아! 그랬던 것이군요. 그럼 어서 들어가 보십시오. 원장님께서 기다리시겠군요."

고개를 끄덕여 인사를 한 카타리나는 다시금 걸음을 옮겼다.

'공학의 거리'라는 표지판을 지나 세 블록을 걸은 카타리나는 붉은 벽돌로 지어진 아담한 건물 앞에서 멈춰 섰다. 임시로 장영실과 뮤스가 함께 사용하고 있는 건물임을 확인한 카타리나는 문을 두들긴 후 대답을 기다렸다.

똑똑!

얼마 지나지 않아 문이 열렸고, 만면에 환한 웃음을 띠며 그녀를 맞아 주는 뮤스를 볼 수 있었다. 치렁하던 머리를 짧게 잘라 깔끔한 모습의 뮤스는 카타리나를 살짝 안아주며 말했다.

"카타리나, 춥지? 왜 이렇게 늦었어? 도착할 시간이 지났는데 오지 않아서 이리저리 연락을 취해보던 참이었어."

자신을 걱정해 주는 뮤스를 보며 카타리나는 행복한 웃음을 지었다.

"응, 눈이 와서 전뇌거를 두고 걸어왔거든."

"아! 그랬군."

그녀의 외투를 받아 든 뮤스는 그것을 옷걸이에 걸어놓으며 안으로 안내했다.

"따뜻한 마실 것 좀 줄까?"

"아니, 괜찮아. 그보다 장영실 아저씨는 보이시지 않네?"

소파로 카타리나를 안내한 뮤스는 옆에 앉으며 대답했다.

"말도 말라구. 나보다 더한 일벌레라서 벌써 나흘 동안 지하 연구실에서 나오시질 않고 계셔."

"대체 뭘 만드시길래 지난 석 달 동안 연구에만 매달리고 계신 거니? 듀들란 제국에서 오시자마자 시작하셨잖아."

미안하다는 표정을 지은 뮤스는 그녀의 볼에 가볍게 입을 맞추었다.

"헤… 죄송하지만 아가씨한테도 말씀드릴 수 없는 비밀이 있답니다. 하하, 나중에 자세히 말해 줄 기회가 있을 테니 그냥 좀 넘어가 주면 안 될까?"

"피……."

"그보다, 장영실 아저씨 얼마 있지 않아서 조선으로 돌아가실 거야."

입술을 삐죽 내밀던 카타리나가 눈을 동그랗게 뜨며 되물었다.

"응? 돌아가신다니? 언제쯤? 그 조이센 대륙이라는 곳으로 가시는 거니?"

"응. 이번 일도 그곳으로 돌아가기 위해 준비하고 계신 거야. 조선에 아주 급한 일이 있거든. 지금까지 듀들란 제국과의 계약 때문에 돌아갈 수가 없었던 거였어."

잠시 시무룩한 얼굴을 하던 카타리나는 몇 번이나 망설이더니 힘겹게 입을 떼었다.

"뮤스, 설마… 너도 가야 하는 것은 아니지? 조이센이라는 곳에서 너를 꼭 필요로 하는데 나 때문에 가지 못하는 것은 아니지?"

그녀의 물음에 뮤스는 피식 웃음을 터뜨리며 장난스럽게 대답했다.

"당연히 내가 가야 하는데 눈앞의 이 어여쁜 아가씨 때문에 못 가는 거야."

하지만 카타리나에게는 장난으로 들리지 않는 듯했다.

"저, 정말 그런 거니?"

카타리나의 표정을 살피던 뮤스는 고개를 내저으며 안심하라는 듯 팔로 그녀의 어깨를 감싸주었다.

"음… 반은 사실이고 반은 농담이야. 원래는 내가 가야만 했지만, 나를 대신할 방법을 찾았거든. 그것 때문에 우리 결혼도 잠시 미루게 되었던 거고. 그러니 걱정하지 않아도 돼."

뮤스로부터 명확한 대답을 듣자 기쁜 마음을 숨길 수 없었던 카타리나가 그의 품에 안겼다.

"다행이야……."

뮤스는 담담히 웃으며 그녀를 안아주었다.

"이거 원, 닷새 만에 나왔는데 나오자마자 이런 장면을 보게 되다니……. 나 같은 노총각을 염장 질러 죽이려는 심산인가 보군."

장영실의 목소리에 카타리나는 깜짝 놀라며 뮤스에게서 떨어졌다. 푸석한 머리를 긁으며 지하에서 걸어나오는 장영실이 그곳에 있었다. 평소 외관을 단정히 하는 것이 몸에 배어 있던 그에게 그리 어울리지 않는 모습이었다. 뮤스는 머쓱하게 웃으며 대답했다.

"며칠 동안이나 두문불출하시더니 좋은 분위기를 딱 맞춰 방해하시는군요. 그보다 작업은 끝마치셨어요?"

잠시 카타리나의 얼굴을 바라본 장영실은 어깨를 으쓱거리며 말을 돌렸다.

"녀석, 카타리나 양이 오랜만에 놀러 왔는데 그런 따분한 이야기를 꺼내야 속이 풀리겠느냐? 어디 나갈 약속이라도 있는 건가?"

장영실의 말에 카타리나가 웃으며 대답했다.

"아! 아니에요. 친구들과 쇼핑 약속이 있어서 나오다가 잠시 얼굴이나 볼까 해서 들른 거예요. 폴린, 세이즈랑 식기를 좀 둘러보기로 했거든요."

"호오, 신혼 살림을 준비하는 것인가 보군."

"네, 그렇다고 할 수 있죠. 그보다 아침 식사 전이시면 이것 좀 드셔보세요. 어머니께 요리를 배우면서 만들어본 거예요. 입맛에 맞을지는 모르겠지만."

"이야, 벌써 신부 수업까지 받고 있는 것이로군. 점점 이 아이가 부러워지는걸?"

뮤스는 그녀가 건네준 바구니를 받아 들었다. 군침이 도는 음식 향기가 코로 스며들자 뮤스는 입맛을 다셨고, 장영실 역시 기대에 찬 표정을 지었다.

"이제 저는 약속 시간이 되어서 나가봐야겠어요. 친구들이 기다리고 있을지 모르거든요."

"벌써 가는 거야?"

아쉬움이 담긴 뮤스의 물음에 가볍게 윙크를 해준 카타리나는 가볍게 포옹을 하며 대답했다.

"호홋! 뮤스 얼굴 봤으니 됐지 뭐. 그럼 저녁때 다시 들를게."

"웅! 조심해서 다녀와."

인사를 건넨 카타리나는 아쉬운 눈빛을 거두며 밖으로 나섰다.

작은 마찰음과 함께 문이 닫히고, 문 앞 계단에선 카타리나는 나직한 한숨을 내쉬었다. 장영실이 둘러대긴 했지만 자신 앞에서 이야기할 수 없는 일이 있다는 것을 눈치채지 못할 카타리나가 아니었던 것이다. 뮤스가 자신에게 무엇인가를 숨긴다는 사실이 서운하긴 했지만 카타리나는 뮤스를 믿었고, 그랬기에 자리를 피해줄 수 있었던 것이다. 하얗게 피어오르는 입김을 보며 그에 대한 생각을 털어버리기로 한 카타리나는 다시금 옷깃을 여미며 친구들을 만나기 위해 걸음을 떼었다.

카타리나가 나간 후 장영실은 카타리나가 싸온 음식을 펼쳤다. 고급스러운 접시 위에 색색의 음식들이 화려하게 꾸며져 있었는데, 먹는 것조차 아까울 정도로 보기 좋은 음식들이었다. 장영실은 음식 향을 한 번 깊이 들이마시며 말했다.

"으으음… 엄청나게 정성을 들인 모양이구나. 정말 나도 저런 아가씨가 있었으면 조선으로 돌아가기 싫었을지도 모르겠는걸? 허헛!"

"마음에도 없는 소리는 하지 마세요. 소문으로 듣기에는 케티에론 황녀님의 구애를 받았다고 하던데 말입니다. 매몰차게 거절까지 하셨다고."

"언제 그런 소문까지 퍼진 거냐? 소문 한번 빠르군."

"시너스 폐하께 들었습니다. 어서 식사나 하도록 하죠."

말을 마친 뮤스는 포크를 들어 카타리나의 정성이 든 음식을 한입 입에 넣었다.

"음! 맛있는걸요? 제가 매운 음식을 좋아하는 걸 알고 있었나 보네요. 아! 그런데 하시던 작업은 마치신 거예요?"

역시 음식을 입에 넣고 우물거리던 장영실이 서둘러 삼키곤 대답했다.

"아차! 그러고 보니 그 말을 하려고 나왔던 거였는데 깜빡 잊고 있었군. 방금 차원이동장치가 완성되었단다. 좌표 입력까지 해두었으니 전뇌력만 공급하게 되면 바로 차원이동문이 열릴 게야. 별다른 실수가 없다면 말이지."

"예? 벌써 끝내셨다구요?"

"뭐, 3년 전부터 듀들란 제국에서 대부분의 부속들을 만들었고, 여기서는 거의 조립만 했을 뿐이니까."

"아… 비행선에 한가득 실린 짐들이 그것이었군요."

"뭐, 그렇지. 금강산도 식후경이라고 했으니 일단은 식사나 마치고 내려가도록 하자꾸나. 이틀이나 굶었더니 몸에 기운이 없군. 카타리나 양은 음식 솜씨도 좋은걸? 넌 복받았다고 생각하려무나."

말을 마친 장영실은 빠른 속도로 음식을 먹어치우기 시작했고, 뮤스 역시 카타리나의 정성스런 음식들을 빼앗기기 싫다는 듯 서둘러 포크를 움직였다.

공학원의 본원 뒤뜰에 위치한 공학원 저택에도 밤새 내린 눈의 자취가 남아 있었다. 고색창연한 건물은 흰색의 차가운 옷을 입고 있었지만, 정문으로 이어진 길은 누군가의 손을 탄 듯 눈이 깔끔히 치워져 있었다.

붉은 융단이 깔린 거실. 타오르는 벽난로의 온기를 쬐며 책을 읽고 있는 여인이 있었다. 새콤한 향이 나는 차 한 잔과 막 구워낸 과자를 즐기며 평온한 겨울의 오후를 즐기는 크라이츠였다. 책장을 넘기며 자리를 고쳐 앉던 크라이츠는 문득 눈이 걸쳐 있는 창가를 바라보았다.

"음… 뭐지, 이 기분은?"

벽난로의 온기에 살짝 뜨거워진 볼을 매만지며 잠시 생각을 하던 크라이츠는 무엇인가를 부정하듯 고개를 내저었다.

"아, 아닐 거야. 그럴 일이 있을 리 없지."

생각을 고친 크라이츠는 고대 언어로 쓰여진 책으로 다시금 시선을 옮겼다.

똑! 똑!

가벼운 노크 소리에 크라이츠는 고개를 돌렸다. 예민한 그녀의 귀는 두 사람의 걸음 소리를 잡아내었고, 그중 하나는 이미 익숙한 걸음 소리였기에 머뭇거림없이 입을 열었다.

"바이멀 씨, 오늘은 혼자 있고 싶군요. 급한 일이 아니라면 나중에 이야기하도록 할까요?"

"크라이츠님, 손님이 찾아오셨습니다. 중요한 손님이십니다."

약간의 최면을 섞은 그녀의 목소리였기에 보통 때라면 아무런 말 없이 돌아가기 마련이었다. 하지만 어쩐 일인지 자신의 말에 토를 달자 크라이츠는 의아함에 고개를 갸웃거릴 수밖에 없었다.

"그럼 들어오도록 하세요."

조심스러운 문 열리는 소리와 함께 예의 발걸음 소리가 들려왔다. 앞에는 눈동자가 풀린 듯한 바이멀이 낯선 노인을 안내하고 있었다. 눈만큼이나 하얀 머리카락을 가진 이였는데, 겉모습으로는 도무지 나이를 짐작하기 힘들어 보일 정도였다. 잠시 실내를 둘러보던 노인은 깊게 패인 주름을 움직이며 크라이츠를 향해 입을 열었다.

"그대가 적룡의 핏줄인 크라이츠인가?"

자신의 이름이 처음 보는 노인의 입에서 흘러나오자 놀란 크라이츠는 찻잔을 떨어뜨리며 자리에서 몸을 일으켰다.

"그, 그대는……."

말을 더듬던 크라이츠는 노인의 눈동자를 보며 입을 다물었다. 허공을 응시하는 듯한 회색의 눈동자. 하지만 맹인의 그것과는 거리가 멀었다. 그런 눈동자를 가진 존재는 단 하나의 부류밖에 없음을 알고 있던 크라이츠는 황급히 몸을 숙이며 최대한의 예의를 갖추었다.

"미천한 존재가 주신의 대리인을 뵙습니다."

노인은 천천히 손을 내저었다.

"예는 생략하고, 나누어야 할 이야기가 많으니 몸을 일으키게나."

그의 말과 동시에 크라이츠는 자신의 의지와 다르게 몸이 움직이는 것을 느꼈고, 어느새 원래 앉아 있던 소파에 몸을 기대었다. 맞은편의 소파에는 어느새 노인이 앉아 있었다. 그는 마치 자신의 집인 양 편안한 자세로 소파에 기대어 크라이츠가 먹던 과자 조각을 집어 입에 넣었다.

"역시 이 차원의 인간들은 맛있는 음식을 먹는군. 솔직히 내가 있던 차원은 단 음식이 별로 없어 불만이었다네."

크라이츠는 노인의 말을 들으며 곁눈질로 바이멀을 바라보았다. 그는 뭔가에 홀린 듯 작은 움직임조차 보이지 않았는데, 시간마저 그의 주변을 지나가는 듯했다. 노인이 손을 썼을 것이라 짐작한 크라이츠는 조심스러운 목소리로 물었다.

"존귀하신 분께서 어떠한 일로 존체를 드러내셨습니까? 혹시라도 뮤스, 그 아이를 데리러 오신 것입니까?"

쿠키의 맛을 음미하듯 입을 천천히 움직이던 노인은 빙긋이 웃으며 고개를 내저었다.

"내가 왜 그 아이를 데리러 왔다고 생각하는가?"

"그, 그건 분명 뮤스가 차원의 벽을 넘어왔기 때문입니다. 애초 인간은 차원의 벽을 넘지 못하는 것이 차원 간의 율법이지 않습니까?"

"자네 말이 맞네. 그것이 차원 간의 율법이지. 하지만 자네가 한 가지 간과한 것이 있네. 율법을 뛰어넘는 그분의 뜻. 그분의 의지 앞에서는 그 어떤 세상의 율법도 말장난에 불과하다네."

크라이츠의 얼굴은 창백해지고 있었다.

"그 말씀은… 뮤스가 차원을 이동한 것이 주신의 뜻이었다는 말씀이십니까?"

노인은 별일이 아니라는 듯 과자를 하나 더 집어 들며 대답했다.

"그런 셈이지. 그 아이가 자네를 만난 것도, 이 공학원이라는 곳을 만든 것도, 또 주변 친구들과의 인연도 모두 그분의 뜻에 어긋남이 없었네. 허헛! 한번 생각해 보게나. 차원을 이동한 인간이 적룡과 만날 확률이 얼마나 된다고 생각하는가? 게다가 그의 마음을 사로잡을 확률은? 인간 세상의 일을 수학으로 풀지 못하는 이유가 바로 그것일세."

크라이츠는 그간의 일들을 떠올려 보며 말을 이었다.

"그런 것이었군요. 주제넘는 줄 알지만, 주신께서 뮤스를 이 차원으로 보낸 이유를 들을 수 있겠습니까?"

"뭐, 애초 그분께서 자네에게 떠맡긴 일이니 그에 대한 이야기를 들을 권리가 있지. 그러니 그렇게 어려워하지 말게나."

"감사합니다."

크라이츠는 조용히 노인의 이야기에 귀를 기울이기 시작했다.

"애초 그분께서 하는 일이 세상의 균형을 맞추는 것이라는 사실을 자네도 알 것일세. 자네는 신에 가장 근접한 존재이니까."

"……."

"오래전부터 수십 개의 차원들 중 몇몇의 차원은 힘의 균형이 깨어져 가고 있어 그분의 주의를 끌고 있었는데, 그러한 차원들 중 하나가 바로 이 차원일세. 자네들이 말하는 마나, 즉 자연력이 가장 강대한 기운을 띠고 있는 차원! 그러한 특수성을 가진 차원이었기에 이 차원에서는 고대로부터 수많은 사건들이 벌어졌었지. 신에 버금가는 능력을 가진 인간들이 출몰했고, 그 힘을 앞세워 신에 대항하려는 세력까지 생겨나기도 했다네. 하지만 결국 우둔한 인간들의 발버둥에 지나지 않는 것. 주신의 노여움을 사게 된 고대의 인간들은 타 차원에서 들어온 돌림병으로 멸망을 하게 되었고, 그 이후 새로운 인간들을 이 차원에 들여와 번식시켰지. 하지만 차원의 특수성 때문이었는지 그 인간들 역시 마나를 사용하는 방법을 스스로 터득하게 되었다네. 허헛! 결국 역사의 순환이 계속해서 이루어진 것이지."

크라이츠는 이미 들은 바 있었던 이야기였기에 고개를 끄덕였다.

"인간들의 움직임을 주시하시던 그분께서는 인간들을 다스릴 만한 다른 방법을 찾아내셨고, 지금은 대부분의 차원을 그 방법으로 다스리고 계신다네."

"그 방법이라 하심은……."

"바로… 인간을 조종하는 것이라네. 인간은 사회적인 존재이기 때문에 서로 응집하는 성향이 있고, 그중에는 우두머리가 반드시 존재하지. 바로 그 우두머리를 주신께서 직접 조종하시는 것일세. 주신의 뜻에 따라 인간은 전쟁과 화해를 되풀이하며 종족 간의 균형을 유지시켰고, 그 럴수록 신의 존재가 인간에게서 차지하는 비중은 점차 줄어가게 되었네. 이 얼마나 효과적인 방법인가?"

"그렇군요."

"이 차원 역시 마찬가지라네. 마나를 사용할 줄 아는 인간들이 많아지게 되자 고대 인간들이 저질렀던 잘못을 되풀이하지 못하도록 그분께서는 인간들 간의 전쟁을 일으키셨다네. 그 전쟁으로 인해 대부분의 마법사라는 존재들이 사라졌고, 지금은 근근히 명맥만 유지할 뿐인 게야."

잠시 말을 멈춘 노인은 가볍게 손가락을 움직였다. 그러자 크라이츠가 떨어뜨린 잔이 허공으로 떠오르며 노인의 손으로 날아왔다. 비어 있던 찻잔은 크라이츠가 마시던 것과 같은 차가 담겨 있었고, 금방 끓여내기라도 한 듯 하얀 김이 피어올랐다. 향을 음미하며 한 모금 마신 노인은 아무 일 없었다는 듯 말을 이어나갔다.

"음, 하지만 그분께서는 인간에게 그리 모질지 못하시다네. 하루아침에 마나 다루는 법을 잃어버린 인간들은 방황을 하기 시작했지. 생활은 급속하게 후퇴하였고, 그동안 쌓아왔던 문화 역시 사라질 위기에 처하게 되자 결국 주신께서는 다른 힘을 인간에게 주기로 결정하셨다네. 다른 차원을 둘러보며 마땅한 것을 찾아보시다가 발견하신 것이 바로 공학 기술이라는 것일세."

크라이츠는 어두운 방 안에서 불을 켠 듯 어지럽던 머릿속이 환하게 밝혀지는 것을 느꼈다.

"아! 그래서 지식이전술을 시술받은 뮤스를 이 차원으로 이동시키신 것이로군요! 그 차원의 모든 공학 지식을 소유하고 있는 존재일 테니……."

"허헛! 바로 그것일세. 그리고 이 차원에서 영향력을 가장 잘 발휘할 수 있는 자네와 인연의 끈을 엮어놓았고, 이곳에서 잘 적응할 수 있도록 주변의 인물들을 안배한 것일세. 솔직히 인간으로서 그 아이의 능력은 그분께서도 부담스러워하실 정도였는데, 마음만 먹으면 본신의 능력으로 차원이동을 할 수 있을 정도이니 최대한 이 차원에 애정을 가질 수 있도록 만드는 것이 중요했다네. 제아무리 무한한 공학 지식을 가지고 있는 존재라 해도 인간의 틀에서 벗어나지는 못한다고 생각하신 그분께서는 그 아이에게 제 짝을 찾아 맺어주셨고, 친구들과의 우정을 만들어주셨지. 결국 이곳을 그 아이의 고향으로 만들어주신 게야. 게다가 과거의 사고로 인해 이전의 차원에서도 그리 많은 사랑을 받지 못하였던 것도 이번 일에 일조를 했지."

노인은 잠시 과거를 회상하는 듯했다. 크라이츠는 노인의 상념을 깨뜨리는 것조차 무례라고 생각했지만, 어려워하지 말라는 그의 말에 힘을 얻어 입을 열었다.

"그렇다면 그냥 이대로 흘러가도록 두어도 되셨을 텐데, 주신의 대리인께서 직접 존재를 드러내신 이유를 알고 싶습니다."

주름진 눈살을 찌푸린 노인은 다시금 차를 들이키며 대답했다.

"내가 이 차원에 찾아온 이유는 뮤스라는 아이 때문이 아니라 그 뒤를 쫓아온 자 때문일세. 그 때문에 상당한 고생을 해야만 했다네. 인간인 주제에 스스로의 힘으로 차원을 이동해 버렸으니……."

"혹시 장영실이라는 남자를 말씀하시는 것입니까?"

"그렇다네. 장영실이라는 자가 차원을 이동하자 그분께서 상당한 노여움을 표하셨어. 결국 그 차원에 존재하는 명나라라 불리우는 강국의 힘을 빌어 그가 몸담고 있던 공학원을 소멸시켰고, 인간에게 노출된 차원의 벽을 다시 고쳐 쌓느라 지금에서야 자네 앞에 모습을 드러낼 수 있었던 것일세. 아마도 인간이 다시금 차원의 문을 열기 위해서는 수천 년쯤 고생해야만 할 걸세."

크라이츠는 그제야 이야기의 전말을 모두 깨달을 수 있었다.

"그렇다면 장영실이라는 남자는 어떻게 되는 것입니까?"

"당연히 원래 있던 차원으로 데리고 돌아가야겠지. 하지만 다른 인간들과 살아가기는 힘들 게야. 해서, 천상으로 데려갈 생각이라네. 아마도 천 년의 인고를 거친 후 나와 같은 일을 하게 되겠지."

크라이츠는 묵묵히 고개를 끄덕이고 있었다. 노인은 마지막 남은 과자를 입에 넣으며 몸을 일으켰다.

"잠시 시간이 남아서 자네에게 이야기를 해주고 싶었던 것일세. 여유로운 시간을 방해했다고 역정을 내지는 말게나."

"벼, 별말씀을 다하십니다."

허공을 잠시 바라본 노인은 부드러운 미소를 지으며 말을 이었다.

"이제 때가 된 것 같군. 그럼 앞으로도 뮤스라는 아이를 부탁하네. 그분께서 유심히 살펴보고 계실 것이라는 점을 잊지 말게나."

노인의 몸은 천천히 사라져 갔고, 그의 목소리만이 거실에 울릴 뿐이었다. 목소리마저 사라지자 크라이츠의 등 뒤로부터 바이멀의 목소리가 들려왔다.

"으음? 대, 대체 내가 왜 여기에 있는 것이지? 분명 시장에 있었는데… 크라이츠님?"

바이멀의 눈에는 다시 생기가 흐르고 있었다.

그를 향해 어색한 미소를 지은 크라이츠는 고개를 내저으며 말했다.

"피곤했던 모양이군요. 오늘은 그만 쉬도록 하세요."

"아… 예, 알겠습니다."

공손히 인사를 한 바이멀은 여전히 고개를 갸웃거리며 문밖으로 나갔다.

혼자 남은 크라이츠는 노인과의 대화를 한 번 더 생각해 보며 혼잣말을 중얼거렸다.

"신의 대리인을 직접 만나게 되다니… 뮤스의 존재가 그렇게 큰 것이었던 건가? 세상이 모두 주신의 뜻에 움직인다고 생각하니 내 스스로가 너무나 작게 느껴지는걸… 훗."

씁쓸한 웃음을 터뜨린 그녀는 자신의 앞을 바라보았다. 금색의 꽃 문양이 새겨진 쟁반, 그리고 그 위에는 세 조각의 과자와 찻잔이 놓여 있었다. 노인이 찾아오기 전과 똑같은 개수의 과자를 본 크라이츠는 다시 한 번 씁쓸한 웃음을 터뜨렸다.

빛 한 점 들어오지 않는 어둑한 실내에 벽에 붙은 작은 조명들만이 미약하게나마 어둠을 밝히고 있었다. 그리 넓지 않은 실내, 주변을 둘러싼 벽의 곳곳에는 알아보기 힘든 설계도들이 빼곡히 붙어 있었다. 그리고 그 중심에는 수많은 전뇌선들이 연결된 반원의 기기가 자리잡고 있었는데, 2멜리가량 되는 높이로 인해 거의 천장에 맞닿아 있었다. 그 앞으로 책 한 권 두께의 문서를 살펴보고 있는 두 명의 인물이 있었다. 바로 아침 식사를 마치고 지하 연구실로 내려온 뮤스와 장영실이었다. 그들은 지금까지 쌓아온 자료들을 토대로 차원이동장치를 점검하는 중이었는데, 모두 정상적인 작동을 보여주고 있음을 확인한 장영실은 문서를 내려놓으며 말했다.

"이쪽은 모두 마무리된 것 같구나."

장영실과 비슷하게 문서의 마지막 장을 훑어보며 내려놓은 뮤스 역시 고개를 끄덕였다.

"이쪽도 아무런 이상이 없어요. 이제 언제 출발하실지 정하는 일만 남은 것 같군요."

담담한 미소를 지은 장영실은 뮤스의 머리를 쓰다듬었다. 그리고 그의 표정을 살피며 잠시 주저하던 장영실은 조용한 목소리로 입을 열었다.

　"사실 네게 갑작스러울지는 모르지만, 최대한 빨리 조선으로 돌아갈 생각이란다. 이 세계에 정리할 일이 있는 것도 아니니 지금 당장이라도 떠났으면 한단다. 지난 5년간 이 순간을 손꼽으며 기다려 왔는데, 더 기다릴 이유가 없지 않느냐?"

　미처 생각지 못한 장영실의 말에 뮤스는 당황한 얼굴을 했다.

　"지, 지금 당장이라구요? 그건 너무 갑작스러운⋯⋯."

　장영실은 그럴 줄 알았다는 듯 서운해하는 뮤스의 어깨를 두들겨 주었다.

　"허헛! 다 큰 녀석이 서운해하는 얼굴을 보니 꼭 어린아이 같구나. 분명 너는 이 세계에 남겠다고 뜻을 정하지 않았느냐? 애초 이별이 기약되어 있었던 것인데, 그것이 하루가 빠르면 어떻고 늦으면 어떻다는 것이냐?"

　"그렇지만⋯⋯."

　"명신아, 마음을 단단히 먹거라. 이제 내가 돌아가면 이 세상에서 네 과거와 관련된 사람은 아무도 없게 된단다. 어쩌면 이제부터 이 세계에서의 삶이 시작된다고 볼 수도 있지."

　"⋯⋯."

　"네 모습을 볼 때마다 공학원과 아무런 상관도 없는 네게 너무 큰 짐을 지운 것 같아서 마음이 아팠단다. 만약 네가 조선으로 돌아간다 해도 그곳에서 또 어떠한 어려운 일이 너를 기다리고 있을지 모른단다. 어쩌면 이곳에 남기로 한 네 선택이 옳은 것일지도⋯ 부디 네 결정에 후회하지 않는 삶을 살았으면 하는구나."

장영실의 마음을 돌릴 수 없다는 것을 어렴풋이 느낀 뮤스는 조용히 자신의 가방을 열었다. 그리고 두터운 표지를 단단히 댄 열 권의 책을 꺼내어 장영실에게 내밀었다.

"아저씨, 이 책을 받으세요."

"음… 이 책들은 무엇이지?"

장영실과의 헤어짐에 아쉬움을 느끼던 뮤스는 애써 웃으며 천천히 이야기를 꺼내었다.

"예전에 말씀드렸잖아요, 제가 가진 공학 기술을 조선의 후대에 전할 방법을 찾아냈다고. 바로 이 열 권의 책이 그 결과물이에요."

장영실은 이해할 수 없다는 표정을 지었다.

"네가 가진 공학 기술의 양은 책으로 따지면 족히 십만 권은 넘을 텐데, 겨우 열 권의 책에 그 모든 것을 담았다는 것이냐?"

하지만 뮤스는 신념이 담긴 표정으로 고개를 끄덕였다.

"네, 이 열 권의 책 속에 제 모든 것이 담겨져 있어요. 아저씨의 말씀대로 제가 가진 공학 기술들을 하나하나 열거하려면 몇십만 권의 책을 필요로 할지 몰라요. 그래서 생각을 했죠. 스스로 공학의 이치를 깨달을 수 있는 방법이 없을까 하구요. 하나하나 말해 주지 않더라도 스스로 물체의 원리를 알고 그것의 쓰임새를 터득하는 방법. 이것이야말로 결과만을 생각하는 얕은 지식의 축적이 아니라 그 근본에서 시작하는 배움의 길이라는 것을 깨달았거든요."

"호오! 정말 일리가 있는 말이로구나. 그런데 정말 그것이 가능한 것이냐?"

"지난 일 년 반 동안 제가 알고 있는 지식들을 토대로 이 세상에 존재하는 공학 기술의 원리에 어떠한 공통적인 규칙이 있는지 연구해 보았고, 그것을 음양과 오행의 변화에 기준을 맞추어 재해석을 해보았어요. 그 결과 공학 기술의 이치뿐만 아니라 세상의 흐름 또한 기호로 표현할 수 있음을 알게 되었죠. 그것을 써놓고 공학적 해석을 달아놓은 것이 바로 이열 권의 책이에요. 앞의 한 권은 그 기호를 사용한 예문을 한자와 함께 적어놓은 것이고, 나머지 아홉 권은 그에 대한 공학적 해석을 써놓았어요. 그리고 기호는 조선어에 맞게 사용한다면 조선 고유의 글자로 사용할 수도 있을 거예요. 이 책의 내용을 진정으로 이해할 수 있다면, 저와 대등한 능력을 가지게 될 것이라고 생각해요. 아니, 그 이상의 발전도 가능하죠. 지금까지 그 누구도 발견하지 못한 기호의 조합이 나올 수도 있을 테니."

장영실은 뮤스의 설명에 연이은 감탄성을 터뜨렸다.

"오호! 네 말대로라면 정말 대단한 책이로군. 한데 어떻게 이것을 가르쳐야 할지 전혀 감이 잡히지 않는구나. 너무나 새로운 개념의 이론이라……."

가볍게 웃은 뮤스는 첫 번째의 책장을 넘겨 보이며 대답했다.

"우선은 이 첫 번째 책을 백성들에게 널리 퍼뜨리세요. 지금까지 사용되어진 한자로 주석이 달려 있어 조금만 공부한다면 금방 문자로써의 쓰임새를 이해할 수 있으실 거예요. 오히려 한자에 비해 쓰고 읽기가 쉬워 제아무리 배우지 못한 백성들이라도 글을 쓰고 읽을 수가 있을 겁니다. 그리고 이후 조선의 모든 백성들이 그 기호를 자유롭게 쓰고 읽을 수 있게 되었을 때 나머지 아홉 권을 퍼뜨리도록 하세요. 그렇게 된다면 그 기호의 진정한 의미를 깨달은 조선팔도의 인재들이 공학의 심오한 이치에 눈을 뜨게 될 것입니다. 결국 먼 훗날 언젠가는 조선이 세상을 뒤흔들 만한 공학 기술을 보유할 수 있을 것입니다."

열 권의 책을 세상에 더없는 보물처럼 바라보던 장영실은 뮤스의 손을 굳게 잡았다.

"정녕 무엇이라고 말을 해야 할지 모르겠구나."

"저는 당연히 해야 할 일을 한 것뿐이에요. 오히려 지금부터가 더욱 중요한 것이죠. 부디 조선의 후인들에게 조선의 위대한 공학 기술이 무사히 전해졌으면 좋겠어요."

"내 혼신의 힘을 써보도록 하마. 네 뜻과 노력이 헛되지 않도록."

"부탁드리겠어요. 그럼 시작해 볼까요?"

말을 마친 뮤스는 차원이동장치로 연결된 전뇌선을 손에 잡았다. 그리고 천천히 뇌공력을 끌어올리기 시작했는데, 한꺼번에 너무 많은 양의 전뇌력을 흘렸다가는 전압유지장치에 이상이 생길 수도 있다는 사실을 알고 있었기에 최대한 천천히 전뇌력의 양을 끌어올렸다.

파지직!

한 걸음 뒤로 물러나 있던 장영실은 눈앞이 환해짐을 느꼈다. 필요 전뇌력이 충당되자 차원이동장치가 정상적으로 가동되면서 공간의 왜곡을 만들어냈고, 그곳으로부터 푸른 빛이 뿜어져 나오기 시작한 것이다.

"오! 예전과 다를 바가 없군."

처음 이 세계로 넘어올 때의 기억들을 돌이켜보던 장영실은 계속해서 차원이동장치에 전뇌력을 공급하고 있는 뮤스를 향해 입을 열었다.

"그동안 수고했다, 명신아. 이제 이 이름을 불러볼 기회가 없겠구나. 부디… 몸 건강하거라."

과다한 뇌공력을 사용하는 중이었던 뮤스는 무엇이라 대답은 할 수 없었지만, 그리움이 담긴 그의 눈빛은 장영실의 가슴에 강렬히 와 닿고 있었다. 무거운 한숨을 들이쉰 장영실은 뮤스가 전해준 책들을 가슴에 끌어안은 채 차원이동문을 향해 걸음을 떼었고, 발끝은 천천히 왜곡된 공간 안으로 파고들었다.

퍼엉!

돌연 실내를 울리는 요란한 굉음이 터졌다!

왜곡된 공간으로부터 뿜어져 나온 정체불명의 반발력은 장영실의 몸 전체를 강타했고, 실 끊어진 연마냥 허공으로 떠오른 그의 몸은 벽의 구석으로 날아가 볼썽사납게 나뒹굴었다.

쿠당탕탕!

이에 놀란 뮤스는 끌어올리던 뇌공력을 급히 흩어버리며 장영실에게로 달려갔고, 서둘러 그의 몸을 살피기 시작했다.

"아저씨! 괜찮으세요!"

그리 크게 다친 것은 아니었는지 장영실은 눈살을 찌푸리며 몸을 일으켰는데, 몸의 통증보다 차원이동문에 이상이 생겼다는 점에 더 큰 충격을 받은 듯했다.

"이, 이것이 어떻게 된 거지? 부, 분명 실수한 것은 없는데……."

뮤스를 바라보며 답을 구했지만, 이해가 가지 않기는 뮤스 역시 마찬가지였기에 무어라 대답을 해줄 수가 없었다.

"저, 저도 이해를 할 수가 없군요. 공간의 왜곡 면에서 반발력이 생긴다는 것은 전혀 새로운 현상인데……."

짧은 시간 동안 그들의 머리에 존재하는 수많은 이론들을 떠올려 가며 이 일에 대한 답을 구해보았지만, 만족할 만한 결과를 얻지는 못하였다. 그것도 잠시, 그들의 눈을 자극하며 차원이동장치에 새로운 공간의 왜곡 현상이 일어나기 시작했다. 전뇌력을 공급하지도 않았는데 차원이동장치가 움직이기 시작한 것이다.

"이, 이게 대체……!"

연이은 괴현상에 뮤스와 장영실은 멍한 얼굴을 하며 눈앞에서 벌어지고 있는 현상을 바라보고만 있을 뿐이었다. 그들의 입이 다물어지지 않고 있을 때, 왜곡된 공간으로부터 사람 형상을 한 무엇인가가 움직이는 것을 발견할 수 있었다. 발에 이어 손이, 그리고 금세 얼굴까지 드러나고 있었다. 놀랍게도 백발노인이 그곳에서부터 빠져나오고 있었던 것이다. 그 모습을 본 뮤스와 장영실은 자신도 모르게 몸이 위축됨을 느꼈다.

"어, 어르신은 누구십니까?"

노인의 모습은 이제 완전해졌고, 왜곡된 공간은 거짓말처럼 사라져 버렸다. 장영실의 물음에 아랑곳하지 않고 잠시 주변을 둘러보던 노인은 얼굴에 미소를 띠며 혼잣말을 했다.

"조금 밝았으면 좋겠군."

팟!

순간, 뮤스와 장영실은 눈을 찌푸려야 했다. 실내가 갑자기 밝아진 탓에 눈이 미처 적응을 하지 못했기 때문이다. 그들의 귀로는 노인의 목소리가 흘러들어 오기 시작했다.

"이런이런… 또다시 차원의 벽을 넘으려 하고 있었구먼. 이것이 얼마나 큰 잘못인지 알고는 있단 말인가?"

간신히 눈을 뜰 수 있었던 장영실은 자신을 두고 하는 말에 궁금함을 느끼며 되물었다.

"어, 어르신은 누구시기에 그러한 말씀을……."

"허헛! 나 말인가?"

노인은 손을 들어올려 장영실의 머리에 올려놓았다. 그리고 가볍게 웃음 짓자 장영실은 신기한 경험을 하게 되었는데, 이 노인이 누구이고, 무슨 일로 이곳에 왔는지 그 모든 것을 한순간에 깨달을 수 있게 된 것이었다.

"이, 이런! 그렇다면 어르신께서는 저를 데리러 오신……."

이렇다 할 대답을 하지 않은 노인은 너털웃음을 터뜨리며 입을 열었다.

"허헛! 자네가 인간인 주제에 마음대로 차원을 이동해 버려 상제님께서 얼마나 화가 나신 줄 아는가? 자네가 뚫어놓은 벽을 보수하느라 얼마나 고생을 했는지… 이제는 그 체계를 아주 바꾸어놓아서 다시 뚫으려면 몇천 년은 족히 걸릴 것일세."

다른 장소에서 노인이 그러한 말을 했다면 그저 정신이 나간 사람이라 치부해 버릴 상황이었지만, 왜곡된 공간에서 걸어오는 모습을 눈앞에서 본 데다가 그의 신기한 능력까지 경험한 터인지라 인정하지 않을 수가 없었다. 그럼에도 불구하고 인간 이상의 존재, 즉 신의 존재를 받아들이기엔 머리가 너무나 굳은 장영실이기에 생각은 점점 복잡해지고 있었다.

돌연 입을 다문 노인은 회색의 눈동자를 반짝이며 천천히 뮤스의 곁으로 다가갔다. 그리곤 손으로 그의 이마를 쓸어보며 웃음을 지었는데, 뮤스는 과거 어디선가 경험했던 듯한 포근함을 느끼고 있었다.

"허헛! 아이야, 그새 다 큰 어른이 되어버렸구나. 서낭당에서 죽을 고비를 넘기던 것이 얼마 된 것 같지 않은데."

"저, 저를 본 적이 있으십니까? 분명 뵌 적은 없지만, 이 느낌… 익숙한데……."

노인은 아무런 대답 없이 담담한 웃음으로 일관할 뿐이었다. 잠시 그렇게 뮤스를 살펴보던 노인은 몸을 돌렸다. 그는 어느샌가 장영실의 손목을 잡고 있었다. 물론 장영실은 노인이 다가오는 것조차 느끼지 못했기에 정녕 귀신에 홀린 듯한 기분이 드는 중이었다.

"이제 우리는 가도록 하세."

"어르신께서 정말 저를 데리고 조선으로 돌아가시는 겁니까?"

"허헛… 그야 이를 말이겠는가? 어서 서둘러야 하네. 이제 자네에게 주어진 시간이 얼마 없단 말일세."

그의 말이 떨어지기가 무섭게 다시금 공간의 왜곡이 일어나기 시작했다.

"가세나."

푸른 빛이 일렁이는 공간을 바라본 노인은 장영실을 이끌고 걸음을 옮겼는데, 몸을 움직여 보려 해도 그의 손에서 벗어날 수가 없었던 장영실은 천천히 왜곡된 공간을 향해 끌려가고 있었다.

"아, 아저씨!"

장영실의 모습을 보며 뮤스가 무엇이라 입을 열려 하자 잠시 걸음을 멈춘 노인은 그를 향해 푸근한 미소를 지어주며 입을 열었다.

"선택받은 아이여, 이자의 걱정은 하지 않아도 좋을 것이다. 그저 원래의 차원으로 되돌려 놓으려 하는 것일 뿐이니까. 너는 그저 이곳에서의 삶을 살아가면 되는 것이란다."

뮤스는 무슨 이유에서인지 노인의 말로부터 강한 믿음을 느끼고 있었다. 그리고 어쩐 일인지 장영실과 헤어진다는 사실에 대한 서운한 감정이 사라지는 것을 느꼈다.

"네."

뮤스의 대답에 만족한 얼굴을 한 노인은 금세 장영실의 손목을 잡고 왜곡된 공간으로 모습을 감추었다. 그리고 천천히 끌려가는 장영실. 그는 이제 노인의 손길에 반발하기를 포기한 듯 어색한 웃음을 지으며 걸음을 떼었다.

"허헛… 믿기지는 않지만 정말 차원이동을 하시려는 모양이구나. 어차피 그곳으로 가려 했으니 상관없지 않느냐? 명신, 아니, 뮤스. 그럼 잘 있거라."

"아, 아저씨."

짤막한 인사말을 남긴 장영실은 뮤스가 건넨 열 권의 책을 꼭 껴안은 모습으로 왜곡된 공간으로 사라졌다. 공간의 왜곡이 사라진 실내에 다시금 어둠이 내려앉고 있었다.

130장 미래를 그리는 사람들

　어른의 허리만큼이나 올라오는 무명의 잡초들이 생명력을 뽐내며 솟아나 있는 한적한 장소. 밤의 기운을 머금은 투명한 이슬들은 아슬아슬한 모습으로 풀의 끄트머리에 매달려 있었고, 손톱보다 작은 벌레들이 한층 차가워진 대지의 기운을 느끼며 분주히 움직이는 중이었다.

　가을의 끝을 알리는 날카로운 밤바람이 땅을 스치고 있을 때, 잡초들에 매달려 있던 이슬들은 신비한 푸른 빛을 머금기 시작했다. 공터의 한곳으로부터 공간의 왜곡이 생겨나며 푸른 빛을 쏟아냈기 때문이다. 그것도 잠시, 푸른 빛은 곧 자취를 감추었으며, 그 자리에는 두 개의 사람 그림자가 자리하고 있었다. 바로 라이델베르크 공학원으로부터 차원을 이동한 장영실과 백발의 노인이 그들이었다.

　"이, 이곳은……."

　자신이 서 있는 곳을 살펴보던 장영실은 그곳이 어디인지 잘 알았기에 흥분을 감추지 못하고 있었다. 무성한 잡초들이 펼쳐진 공터의 한쪽에는 아담한 건물이 하나 있었고, 멋들어지게 휘어진 처마 밑에는 공학원이라 쓰여진 편액이 걸려 있었다. 장영실은 반가운 마음에 그곳으로 걸음을 옮기려 했다. 하지만 노인의 목소리에 그의 발은 그 자리에서 굳어버릴 수밖에 없었다.

"쯧쯧… 이미 자네가 알던 공학원은 그곳에 없네. 그 이야기를 못해주었구먼."

"그것이 무슨 뜻입니까? 공학원이 없다니…….."

"상제께서 자네의 차원이동에 노하셔서 명나라의 손을 빌려 공학원을 멸하셨다네. 인간이 신의 영역에 침범하는 것은 천벌을 받아 마땅한 행위이니 당연한 일이지. 그나마 공학원만 사라진 것도 다행이라 생각하게나. 상제의 대신 중 한 명인 환인의 핏줄을 지닌 민족만 아니었다면 이미 이 땅에서 자취를 감추었을지도 모르는 일이야."

장영실은 차원을 이동해 오는 중 많은 사실을 알 수 있었다. 노인을 통해 뮤스가 차원을 이동하게 된 까닭과 자신이 차원의 장벽을 넘은 것이 신계에 어떠한 영향을 미치게 된 것인지 자세히 알게 된 것이다. 그리고 자신의 미래에 대한 이야기 역시…….

침묵을 지키고 있던 장영실은 공학원의 건물에 다가가 그 기둥을 천천히 어루만졌다. 그의 눈앞에는 수많은 공학자들과 공학 기술을 위해 열정을 불태우던 과거의 기억들이 주마등처럼 지나가는 듯했다.

"자네는 꽤나 좋은 기억들을 가지고 있군. 인간은 과거의 추억을 먹고 산다고 했던가."

노인의 목소리에 장영실은 고개를 돌렸다. 그리곤 자신의 품 안에 있는 책들을 노인에게 보이며 입을 열었다.

"그곳으로 떠나기 전에 이 책을 전해주어도 괜찮겠습니까?"

책을 본 노인은 눈에 이채를 떠올렸다.

"호오~ 그 아이가 쓴 책인가 보군. 으음."

잠시 대답을 미루던 노인은 경쾌한 웃음을 터뜨렸다.

"허헛! 그 아이가 벌써 세상의 섭리를 눈치챌 정도가 되었던 것인가? 그것을 후대에 전하고 싶었던 모양이로군."

"예, 그렇습니다."

"뭐… 나야 내가 맡은 바 할 일을 마치면 되는 것이니 마음대로 하게나. 물론 내가 자네에게 해주었던 이야기를 인간들이 알아서는 안 됨을 명심하게. 정확히 한 시진 내에 모든 일을 끝내게나. 그것이 자네에게 주어진 이 세상에서의 마지막 시간일세."

고개를 조아리며 감사의 뜻을 표한 장영실은 조금이라도 시간을 아끼기 위해 서둘러 자리를 옮기기 시작했다.

사락사락…….

경복궁 내부의 지리에 훤했던 장영실의 발걸음은 머뭇거림이 없었다. 그는 지금 사정전으로 향하고 있었는데, 비록 야심한 시각이었지만 임금의 학구열이 대단하여 아직 침소에 들지 않았음을 잘 알고 있었기 때문이다.

과거에도 임금의 청으로 여러 번 남들의 이목을 속이고 찾아간 적이 있었기에 그의 몸은 금세 사정전의 문 앞에 닿을 수 있었다.

대청에는 야심한 시각에 찾아온 수마를 이기지 못한 채 다소곳한 자세로 앉아 머리를 꾸뻑거리며 졸고 있는 궁녀들의 모습이 보이고 있었다. 전과 달라진 것이 없다는 생각에 피식 웃은 장영실은 조심스러운 몸짓으로 문을 열고 내부로 들어섰다. 임금의 처소에 기척조차 없이 들어서는 것은 크나큰 죄였지만, 자신이 알고 있는 임금이라면 충분히 이해해 줄 것이라 생각했던 것이다.

조심스럽게 문을 닫은 장영실은 의관을 한 번 살폈다. 물론 이세계의 복식이었지만, 임금 앞에서 흐트러짐을 보일 수는 없었기 때문이다. 그리고 내부를 나누어 놓은 발 앞에 선 장영실은 조심스러운 목소리로 입을 열었다.

"전하, 신 장영실 이제 막 차원이동을 마치고 도착하였사옵니다."

촘촘히 쳐져 있는 발 너머로부터 미세한 흔들림이 그의 시야에 잡혔다. 그리고 떨리는 목소리가 들려왔다.

"지, 지금 장영실이라고 했소? 대호군 장영실이란 말이오? 어, 어서 들게나!"

손수 발을 걷으며 들어선 장영실은 임금의 얼굴을 확인할 수 있었다. 예전과 다름없이 맑은 눈과 위엄있는 얼굴. 하지만 그간 마음 고생이 심했는지 볼은 많이 야위었고, 피부는 윤기를 잃은 듯했다. 그 모습에 눈물이 왈칵 솟아 나왔지만 입술을 깨물며 참은 장영실은 임금을 향해 삼배를 올렸다.

"전하! 그동안 심려가 크셨던 듯하옵니다. 소신이 무능하여 전하께 심려를 끼쳐 드렸으니, 이 죄를 어찌 씻어야 할지 모르겠사옵니다."

떨리는 눈으로 장영실의 몸짓 하나하나를 살펴보던 임금은 손을 내저었다.

"그런 말 하지 말게. 지금이라도 대호군이 돌아와 주었으니 과인은 한시름 놓을 수 있을 듯하오. 흐음… 그보다 대호군에게 알릴 사실이 한 가지 있소. 한 달 전… 명나라 괴인들의 침입으로 공학원이 소멸되었다오."

장영실은 담담한 표정이었다.

"예, 전하. 소신도 그 점을 익히 알고 있었사옵니다."

"그랬었구려… 공학원이 소멸한 이후 심란했던 과인은 대호군이 어서 그 아이를 데리고 돌아와 주기를 학수고대하고 있었다오. 그 아이도 함께 돌아온 것이오?"

임금의 말에 장영실은 송구스럽다는 듯 고개를 조아리며 대답했다.

"아뢰옵기 송구하오나 단신으로 돌아오게 되었사옵니다."

"오호통재라! 그렇다면 이제 어찌한단 말이오. 선조님들로부터 물려받은 공학 기술들을 후대에 전하지 못하고 모두 소실했으니, 어찌 죽어 선조님들을 뵙는단 말이오!"

탄식을 터뜨리는 임금을 보며 장영실은 다시금 입을 열었다.

"하나, 그에 대한 대비는 모두 해왔으니 큰 심려는 않으셔도 되옵니다."

"대비라 했소?"

"그러하옵니다."

대답을 한 장영실은 옆에 내려놓았던 열 권의 책을 임금의 앞으로 내밀었다.

"이것이 무엇이오?"

"이것이 바로 조선의 공학 기술을 후대에 전할 보물이옵니다. 이 책은 총 열 권으로 되어져 있으며……."

장영실은 뮤스에게 들었던 책의 내용에 대해 차분히 임금에게 설명해주었고, 임금은 이야기의 흐름을 방해라도 될까 염려해 숨까지 죽이고 그의 이야기를 경청하고 있었다. 그 효용에 대한 설명이 있을 때는 임금의 입에서는 탄성이 흘러나왔으며, 그럴수록 장영실은 더욱 열성적으로 그에 대한 설명을 이어나갔다.

한 시진가량의 시간이 흐르자 장영실의 설명은 모두 끝나 있었다. 임금은 그가 건네준 책의 책장을 넘기며 그것에 몰입해 있는 중이었다.

"대호군의 설명을 듣고 나니 대충 이해가 되는구려. 문자로 이 내용들을 백성들에게 전파하게 된다면 명나라의 이목을 피할 수도 있으니, 이보다 더 효과적인 방법은 없는 것 같소. 시간을 두고 더 연구를 해봐야겠으나, 대호군이 도와준다면 곧 이 책에 대한 해석이 끝나리라 믿소."

임금의 말에 장영실은 얼굴을 굳혔다. 잠시 임금의 눈치를 살피던 장영실은 힘겹게 입을 열었다.

"송구스러우나, 소신은 전하의 대업을 도울 수 없을 것 같사옵니다."

책장을 넘기던 손을 잠시 멈춘 임금은 의아한 표정으로 되물었다.

"그것은 무슨 말이오? 도울 수가 없다니……."

안타까운 표정을 지은 장영실은 나직한 목소리로 대답했다.

"소신은 곧 이 세상을 떠나야 하옵니다. 자세한 내용은 말씀드릴 수 없으나, 하늘의 노여움을 받아 곧 이 세상을 떠날 처지에 놓이게 된 것이옵니다. 제가 아니더라도 조선의 유능한 학자들이 머리를 모은다면 그 책에 대한 해석을 능히 해내리라 생각되옵니다. 부디 전하께서는 무거운 짐을 내려놓고 떠나는 소신의 처지를 이해하여 주시옵소서."

임금은 무거운 침음성을 흘렸다.

"흐음… 내 대호군의 말을 모두 이해할 수는 없으나 피치 못할 사정이 있는 듯하니 어찌 그대를 탓할 수 있겠소? 지금까지의 노고만으로도 과인은 그대에게 큰상을 내리고 싶을진대……."

"성은이 망극하옵니다."

"내 꼭 그대가 전해준 이 책을 널리 전하여 위대한 조선의 공학 기술을 후대에 전하도록 하겠소."

임금의 말에 장영실은 가슴이 뭉클해짐을 느꼈다. 그의 머리는 땅에 닿도록 조아려졌으며 질끈 감긴 눈에서는 진한 눈물이 흘러나오고 있었다. 그의 눈물이 바닥에 떨어지는 순간 그의 몸에서는 파란색의 빛이 뿜어져 나오기 시작했다. 그리고 점차 그의 모습이 흐릿해졌는데, 그 모습을 본 임금은 허공을 잡으며 안타까운 마음을 표했다.

"시간이 되었나 보옵니다. 마지막으로, 제가 여의치 않아 영의정께 그

여식의 소식을 전하지 못하옵니다. 영의정께 명신이가 아주 훌륭하게 성장했고, 그곳에서 참한 처자를 얻어 더할 나위 없이 잘살고 있다고 전해 주셨으면 하옵니다."

"그 점은 걱정하지 말게나. 내 영의정에게 전하도록 하겠네."

"전하, 옥체 보중하시옵소서."

장영실의 몸은 이제 어두움에 가려질 만큼 흐려져 있었다. 몸을 일으킨 그는 임금을 향해 삼배를 하더니 이내 임금의 시야에서 사라져 버렸다.

"대호군……."

그렇게 장영실을 떠나보낸 임금은 마음 한구석에 허전함을 느꼈지만, 그의 마음을 달래어줄 열 권의 책이 눈앞에 있었다. 조선 공학 기술의 결정체. 임금은 그 책을 쓰다듬으며 마음의 결의를 다지고 있었다.

바람이 지나다니는 경복궁 길목의 허공으로부터 낮은 음성이 들려왔다.

"이제 천상으로 갈 준비가 모두 끝난 건가?"

"예, 어르신."

"아마도 천상에 가게 된다면 천 년의 인고를 지낸 후, 자네 역시 나와 같은 일을 하게 될 걸세. 인간으로서 신의 영역에 들어선 인물이니 그만한 대우를 받게 되겠지."

"하찮은 재주를 높이 사주시니 몸둘 바를 모르겠습니다."

"허헛! 마지막으로 이 세상을 눈여겨봐 두게나. 저 아름다운 산과 강, 들판, 그리고 선량한 사람들… 이 모든 것을 자네의 마음에 담아두게. 이제 자네의 앞날에는 낯선 세상에서의 외롭고 긴 시간들이 펼쳐지게 될 테니."

차갑던 공기를 헤치며 한줄기의 훈풍이 처마 자락을 스쳐 지나가고 있었다.

　이튿날, 임금은 조선팔도에 퍼져 있는 유능한 학자들을 모아 집현전으로 불러들이라는 명을 내렸다. 그리고 그들과 함께 수년간에 걸친 책의 해석 작업을 진행하기 시작했는데, 훗날 '백성을 일깨우는 바른말'이라는 뜻을 가진 '훈민정음'으로 그 첫 번째 권이 백성들 사이에 널리 퍼지게 된다. 또 훈민정음의 공학적 해석을 담은 나머지 아홉 권의 책자는 세상의 이목이 닿지 않는 곳에서 비밀리에 그 해석 작업이 진행되고 있으며, 타국의 이목을 피한 채 대를 거듭하여 오늘날까지 이어지고 있다.

*　　　*　　　*

　아직 녹지 않은 눈 사이로 파릇한 생명이 숨을 쉬기 시작하는 봄이 돌아왔다. 겨울 내내 힘을 잃고 지내던 햇살은 따스한 입김을 뿜어내기 시작했으며, 사람들의 옷차림은 한결 가벼워져 있었다. 오랜만에 찾아온 따스한 기운을 느끼며 라이델베르크의 시민들은 거리로 나서기 시작했다. 그들은 이 도시에서 가장 유명한 인사의 결혼식을 구경하기 위해 분주한 걸음을 하고 있는 중이었다. 바로 라이델베르크 공학원의 원장인 뮤스와 카타리나의 결혼식. 그것은 라이델베르크라는 이 대형 도시 전체를 떠들썩하게 만들고도 남을 만한 사건이었던 것이다.

　길고 길던 겨울을 이겨내고 진갈색의 본모습을 되찾은 공학원의 저택 역시 분주하기는 마찬가지였다. 그곳에서 일하는 하인들은 엄청난 수의 초청객들을 대접하기 위한 준비에 여념이 없었는데, 저택의 뒤편 정원에 마련된 테이블만 해도 백여 개에 달했으며, 의자는 그 몇 배나 되었다. 또 테이블에 놓일 접시들과 잔은 어른의 키 높이로 수십 줄을 쌓았으며, 음식 또한 이십여 명의 요리사들이 사흘 밤낮으로 준비하고 있었다.

화사한 색상의 커튼과 가구들로 꾸며져 있는 저택의 내부 역시 바쁘기는 매한가지였다. 그중 하얀색의 드레스를 입은 크라이츠가 주변을 둘러보고 있었는데, 이내 하얀 이마를 찌푸리며 혼잣말을 했다.

"대체 뮤스 이 녀석은 또 어디에 숨어 있는 거야, 이렇게 중요한 날에."

한숨을 푹 내쉰 크라이츠는 치마를 들어올리며 계단을 밟고 2층으로 올라갔다.

뮤스의 방문을 연 크라이츠는 그곳에서 뮤스를 발견할 수 있었다. 최고급의 검은색 예복을 입은 뮤스는 크라이츠가 들어온 것도 알지 못한 채 두껍게 말린 종이를 가방에 챙겨 넣고 있는 중이었다. 그 모습을 보며 짐짓 화난 표정을 지은 크라이츠는 허리에 손을 올리며 말했다.

"뮤스! 지금 방에서 뭘 하고 있는 거니? 이제 한 시간도 남지 않았는데, 식장으로 내려와 준비도 하지 않고!"

그녀의 따끔한 외침에 깜짝 놀라며 시선을 돌린 뮤스는 잘 빗어 넘긴 머리를 긁적이며 대답했다.

"아! 누님, 에휴… 신혼여행을 가기 전에 마나 발전소의 설계도를 챙기고 있었어요. 여행이 길어질 텐데 그동안 손을 놓고 있을 수는 없잖아요."

한심하다는 얼굴을 한 크라이츠는 성큼걸음으로 다가가 뮤스의 귀를 잡아당겼다.

"이런 답답한 녀석! 그럼 신혼여행을 가서도 일을 하겠다는 거니! 이런 녀석과 결혼을 하겠다고 잠까지 설친 카타리나가 불쌍하다니까! 신혼여행만큼은 그냥 카타리나와 즐겁게 보내고 오란 말이야!"

"아야야야!"

크라이츠의 손에 우악스럽게 귀를 잡힌 뮤스는 비명을 지르며 설계도

뭉치를 떨어뜨렸고, 그녀의 손에 이끌린 채 방을 나서야만 했다.

　한창 예식 준비로 분주한 정원으로 나오자 뮤스는 켈트와 그의 형제들을 볼 수 있었다. 아직 결혼식을 시작하기도 전인데도 불구하고 만취 상태인 몽롱한 얼굴들이었는데, 그들에게 진정으로 중요한 것은 뮤스의 결혼식보다 피로연을 위해 준비된 고급 술인 듯했다.

　"푸하하핫! 내 이럴 줄 알았다니까! 내 자식 같은 뮤스가 이제 벌써 결혼을 하다니, 이런 날 술을 안 마신다면 언제 술을 마시겠나?"

　켈트의 요란한 말소리에 블뤼안이 고개를 내저었다.

　"무슨 형님 자식이란 말이우? 증손자면 몰라도. 가끔 형님은 나이를 깜빡깜빡 잊는 게 문제라우."

　이마에 핏발을 세운 켈트는 자신의 턱을 내밀어 보였다.

　"이걸 보라고! 이렇게 수염 안 난 늙은 드워프를 봤나?"

　레딘은 붉은색의 수염을 쓰다듬으며 혀를 찼다.

　"쯔쯧… 그건 형님이 깎았으니 그런 것 아니우? 그런 말도 안 되는 주장은 더 이상 받아줄 수 없수."

　묵묵히 그들의 이야기를 듣고 있던 브라이덴은 술을 마시다 정신을 잃은 듯 잠시 좌우로 흔들리더니 요란한 소리를 내며 의자에서 쓰러졌고, 그의 형제들은 수습하기 위해 서둘러 움직이기 시작했다.

　"대, 대체 얼마나 마셨길래 벌써 쓰러져 버리는 겐가?"

　애써 그들의 모습을 외면한 뮤스와 크라이츠는 저택 뒤편의 건물로 들어섰다. 그곳에는 한껏 멋을 부린 뮤스의 친구들이 반가운 얼굴로 맞아주었는데, 마치 자신들의 결혼식인 양 들떠 있는 모습이었다.

　"이야~ 이게 누구야! 완전 다른 사람이 되어버렸는데?"

　히안의 말에 붉은색의 화사한 드레스를 입은 폴린이 맞장구를 쳤다.

　"그러게! 설마설마 했는데, 이렇게 차려입으니까 정말 새신랑 같은걸?

호호홋! 좋겠다, 뮤스!"

그들의 인사에 어색하게 웃음 지은 뮤스는 손을 흔들어주며 대답했다.

"하… 부러운 듯이 말하지 말라고. 너희들은 이미 결혼했잖아?"

뮤스의 말을 들은 히안은 잠시 폴린의 눈치를 살피더니 귓속말을 했다.

"솔직히 네가 친한 친구라서 하는 말인데… 지금이라도 결혼에 대해 다시 한 번 생각해 보는 게 어때? 결혼은 남자 인생의 종말을 말하는 거라고!"

뮤스는 히안의 뒤를 보며 침을 꿀꺽 삼켰다. 그의 목소리가 밖으로 새어나간 듯 눈에 불을 켠 폴린의 모습이 보였기 때문이었는데, 뮤스는 곧 끌려 나가는 히안을 보며 조용히 그의 명복을 빌어줄 수밖에 없었다.

뮤스는 어깨를 두들기는 손길을 느꼈다. 자신보다 머리 하나가 더 큰 벌쿤이었다.

"형! 정말 축하해! 형의 결혼을 얼마나 기다렸는지 알아?"

세이즈와 팔짱을 끼고 서 있는 벌쿤은 뮤스를 향해 원망이 담긴 얼굴을 하고 있었다. 그 이유를 잘 알고 있었던 뮤스는 나직이 한숨을 쉬며 말했다.

"당연히 알지. 그러길래 먼저 결혼식을 하라니까 왜 말을 안 듣고 그래?"

"홍! 형보다 동생이 먼저 결혼을 하는 법이 어디 있어!"

"어라? 그럼 내가 카타리나와 결혼을 안 했으면 평생 기다리려고 했던 거야?"

턱을 매만지며 잠시 생각해 보던 벌쿤은 급히 고개를 흔들었다.

"절대… 그런 일은 없었겠지."

"훗! 말만 그럴듯하게 하는군."

세이즈가 웃으며 그들의 이야기에 끼어들었다.

"그것보다 뮤스, 너 신부 얼굴은 안 볼 거니? 곧 결혼식이 시작될 텐데 계속 여기 있을 거야?"

"으… 응?"

세이즈는 볼을 긁적거리는 뮤스의 팔을 끌며 어디론가로 데려갔고, 친구들 역시 그들의 뒤를 따랐다. 그런 모습을 보며 자신의 할 일은 다했다고 생각한 크라이츠는 손을 털며 혼잣말을 중얼거렸다.

"아무튼 하나하나 챙겨주지 않으면 마음이 놓이질 않는다니까. 주신이시여, 어찌 이렇게 가혹한 시련을 제게 주신 것입니까!"

입으로는 뮤스를 자신 앞에 데려온 주신을 원망하고 있었지만, 그녀의 얼굴에서는 미소가 사라지지 않고 있었다.

뮤스와 친구들은 하얀 칠이 되어 있는 문 앞에 서 있었다. 세이즈는 뮤스의 표정 변화를 살피기라도 하는 듯 그의 얼굴에 시선을 고정시켰고, 기대에 찬 얼굴로 금빛의 문고리를 돌리며 외쳤다.

"짜잔!"

하얀 나무 문이 열리며 내부가 보이고 있었는데, 안을 들여다본 뮤스는 자신의 눈을 의심해야만 했다.

"카, 카타리나?"

하늘거리는 레이스로 감싼 순백의 드레스를 입은 여인이 그곳에 있었다. 잘록하게 들어간 허리선과 우아한 곡선을 그리고 있는 목선, 그리고 노란색의 화관을 쓴 그녀의 모습은 눈을 떼지 못할 정도로 아름다웠다. 그녀 역시 뮤스가 온 것을 발견했는지 가지런하고 하얀 이를 드러내며 만면에 미소를 지었다.

"어머! 뮤스니?"

"으… 응."

뮤스의 시선을 느낀 카타리나는 하얗던 볼을 붉게 물들이며 물어왔다.

"드레스가 잘 어울리는 것 같아? 언니랑 같이 고른 건데……."

그녀의 물음에 뮤스는 열심히 고개를 끄덕여 보였다.

"응! 정말 눈을 떼지 못할 정도인걸? 평생 이렇게 입고 있으면 안 될까?"

"풋! 말도 안 돼! 이런 옷을 입고 집안일을 어떻게 하니?"

"아하… 그런가?"

어색하게 대답한 뮤스는 머리를 긁적이며 그녀에게 다가갔다. 그리고 하얗고 부드러운 그녀의 손을 살며시 잡은 채 소중한 보물을 다루듯 조심스럽게 그녀를 이끌었다.

"오래 기다렸네… 자, 이제 나가볼까?"

"응!"

카타리나의 촉촉한 입술에 가볍게 입을 맞춘 뮤스는 그녀의 손을 잡고 친구들이 만들어준 길을 따라 건물 밖으로 걸음을 옮기기 시작했다.

공학원의 정원에서는 주신의 축복인 듯 따스한 봄날의 햇살을 받으며 라이델베르크에서 가장 아름다운 결혼식이 거행되어지고 있었고, 사람들의 환호성 소리는 라이델베르크 공학원의 구석구석까지 울려 퍼졌다.

뮤스가 겪어온 지금까지의 모험은 준비에 불과할 뿐이었다.

지금, 뮤스는 수많은 사람들의 축복을 받으며 새로운 시작을 향해 첫 발을 내딛고 있었다. 한 여인의 남편으로, 한 가족의 가장으로, 그리고 세상 사람들의 존경과 찬사를 한 몸에 받을 공학자로서의 삶이 바로 지금부터 시작된 것이었다.

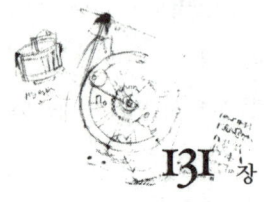

131장 끝, 그리고 작은 이야기

화사한 문양의 벽지로 꾸며진 아담한 거실. 만면에 미소를 그린 채 정다운 대화를 나누는 한 쌍의 남녀가 있었다. 무엇이 그리 즐거운지 그들은 웃음을 그칠 줄 모르고 있었는데, 바로 신혼 생활의 행복을 만끽하고 있는 뮤스와 카타리나 부부였다.

"하핫! 글쎄, 오늘 히안이 쥬드를 안아봤는데, 그 앞에서 오줌을 눈 거야! 결국 한껏 멋 부리고 온 옷이 엉망이 돼버렸지."

"저런! 그럼 폴린이 한마디 했겠는걸요? 폴린이 예전 같지 않아서 요즘 유난히 깔끔한 척하거든요."

"어쩐지… 아무것도 모르는 우리 쥬드한테 화를 내려고 그러기에 얼른 안고서 자리를 피해 버렸지."

말을 마친 뮤스는 애정이 듬뿍 담긴 눈으로 카타리나의 품을 바라보았다. 그녀의 품에서는 검은 눈동자를 가진 한 아기가 똘망스러운 눈빛으로 뮤스를 올려다보고 있었다. 그 모습에 참을 수 없는 애정을 느낀 뮤스는 빼앗듯이 아기를 안아 들며 말했다.

"아하하핫! 역시 우리 쥬드는 귀여워! 어떻게 이런 귀여운 아기가 세상에 존재하지?"

뮤스의 행동을 보며 웃음을 터뜨린 카타리나는 고개를 내저었다.

"아무튼 못 말린다니까. 이러다가 나보다 쥬드를 더 좋아하면 어떻게 하죠?"

"하핫! 당신도 쥬드만큼이나 좋으니까 염려하지 말라구!"

그러다 말고 무엇인가가 떠오른 뮤스는 품에 안고 있던 쥬드를 카타리나에게 안겨주며 말했다.

"아! 그러고 보니 생각났다! 우리 고향에서 아기의 첫 번째 생일날 꼭 하는 게 있어! 잠깐만 기다려 봐!"

신이 난 듯 말하며 어디론가 가버린 뮤스를 바라보며 카타리나는 고개를 갸웃거릴 뿐이었다.

잠시 후 나타난 뮤스의 양손에는 여러 종류의 물건들이 들려 있었다. 뮤스는 그것을 하나씩 테이블 위에 올려놓기 시작했는데, 펜부터 시작해서 실, 책, 전뇌공구, 예식용 검 등이었다.

"이게 다 뭐예요?"

카타리나의 물음에 씨익 웃은 뮤스는 그것들을 이리저리 배열하며 대답했다.

"응, 내 고향인 조선에서는 첫 번째 생일날 이렇게 물건들을 늘어놓고서 아이에게 그중 하나를 고르도록 하지. 그 아이가 고르는 물건을 보고 나중에 커서 무엇이 될지를 예상하는 거야. 펜이나 책을 고르면 공부를 잘하는 사람이 되는 거고, 실을 고르면 건강하게 오래 살게 되고, 검을 고르면 용감한 기사가 되고, 마지막으로 전뇌공구를 고르면 훌륭한 공학자가 된다고 생각하거든."

"피~ 그런 말도 안 되는 억지가 어디 있어요?"

"하핫! 그냥 재미 삼아서 하는 거지 뭐."

말은 그렇게 했지만 카타리나 역시 은근한 기대감이 있는지 뮤스가 하는 양을 지켜보고 있었다.

뮤스는 테이블 중간쯤에 펜, 실, 책, 그리고 전뇌공구를 올려놓았다. 그리고 무슨 일인지 예식용 검은 저만치 떨어진 곳에 올려놓았는데, 그것을 본 카타리나가 고개를 갸웃거리며 물었다.

"그런데 검은 왜 저렇게 멀리 떨어뜨려 놓은 거죠?"

어색하게 웃은 뮤스는 머리를 긁적였다.

"하… 핫! 솔직히 남들과 싸움박질하는 기사는 별로 되지 않았으면 하거든."

"그럼, 일종의 조작인가요? 그럼 이런 걸 하는 게 아무런 의미가 없잖아요."

"뭐… 그렇게 되는 건가? 하핫! 그래도 기분이라는 게 있잖아?"

대충 둘러댄 뮤스는 기대감 어린 눈빛으로 쥬드를 테이블에 조심스럽게 올려놓았다.

뮤스의 손을 벗어난 쥬드는 꺄르르 웃으며 천천히 늘어놓은 물건을 향해 기어가기 시작했다. 펜과 실, 책, 그리고 전뇌공구의 앞에 멈춘 쥬드는 그것들을 잠시 훑어보았고, 뮤스와 카타리나는 숨을 죽이며 쥬드의 움직임에 주목했다.

그러기를 잠시, 무엇인가를 발견한 쥬드는 방긋 웃으며 눈앞의 물건들을 지나쳤고, 테이블 끝에 놓여진 예식용 검에 손을 가져가 버렸다. 그 모습에 뮤스는 비명을 지르며 쥬드를 안아 들었다.

"으악! 쥬드! 이 아빠의 바람을 저버리는 거냐? 제발 이것만은 말고 다른 걸 골라다오!"

뮤스는 쥬드의 손에서 예식용 검을 빼내며 전뇌공구를 들려주었다. 그러자 얼굴을 일그러뜨린 쥬드가 울음을 터뜨리기 시작했다.

"으앙!"

이에 당황한 뮤스가 다시금 예식용 검을 쥐어주자 쥬드의 울음은 거짓말처럼 그쳐졌다.

뮤스는 골치가 아픈 듯 머리를 짚으며 말했다.

"이런! 정말 기사가 되고 싶은 거냐? 쥬드… 제발 아니라고 말해 다오!"

쥬드를 향해 요란을 떨며 애원하는 뮤스를 보며 고개를 내저은 카타리나는 쥬드를 빼앗아 안으며 말했다.

"아직 말도 못하는 아기한테 뭘 말해 달라는 거예요. 별것도 아닌 일 가지고."

"하지만… 우리 쥬드가……."

"에휴, 아무튼 당신은 쥬드가 태어난 이후로 많이 변한 것 같아."

울상인 뮤스를 보며 나직한 한숨을 뱉은 카타리나는 쥬드를 안고서 위층으로 올라갔다.

그녀의 뒷모습을 보며 서 있던 뮤스는 허탈한 표정으로 그 자리에 주저앉으며 말했다.

"쥬드… 내 너를 기사로 키우지는 않으리라!"

뮤스의 굳은 다짐과 함께 쥬드의 한 살 맞은 생일날이 지나가고 있었다.

〈제11권 완결〉

작가후기

　대공학자가 독자 분들께 읽히게 된 지 벌써 4년이 되었습니다. 개인적으로 4년이라는 시간 동안 많은 일들이 있었습니다. 한 명의 장르소설 작가로서 첫 작품을 마무리 지은 기간이었고, 또 다른 분야의 전문인으로 발돋움할 수 있었던 소중한 시간이었습니다.

　이 대공학자라는 글을 쓰면서 바라는 것은 단 하나였습니다. 장르소설을 읽는 독자들이 건전하고 즐거운 글을 접하였으면 좋겠다라는 생각. 그것이 제가 글을 쓰는 동기이고 앞으로의 목표입니다.

　대공학자를 쓰면서 본신의 자질 부족으로 많은 어려움도 있었고, 병역의 의무로 인하여 힘들었던 기억도 있습니다. 하지만 나름대로의 노력으로 이러한 어려움들을 이겨냈다고 생각하며 스스로에게 한마디의 칭찬을 해주고 싶습니다.

　이제 저는 글을 쓰는 사람으로 첫 고비를 넘겼다고 생각합니다. 앞으로 글을 쓰면서 더한 어려움에 부딪히는 일도 있겠지만, 처음의 열정과 노력을 늘 가슴에 담으며 독자 분들께 좋은 글을 선보일 수 있도록 하겠습니다.

　돌이켜보면 많이 모자라고 아쉬움도 많이 남는 글이었습니다. 하지만 무슨 일이든 처음부터 능숙할 수는 없겠죠. 앞으로 이 작품은 제게 엄한 스승이 될 것입니다. 어제의 모자람을 내일의 발전으로 이끌어내는 자세가 중요하다 여기며, 제 자신이 한심해 보일 때마다 이 책을 꺼내 읽을 생각입니다.

　오랜 시간 동안 제 글을 사랑해 주신 모든 분들께 감사의 말을 전하며, 더욱 신나고 설레이는 다음 이야기에서 만나뵙겠습니다.